COLLECTION FOLIO

Milan Kundera

La vie est ailleurs

Traduit du tchèque
par François Kérel

Postface
de François Ricard

NOUVELLE ÉDITION
REVUE PAR L'AUTEUR

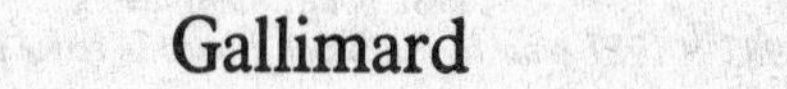

Gallimard

Titre original :

ŽIVOT JE JINDE

Milan Kundera est né en Tchécoslovaquie. En 1975, il s'installe en France.

PREMIÈRE PARTIE

ou

LE POÈTE NAÎT

1

Quand la mère du poète se demandait où le poète avait été conçu, trois possibilités seulement entraient en ligne de compte : une nuit sur le banc d'un square, un après-midi dans l'appartement d'un copain du père du poète, ou un matin dans un coin romantique des environs de Prague.

Quand le père du poète se posait la même question, il parvenait à la conclusion que le poète avait été conçu dans l'appartement de son copain, car ce jour-là tout avait marché de travers. La mère du poète refusait d'aller chez le copain du père, ils se disputèrent à deux reprises et par deux fois se réconcilièrent, pendant qu'ils faisaient l'amour la serrure de l'appartement voisin grinça, la mère du poète s'effraya, ils s'interrompirent, puis ils se remirent à s'aimer et terminèrent avec une nervosité réciproque à laquelle le père attribuait la conception du poète.

La mère du poète, en revanche, n'admettait pas une seconde que le poète eût été conçu dans un appartement prêté (il y régnait un désordre de célibataire, et la mère considérait avec répugnance le drap du lit défait où traînait le pyjama froissé de l'inconnu) et elle rejetait pareillement la possibilité qu'il eût été conçu sur le banc d'un square où elle ne s'était laissé convaincre de faire l'amour qu'à contrecœur et sans plaisir, songeant avec dégoût que c'étaient les prostituées qui faisaient ainsi l'amour sur les bancs des squares. Elle était donc absolument convaincue que le poète n'avait pu être conçu que pendant une matinée d'été ensoleillée à l'abri d'un grand rocher qui se dressait pathétiquement parmi d'autres rochers dans un vallon où les Pragois viennent se promener le dimanche.

Ce décor-là convient, pour plusieurs raisons, comme lieu de la conception du poète : éclairé par le soleil de midi, c'est un décor, non d'obscurité mais de lumière, de jour, non de nuit ; c'est un lieu situé au centre d'un espace naturel ouvert, donc un lieu fait pour l'envol et pour les ailes ; et enfin, sans être bien éloigné des derniers immeubles de la ville, c'est un paysage romantique parsemé de rochers surgis d'un sol sauvagement déchiqueté. Pour la mère, tout cela semblait une image expressive de ce qu'elle vivait alors. Son grand amour pour le père du poète n'était-il pas une révolte romantique contre la platitude et la régularité de la vie de ses parents ? N'y avait-il pas une secrète ressemblance entre l'audace dont elle faisait preuve, fille de riches commerçants, en choisissant un ingénieur sans le sou qui venait seulement de terminer ses études, et ce paysage indompté ?

La mère du poète vivait alors un grand amour, même si la déception dut suivre, de quelques semaines, la belle matinée passée au pied du rocher. En effet, quand elle vint annoncer à son amant, avec une joyeuse excitation, que l'indisposition intime qui troublait chaque mois de sa vie se faisait attendre depuis plusieurs jours, l'ingénieur affirma avec une indifférence révoltante (mais, nous semble-t-il, feinte et embarrassée) qu'il s'agissait d'une insignifiante perturbation du cycle vital qui retrouverait certainement son rythme bienfaisant. La mère devina que son amant refusait de partager ses espoirs et ses joies, elle en fut blessée et ne lui parla plus, jusqu'au jour où le médecin lui annonça qu'elle était enceinte. Le père du poète dit connaître un gynécologue qui les délivrerait discrètement de leurs soucis, et la mère éclata en sanglots.

Émouvantes conclusions des révoltes ! Elle s'était d'abord révoltée contre ses parents au nom du jeune ingénieur et elle était ensuite accourue auprès de ses parents, réclamant leur aide contre lui. Et ses parents ne la déçurent pas : ils allèrent trouver l'ingénieur, lui parlèrent franchement, et l'ingénieur, ayant clairement compris qu'il n'y avait pas moyen d'échapper, consentit à un mariage pompeux et accepta sans protester une dot considérable qui lui permettait d'ouvrir sa propre entreprise de construction ; puis il transporta sa modeste fortune, qui tenait dans deux valises, dans la villa où la jeune mariée vivait avec ses parents depuis le jour de sa naissance.

La prompte capitulation de l'ingénieur ne pouvait cependant pas cacher à la mère du poète que l'aventure où elle s'était précipitée avec une étourderie qu'elle trouvait sublime n'était pas le grand amour partagé auquel elle croyait avoir un plein droit. Son père était le propriétaire de deux florissantes drogueries pragoises, et la fille professait la morale des comptes équilibrés ; dès lors qu'elle avait tout investi dans l'amour (n'était-elle pas prête à trahir ses propres parents et leur foyer paisible ?), elle voulait que son partenaire investît dans la caisse commune une somme égale de sentiments. S'efforçant de réparer l'injustice, elle voulait retirer de la caisse commune de l'affection ce qu'elle y avait déposé, et après le mariage elle offrait à son mari un visage altier et sévère.

La sœur de la mère du poète avait récemment quitté la villa familiale (elle s'était mariée et elle avait loué un appartement dans le centre de Prague) de sorte que le vieux commerçant et son épouse restèrent dans les pièces du rez-de-chaussée et que l'ingénieur et leur fille purent s'installer dans les trois pièces du haut — deux grandes et une plus petite — dont l'aménagement était exactement tel que le père de la jeune mariée l'avait choisi vingt ans plus tôt quand il avait fait construire la villa. De recevoir comme foyer un intérieur tout installé faisait plutôt l'affaire de l'ingénieur, car hormis le contenu des deux valises susmentionnées il ne possédait strictement rien ; il suggéra pourtant quelques menus aménagements pour modifier l'aspect des pièces. Mais la mère du poète ne pouvait admettre que l'homme qui avait voulu l'envoyer sous le couteau du gynécologue osât bouleverser l'ancienne disposition de l'intérieur où logeaient l'esprit de ses parents, vingt ans de douces habitudes, d'intimité réciproque et de sécurité.

Cette fois encore, le jeune ingénieur capitula sans combat et ne se permit qu'une modeste protestation que nous tenons à signaler : dans la chambre des époux, il y avait une petite table dont le pied robuste supportait une lourde plaque ronde en marbre gris où était posée la statuette d'un homme nu ; l'homme tenait dans la main gauche une lyre appuyée contre sa hanche rebondie ; son bras droit s'incurvait dans un geste pathétique, comme si ses doigts venaient à l'instant de frapper les cordes ; il avait la jambe droite en avant, la tête légèrement inclinée, et ses yeux étaient tournés vers le ciel. Ajoutons encore que l'homme avait un visage extrêmement beau, qu'il avait les cheveux bouclés et que la blancheur de l'albâtre dans lequel était sculptée la statuette donnait au personnage quelque chose de tendrement féminin ou de *divinement* virginal ; ce n'est d'ailleurs pas un hasard si nous venons d'employer le mot divinement : d'après l'inscription gravée sur le socle, l'homme à la lyre était le dieu grec Apollon.

Mais il était rare que la mère du poète pût voir l'homme à la lyre sans se fâcher. La plupart du temps, il offrait aux regards son postérieur, tantôt il servait de patère au chapeau de l'ingénieur, tantôt une chaussure était accrochée à sa tête délicate, et d'autres fois encore il était revêtu d'une chaussette de l'ingénieur qui, parce qu'elle puait, était une profanation particulièrement odieuse du maître des Muses.

Si la mère du poète accueillait tout cela avec impatience, son maigre sens de l'humour n'était pas seul en cause : elle avait en effet très justement deviné qu'en mettant une chaussette sur le corps d'Apollon son mari lui faisait savoir, par cette bouffonnerie, ce qu'il lui dissimulait poliment par son silence : qu'il rejetait son univers et qu'il n'avait que très provisoirement capitulé devant lui.

Ainsi l'objet d'albâtre devint un véritable dieu antique, c'est-à-dire un être du monde surnaturel qui intervient dans l'univers humain, brouille les destinées, conspire et dévoile le secret. La jeune mariée le considérait comme son allié, et sa songeuse féminité en fit une créature vivante, dont les yeux prenaient parfois les couleurs d'iris illusoires et dont la bouche semblait respirer. Elle s'éprit de ce petit homme nu, qui était humilié pour elle et à cause d'elle. Elle contemplait son charmant visage et commençait à souhaiter que l'enfant qui grandissait dans son ventre ressemblât à ce bel ennemi de l'époux. Elle voulait qu'il lui ressemblât à tel point qu'elle pût s'imaginer qu'il était né des œuvres, non de l'époux, mais du jeune homme. Elle l'implorait de rectifier par un effet de sa magie les traits de l'embryon, de les transformer, de les transfigurer, comme jadis le grand Titien quand il peignait un de ses tableaux sur la toile gâchée d'un apprenti.

Prenant instinctivement modèle sur la Vierge Marie, qui fut mère sans l'entremise d'un procréateur humain et devint ainsi l'idéal d'un amour maternel où le père ne s'immisce pas et ne vient pas semer le trouble, elle éprouvait le désir provocant de prénommer son enfant Apollon, car ce prénom signifiait pour elle *celui qui n'a pas de père humain*. Mais elle savait que son fils aurait la vie dure avec un nom aussi pompeux et qu'ils seraient, lui comme elle, la risée publique. Elle chercha donc un prénom tchèque qui fût digne du dieu juvénile de la Grèce et elle songea au prénom de Jaromil (qui signifie *celui qui aime le printemps* ou *celui qui est aimé du printemps*), et ce choix fut approuvé de tous.

D'ailleurs on était justement au printemps et les lilas étaient en fleur quand on la conduisit à la clinique ; là, après quelques heures de souffrance, le jeune poète se laissa glisser de sa chair sur le drap souillé du monde.

2

Ensuite on plaça le poète près de son lit dans un berceau et elle écouta les cris délicieux ; son corps douloureux était empli d'orgueil. N'envions pas au corps cette fierté ; il n'en avait guère éprouvé jusque-là, bien qu'il fût assez bien fait : il avait certes la croupe plutôt inexpressive et les jambes un peu courtes, mais en revanche la poitrine extraordinairement jeune, et sous des cheveux fins (si ténus qu'il était difficile d'y arranger une coiffure) un visage peut-être pas éblouissant mais d'un charme discret.

Maman avait toujours été beaucoup plus consciente de sa discrétion que de son charme, d'autant qu'elle avait vécu depuis l'enfance auprès d'une sœur aînée qui dansait remarquablement, s'habillait chez le meilleur couturier de Prague et, parée d'une raquette de tennis, pénétrait aisément dans le monde des hommes chics, tournant le dos à la maison natale. La voyante impétuosité de sa sœur confirma la mère dans sa modestie boudeuse, et elle apprit, par protestation, à aimer la gravité sentimentale de la musique et des livres.

Certes, avant de connaître l'ingénieur, elle était sortie avec un autre garçon, étudiant en médecine, qui était le fils d'amis de ses parents, mais cette liaison ne put donner à son corps beaucoup d'assurance. Après qu'il l'eut initiée à l'amour physique dans une maison de campagne, elle rompit avec lui dès le lendemain avec la certitude mélancolique que ni ses sentiments ni ses sens ne connaîtraient jamais le grand amour. Et comme elle venait de passer son baccalauréat, elle annonça qu'elle voulait voir le sens de sa vie dans le travail et elle décida de s'inscrire (malgré la désapprobation de son père qui était un homme pratique) à la faculté des lettres.

Son corps déçu avait déjà passé quatre ou cinq mois sur le large banc d'un amphithéâtre universitaire quand il rencontra dans la rue un jeune ingénieur insolent qui l'interpella et s'empara de lui au bout de trois rendez-vous. Et parce que cette fois-ci le corps était grandement (et à sa grande surprise) satisfait, l'âme oublia bien vite l'ambition d'une carrière universitaire et (comme doit toujours le faire une âme raisonnable) s'empressa de prêter concours au corps : elle acquiesçait volontiers aux idées de l'ingénieur, à sa joyeuse insouciance, à sa charmante irresponsabilité. Tout en sachant que ces qualités-là étaient étrangères à sa famille, elle voulait s'identifier à elles, parce qu'à leur contact son corps tristement modeste cessait de douter et commençait, à son propre étonnement, à jouir de soi-même.

Etait-elle donc enfin heureuse ? Pas tout à fait : elle était ballottée entre les doutes et la confiance ; quand elle se déshabillait devant la glace elle se regardait avec ses yeux à lui et se trouvait tantôt excitante, tantôt insipide. Elle livrait son corps à la merci des yeux d'autrui — et il y avait là une grande incertitude.

Mais bien qu'elle hésitât entre l'espérance et le doute, elle s'était définitivement arrachée à sa résignation prématurée ; la raquette de tennis de sa sœur ne la démoralisait plus ; son corps vivait enfin comme un corps et elle comprenait qu'il est beau de vivre ainsi. Elle souhaitait que cette vie nouvelle fût autre chose qu'une promesse trompeuse, qu'elle fût une vérité durable ; elle souhaitait que l'ingénieur l'arrachât au banc de la faculté et à la maison natale et fît d'une aventure d'amour l'aventure d'une vie. C'est pourquoi elle accueillit sa grossesse avec enthousiasme : elle se voyait, elle-même, l'ingénieur et son enfant, et il lui semblait que cette triade s'élevait jusqu'aux étoiles et emplissait l'univers.

Nous l'avons déjà expliqué au chapitre précédent : la mère comprit bien vite que l'homme qui recherchait une aventure d'amour redoutait l'aventure d'une vie et ne souhaitait nullement se changer avec elle en une double statue s'élevant jusqu'aux étoiles. Mais nous savons aussi que cette fois son assurance ne s'écroula pas sous la pression de la froideur de l'amant. Quelque chose de très important avait en effet changé. Le corps de la mère, que les yeux de l'amant tenaient récemment encore à leur merci, venait d'entrer dans une nouvelle phase de son histoire : il avait cessé d'être un corps pour les yeux d'autrui, il était un corps pour quelqu'un qui n'avait pas encore d'yeux. La surface externe n'en était plus si importante ; le corps touchait un autre corps par sa membrane interne, encore jamais vue de personne. Les yeux du monde extérieur ne pouvaient donc en saisir que l'apparence inessentielle et même l'opinion de l'ingénieur ne comptait plus pour lui ne pouvant aucunement influer sur sa grande destinée ; le corps accédait enfin à une indépendance et à une autonomie totales ; le ventre qui grossissait et enlaidissait était pour ce corps une réserve sans cesse croissante de fierté.

Après l'accouchement, le corps de la mère entra dans une nouvelle période. Quand elle sentit pour la première fois la bouche tâtonnante de son fils téter son sein, un doux frisson explosa au milieu de sa poitrine et irradia dans tout son corps des rayons frémissants ; cela ressemblait à la caresse de l'amant, mais il y avait quelque chose de plus : un grand bonheur paisible, une grande quiétude heureuse. Cela, elle ne l'avait jamais connu auparavant ; quand l'amant baisait son sein, c'était une seconde qui devait racheter des heures de doute et de méfiance ; mais maintenant elle savait que la bouche qui se pressait contre son sein lui apportait la preuve d'un attachement ininterrompu dont elle pouvait être certaine.

Et il y avait encore autre chose : quand l'amant touchait son corps dénudé, elle éprouvait toujours un sentiment de pudeur ; l'approche mutuelle était toujours le dépassement d'une altérité et l'instant de l'étreinte n'était enivrant que parce qu'il n'était qu'un instant. La pudeur ne s'assoupissait jamais, elle rendait l'amour exaltant, mais en même temps elle surveillait le corps, de peur qu'il ne s'abandonnât tout entier. Mais cette fois, la pudeur avait disparu ; elle était abolie. Les deux corps s'ouvraient tout entiers l'un à l'autre et n'avaient rien à se cacher.

Jamais elle ne s'était abandonnée pareillement à un autre corps, et jamais un autre corps ne s'était abandonné à elle pareillement. L'amant pouvait jouir de son ventre, mais il n'y avait jamais habité, il pouvait toucher son sein, mais il n'y avait jamais bu. Ah, l'allaitement ! Elle observait amoureusement les mouvements de poisson de la bouche édentée et s'imaginait que son fils buvait, en même temps que son lait, ses pensées, ses fantaisies et ses songes.

C'était un état *édénique :* le corps pouvait être pleinement corps et n'avait pas besoin de se cacher sous une feuille de vigne ; ils étaient plongés dans l'espace illimité d'un temps serein ; ils vivaient ensemble comme vivaient Adam et Ève avant d'avoir mordu la pomme de l'arbre de la connaissance ; ils vivaient dans leur corps en dehors du bien et du mal ; et pas seulement ça : au Paradis la laideur ne se distingue pas de la beauté, de sorte que toutes les choses dont se compose le corps n'étaient pour eux ni laides ni belles, mais seulement délicieuses ; délicieuses étaient les gencives, bien qu'elles fussent édentées, délicieux était le sein, délicieux était le nombril, délicieux était le petit derrière, délicieux étaient les intestins dont le fonctionnement était attentivement surveillé, délicieux étaient les poils qui se dressaient sur le crâne grotesque. Elle veillait attentivement sur les rots, pipis et cacas de son fils et ce n'était pas seulement une sollicitude d'infirmière préoccupée de la santé de l'enfant ; non, elle veillait sur toutes les activités du petit corps avec *passion.*

C'était là quelque chose de tout à fait nouveau, car la mère éprouvait depuis l'enfance une répugnance extrême à l'égard de l'animalité, celle des autres aussi bien que la sienne ; elle trouvait dégradant de s'asseoir sur le siège des waters (du moins prenait-elle toujours soin qu'on ne la vît pénétrer dans cet endroit), et il y avait même des périodes où elle avait honte de manger devant les gens, parce que la mastication et la déglutition lui paraissaient répugnantes. Et voici qu'étrangement l'animalité de son fils, élevée au-dessus de toute laideur, purifiait et justifiait à ses yeux son propre corps. Le lait dont il restait parfois une gouttelette sur la peau ridée de son téton lui semblait aussi poétique qu'une perle de rosée ; il lui arrivait souvent de prendre un de ses seins et de le presser légèrement pour apercevoir la goutte magique ; elle la recueillait sur son index et la goûtait ; elle se disait qu'elle voulait connaître la saveur du breuvage dont elle nourrissait son fils, mais elle voulait plutôt connaître le goût de son propre corps ; et comme son lait lui paraissait délectable, cette saveur la réconciliait avec tous ses autres sucs et avec toutes ses autres humeurs ; elle commençait elle-même à se trouver délectable, son corps lui paraissait agréable, naturel et bon comme toutes les choses de la nature, comme l'arbre, comme le buisson, comme l'eau.

Malheureusement, elle était si heureuse de son corps qu'elle le négligeait ; un jour elle s'aperçut qu'il était trop tard, qu'il lui resterait sur le ventre une peau ridée avec des stries blanchâtres dans le derme, une peau qui n'adhérait pas fermement à la chair, mais semblait une enveloppe lâchement cousue. Pourtant, chose étrange, elle n'en fut pas désespérée. Même avec le ventre ridé, le corps de la mère était heureux parce que c'était un corps pour des yeux qui ne percevaient encore du monde que des contours confus et qui ne savaient pas (n'étaient-ce pas des yeux *édéniques* ?) qu'il existe un monde cruel où l'on fait une distinction entre les corps selon leur laideur et leur beauté.

Si les yeux de l'enfant ne voyaient pas cette

distinction, en revanche les yeux du mari, qui avait tenté de se réconcilier avec elle après la naissance de Jaromil, ne la voyaient que trop. Ils faisaient à nouveau l'amour, après un très long intervalle ; mais ce n'était pas comme avant : ils choisissaient pour l'amour physique des moments discrets et banals, ils s'aimaient dans l'obscurité et avec modération. Pour ce qui est de la mère, cela l'arrangeait certainement : elle savait que son corps était enlaidi et elle redoutait de perdre bien vite dans des caresses trop vives et passionnées la délectable paix intérieure que lui donnait son fils.

Non, non, elle n'oublierait jamais que son mari lui avait donné un plaisir plein d'incertitudes, et son fils une sérénité pleine de bonheur ; elle continuait donc à chercher auprès de lui (il se traînait déjà, marchait déjà, parlait déjà) son réconfort. Il tomba gravement malade et elle resta quinze jours presque sans fermer l'œil, constamment avec le petit corps brûlant convulsé de douleur ; cette période aussi, elle la passa dans une sorte d'extase ; quand la maladie commença à reculer, elle se dit qu'elle avait traversé le royaume des morts avec le corps de son fils dans les bras, et qu'elle en était revenue avec lui ; elle se dit aussi qu'après cette épreuve commune rien ne pourrait jamais plus les séparer.

Le corps de l'époux, enveloppé dans un costume ou dans un pyjama, ce corps discret et clos sur lui-même, s'éloignait d'elle et perdait de jour en jour de son intimité, mais le corps du fils était à chaque instant sous sa dépendance ; certes, elle ne le nourrissait plus, mais elle lui apprenait à utiliser les waters, elle l'habillait et le déshabillait, choisissait sa coiffure et ses vêtements, entrait chaque jour en contact avec ses viscères par le truchement des mets qu'elle lui préparait avec amour. Quand à l'âge de quatre ans il commença à souffrir d'inappétence, elle se montra sévère ; elle l'obligeait à manger et, pour la première fois, elle éprouvait le sentiment de n'être pas seulement l'amie, mais aussi la *souveraine* de ce corps ; ce corps se rebellait, se défendait, refusait d'avaler, mais il y était contraint ; elle observait avec une étrange satisfaction cette vaine résistance et cette capitulation, le cou mince où l'on pouvait suivre le cheminement de la bouchée avalée à contrecœur.

Ah, le corps du fils, son chez-soi et son Paradis, son royaume…

3

Et l'âme de son fils ? N'était-ce pas son royaume ? Oh si, si ! Lorsque Jaromil prononça un mot pour la première fois et que ce mot fut *maman*, la mère fut follement heureuse ; elle se disait que l'intelligence de son fils qui se composait encore d'un seul et unique concept n'était occupée que d'elle seule, et qu'à l'avenir cette intelligence allait croître, se ramifier et s'enrichir, mais qu'elle en resterait toujours la racine. Agréablement encouragée, elle suivit ensuite soigneusement toutes les tentatives de son fils pour acquérir l'usage de la parole, et, comme elle savait que la mémoire est fragile et que la vie est longue, elle acheta un agenda relié à couverture grenat et y inscrivit tout ce qui sortait de la bouche de son fils.

Donc, si nous nous aidons du journal de la mère, nous constaterons que le mot *maman* fut bientôt suivi d'autres mots, et que le mot *papa* n'apparaît qu'à la septième place après les mots *mémé, pépé, toutou, tutu, ouah-ouah* et *pipi*. Après ces mots simples (dans le journal de la mère, ils sont toujours accompagnés d'un bref commentaire et d'une date), nous trouvons les premiers essais de phrase. Nous apprenons que bien avant son deuxième anniversaire, il prononça : *maman est gentille*. Quelques semaines plus tard, il dit : *maman aura panpan*. Pour cette remarque, qu'il proféra après que la mère eut refusé de lui donner du sirop de framboise avant le déjeuner, il reçut une fessée, après quoi il s'écria en pleurant : *je veux une autre maman !* En revanche, une semaine plus tard, il fit à sa mère une grande joie en proclamant : *j'ai la plus belle maman.* Une autre fois il dit : *maman, je vais te donner un baiser sucette,* par quoi il faut entendre qu'il tira la langue et se mit à lécher tout le visage maternel.

En sautant quelques pages, nous arrivons à une réflexion qui retient notre attention par sa forme rythmique. Son grand-père avait promis à Jaromil de lui donner un petit pain au chocolat, mais ensuite il avait oublié sa promesse et avait mangé le petit pain ; Jaromil se sentit grugé, se mit très en colère et répéta plusieurs fois : *le grand-papa est vilain, il a volé mon petit pain.* En un certain sens, cette sentence est à rapprocher de celle déjà citée : *maman aura panpan,* mais cette fois-ci, on ne lui donna pas la fessée car tout le monde rit, y compris grand-papa, et ensuite on se répétait souvent ces mots en famille avec amusement, ce qui n'échappait évidemment pas au perspicace Jaromil. Celui-ci ne comprit sans doute pas alors la raison de son succès, mais, pour notre part, nous savons fort bien que c'est la rime qui le sauva de la raclée et que c'est de cette façon que lui fut révélé pour la première fois le pouvoir magique de la poésie.

D'autres réflexions rimées figurent dans les pages suivantes du journal de la mère, et les commentaires maternels montrent clairement que c'était là une source de joie et de satisfaction pour toute la famille. C'est ainsi, paraît-il, qu'il composa un portrait condensé de la bonne, Annette : *la bonne Annette est comme une belette.* Ou bien nous lisons un peu plus loin : *on va dans les bois, le cœur est en joie.* Maman s'imaginait que cette activité poétique était due, outre le talent tout à fait original que possédait Jaromil, à l'influence des poèmes enfantins qu'elle lui lisait en si grande abondance qu'il pouvait aisément croire que le tchèque se compose exclusivement de trochées, mais nous devons rectifier sur ce point l'opinion maternelle : plus important que le talent et que les modèles littéraires était ici le rôle du grand-père, esprit sobre et pratique et ardent ennemi de la poésie, qui inventait à dessein les distiques les plus sots et les apprenait en cachette à son petit-fils.

Jaromil ne tarda pas à s'apercevoir que ses paroles étaient enregistrées avec une grande attention et il commença à se comporter en conséquence ; s'il avait d'abord usé de la parole pour se faire comprendre, il parlait à présent pour susciter l'approbation, l'admiration ou le rire. Il se réjouissait par avance de l'effet que ses paroles allaient produire sur les autres, et comme il lui arrivait souvent de ne pas obtenir la réaction souhaitée, il essayait de dire des incongruités pour attirer l'attention sur lui. Ça ne lui réussissait pas toujours ; quand il dit à son père et à sa mère : *vous êtes tous des péteux* (il avait entendu le mot péteux de la bouche d'un gamin dans le jardin voisin et il se souvenait que tous les autres gosses avaient beaucoup ri), le père lui donna une gifle.

Depuis, il observait attentivement ce que les grandes personnes appréciaient dans ses paroles, ce qu'elles approuvaient, ce qu'elles désapprouvaient et ce qui les frappait de stupeur ; ainsi, un jour qu'il était avec sa mère dans le jardin, il put prononcer une phrase imprégnée de la mélancolie des lamentations de la grand-mère : *maman, la vie est comme les mauvaises herbes.*

Il est difficile de dire ce qu'il entendait par cette réflexion ; ce qui est certain, c'est qu'il n'avait pas en vue cette insignifiance vivace et cette insignifiante vivacité qui est le propre des herbes adventices, mais qu'il voulait probablement exprimer l'idée somme toute assez vague que la vie est une chose triste et vaine. Bien qu'il eût dit autre chose que ce qu'il voulait dire, l'effet de ses paroles fut grandiose ; la mère se tut, lui caressa les cheveux et le regarda dans les yeux d'un regard humide. Jaromil fut grisé par ce regard où se lisait un éloge ému, au point qu'il eut envie de le revoir. Pendant une promenade, il donna un coup de pied dans un caillou et dit à sa mère : *maman, je viens de donner un coup de pied dans ce caillou et maintenant j'en ai tellement pitié que j'ai envie de le caresser,* et c'est vrai qu'il se baissa pour caresser le caillou.

La mère était persuadée non seulement que son fils était doué, mais aussi qu'il était d'une sensibilité exceptionnelle et différent des autres enfants. Elle faisait souvent part de cette opinion au grand-père et à la grand-mère, ce que Jaromil, qui jouait modestement avec ses soldats ou au cheval, constatait avec un immense intérêt. Il plongeait ensuite son regard dans les yeux des visiteurs et s'imaginait avec ravissement que ces yeux le voyaient sous les traits d'un enfant exceptionnel et singulier, qui n'était peut-être pas du tout un enfant.

Quand son sixième anniversaire approcha et qu'il ne lui resta plus que quelques mois avant d'aller à l'école, la famille insista pour qu'il eût une chambre indépendante et qu'il dormît seul. La mère voyait avec regret le temps passer, mais elle accepta. Elle s'entendit avec son mari pour offrir à son fils comme cadeau d'anniversaire la troisième et plus petite pièce de l'étage supérieur et pour lui acheter un divan et d'autres meubles comme il convient pour une chambre d'enfant : une petite étagère, un miroir pour inciter à la propreté, et une petite table de travail.

Le père suggéra de décorer la chambre avec les propres dessins de Jaromil et il se mit aussitôt à encadrer des gribouillages puérils représentant des pommes et des jardins. C'est alors que la mère s'approcha de lui et dit : « Je voudrais te demander quelque chose. » Il la regarda et la voix de la mère, à la fois timide et énergique, poursuivit : « Je voudrais des feuilles de papier et des couleurs. » Puis elle alla s'asseoir à une table dans sa chambre, étendit devant elle une première feuille de papier et y dessina longuement des lettres au crayon ; enfin elle humecta un pinceau de couleur rouge et commença à peindre les premières lettres, puis un V majuscule. Le V fut suivi d'un *i* et le résultat fut une inscription : *La Vie est comme les mauvaises herbes*. Elle examina son ouvrage et se sentit satisfaite : les lettres étaient droites et à peu près d'égale grandeur ; elle prit pourtant une nouvelle feuille de papier et y dessina de nouveau l'inscription et se remit à colorier, en bleu foncé cette fois-ci, car cette couleur lui semblait s'accorder beaucoup mieux avec l'ineffable tristesse de la maxime de son fils.

Puis elle se souvint que Jaromil avait dit *Le grand-papa est vilain, il a volé mon petit pain* et, avec un sourire heureux sur les lèvres, elle commença à écrire (en rouge vif) *Le grand-papa c'est certain, il aime beaucoup le petit pain.* Puis, avec un sourire secret, elle se souvint encore de *Vous êtes tous des péteux,* mais s'abstint de reproduire cette pensée, en revanche elle dessina et coloria (en vert) *Nous allons dans les bois, le cœur nous danse de joie,* puis (en violet) *Annette est comme une belette* (certes Jaromil avait dit la bonne Annette, mais la mère trouvait le mot bonne malsonnant) puis elle se souvint que Jaromil s'était baissé pour caresser un caillou et après un instant de réflexion elle se mit à écrire (en bleu ciel) *Je ne pourrais pas faire de mal à une pierre* et enfin, avec un léger sentiment de gêne mais avec d'autant plus de plaisir, elle dessina (en orange) *Maman je vais te donner un baiser sucette,* puis encore (en lettres dorées) *Ma maman est la plus belle de toutes.*

La veille de son anniversaire, ses parents envoyèrent Jaromil surexcité coucher en bas chez sa grand-mère et ils entreprirent de déménager les meubles et de décorer les murs. Le lendemain matin, quand ils firent venir l'enfant dans la pièce métamorphosée, maman était nerveuse et Jaromil ne fit rien pour dissiper son trouble ; il était éberlué et ne disait rien ; l'essentiel de son intérêt (mais il le manifestait mollement et timidement) allait à la table de travail ; c'était un meuble bizarre qui ressemblait à un pupitre d'écolier, le plateau de l'écritoire (incliné et mobile, au-dessous duquel un espace était aménagé pour les cahiers et les livres) était d'un seul tenant avec le siège.

« Eh bien, qu'en dis-tu, ça ne te fait pas plaisir ? demanda la mère avec impatience.

— Si, ça me fait plaisir, répondit l'enfant.

— Et qu'est-ce qui te fait le plus plaisir ? s'enquit le grand-père qui contemplait la scène, si longtemps attendue, debout sur le seuil de la chambre avec la grand-mère.

— Le pupitre », dit l'enfant. Il s'assit et se mit à soulever et rabattre le couvercle.

« Et que dis-tu des tableaux ? » demanda le père en montrant les dessins encadrés.

L'enfant leva la tête et sourit : « Je les connais.

— Et comment les trouves-tu, comme ça, sur le mur ? »

L'enfant, qui était toujours assis à son petit bureau, hocha la tête pour indiquer que les dessins sur le mur lui plaisaient.

Maman avait le cœur serré et elle eût préféré disparaître de la pièce. Mais elle était là et ne pouvait passer sous silence les inscriptions encadrées et accrochées au mur, car elle aurait ressenti ce silence comme une condamnation. C'est pourquoi elle dit : « Et regarde les inscriptions. »

L'enfant baissait la tête et regardait à l'intérieur du petit bureau.

« Tu sais, je voulais, reprit-elle en proie à une grande confusion, je voulais que tu puisses te rappeler comment tu as grandi, du berceau jusqu'à l'école, parce que tu étais un petit garçon intelligent et que tu as été une joie pour nous tous... » Elle disait cela, comme si elle présentait des excuses et, parce qu'elle avait le trac, elle répéta plusieurs fois la même chose. Finalement, ne sachant plus quoi dire, elle se tut.

Mais elle se trompait en s'imaginant que Jaromil ne lui savait pas gré de son cadeau. Certes, il ne trouvait rien à dire, mais il n'était pas mécontent ; il était toujours fier de ses paroles et ne voulait pas les prononcer dans le vide. Maintenant qu'il les voyait soigneusement recopiées en couleurs et transformées en tableaux, il éprouvait le sentiment du succès, d'un succès même si grand et si inattendu qu'il ne savait comment y répondre et qu'il avait peur ; il comprenait qu'il était *un enfant qui prononce des paroles remarquables,* et il savait que cet enfant-là devait dire, à cet instant précis, quelque chose de remarquable, seulement rien de remarquable ne lui venait à l'esprit, il baissait donc la tête. Mais quand il apercevait dans l'angle de son regard ses propres paroles sur les murs, pétrifiées, figées, plus durables et plus grandes qu'il ne l'était lui-même, il en était grisé ; il avait l'impression d'être encerclé par sa propre personne, d'être innombrable, de remplir toute la pièce, de remplir toute la maison.

4

Avant de fréquenter l'école, Jaromil savait déjà lire et écrire, et maman décida qu'il pouvait entrer directement en classe de dixième ; elle obtint du ministère une autorisation exceptionnelle et Jaromil, après avoir passé un examen devant une commission spéciale, put prendre place parmi des élèves qui avaient un an de plus que lui. Comme à l'école tout le monde l'admirait, la salle de classe ne semblait être pour lui qu'un reflet de la maison familiale. Le jour de la fête des mères les élèves présentèrent leurs productions à la fête de l'école. Jaromil fut le dernier à monter sur l'estrade et récita un petit poème touchant qui lui valut de grands applaudissements de la part du public des parents.

Mais il constata bientôt que, derrière ce public qui l'applaudissait, il y avait un autre public qui l'épiait sournoisement et qui lui était hostile. Il était chez le dentiste dans la salle d'attente bondée et là, parmi les clients qui attendaient, il rencontra un camarade de classe. Ils étaient l'un à côté de l'autre, adossés à la fenêtre, et Jaromil s'aperçut qu'un vieux monsieur écoutait ce qu'ils disaient avec un sourire bienveillant. Encouragé par cette marque d'intérêt, il demanda à son camarade (en élevant un peu la voix pour que la question n'échappe à personne) ce qu'il ferait s'il était ministre de l'Éducation nationale. Comme son camarade ne savait pas quoi dire, il commença à développer lui-même ses propres considérations, ce qui ne lui était guère difficile, car il lui suffisait de répéter les discours de son grand-père, qui le divertissait ainsi régulièrement. Eh bien, si Jaromil était ministre de l'Éducation nationale, il y aurait deux mois d'école et dix mois de vacances, le maître devrait obéir aux enfants et aller chercher leur goûter chez le pâtissier et il se produirait encore bien des choses remarquables, que Jaromil exposait avec force détails et à haute et intelligible voix.

Puis la porte du cabinet du dentiste s'ouvrit, livrant passage à l'infirmière qui raccompagnait un client. Une dame, qui tenait sur ses genoux un livre à moitié refermé où elle avait glissé un doigt pour garder la page à laquelle elle avait interrompu sa lecture, se tourna vers l'infirmière et demanda d'une voix presque suppliante : « Je vous en prie, dites quelque chose à cet enfant ! C'est effrayant comme il se donne en spectacle ! »

Après Noël, le maître appela les élèves au tableau et leur demanda de raconter ce qu'ils avaient trouvé sous l'arbre. Jaromil commença à énumérer un jeu de constructions, des skis, des patins à glace, des livres, mais il constata bien vite que les enfants ne le regardaient pas avec la même ferveur qu'il les regardait lui-même, et que certains avaient au contraire une expression indifférente, voire hostile. Il s'interrompit et ne souffla mot des autres cadeaux.

Non, non, soyez sans crainte, nous n'avons pas l'intention de recommencer l'histoire mille fois contée du gosse de riches que ses petits camarades pauvres prennent en haine ; il y avait en effet dans la classe de Jaromil des enfants de familles plus fortunées que la sienne, et pourtant ils s'entendaient bien avec les autres et personne ne leur reprochait leur richesse. Qu'avait donc Jaromil qui déplaisait à ses camarades, qu'y avait-il donc en lui qui les agaçait, qu'est-ce qui le rendait différent ?

Nous hésitons presque à le dire : ce n'était pas la richesse, c'était l'amour de sa maman. Cet amour laissait des traces sur tout ; il était inscrit sur sa chemise, sur sa coiffure, sur les mots dont il se servait, sur le cartable où il rangeait ses cahiers d'écolier, et sur les livres qu'il lisait à la maison pour se distraire. Tout était spécialement choisi et arrangé pour lui. Les chemises que lui confectionnait sa parcimonieuse grand-mère ressemblaient, Dieu sait pourquoi, à des blouses de fillette plutôt qu'à des chemises de garçon. Il devait porter ses longs cheveux maintenus au-dessus du front par une barrette de sa mère pour ne pas les avoir dans les yeux. Quand il pleuvait, maman l'attendait devant l'école avec un grand parapluie, tandis que ses camarades se déchaussaient et pataugeaient dans les flaques.

L'amour maternel imprime sur le front des garçons une marque qui repousse la sympathie des camarades. Certes, avec le temps, Jaromil apprit à dissimuler habilement ce stigmate, mais après son entrée glorieuse à l'école il connut aussi une période difficile (qui dura un an ou deux) pendant laquelle ses camarades, qui se moquaient de lui avec passion, le rossèrent plusieurs fois pour se distraire. Mais même pendant cette période, qui fut la pire, il eut quelques amis, auxquels il fut reconnaissant pendant toute sa vie ; il faut en dire quelques mots :

Son ami numéro un, c'était son père : il prenait

parfois un ballon de football (il faisait du foot quand il était étudiant) et Jaromil se campait entre deux arbres du jardin ; il tirait dans sa direction et Jaromil s'imaginait qu'il était gardien de but et qu'il bloquait pour l'équipe nationale tchécoslovaque.

Son camarade numéro deux, c'était le grand-père. Il emmenait Jaromil dans ses deux magasins ; l'un était une grande droguerie dont le gendre assurait déjà seul la direction, l'autre était une parfumerie où la vendeuse était une jeune femme qui accueillait le gamin avec un sourire aimable, le laissant renifler tous les parfums, si bien que Jaromil apprit bientôt à reconnaître à l'odeur les différentes marques ; ensuite il fermait les yeux et il obligeait son grand-père à maintenir les flacons sous ses narines et à le mettre à l'épreuve. « Tu es un génie de l'odorat » ; son grand-père le félicitait et Jaromil rêvait d'être l'inventeur de nouveaux parfums.

Son ami numéro trois, c'était Alik. Alik était un petit chien fou qui habitait la villa depuis quelque temps ; bien qu'il fût mal élevé et indocile, Jaromil lui était redevable de jolis rêves, car il l'imaginait sous les traits d'un ami fidèle qui l'attendait dans le couloir de l'école, devant la classe, et qui le raccompagnait à la maison une fois les cours terminés, si fidèlement que tous ses camarades l'enviaient et voulaient le suivre.

Rêver de chiens devint la passion de sa solitude et l'entraîna même dans un bizarre manichéisme : les chiens représentaient pour lui le *bien* du monde animal, la somme de toutes les vertus naturelles ; il imaginait une grande guerre des chiens contre les chats (une guerre avec des généraux, des officiers, et toutes les ruses guerrières qu'il avait apprises en jouant avec ses soldats de plomb) et il était toujours du côté des chiens, de même que l'homme doit toujours être du côté de la justice.

Et comme il passait beaucoup de temps dans le bureau de son père avec un crayon et du papier, les chiens devinrent aussi le principal sujet de ses dessins : il y avait là un nombre incalculable de scènes épiques où les chiens étaient généraux, soldats, joueurs de football et chevaliers. Et comme ils ne pouvaient guère s'acquitter de ces rôles humains avec leur morphologie de quadrupèdes, Jaromil les représentait avec un corps d'homme. C'était une grande invention ! Quand il essayait de dessiner un être humain, il rencontrait en effet une grave difficulté : il n'arrivait pas à dessiner un visage humain ; en revanche, il réussissait à merveille la forme allongée de la tête canine avec la tache du nez à l'extrémité de la pointe, de sorte que ses rêveries et sa maladresse donnèrent naissance à un univers étrange d'hommes cynocéphales, un univers de personnages que l'on pouvait simplement et rapidement dessiner et associer à des matches de football, à des guerres et à des histoires de brigands. Jaromil dessinait des aventures à suivre et noircit ainsi une quantité de feuilles de papier.

Enfin, s'il y avait un garçon de son âge parmi ses amis, ce n'était que le numéro quatre : c'était un camarade de classe dont le père était le concierge de l'école, petit homme au teint bilieux qui dénonçait souvent des élèves au directeur ; ceux-ci se vengeaient de lui sur son fils, qui était le paria de la classe. Quand les élèves commencèrent à se détourner l'un après l'autre de Jaromil, le fils du concierge resta son seul admirateur fidèle et finit ainsi par être invité un jour dans la villa de banlieue ; on lui offrit à déjeuner, on lui offrit à dîner, il joua au jeu de constructions avec Jaromil et il fit avec lui ses devoirs. Le dimanche suivant, le père de Jaromil les emmena tous les deux à un match de football ; la partie fut splendide et tout aussi splendide le père de Jaromil qui connaissait tous les joueurs par leur nom et commentait la rencontre en initié, tant et si bien que le fils du concierge ne le quittait pas des yeux et que Jaromil avait de quoi être fier.

C'était une amitié apparemment comique : Jaromil toujours soigneusement vêtu, le fils du concierge troué aux coudes ; Jaromil avec ses devoirs soigneusement présentés, le fils du concierge peu doué pour les études. Et pourtant Jaromil se sentait bien à côté de ce compagnon fidèle, car le fils du concierge était extraordinairement vigoureux ; un jour d'hiver des camarades de classe les attaquèrent, mais ils trouvèrent à qui parler ; Jaromil était fier d'avoir triomphé, avec son ami, d'un adversaire supérieur en nombre, mais le prestige d'une défense réussie ne peut se comparer au prestige de l'attaque :

Un jour qu'ils flânaient ensemble entre les terrains vagues de la banlieue, ils rencontrèrent un gamin si bien lavé et si joliment vêtu qu'on aurait juré qu'il se rendait à une matinée enfantine. « Le chouchou à sa maman ! » dit le fils du concierge, et il lui barra la route. Ils lui posèrent des questions ironiques et se réjouirent de son effroi. Finalement, le gamin s'enhardit et tenta de les écarter. « Qu'est-ce que tu te permets ! Ça va te coûter cher ! » s'écria Jaromil, blessé jusqu'au fond de l'âme par ce contact impertinent ; le fils du concierge interpréta ces mots comme un signal et frappa le gamin au visage.

L'intellect et la force physique peuvent parfois se compléter remarquablement. N'est-il pas vrai que Byron éprouvait un fervent amour pour le boxeur Jackson qui entraînait avec dévouement le lord chétif à toutes sortes de sports ? « Ne le frappe pas, mais tiens-le ! » dit Jaromil à son ami et il alla cueillir une branche d'orties ; ensuite ils obligèrent le gamin à se déshabiller et le fouettèrent des pieds à la tête avec les orties. « Ça fera sûrement plaisir à ta maman de voir que son petit chouchou est rouge comme une écrevisse », lui disait en même temps Jaromil, et il éprouvait le sentiment grandiose d'une chaleureuse amitié envers son compagnon, le sentiment grandiose d'une haine chaleureuse envers tous les chouchous du monde.

5

Mais pourquoi au juste Jaromil restait-il fils unique ? Était-ce que sa mère ne voulait pas un deuxième enfant ?

Bien au contraire : elle souhaitait grandement retrouver l'époque bienheureuse des premières années maternelles, mais son mari invoquait toujours de nombreuses raisons pour ajourner la naissance d'un autre enfant. Certes, le désir qu'elle éprouvait d'un deuxième enfant ne diminuait pas, mais elle n'osait pas insister davantage car elle redoutait un nouveau refus de son mari, et elle savait que ce refus l'humilierait.

Mais plus elle s'interdisait de parler de son désir maternel, plus elle y pensait ; elle y pensait comme à une chose illicite, clandestine, donc interdite ; et l'idée que son mari pût lui faire un enfant ne l'attirait plus seulement à cause de l'enfant, mais acquérait dans ses pensées une tonalité lascivement équivoque ; *viens, fais-moi une petite fille*, disait-elle en pensée à son mari, et ces mots lui semblaient excitants.

Un soir que les deux époux étaient rentrés tard et un peu gais de chez des amis, le père de Jaromil, après s'être allongé auprès de sa femme et après avoir éteint la lumière (notons que, depuis le mariage, il ne la prenait qu'en aveugle, se laissant conduire au désir, non par la vue, mais par le toucher), rejeta la couverture et s'unit à elle. Le caractère exceptionnel de leurs rapports amoureux et la griserie du vin firent qu'elle se donna à lui avec une volupté qu'elle n'avait pas éprouvée depuis longtemps. L'idée qu'ils faisaient un enfant ensemble emplissait à nouveau son esprit et, quand elle sentit que l'époux approchait du paroxysme du plaisir, elle cessa de se maîtriser et se mit à lui crier dans son extase de renoncer à sa prudence habituelle, de ne pas se retirer d'elle, de lui faire un enfant, de lui faire une jolie petite fille, et elle le serrait si fermement et convulsivement contre elle qu'il dut se dégager avec violence pour être certain que le vœu de sa femme ne serait pas exaucé.

Ensuite, comme ils étaient étendus fatigués côte à côte, maman s'approcha de lui et se remit à chuchoter dans son oreille, disant qu'elle voulait encore un enfant de lui ; non, elle ne voulait pas insister davantage, elle voulait plutôt lui expliquer, comme pour s'excuser, pourquoi, quelques instants plus tôt, elle avait manifesté son désir d'être mère avec une telle violence et de façon si inattendue (et peut-être inconvenante, elle voulait bien l'admettre) ; elle ajouta que cette fois-ci ils auraient certainement une petite fille dans les traits de laquelle il pourrait se reconnaître de même qu'elle se reconnaissait dans les traits de Jaromil.

L'ingénieur lui dit alors (c'était la première fois depuis leur mariage qu'il le lui rappelait) qu'en ce qui le concernait il n'avait jamais voulu avoir un enfant d'elle ; qu'il avait été contraint de céder, quand il s'était agi de leur premier enfant, mais que maintenant c'était à son tour à elle de céder ; que si elle voulait qu'il pût se reconnaître dans les traits d'un deuxième enfant, il pouvait l'assurer que l'image la moins infidèle de lui-même il la trouverait dans les traits d'un enfant qui ne verrait jamais le jour.

Ils étaient allongés côte à côte et maman ne disait plus rien et au bout d'un bref instant elle éclata en sanglots et elle sanglota toute la nuit et son mari ne la toucha même pas, à peine lui dit-il quelques phrases apaisantes qui ne purent même pas pénétrer sous la vague la plus superficielle de ses larmes ; elle avait l'impression de tout comprendre enfin : l'homme auprès duquel elle vivait ne l'avait jamais aimée.

La tristesse où elle sombra fut le plus profond de tous les chagrins qu'elle avait connus jusqu'alors. Heureusement, la consolation que son mari lui refusait, quelqu'un d'autre la lui offrit : l'Histoire. Trois semaines après la nuit que nous venons d'évoquer, l'époux reçut sa feuille de mobilisation, boucla sa cantine et partit vers la frontière. La guerre risquait d'éclater d'un moment à l'autre, les gens achetaient des masques à gaz et aménageaient des abris antiaériens dans les caves. Et maman saisit comme une main salvatrice le malheur de sa patrie ; elle le vivait pathétiquement et passait de longues heures avec son fils auquel elle dépeignait les événements sous de vives couleurs.

Puis les grandes puissances se mirent d'accord à Munich et le père de Jaromil revint d'un fortin qui avait été occupé par l'armée allemande. Depuis, tous les membres de la famille se réunissaient en bas dans la chambre du grand-père et soir après soir ils passaient en revue les différentes démarches de l'Histoire que, encore récemment, ils croyaient assoupie (mais peut-être qu'elle épiait, faisant semblant de dormir) et qui venait soudain de bondir hors de son repaire pour dissimuler tout le reste à l'ombre de sa haute stature. Oh, comme elle se sentait bien, protégée par cette ombre ! Les Tchèques fuyaient en foule la région des Sudètes, la Bohême restait au centre de l'Europe comme une orange pelée, privée de toute défense, six mois plus tard, au petit matin, les tanks allemands firent irruption dans les rues de Prague et pendant ce temps-là la mère de Jaromil était toujours auprès d'un soldat auquel il était interdit de défendre sa patrie et elle avait complètement oublié que c'était l'homme qui ne l'avait jamais aimée.

Mais même dans les périodes où l'Histoire déferle aussi impétueusement, la vie quotidienne émerge tôt ou tard de l'ombre et le lit conjugal apparaît dans sa trivialité monumentale et sa stupéfiante permanence. Un soir que le père de Jaromil venait à nouveau de poser la main sur le sein de la mère, celle-ci se rendit compte que l'homme qui la touchait ainsi ne faisait qu'un avec celui qui l'avait humiliée. Elle repoussa sa main et lui rappela par une allusion subtile les paroles brutales qu'il avait prononcées quelque temps plus tôt.

Elle ne voulait pas être méchante ; elle voulait seulement signifier par ce refus que les grandes aventures des nations ne peuvent faire oublier les modestes aventures des cœurs ; elle voulait donner à son mari l'occasion de corriger aujourd'hui ses paroles d'hier et de rendre aujourd'hui courage à celle qu'il avait alors humiliée. Elle croyait que la tragédie de la nation l'avait rendu plus sensible et, même une caresse furtive, elle était prête à l'accueillir avec gratitude comme le signe d'un repentir et comme le début d'un nouveau chapitre de leur amour. Mais hélas ! l'époux dont la main venait d'être repoussée du sein de sa femme se tourna de l'autre côté et s'endormit assez rapidement.

Après la grande manifestation des étudiants de Prague, les Allemands fermèrent les universités tchèques et maman attendait vainement que son mari glisse à nouveau la main sous la couverture pour la poser sur sa poitrine. Le grand-père découvrit que la jolie vendeuse de la parfumerie le volait depuis dix ans, se mit en colère et mourut d'une attaque d'apoplexie. Les étudiants tchèques furent emmenés en camp de concentration dans des wagons à bestiaux, et maman consulta un médecin qui déplora le mauvais état de ses nerfs et lui recommanda d'aller se reposer. Il lui indiqua lui-même une pension à la lisière d'une petite station thermale entourée d'une rivière et d'étangs qui attiraient en été une foule de touristes amoureux de baignades, de pêche à la ligne et de promenades en barque. On était au début du printemps et elle s'émerveillait à la pensée de paisibles flâneries au bord de l'eau. Mais ensuite elle eut peur de la joyeuse musique de danse qui, oubliée, reste suspendue dans l'air aux terrasses des restaurants comme un poignant souvenir de l'été ; elle eut peur de sa propre nostalgie et elle décida qu'elle ne pouvait pas partir seule là-bas.

Ah, bien sûr ! elle sut tout de suite avec qui elle partirait. A cause du chagrin que lui causait son mari et à cause du désir qu'elle avait d'un deuxième enfant, elle l'oubliait presque depuis quelque temps. Comme elle était bête, comme elle se faisait du mal à elle-même en l'oubliant ! Repentante, elle se pencha sur lui : « Jaromil, tu es mon premier et mon deuxième enfant, dit-elle en pressant contre le sien son visage, et elle poursuivit la phrase insensée : tu es mon premier, mon deuxième, mon troisième, mon quatrième, mon cinquième, mon sixième et mon dixième enfant... » et couvrait son visage de baisers.

6

Une grande dame à la tête grise et au corps droit les accueillit sur le quai de la gare ; un paysan robuste saisit les deux valises et les porta devant la gare où attendait déjà un fiacre noir attelé d'un cheval ; l'homme s'assit sur le siège du cocher et Jaromil, sa mère et la grande dame prirent place sur deux banquettes en vis-à-vis et se laissèrent conduire à travers les rues de la petite ville jusqu'à une place dont un côté était bordé d'arcades Renaissance et l'autre d'une clôture métallique derrière laquelle s'étendait un jardin où se dressait un vieux château aux murs recouverts de vigne ; puis ils descendirent vers la rivière ; Jaromil aperçut une série de cabines en bois jaune, un plongeoir, des guéridons blancs avec des chaises, et au fond la rangée des peupliers le long de la rivière, mais déjà le fiacre poursuivait son chemin vers des villas isolées éparses au bord de l'eau.

Devant une de ces villas, le cheval s'arrêta, l'homme descendit du siège, prit les deux valises, et Jaromil et sa mère le suivirent à travers le jardin, un hall, un escalier, et se retrouvèrent dans une chambre où il y avait deux lits placés l'un contre l'autre comme sont placés l'un contre l'autre les lits conjugaux, et deux fenêtres dont l'une s'ouvrait comme une porte et donnait sur un balcon d'où l'on pouvait voir le jardin et au bout la rivière. Maman s'approcha de la balustrade du balcon et se mit à respirer profondément : « Ah !

quelle paix divine ! » dit-elle et de nouveau elle aspira et expira à fond, et elle regardait du côté de la rivière où se balançait une barque peinte en rouge amarrée à une passerelle en bois.

Le même jour, pendant le dîner servi en bas dans la petite salle, elle fit la connaissance d'un vieux couple qui logeait dans une autre chambre de la pension, et chaque soir c'était dans la pièce le bruissement d'une longue conversation tranquille ; tout le monde aimait bien Jaromil et sa mère écoutait avec plaisir ses bavardages, ses idées et sa discrète forfanterie. Oui, *discrète* : Jaromil n'oublierait plus jamais la dame de la salle d'attente du dentiste et chercherait toujours un paravent à l'abri duquel il pourrait échapper à son regard mauvais ; certes, il avait toujours soif d'être admiré, mais il avait appris à gagner l'admiration par des phrases brèves prononcées avec naïveté et modestie.

La villa dans le jardin paisible, la rivière sombre avec la barque amarrée qui faisait songer à de longues traversées, le fiacre noir qui s'arrêtait de temps à autre devant la villa pour emporter la grande dame semblable aux princesses des livres où l'on parle de châteaux forts et de palais, la piscine déserte où l'on pouvait descendre en sortant du fiacre comme on passe d'un siècle à un autre siècle, d'un rêve à un autre rêve, d'un livre à un autre livre, la place Renaissance aux arcades étroites dont les colonnes dissimulaient des chevaliers combattant à l'épée, tout cela composait un monde où Jaromil pénétrait avec enchantement.

L'homme au chien faisait aussi partie de ce bel univers ; quand ils l'aperçurent pour la première fois, il était immobile au bord de la rivière et regardait l'eau ; il portait un manteau de cuir, et un chien-loup noir était assis à côté de lui ; dans leur immobilité, tous deux semblaient des personnages venus d'un autre monde. Ils le rencontrèrent une deuxième fois au même endroit ; l'homme (toujours en manteau de cuir) jetait des cailloux devant lui et le chien les lui rapportait. A leur troisième rencontre (le décor était toujours le même : les peupliers et la rivière), l'homme adressa un bref salut à maman et ensuite, comme le constata le perspicace Jaromil, il se retourna longuement. Le lendemain, au moment où ils rentraient de leur promenade, ils virent le chien-loup noir assis à l'entrée de la villa. Quand ils pénétrèrent dans le hall, ils entendirent une conversation à l'intérieur et ils comprirent que la voix masculine était celle du maître du chien ; leur curiosité était si aiguisée qu'ils restèrent quelques instants immobiles dans le hall, à regarder autour d'eux et à bavarder, jusqu'à ce que la grande dame, propriétaire de la pension, apparût.

Maman montra le chien : « Qui est son maître ? Nous le rencontrons toujours pendant nos promenades. — C'est le professeur de dessin du lycée de la ville. » Maman fit observer qu'elle serait très heureuse de parler à un professeur de dessin, parce que Jaromil dessinait volontiers et elle souhaitait connaître l'avis d'un spécialiste. La propriétaire de la pension présenta l'homme à maman, et Jaromil dut courir dans sa chambre pour chercher son cahier de dessins.

Ensuite ils s'assirent tous les quatre dans le petit salon, la propriétaire de la pension, Jaromil, le maître du chien, qui examinait les dessins, et maman qui accompagnait l'examen d'un commentaire : elle expliquait que Jaromil disait toujours que ce qui l'intéressait ce n'était pas de dessiner des paysages ou des natures mortes, mais une action, et vraiment, disait-elle, elle trouvait que ses dessins possédaient une vitalité et un mouvement surprenants, bien qu'elle ne parvînt pas à comprendre pourquoi les protagonistes étaient toujours des hommes à tête de chien ; peut-être que si Jaromil dessinait de vrais personnages à figure humaine, ses modestes productions auraient une certaine valeur, mais comme ça elle ne pouvait malheureusement pas dire si tout ce travail du petit avait ou non un sens.

Le maître du chien examina les dessins avec satisfaction ; puis il déclara que c'était justement cette association d'une tête bestiale et d'un corps humain qui le séduisait dans ces dessins. Car cette association fantastique n'était pas une idée fortuite mais, comme le montrait un grand nombre de scènes dessinées par l'enfant, une image obsédante, quelque chose qui plongeait ses racines dans les profondeurs insondables de son enfance. La mère de Jaromil devait se garder de juger le talent de son fils à la seule habileté dont il faisait preuve dans la représentation du monde extérieur ; cette habileté-là, n'importe qui pouvait l'acquérir ; en tant que peintre (il laissait entendre, à présent, que l'enseignement n'était pour lui qu'un mal nécessaire, car il fallait bien gagner sa vie), ce qui l'intéressait dans les dessins de l'enfant, c'était justement cet univers intérieur si original que l'enfant projetait sur le papier.

Maman écoutait avec plaisir les éloges du peintre,

la grande dame caressait les cheveux de Jaromil en affirmant qu'il avait un grand avenir devant lui et Jaromil regardait sous la table et enregistrait dans sa mémoire tout ce qu'il entendait. Le peintre dit qu'il allait être muté l'année prochaine dans un lycée de Prague et qu'il serait heureux que la mère vînt lui montrer d'autres travaux de son fils.

L'univers intérieur ! C'étaient de grands mots et Jaromil les entendit avec une extrême satisfaction. Il n'a jamais oublié qu'à l'âge de cinq ans il était déjà considéré comme un enfant exceptionnel, différent des autres ; le comportement de ses camarades de classe, qui se moquaient de son cartable ou de sa chemise, l'avait également confirmé (durement parfois) dans sa singularité. Mais, jusqu'ici, cette singularité n'avait été pour lui qu'une notion vide et incertaine ; c'était un espoir incompréhensible ou un incompréhensible rejet ; mais à présent, elle venait de recevoir un nom : c'était un univers intérieur original ; et cette désignation trouvait immédiatement un contenu tout à fait précis : des dessins représentant des hommes à tête de chien. Certes, Jaromil savait bien qu'il avait fait cette admirable découverte d'hommes cynocéphales par hasard, pour la seule raison qu'il ne savait pas dessiner un visage humain ; ce qui lui suggérait l'idée confuse que l'originalité de son univers intérieur n'était pas le résultat d'un effort laborieux mais qu'elle s'exprimait par tout ce qui passait fortuitement et machinalement dans sa tête ; qu'elle lui était donnée, comme un don.

Dès lors, il suivit beaucoup plus attentivement ses propres pensées et commença à les admirer. Par exemple, l'idée lui vint qu'à sa mort le monde où il vivait cesserait d'exister. Cette pensée ne fit d'abord que fuser dans sa tête mais, cette fois-ci, instruit qu'il était de son originalité intérieure, il ne la laissa pas échapper (comme il avait laissé échapper auparavant tant d'autres pensées), il s'en empara aussitôt, l'observa, l'examina sous toutes ses faces. Il marchait le long de la rivière, fermait par instants les yeux et se demandait si la rivière existait, même quand il avait les yeux fermés. Évidemment, chaque fois qu'il rouvrait les yeux, la rivière continuait de couler comme avant, mais ce qu'il y avait de surprenant, c'est que Jaromil ne pouvait considérer qu'elle établissait ainsi la preuve qu'elle était réellement là quand il ne la voyait pas. Cela lui parut excessivement intéressant, il consacra à ses observations au moins une demi-journée puis il en parla à sa mère.

A mesure que le séjour approchait de sa fin, le plaisir qu'ils prenaient à leurs conversations ne cessait de croître. A présent, ils se promenaient seuls tous les deux après la tombée de la nuit, s'asseyaient au bord de l'eau sur un banc de bois vermoulu, se tenaient par la main et regardaient l'onde où se balançait une grosse lune. « Comme c'est beau », soupirait maman, et l'enfant voyait le cercle d'eau éclairé par la lune et rêvait du long cheminement de la rivière ; et maman songeait aux journées vides qu'elle allait retrouver dans quelques jours et elle dit : « Mon petit, il y a en moi une tristesse que tu ne comprendras jamais. » Puis elle vit les yeux de son fils et se dit qu'il y avait dans ces yeux-là un grand amour et le désir de la comprendre. Elle eut peur ; elle ne pouvait quand même pas confier à un enfant ses soucis de femme ! Mais en même temps, ces yeux compréhensifs l'attiraient comme un vice. La mère et le fils étaient étendus côte à côte sur les lits jumeaux et la mère se souvenait qu'elle avait ainsi couché à côté de Jaromil jusqu'à sa sixième année et qu'elle était heureuse alors ; elle se dit : c'est le seul homme avec lequel je sois heureuse dans un lit conjugal ; d'abord, cette pensée la fit sourire, mais quand elle vit à nouveau le regard tendre de son fils elle se dit que cet enfant était non seulement capable de la détourner des choses qui l'affligeaient (donc de lui donner la *consolation de l'oubli*), mais aussi de l'écouter attentivement (donc de lui apporter le *réconfort de la compréhension*). « Ma vie, je veux que tu le saches, est loin d'être pleine d'amour », lui dit-elle ; et une autre fois, elle alla jusqu'à lui confier : « Comme maman, je suis heureuse, mais une maman n'est pas seulement une maman, c'est aussi une femme. »

Oui, ces confidences inachevées l'attiraient comme un péché, et elle s'en rendait compte. Un jour que Jaromil lui dit soudainement : « Maman, je ne suis pas si petit que ça, je te comprends », elle en fut presque épouvantée. Bien entendu, le petit ne devinait rien de précis et voulait seulement suggérer à sa mère qu'il était capable de partager avec elle n'importe quelle tristesse, mais ce qu'il avait prononcé était lourd de sens et la mère regarda dans ces paroles comme dans un abîme qui vient brusquement de s'ouvrir : l'abîme de l'intimité illicite et de la compréhension défendue.

7

Et comment l'univers intérieur de Jaromil continuait-il de s'épanouir ?

Ce n'était pas brillant ; les études où il réussissait si facilement à l'école primaire étaient devenues beaucoup plus difficiles au lycée et la gloire de l'univers intérieur disparaissait dans cette grisaille. Le professeur parlait de livres pessimistes qui ne voyaient ici-bas que misère et que ruine, ce qui faisait paraître honteusement banale la maxime sur la vie qui est pareille aux mauvaises herbes. Jaromil n'était plus du tout convaincu que tout ce qu'il avait un jour pensé et senti lui appartînt en propre, comme si toutes les idées existaient ici-bas depuis toujours sous une forme définitive et qu'on ne fît que les emprunter comme à une bibliothèque publique. Mais alors, qui était-il lui-même ? Que pouvait être, en réalité, le contenu de son moi ? Il se penchait sur ce moi pour le scruter, mais il ne pouvait rien y trouver d'autre que l'image de lui-même penché sur lui-même pour scruter son moi...

C'est ainsi qu'il se prit à songer, avec nostalgie, à l'homme qui deux ans plus tôt avait parlé, pour la première fois, de son originalité intérieure ; et comme il avait à peine la moyenne en dessin (quand il peignait à l'aquarelle, l'eau débordait toujours des contours de l'esquisse tracée au crayon), la mère estima qu'elle pouvait accéder à la demande de son fils, rechercher l'adresse du peintre et le prier de donner des leçons particulières à Jaromil afin de remédier aux insuffisances qui gâtaient son bulletin scolaire.

Donc, un beau jour, Jaromil pénétra dans l'appartement du peintre. L'appartement était aménagé dans le grenier d'un immeuble de rapport et se composait de deux pièces ; dans la première se trouvait une grande bibliothèque ; dans l'autre, il y avait à la place des fenêtres une grande verrière dans le toit oblique, et l'on pouvait voir des chevalets avec des toiles inachevées, une longue table où traînaient des feuilles de papier et de petites fioles remplies de couleurs, et au mur d'étranges visages noirs, dont le peintre disait qu'ils étaient des copies de masques nègres ; un chien (celui que Jaromil connaissait déjà) était couché dans l'angle sur le divan et observait le visiteur sans bouger.

Le peintre fit asseoir Jaromil à la longue table et se mit à feuilleter son cahier de dessins : « C'est toujours pareil, dit-il ensuite, ça ne mène nulle part. »

Jaromil voulait répliquer qu'il s'agissait justement des personnages à tête de chien qui avaient tant séduit le peintre et qu'il les avait dessinés pour lui et à cause de lui, mais il était si déçu et peiné qu'il ne pouvait rien dire. Le peintre posa une feuille blanche devant lui, ouvrit une bouteille d'encre de Chine et lui mit un pinceau dans la main. « Maintenant, dessine ce qui te passe par la tête, ne réfléchis pas trop et dessine... » Mais Jaromil avait si peur qu'il ne savait absolument pas quoi dessiner et, comme le peintre insistait, il eut de nouveau recours, la mort dans l'âme, à une tête de chien sur un corps informe. Le peintre était mécontent et Jaromil dit avec gêne qu'il voudrait apprendre à peindre à l'aquarelle, parce que, en classe, quand il peignait, la couleur débordait toujours ses croquis.

« Ta mère m'a déjà dit ça, dit le peintre. Mais pour l'instant, oublie ça et oublie aussi les chiens. » Et il posa un gros livre devant Jaromil et lui montra des pages où un trait noir malhabile serpentait capricieusement sur un fond coloré, évoquant dans l'esprit de Jaromil l'image de mille-pattes, d'étoiles de mer, de scarabées, d'astres et de lunes. Le peintre voulait que l'enfant dessine quelque chose d'analogue en se fiant à son imagination. « Mais *qu'est-ce que* je dois dessiner ? » demanda le petit et le peintre de répondre : « Trace une ligne ; dessine une ligne qui te plaise. Et rappelle-toi que le rôle du peintre n'est pas de reproduire le contour des choses, mais de créer sur le papier un monde de ses propres lignes. » Et Jaromil traçait des lignes qui ne lui plaisaient pas du tout, il en noircit plusieurs feuilles et pour finir remit au peintre, conformément aux instructions de sa mère, un billet de banque et rentra chez lui.

La visite s'était donc passée différemment de ce qu'il escomptait, elle n'avait pas été l'occasion de redécouvrir son univers intérieur perdu, bien au contraire : elle avait privé Jaromil de la seule chose qui lui appartînt en propre, les joueurs de football et les soldats à tête de chien. Et pourtant, quand sa mère lui demanda si la leçon de dessin l'avait intéressé, il en parla avec enthousiasme ; il était sincère : si cette visite ne lui avait pas apporté la confirmation de son univers intérieur, il y avait trouvé un monde extérieur exceptionnel qui n'était pas accessible à n'importe qui et qui lui assurait d'emblée de menus privilèges : il avait vu d'étranges peintures devant lesquelles il se sentait désorienté, mais qui présentaient l'avantage (il comprit immédiatement que c'était un avantage !) de ne rien avoir de commun avec les natures mortes et les paysages accrochés aux murs de la villa de ses parents ; il avait aussi entendu des réflexions insolites qu'il s'appropria sans tarder : par exemple, il comprit que le mot bourgeois est une injure ; est bourgeois celui qui veut que les tableaux soient comme la vie et imitent la nature ; mais on peut se moquer des bourgeois car (cette idée plaisait beaucoup à Jaromil !) ils sont morts depuis longtemps et ne le savent pas.

Donc, il se rendait volontiers chez le peintre et souhaitait passionnément répéter le succès que lui avaient jadis valu ses dessins d'hommes cynocéphales ; mais en vain : les gribouillages qui devaient être des variations sur des peintures de Miró étaient délibérés et entièrement dépourvus du charme des jeux enfantins ; les dessins de masques nègres restaient de maladroites imitations du modèle et ne stimulaient nullement, comme le souhaitait le peintre, l'imagination personnelle de l'enfant. Et comme Jaromil trouvait insupportable d'avoir été déjà plusieurs fois chez le peintre sans recueillir la moindre marque d'admiration, il prit une décision : il lui apporta son carnet d'esquisses clandestin où il dessinait des corps de femmes nues.

Les modèles dont il s'était servi pour la plupart de ses dessins étaient des photographies de statues qu'il avait vues dans les publications illustrées de l'ancienne bibliothèque du grand-père ; c'étaient donc, dans les premières pages du carnet, des femmes mûres et robustes dans des attitudes altières, telles les allégories du siècle dernier. Puis une page offrait quelque chose de plus intéressant : il y avait là une femme sans tête ; mieux encore : le papier était coupé au niveau du cou, ce qui donnait l'impression que la tête avait été tranchée et que le papier gardait encore la trace d'une hache imaginaire. L'entaille dans le papier était due au canif de Jaromil ; celui-ci avait une camarade de classe qui lui plaisait et qu'il contemplait souvent dans le désir vain de la voir nue. Pour réaliser ce désir, il se procura sa photo, et en découpa la tête ; il l'insérait dans l'entaille. C'est pourquoi, à partir de ce dessin, tous les autres corps de femmes étaient décapités, avec la même trace d'une hache imaginaire ; quelques-unes étaient montrées dans des situations très insolites, par exemple dans une posture accroupie représentant la miction ; mais aussi sur des bûchers, dans les flammes comme Jeanne d'Arc ; cette scène de supplice, que nous pourrions expliquer (et peut-être excuser) par une référence aux cours d'histoire, inaugurait une longue série : d'autres esquisses montraient une femme sans tête empalée sur un pieu pointu, une femme sans tête à la jambe coupée, une femme amputée d'un bras et dans d'autres situations dont il vaut mieux ne pas parler.

Jaromil ne pouvait évidemment pas être certain que ces dessins plairaient au peintre ; ils ne ressemblaient aucunement à ce qu'il voyait dans ses gros volumes ou sur les toiles posées sur les chevalets de son atelier ; il lui semblait pourtant qu'il y avait dans les dessins de son carnet d'esquisses clandestin quelque chose qui les rapprochait de ce que faisait son maître : c'était leur allure de chose interdite ; c'était leur singularité, quand on les comparait aux tableaux qui étaient accrochés chez lui, à la maison ; c'était la désapprobation qu'auraient suscitée aussi bien ses dessins de femmes nues que les toiles incompréhensibles du peintre si on les avait soumis à l'appréciation d'un jury composé des membres de la famille de Jaromil et de ses visiteurs habituels.

Le peintre feuilleta le carnet, ne dit rien puis tendit un gros livre à Jaromil. Il s'assit à l'écart, dessina quelque chose sur des feuilles de papier, tandis que Jaromil voyait sur les pages du gros livre un homme nu qui avait une fesse si longue qu'il fallait une béquille en bois pour la soutenir ; il voyait un œuf donner naissance à une fleur ; il voyait un visage couvert de fourmis ; il voyait un homme dont une main se changeait en rocher.

« Tu remarqueras, dit le peintre en s'approchant de lui, que Salvador Dali dessine remarquablement », et il posa devant lui la statuette de plâtre d'une femme nue : « Nous avons négligé le métier du dessin, et c'est une erreur. Il faut commencer par connaître le monde tel qu'il est pour pouvoir ensuite le transformer radicalement », dit-il, et le carnet d'esquisses de Jaromil se couvrait de corps féminins dont le peintre rectifiait et modifiait d'un trait les proportions.

8

Lorsqu'une femme ne vit pas suffisamment avec son corps, le corps finit par lui apparaître comme un ennemi. Maman n'était guère satisfaite des étranges gribouillages que son fils rapportait de ses leçons de dessin, mais quand elle vit les dessins de femmes nues corrigés par le peintre, elle éprouva un violent dégoût. Quelques jours plus tard, elle aperçut par la fenêtre Jaromil, en bas dans le jardin, qui tenait l'échelle où Magda, la bonne, se dressait pour cueillir des cerises, et qui regardait attentivement sous sa jupe. Elle se sentait assaillie de toutes parts par des régiments de croupes féminines dénudées et elle décida de ne pas attendre davantage. Ce jour-là Jaromil devait aller prendre sa leçon de dessin comme à l'accoutumée ; maman s'habilla à la hâte et le devança.

« Je ne suis pas prude, dit-elle, après s'être assise dans un fauteuil de l'atelier ; mais vous savez que Jaromil entre dans un âge dangereux. »

Elle avait si soigneusement préparé tout ce qu'elle voulait dire au peintre, et il en restait si peu de chose. Elle avait préparé ces phrases dans son cadre familier dont la fenêtre donnait sur la verdure paisible du jardin qui applaudissait tacitement à toutes ses pensées. Mais ici il n'y avait pas de verdure, il y avait des toiles bizarres sur des chevalets, et sur le divan reposait un chien qui avait la tête entre les pattes et qui l'examinait avec le regard fixe d'un sphinx incrédule.

Le peintre réfuta en quelques phrases les objections de maman, puis il poursuivit : il devait avouer franchement qu'il ne s'intéressait pas du tout aux bonnes notes que Jaromil pourrait obtenir dans des classes de dessin qui ne faisaient que mortifier le sens pictural des enfants. Ce qui l'intéressait dans les dessins de son fils, c'était une imagination originale, presque folle.

« Notez cette étrange coïncidence. Les dessins que vous m'avez montrés il y a quelque temps représentaient des hommes à tête de chien. Les dessins que votre fils m'a montrés récemment représentaient des femmes nues, mais toutes étaient des femmes sans tête. Ne trouvez-vous pas significatif ce refus obstiné de reconnaître à l'homme un visage humain, de reconnaître à l'homme une nature humaine ? »

Maman osa répliquer que son fils n'était sans doute pas pessimiste au point de nier la nature humaine de l'homme.

« Évidemment, ses dessins ne sont certainement pas le résultat d'un raisonnement pessimiste, dit le peintre. L'art puise à d'autres sources que la raison. Jaromil a eu spontanément l'idée de dessiner des hommes à tête de chien ou des femmes sans tête, sans qu'il sache pourquoi ni comment. C'est l'inconscient qui lui a dicté ces images, étranges mais pas absurdes. N'avez-vous pas l'impression qu'il existe un lien secret entre cette vision de votre fils et la guerre qui ébranle chaque instant de notre vie ? La guerre n'a-t-elle pas privé l'homme de son visage et de sa tête ? Ne vivons-nous pas dans un monde où des hommes sans tête ne savent plus que désirer un morceau de femme décapitée ? Une vision réaliste du monde n'est-elle pas la plus vide illusion ? Les dessins enfantins de votre fils ne sont-ils pas beaucoup plus vrais ? »

Elle était venue ici pour réprimander le peintre et maintenant elle était timide comme une fillette qui a peur de se faire gronder ; elle ne savait que dire, et elle se taisait.

Le peintre se leva de son fauteuil et se dirigea vers un coin de l'atelier où des toiles sans cadre étaient appuyées contre le mur. Il en prit une, la tourna vers l'intérieur de la pièce, s'en écarta de quatre pas, s'accroupit et se mit à la regarder. « Venez », lui dit-il et quand elle se fut (docilement) approchée, il lui posa une main sur la hanche et l'attira vers lui, si bien qu'ils étaient maintenant accroupis côte à côte, et que maman contemplait un curieux assemblage de bruns et de rouges, qui composaient une sorte de paysage désert et carbonisé, plein de flammes étouffées qui pouvaient aussi bien passer pour des fumées de sang ; et, creusé à la spatule dans ce paysage, il y avait un personnage, un étrange personnage qui semblait fait de fils blancs (le dessin en était constitué par la couleur de la toile), qui planait plus qu'il ne marchait et qui était plus diaphane que présent.

Maman ne savait pas encore ce qu'elle devait dire, mais le peintre parlait tout seul, il parlait de la fantasmagorie de la guerre qui dépassait de loin, disait-il, la fantaisie de la peinture moderne, il parlait de l'image atroce que présente un arbre au feuillage enchevêtré de lambeaux de corps humains, un arbre avec des doigts et un œil qui regarde du haut d'une branche. Puis il dit que plus rien au monde ne l'intéressait que la guerre et l'amour ; l'amour qui apparaissait derrière l'univers ensanglanté de la guerre comme le personnage que la mère pouvait distinguer sur la toile. (Pour la première fois depuis le début de cette conversation elle eut le sentiment de comprendre le peintre parce qu'elle aussi voyait sur la toile une sorte de champ de bataille et que les lignes blanches la faisaient pareillement penser à un personnage.) Et le peintre lui rappela le chemin le long de la rivière où ils s'étaient vus la première fois et où ils s'étaient ensuite plusieurs fois rencontrés et il lui dit qu'elle avait alors surgi devant lui d'un brouillard de feu et de sang comme le corps timide et blanc de l'amour.

Ensuite, il tourna vers lui le visage de maman accroupie, et il l'embrassa. Il l'embrassa avant même qu'elle ait pu penser qu'il allait l'embrasser. C'était d'ailleurs le trait de toute cette rencontre : les événements la prenaient au dépourvu, devançaient toujours son imagination et sa pensée ; le baiser était un fait accompli avant qu'elle eût trouvé le temps d'y réfléchir, et toute réflexion supplémentaire ne pouvait plus rien changer à ce qui était en train de se passer, car elle eut à peine le temps de se dire très vite qu'il se passait quelque chose qui ne devait pas se passer ; mais elle n'en était même pas tout à fait certaine, c'est pourquoi elle remit à plus tard la réponse à cette question discutable et concentra toute son attention sur ce qui était, prenant les choses comme elles étaient.

Elle sentit la langue du peintre dans sa bouche et comprit en une fraction de seconde que sa propre langue était craintive et molle et devait produire sur le peintre la même impression qu'un chiffon humide ; elle en eut honte et songea aussitôt, presque avec colère, qu'il n'était pas surprenant que sa langue fût comme un chiffon, depuis le temps qu'elle n'embrassait plus ; elle s'empressa de répondre à la langue du peintre avec la pointe de sa langue et il la souleva de terre, l'entraîna sur le divan (le chien qui ne les quittait pas des yeux bondit et alla s'étendre près de la porte), l'y déposa et se mit à lui caresser la poitrine, et elle éprouva un sentiment de satisfaction et d'orgueil ; le visage du peintre lui paraissait avide et jeune, et elle songea qu'il y avait longtemps qu'elle ne s'était elle-même sentie avide et jeune, et elle eut peur de ne plus en être capable et c'est pourquoi elle s'enjoignit de se conduire en femme avide et jeune, et soudain (cette fois encore l'événement se produisit avant qu'elle eût trouvé le temps d'y penser) elle comprit que c'était le troisième homme qu'elle sentait dans son corps depuis sa naissance.

Et elle comprit qu'elle ne savait pas du tout si elle le voulait ou ne le voulait pas, et l'idée lui vint qu'elle était toujours une fillette sotte et inexpérimentée, que si elle avait seulement soupçonné dans un recoin de son esprit que le peintre allait l'embrasser et coucher avec elle, ce qui arrivait en ce moment n'aurait jamais pu se produire. Mais en même temps, cette pensée constituait pour elle une excuse rassurante, car il s'ensuivait qu'elle n'avait pas été portée à l'adultère par sa sensualité, mais par son innocence ; et à la pensée de son innocence s'ajouta aussitôt un sentiment de colère contre celui qui la maintenait perpétuellement dans un état de semi-maturité innocente, et cette colère se rabattit comme un rideau de fer sur ses pensées, de sorte qu'elle n'entendit bientôt plus que son haleine précipitée et qu'elle renonça à examiner ce qu'elle faisait.

Ensuite, quand leurs souffles se furent apaisés, ses pensées s'éveillèrent et, pour leur échapper, elle posa la tête sur la poitrine du peintre ; elle se laissait caresser les cheveux, elle respirait l'odeur soûlante des couleurs à l'huile et se demandait lequel des deux romprait le premier le silence.

Ce ne fut ni l'un ni l'autre, mais la sonnette. Le peintre se leva, boutonna rapidement son pantalon et dit : « Jaromil. »

Elle eut très peur.

« Reste ici tranquillement », lui dit-il, et il lui caressa les cheveux et sortit de l'atelier.

Il ouvrit au garçon et le fit asseoir dans l'autre pièce.

« J'ai une visite dans l'atelier, nous allons rester ici aujourd'hui. Montre ce que tu m'as apporté. » Jaromil tendit son cahier au peintre, le peintre examina ce que Jaromil avait dessiné chez lui, puis il posa devant lui des couleurs, lui donna du papier et un pinceau, lui indiqua un sujet et le pria de dessiner.

Ensuite, il retourna dans l'atelier où il trouva maman habillée et prête à partir. « Pourquoi l'avez-vous gardé ? Pourquoi ne l'avez-vous pas renvoyé ?

— Es-tu si pressée de me quitter ?

— C'est fou », dit-elle, et le peintre la prit à nouveau dans ses bras ; cette fois, elle ne se défendait pas, elle ne lui rendait pas ses caresses ; elle était dans ses bras comme un corps privé de son âme ; et le peintre chuchotait dans l'oreille de ce corps inerte : « Oui, c'est fou. L'amour est fou ou n'est pas. » Il la fit asseoir sur le divan et se mit à lui baiser et à lui caresser les seins.

Ensuite il retourna dans l'autre pièce pour voir ce que Jaromil avait dessiné. Cette fois-ci, le sujet qu'il lui avait donné n'avait pas pour but d'exercer l'habileté manuelle du garçon ; Jaromil devait dessiner une scène d'un rêve qu'il avait fait récemment et dont il se souvenait. A présent, le peintre dissertait longuement sur sa composition : ce qu'il y a de plus beau dans les rêves, disait-il, c'est la rencontre improbable d'êtres et de choses qui ne pourraient pas se rencontrer dans la vie courante ; dans un rêve, une barque peut entrer par une fenêtre dans une chambre à coucher, une femme qui n'est plus en vie depuis vingt ans peut être couchée dans un lit et, pourtant, voici qu'elle monte dans la barque qui aussitôt se change en cercueil et le cercueil se met à flotter entre les rives fleuries d'une rivière. Il cita la phrase célèbre de Lautréamont sur la beauté qu'il y a dans *la rencontre d'un parapluie et d'une machine à coudre sur une table de dissection* et dit ensuite : « Cette rencontre n'est pourtant pas plus belle que la rencontre d'une femme et d'un enfant dans l'atelier d'un peintre. »

Jaromil voyait bien que son professeur était un peu différent de ce qu'il était les autres jours, il saisit la ferveur qu'il y avait dans sa voix quand il parlait des rêves et de la poésie. Non seulement cela lui plaisait, mais il se réjouissait d'avoir été lui, Jaromil, le prétexte d'un discours exalté, et surtout il avait bien enregistré la dernière phrase de son professeur sur la rencontre d'un enfant et d'une femme dans l'atelier d'un peintre. Tout à l'heure, quand le peintre lui avait dit qu'ils resteraient tous les deux dans la première pièce, Jaromil avait compris qu'il y avait sans doute une femme dans l'atelier, et certainement pas n'importe laquelle, puisqu'il ne lui était pas permis de la voir. Mais il était encore trop éloigné du monde des adultes pour tenter d'élucider cette énigme ; ce qui l'intéressait davantage, c'était le fait que le peintre, dans cette dernière phrase, le plaçât lui, Jaromil, sur le même plan que cette femme à laquelle le peintre attachait certainement beaucoup d'importance, le fait que la venue de Jaromil rendît évidemment la présence de cette femme plus belle et plus précieuse encore, et il en conclut qu'il était aimé du peintre, qu'il comptait dans sa vie, peut-être en raison d'une profonde et mystérieuse ressemblance intérieure que Jaromil, parce qu'il était encore un enfant, ne pouvait pas nettement discerner, mais dont le peintre, en homme adulte et sage, était averti. Cette pensée l'emplit d'un enthousiasme serein, et quand le peintre lui donna un autre sujet il se pencha fébrilement sur le papier.

Le peintre retourna dans l'atelier et trouva maman en larmes.

« Je vous en prie, laissez-moi partir tout de suite !

— Pars, vous pouvez partir ensemble, Jaromil aura terminé dans un instant.

— Vous êtes un démon », dit-elle, toujours en larmes, et le peintre l'étreignait et la couvrait de baisers. Ensuite il retourna dans la pièce voisine, félicita Jaromil de ce qu'il avait dessiné (ah, Jaromil était très heureux ce jour-là !) et le renvoya chez lui.

Puis il retourna dans l'atelier, étendit maman éplorée sur le vieux divan maculé de couleurs, baisa sa bouche molle et son visage humide et lui fit de nouveau l'amour.

9

L'amour de maman et du peintre ne devait jamais se libérer des présages qui avaient marqué leur première rencontre : ce n'était pas un amour qu'elle avait longuement, rêveusement contemplé par avance, en le regardant fermement dans les yeux ; c'était un amour inattendu qui lui avait sauté à la nuque par-derrière.

Cet amour lui rappelait constamment son manque de *préparation* amoureuse ; elle était inexpérimentée, elle ne savait ni ce qu'elle devait faire ni ce qu'elle devait dire. Devant le visage original et exigeant du peintre, elle avait honte par avance de chacune de ses paroles et de chacun de ses gestes ; même son corps n'était pas mieux préparé ; pour la première fois, elle regretta amèrement de s'en être si mal occupée après l'accouchement, et elle s'effrayait de l'image de son ventre dans la glace, de cette peau ridée qui pendait tristement.

Ah ! elle avait toujours rêvé d'un amour où son corps et son âme, la main dans la main, auraient pu vieillir harmonieusement ensemble (oui, tel était l'amour qu'elle avait longuement et par avance contemplé, en le regardant rêveusement dans les yeux) ; mais ici, dans cette rencontre difficile où elle s'était soudainement engagée, elle se trouvait l'âme péniblement jeune et le corps péniblement vieux, et elle avançait dans son aventure comme si elle eût traversé d'un pas tremblant une planche trop étroite, sans savoir si c'était la jeunesse de l'âme ou la vieillesse du corps qui provoquerait la chute.

Le peintre l'entourait d'une extravagante sollicitude et s'efforçait de l'introduire dans le monde de ses peintures et de ses pensées. Elle s'en réjouissait ; elle y voyait la preuve que leur première rencontre avait été autre chose qu'un complot des corps qui avaient profité de la situation. Mais quand l'amour occupe à la fois l'âme et le corps, il absorbe davantage de temps ; maman dut inventer l'existence de nouvelles amies pour excuser (surtout auprès de la grand-mère et de Jaromil) ses absences répétées hors de la maison.

Quand le peintre peignait, elle s'asseyait à côté de lui sur une chaise, mais ce n'était pas assez ; il lui avait expliqué que la peinture, telle qu'il la concevait, n'était qu'une méthode parmi d'autres pour extraire de la vie le merveilleux ; et le merveilleux, même un enfant pouvait le découvrir dans ses jeux, même un homme quelconque en notant son rêve. Le peintre donnait à maman une feuille de papier et des couleurs ; elle devait faire des taches sur le papier et souffler dessus ; des rayons se mettaient à courir en tous sens sur le papier et le couvraient d'un réseau coloré ; le peintre exposait ces productions derrière les vitres de sa bibliothèque et en vantait les mérites à ses invités.

A l'une de ses toutes premières visites, il lui donna plusieurs livres au moment de la quitter. Elle devait ensuite les lire chez elle, et elle devait les lire en cachette parce qu'elle craignait que Jaromil ne lui demandât d'où venaient ces livres, ou qu'un autre membre de la famille ne lui posât la même question, et elle aurait alors difficilement trouvé un mensonge satisfaisant, car il suffisait de jeter un coup d'œil sur ces livres pour voir qu'ils étaient bien différents de ceux que l'on pouvait trouver dans les bibliothèques de leurs amis ou de leurs parents. Il lui fallait donc cacher les livres dans l'armoire à linge sous les soutiens-gorge et les chemises de nuit pour les lire dans les moments où elle était seule. Le sentiment de faire quelque chose d'interdit et la peur d'être prise en faute l'empêchaient sans doute de se concentrer sur ce qu'elle lisait, car elle semblait ne pas retenir grand-chose de ses lectures, et même n'y comprendre presque rien, tout en lisant de nombreuses pages deux ou trois fois de suite.

Elle se rendait ensuite chez le peintre avec angoisse comme une écolière qui a peur d'être interrogée, parce que le peintre commençait par lui demander si elle avait aimé le livre, et elle savait qu'il voulait entendre d'elle plus qu'une réponse affirmative, elle savait que le livre était pour lui le point de départ d'une conversation et qu'il y avait dans le livre des phrases au sujet desquelles il voulait être de connivence avec elle comme s'il s'agissait d'une vérité qu'ils défendaient en commun. Maman savait tout cela, mais elle n'en comprenait pas davantage ce qu'il y avait dans le livre, ou ce qu'il y avait dans le livre de si important. En élève rusée, elle invoqua donc une excuse : elle se plaignait d'être obligée de lire les livres en cachette pour éviter d'être découverte, et elle ne pouvait donc pas se concentrer comme elle l'aurait voulu.

Le peintre admit cette excuse, mais trouva un moyen ingénieux : à la leçon suivante, il parla à Jaromil des courants de l'art moderne et lui donna à lire plusieurs livres que le petit accepta volontiers. La première fois qu'elle vit ces livres sur la table de travail de son fils et comprit que cette littérature de contrebande lui était en fait destinée, elle eut peur. Jusque-là, elle avait assumé seule tout le fardeau de son aventure, mais voici que son fils (cette image de pureté) devenait à son insu le messager d'un amour adultère. Mais il n'y avait rien à faire, les livres étaient sur le pupitre de Jaromil et maman n'avait d'autre ressource que de les feuilleter sous le couvert d'une sollicitude maternelle bien compréhensible.

Un jour, elle osa dire au peintre que les poèmes qu'il lui avait prêtés lui paraissaient inutilement obscurs et embrouillés. A peine eut-elle dit ces mots, elle les regretta, car le peintre considérait la moindre divergence comme une trahison. Elle s'efforça bien vite de réparer sa bévue. Quand le peintre, le sourcil courroucé, se tourna vers sa toile, elle retira sa blouse et son soutien-gorge sans être vue. Elle avait une jolie poitrine et le savait ; à présent elle l'arborait fièrement (mais non sans un reste de timidité) à travers l'atelier, puis, à moitié cachée par la toile posée sur le chevalet, elle se campa en face du peintre. Celui-ci, maussade, passait son pinceau sur la toile, et, à plusieurs reprises, il la regarda d'un œil mauvais. Ensuite elle arracha le pinceau de la main du peintre, le prit entre ses dents, lui dit un mot qu'elle n'avait encore jamais dit à personne, un mot vulgaire et obscène, et elle le répéta à mi-voix plusieurs fois de suite, jusqu'à ce qu'elle s'aperçût que la colère du peintre se changeait en désir amoureux.

Non, elle n'avait pas l'habitude de se comporter ainsi, et elle était nerveuse et tendue ; mais elle avait compris dès le début de leur intimité que le peintre exigeait d'elle une forme libre et surprenante de manifestations amoureuses, qu'il voulait qu'elle se sentît entièrement libre et à l'aise avec lui, dégagée de tout, de toute convention, de toute pudeur, de toute inhibition ; il se plaisait à lui dire : « Je ne veux rien, sinon que tu me donnes ta liberté, ta liberté totale ! » et il voulait se convaincre à chaque instant de cette liberté. Maman était parvenue à comprendre plus ou moins que cette attitude sans contrainte était sans doute une belle chose, mais elle redoutait encore davantage de ne jamais en être capable. Et plus elle s'efforçait de *savoir sa liberté*, plus cette liberté devenait une tâche ardue, une obligation, une chose à laquelle elle devait se préparer chez elle (réfléchir pour savoir par quel mot, quel désir, quel geste elle allait surprendre le peintre et lui démontrer sa spontanéité), de sorte qu'elle ployait sous l'impératif de la liberté comme sous un fardeau.

« Le pire, ce n'est pas que le monde n'est pas libre, mais que l'homme a désappris la liberté », lui disait le peintre, et cette remarque lui semblait faite tout exprès pour elle, qui appartenait tout entière à ce vieux monde dont le peintre affirmait qu'il fallait le rejeter totalement, et en toute chose. « Si nous ne pouvons pas changer le monde, changeons du moins notre propre vie et vivons-la librement », disait-il. « Si toute vie est unique, tirons-en les conséquences ; rejetons tout ce qui n'est pas nouveau. » « Il faut être absolument moderne », disait-il encore, lui citant Rimbaud, et elle l'écoutait religieusement, pleine de confiance dans ses paroles et pleine de méfiance envers elle-même.

L'idée lui vint que l'amour que le peintre éprouvait pour elle ne pouvait provenir que d'un malentendu, et elle lui demandait parfois pourquoi au juste il l'aimait. Il lui répondait qu'il l'aimait comme le boxeur aime le papillon, comme le chanteur aime le silence, comme le brigand aime l'institutrice du village ; il lui disait qu'il l'aimait comme le boucher aime les yeux craintifs de la génisse et la foudre l'idylle des toits ; il lui disait qu'il l'aimait comme une femme aimée, dérobée à un foyer stupide.

Elle l'écoutait en extase et elle allait chez lui dès qu'elle pouvait épargner une minute. Elle se faisait l'effet d'une touriste qui a devant les yeux les plus beaux paysages, mais qui est trop épuisée pour en apprécier la beauté ; elle ne retirait aucune joie de son amour, mais elle savait que cet amour était grand et beau et qu'elle ne devait pas le perdre.

Et Jaromil ? Il était fier que le peintre lui prêtât des livres de sa bibliothèque (le peintre lui avait dit plusieurs fois qu'il ne prêtait ses livres à personne et qu'il était le seul qui eût droit à ce privilège) et comme il avait beaucoup de temps, il s'attardait rêveusement le long de leurs pages. L'art moderne, en ce temps-là, n'était pas encore devenu le patrimoine des foules petites-bourgeoises, et il avait encore le charme envoûtant d'une secte, ce charme si aisément compréhensible pour un enfant qui est encore à l'âge où l'on rêve du romantisme des clans et des confréries. Jaromil sentait profondément ce charme et lisait les livres tout autrement que sa mère qui les lisait de A jusqu'à Z comme des manuels sur lesquels on allait l'interroger. Jaromil, qui ne courait pas le risque d'être interrogé, ne lisait jamais vraiment les livres du peintre; il les parcourait plutôt comme en flânant, il les feuilletait, s'attardant ici sur une page, s'arrêtant là sur un vers, sans s'inquiéter si le reste du poème ne lui disait rien. Mais cet unique vers ou cet unique paragraphe de prose suffisait à le rendre heureux, non seulement à cause de leur beauté, mais surtout parce qu'ils lui servaient de carte d'introduction dans le royaume des élus qui savent percevoir ce qui, pour les autres, demeure caché.

Maman savait que son fils ne se contentait pas d'un simple rôle de messager et qu'il lisait avec intérêt les livres qui ne lui étaient destinés qu'en apparence; elle commença donc à discuter avec lui de ce qu'ils lisaient tous deux et elle lui posait des questions qu'elle n'osait pas poser au peintre. Elle constata ensuite avec effroi que son fils défendait les livres qu'on lui prêtait avec une obstination plus implacable encore que le peintre.

C'est ainsi qu'elle s'aperçut que dans un recueil de poèmes d'Éluard il avait souligné au crayon le vers : *dormir, la lune dans un œil et le soleil dans l'autre.* « Que trouves-tu de beau là-dedans ? Pourquoi faudrait-il que je dorme avec la lune dans un œil ? *Jambes de pierre aux bas de sable.* Comment des bas peuvent-ils être en sable ? » Jaromil se disait que sa mère ne se moquait pas seulement du poème, qu'elle le croyait encore trop jeune pour comprendre, et il lui répondait sans ménagements.

Mon Dieu, elle n'avait même pas tenu tête à un enfant de treize ans ! Ce jour-là, quand elle se rendit chez le peintre, elle était dans l'état d'esprit de l'espion qui vient de revêtir l'uniforme d'une armée étrangère;

elle avait peur d'être démasquée. Son comportement avait perdu jusqu'au dernier vestige de spontanéité et tout ce qu'elle disait et faisait ressemblait au jeu d'un amateur qui, paralysé par le trac, récite son texte avec la crainte d'être sifflé.

C'est vers ce moment-là que le peintre découvrit le charme de l'appareil photographique ; il montra à maman ses premières photographies, des natures mortes composées d'un étrange assortiment d'objets, des vues bizarres montrant des choses oubliées et abandonnées ; puis il la conduisit sous la clarté de la verrière et se mit à la photographier. Tout d'abord, elle en éprouva une sorte de soulagement, car elle n'avait pas besoin de parler, il lui suffisait de se tenir debout, de s'asseoir, de sourire et d'écouter les instructions du peintre et les compliments qu'il lui faisait de temps à autre sur son visage.

Puis, les yeux du peintre s'illuminèrent tout à coup ; il saisit un pinceau, le trempa dans la couleur noire, tourna délicatement la tête de maman et traça deux traits obliques sur son visage. « Je t'ai raturée ! J'ai détruit l'œuvre de Dieu ! » rit-il, et il se mit à la photographier, avec ses deux gros traits qui se croisaient sur son nez. Ensuite, il la conduisit dans la salle de bains, lui lava le visage et l'essuya avec une serviette.

« Tout à l'heure, je t'ai raturée pour te recréer maintenant », dit-il et il reprit le pinceau et se remit à dessiner sur elle. Cette fois-ci, c'étaient des cercles et des traits qui ressemblaient à d'anciennes écritures idéographiques ; « un visage-message, un visage-lettre », disait le peintre, et il la ramena sous la verrière éclatante et recommença à la photographier.

Ensuite, il la fit s'étendre sur le sol et posa à côté de sa tête le moulage de plâtre d'une statue antique sur laquelle il dessina les mêmes traits que sur son visage, puis il photographia ces deux têtes, la vivante et l'inerte, et ensuite il lava les traits de son visage, peignit d'autres traits, puis il la photographia de nouveau et il l'étendit sur le divan, il commença à la déshabiller, maman avait peur qu'il ne lui peignît les seins et les jambes, elle risqua même une remarque enjouée pour lui faire comprendre qu'il ne devait pas lui peindre le corps (il lui fallait du courage pour risquer une remarque enjouée, car elle avait toujours peur que ses plaisanteries ne manquent leur but et ne la rendent ridicule) mais le peintre était fatigué de peindre et au lieu de peindre il lui fit l'amour et, en même temps, il tenait entre ses mains sa tête couverte de dessins, comme s'il était particulièrement excité à la pensée de faire l'amour à une femme qui était sa propre création, sa propre fantaisie, sa propre image, comme s'il était Dieu couchant avec la femme qu'il venait de créer pour lui.

Et il est bien vrai que maman, à ce moment-là, n'était pas autre chose qu'une invention, qu'un tableau du peintre. Elle le savait et rassemblait ses forces pour tenir et ne pas laisser voir qu'elle n'était pas, mais pas du tout, la partenaire du peintre, son vis-à-vis miraculeux et une créature digne d'être aimée, mais seulement un reflet sans vie, un miroir docilement offert, une surface passive où le peintre projetait l'image de son désir. Et de fait, elle subit l'épreuve avec succès, le peintre connut la volupté et se retira de son corps avec bonheur. Mais ensuite, une fois rentrée chez elle, elle eut l'impression d'avoir accompli un grand effort et, le soir, elle pleura avant de s'endormir.

Quand elle revint dans l'atelier quelques jours plus tard, les séances de dessin et de prises de vue recommencèrent. Cette fois-ci, le peintre lui dénuda les seins et se mit à dessiner sur leurs belles voûtes. Mais quand il voulut la dévêtir tout entière, elle tint tête à son amant pour la première fois.

On pourrait difficilement se faire une idée de l'habileté, voire de la ruse, dont elle avait fait preuve jusqu'à présent avec le peintre, dans tous leurs jeux amoureux, pour dissimuler son ventre ! Bien des fois, elle avait conservé son porte-jarretelles, laissant entendre que cette quasi-nudité était plus excitante, bien des fois elle avait obtenu qu'ils s'aiment dans la pénombre plutôt qu'en pleine lumière, bien des fois elle avait écarté délicatement les mains du peintre qui voulait lui caresser le ventre et les avait posées sur sa poitrine ; et quand elle eut épuisé toutes les ruses, elle invoqua sa timidité, que le peintre connaissait, qui était un trait de son caractère qu'il adorait (n'était-ce pas pour cela qu'il lui disait souvent qu'elle était pour lui l'incarnation de la couleur blanche et que, la première fois qu'il avait pensé à elle, il avait exprimé sa pensée dans un tableau par des lignes blanches creusées à la spatule).

Mais maintenant, elle devait rester debout au milieu de l'atelier comme une statue vivante dont s'emparaient les yeux et le pinceau du peintre. Elle se défendit, et quand elle lui dit, comme elle l'avait fait lors de sa première visite, que ce qu'il exigeait d'elle était fou, il lui répondit, comme la première fois, *oui, l'amour est fou,* et il lui arracha ses vêtements.

Donc, elle se tenait au milieu de l'atelier et elle ne pensait qu'à son ventre ; elle avait peur de le voir en baissant les yeux, mais il était devant elle, tel qu'elle le connaissait pour l'avoir désespérément regardé des milliers de fois dans la glace ; elle se disait qu'elle n'était rien d'autre qu'un ventre, rien qu'une vilaine peau ridée, elle se faisait l'effet d'une femme sur une table d'opération, d'une femme qui ne doit penser à rien, qui doit s'abandonner et seulement croire que tout cela est provisoire, que l'opération et la douleur prendront fin et qu'en attendant elle ne peut faire qu'une chose : tenir.

Et le peintre prit un pinceau, le trempa dans la couleur noire et l'appliqua sur son épaule, son nombril, ses jambes, puis il fit quelques pas en arrière et prit l'appareil photographique ; il la conduisit dans la salle de bains, où elle dut se coucher dans la baignoire vide et il posa sur son corps, en travers, le serpent métallique du tuyau terminé par la pomme perforée de la douche, et il lui dit que ce serpent métallique ne répandait pas de l'eau mais un gaz mortel et qu'il était maintenant couché sur son corps comme le corps de la guerre sur le corps de l'amour ; et ensuite il la fit à nouveau se lever et la conduisit ailleurs et recommença à la photographier, et elle allait docilement, elle n'essayait plus de dissimuler son ventre, mais elle l'avait toujours devant les yeux et elle voyait les yeux du peintre et son ventre, son ventre et les yeux du peintre...

Et ensuite, quand il l'étendit sur le tapis, couverte de dessins, et qu'il lui fit l'amour à côté de la tête antique, belle et froide, elle n'y tint plus et se mit à sangloter dans ses bras, mais il ne comprit probablement pas le sens de ce sanglot, car il était persuadé que son envoûtement sauvage, mué en un beau mouvement régulier et martelé, ne pouvait trouver d'autre réponse qu'un râle de volupté et de bonheur.

Maman comprit que le peintre n'avait pas deviné le motif de son sanglot, elle se maîtrisa et cessa de pleurer. Mais quand elle rentra chez elle, elle fut prise de vertige dans l'escalier ; elle tomba et s'écorcha le genou. La grand-mère affolée la conduisit dans sa chambre, lui posa la main sur le front et lui plaça le thermomètre sous l'aisselle.

Maman avait de la fièvre. Maman avait les nerfs brisés.

10

Quelques jours plus tard, des parachutistes tchèques envoyés d'Angleterre abattirent le maître allemand de la Bohême ; la loi martiale fut proclamée et de longues listes de fusillés apparurent au coin des rues. Maman était alitée et le médecin venait tous les jours lui enfoncer une aiguille dans le derrière. Son mari vint s'asseoir au chevet de son lit, lui prit la main dans la sienne et la regarda longuement dans les yeux ; elle savait qu'il attribuait son ébranlement nerveux aux horreurs de l'Histoire et songeait avec honte qu'elle le trompait et qu'il était bon pour elle et qu'il voulait être son ami en cette période difficile.

Quant à Magda, la bonne à tout faire qui logeait dans la villa depuis plusieurs années et dont la grand-mère, respectueuse d'une solide tradition démocratique, disait qu'elle la considérait plutôt comme un membre de la famille que comme une employée, elle rentra un beau jour en pleurs car son fiancé avait été arrêté par la Gestapo. Et quelques jours plus tard, le nom du fiancé apparut, écrit en lettres noires, sur un avis rouge foncé parmi d'autres noms de morts, et Magda eut droit à quelques jours de congé.

Quand elle revint, elle raconta que les parents de son fiancé n'avaient pu obtenir l'urne contenant les cendres et qu'ils ne sauraient probablement jamais où se trouvaient les restes de leur fils. De nouveau, elle fondit en larmes, et depuis elle pleurait presque tous les jours. Elle pleurait le plus souvent dans sa chambrette d'où le bruit de ses sanglots parvenait amorti par la cloison, mais parfois, elle se mettait à pleurer soudainement pendant le déjeuner ; car depuis son malheur, la famille l'admettait à la table commune (avant elle mangeait seule à la cuisine) et le caractère exceptionnel de cette faveur lui rappelait, jour après jour, à midi, qu'elle était en deuil et qu'on avait pitié d'elle, et ses yeux rougissaient et une larme apparaissait sous sa paupière et tombait sur les knödels en sauce ; elle s'efforçait de cacher ses larmes et ses yeux rouges, elle baissait la tête, elle souhaitait ne pas être vue, mais on l'en remarquait davantage, il y avait toujours quelqu'un pour prononcer une parole réconfortante à laquelle elle répondait par un gros sanglot.

Jaromil observait tout cela comme un spectacle exaltant ; il se réjouissait à la pensée qu'une larme allait paraître dans l'œil de la jeune femme, à l'idée que la pudeur de la jeune femme allait s'efforcer de réprimer la tristesse et que la tristesse aurait finalement raison de la pudeur et laisserait couler les larmes. Il buvait des yeux ce visage (à la dérobée car il avait le sentiment de faire une chose défendue), il se sentait gagné par une tiède excitation et par le désir de couvrir ce visage de tendresse, de le caresser et de le consoler. Et le soir, quand il se retrouvait seul, recroquevillé sous ses draps, il se représentait le visage de Magda avec ses grands yeux bruns, il s'imaginait qu'il caressait ce visage et lui disait *ne pleure pas, ne pleure pas, ne pleure pas*, parce qu'il ne trouvait pas d'autres mots qu'il aurait su lui dire.

C'est à peu près vers cette époque que sa mère

termina son traitement neurologique (elle fit pendant une semaine une cure de sommeil à domicile) et recommença à s'occuper dans la maison, à faire les courses et le ménage, bien qu'elle se plaignît constamment de maux de tête et de battements de cœur. Un jour, elle s'assit à sa table et commença à écrire une lettre. Dès qu'elle eut écrit la première phrase, elle comprit que le peintre la trouverait sentimentale et sotte et elle eut peur de son jugement ; mais elle se rassura aussitôt : elle se dit que c'étaient là des mots qui n'appelaient pas de réponse, les derniers mots qu'elle lui adressait, et cette idée lui donna du courage et elle poursuivit ; avec soulagement (et avec le sentiment d'une étrange révolte) elle composait les phrases, voulant n'être qu'elle-même, voulant être telle qu'elle était avant de le connaître. Elle écrivait qu'elle l'aimait et qu'elle n'oublierait jamais l'époque miraculeuse qu'elle avait vécue avec lui, mais que le moment était venu de lui dire la vérité : elle était différente, tout à fait différente de ce que le peintre imaginait, elle n'était en réalité qu'une femme ordinaire et vieux jeu et elle craignait de ne pouvoir un jour regarder dans les yeux innocents de son fils.

S'était-elle donc enfin décidée à lui dire la vérité ? Ah, pas du tout ! Elle ne lui disait pas que ce qu'elle appelait le bonheur d'aimer n'avait été pour elle qu'un pénible effort, elle ne lui disait pas à quel point elle avait honte de son ventre abîmé, et pas non plus qu'elle avait eu une crise de nerfs, qu'elle s'était fait mal au genou et qu'elle avait dû dormir pendant une semaine. Elle ne le disait pas, parce qu'une telle franchise n'était pas dans sa nature et qu'elle voulait être enfin de nouveau elle-même et qu'elle ne pouvait être elle-même que dans la dissimulation ; parce que, tout lui confier franchement, c'était comme de se retrouver étendue devant lui, nue, avec les vergetures de son ventre. Non, elle ne voulait plus se montrer à lui, ni au-dehors ni au-dedans, elle voulait retrouver la sécurité de sa pudeur, c'est pourquoi il lui fallait être hypocrite et ne parler que de son enfant et de ses devoirs sacrés de mère. Et à la fin de sa lettre, elle était elle-même persuadée que ce n'était ni son ventre ni l'effort épuisant qu'elle devait accomplir pour suivre les idées du peintre qui avaient provoqué son ébranlement nerveux, mais ses grands sentiments maternels qui s'étaient révoltés contre son grand amour coupable.

Et à ce moment-là, elle ne se sentait pas seulement infiniment triste, elle se sentait noble, tragique et forte ; la tristesse qui, quelques jours plus tôt, la faisait seulement souffrir, maintenant qu'elle l'avait dépeinte avec de grands mots, lui procurait un bonheur apaisant ; c'était une belle tristesse et elle se voyait éclairée par sa lumière mélancolique et se trouvait tristement belle.

Quelles étranges coïncidences ! Jaromil qui, à la même époque, épiait pendant des journées entières l'œil éploré de Magda, connaissait fort bien la beauté de la tristesse et s'y plongeait tout entier. Il feuilletait de nouveau le livre que le peintre lui avait prêté, il lisait et relisait indéfiniment les poèmes d'Éluard et se laissait envoûter par certains vers : *Elle avait dans la tranquillité de son corps Une petite boule de neige couleur d'œil ;* ou bien : *Au loin la mer que ton œil baigne ;* et :

Bonjour tristesse Tu es inscrite dans les yeux que j'aime. Éluard devint le poète du corps paisible de Magda et de ses yeux baignés par la mer des larmes ; toute sa vie lui apparaissait dans la magie d'un seul vers : *Tristesse beau visage.* Oui, c'était Magda : tristesse beau visage.

Un soir que toute la famille était allée au théâtre, il resta seul avec elle dans la villa ; il connaissait par cœur les habitudes de la maison et savait qu'on était samedi et que Magda irait prendre son bain. Comme ses parents et la grand-mère organisaient leur sortie au théâtre une semaine à l'avance, il eut le temps de tout préparer ; quelques jours plus tôt, il souleva le cache-entrée de façon à dégager le trou de la serrure de la porte de la salle de bains et l'enduisit légèrement de mie de pain mouillée pour qu'il colle plus facilement et se maintienne en position verticale ; il retira la clé de la porte, pour que la perspective offerte par l'orifice de la serrure ne soit pas réduite. Il prit soin de la cacher ; personne ne s'aperçut de sa disparition, car les membres de la famille n'avaient pas l'habitude de s'enfermer, et seule Magda tournait la clé dans la serrure.

La maison était silencieuse et déserte et Jaromil avait le cœur battant. Il était en haut dans sa chambre, il posa un livre devant lui, comme si quelqu'un pouvait le surprendre et demander ce qu'il faisait, mais il ne lisait pas, il ne faisait qu'écouter. Il entendit enfin le bruit de l'eau dans la tuyauterie puis le claquement du jet sur le fond de la baignoire. Il éteignit la lumière dans l'escalier et descendit doucement ; il avait de la chance ; le trou de la serrure était resté ouvert et quand il y pressa son œil il vit Magda penchée sur la baignoire, déjà dévêtue et les seins nus, qui n'avait gardé que sa culotte. Il avait le cœur qui battait très fort, parce qu'il voyait ce qu'il n'avait encore jamais vu, qu'il allait bientôt en voir encore davantage et que personne ne pouvait plus l'en empêcher. Magda se redressa, s'approcha du miroir (il la voyait de profil), se regarda pendant quelques instants, puis elle se retourna (il la voyait de face) et se dirigea vers la baignoire ; elle s'arrêta, retira sa culotte, la jeta (il la voyait toujours de face) puis elle entra dans la baignoire.

Quand elle fut dans la baignoire, Jaromil continua de l'observer par le trou de la serrure, mais comme elle avait de l'eau jusqu'aux épaules, elle n'était de nouveau rien qu'*un visage ;* le même visage, familier et triste, à l'œil baigné par la mer des larmes, mais un visage en même temps tout différent : un visage auquel il devait mentalement ajouter (maintenant, pour l'avenir et pour toujours) des seins nus, un ventre, des cuisses, une croupe ; c'était *un visage éclairé par la nudité du corps ;* il continuait d'éveiller en lui de la tendresse, mais cette tendresse était différente parce qu'elle répercutait les chocs accélérés de son cœur.

Et ensuite, il s'aperçut tout à coup que Magda le regardait dans les yeux. Il eut peur d'être découvert. Elle avait les yeux fixés sur le trou de la serrure et souriait doucement (d'un sourire à la fois gêné et amical). Il s'écarta aussitôt de la porte. Le voyait-elle ou ne le voyait-elle pas ? Il avait fait plusieurs essais et il était certain qu'un œil qui épiait de ce côté-ci de la porte ne pouvait être vu de l'intérieur de la salle de bains. Mais comment expliquer le regard et le sourire de Magda ? Ou bien était-ce par hasard que Magda regardait dans cette direction, et si elle souriait c'était seulement à *l'idée* que Jaromil pût la regarder ? En tout cas, la rencontre avec le regard de Magda l'avait à ce point troublé qu'il n'osa plus s'approcher de la porte.

Cependant, quand il eut retrouvé son calme, au bout d'un instant, il eut une idée qui dépassait tout ce qu'il avait vu et vécu jusqu'à présent : la salle de bains n'était pas fermée à clé et Magda ne lui avait pas dit qu'elle allait prendre un bain. Il pouvait donc faire semblant de ne rien savoir et, comme si de rien n'était, entrer dans la salle de bains. De nouveau, il avait le cœur battant ; il s'imaginait déjà, s'arrêtant avec une expression de surprise dans l'encadrement de la porte et disant *je viens seulement chercher mon peigne ;* il passe à côté de Magda toute nue, qui, sur le moment, ne trouve rien à dire ; la honte se peint sur son beau visage comme pendant le déjeuner, quand elle est saisie d'un brusque sanglot, et lui, Jaromil, s'avance le long de la baignoire jusqu'au lavabo au-dessus duquel est posé son peigne, et il prend ce peigne puis il s'arrête devant la baignoire et se penche sur Magda, sur son corps nu qu'il voit sous le filtre verdâtre de l'eau, et il regarde à nouveau le visage qui a honte, et il caresse ce visage honteux... Mais quand son imagination l'eut conduit jusque-là, il fut recouvert par un brouillard trouble où il ne voyait plus rien et où il ne pouvait plus rien imaginer.

Pour que son entrée parût tout à fait naturelle, il remonta doucement dans sa chambre puis redescendit en appuyant très fort sur chaque marche ; il sentait qu'il tremblait et il avait peur de ne pas avoir la force de prononcer d'une voix tranquille et naturelle *je viens seulement chercher mon peigne ;* il descendit pourtant et quand il fut presque arrivé à la porte de la salle de bains et que son cœur se mit à battre si fort qu'il pouvait à peine respirer, il entendit : « Jaromil, je prends mon bain ! N'entre pas ! » Il répondit : « Mais non, je vais seulement à la cuisine ! » Il traversa le couloir dans la direction opposée, pénétra dans la cuisine, ouvrit et referma la porte comme s'il venait de prendre quelque chose et remonta l'escalier.

Mais une fois dans sa chambre, il se dit que les paroles de Magda, pour déroutantes qu'elles fussent, n'auraient dû nullement l'inciter à capituler aussi brusquement, il n'avait qu'à dire *ça ne fait rien, Magda, je viens seulement chercher mon peigne* et entrer, parce que Magda ne serait certainement pas allée se plaindre, Magda l'aimait bien, il était toujours gentil avec elle. Et il se reprit à imaginer la scène : il est dans la salle de bains et Magda est allongée toute nue devant lui dans la baignoire, et elle lui dit *ne t'approche pas, va-t'en vite*, mais elle ne peut rien faire, elle ne peut pas se défendre, elle est aussi impuissante que devant la mort de son fiancé, parce qu'elle gît emprisonnée dans la baignoire et il se penche sur son visage, sur ses grands yeux...

Seulement, l'occasion était irrévocablement perdue et Jaromil n'entendait plus que le faible clapotis de l'eau qui s'écoulait de la baignoire vers des égouts lointains ; l'irréversibilité de cette occasion splendide lui déchirait le cœur car il savait qu'il n'aurait pas si vite la chance de passer une soirée seul à la maison avec Magda, et même s'il avait cette chance, il savait que la clé devrait être remise en place depuis longtemps et que Magda serait enfermée à double tour. Il était étendu sur son lit et il était désespéré. Mais ce qui lui faisait encore plus mal que l'occasion perdue, c'était le désespoir qu'il éprouvait à la pensée de sa propre timidité, de sa propre faiblesse, de ses stupides battements de cœur qui l'avaient privé de toute présence d'esprit et qui avaient tout gâché. Il éprouvait un violent *dégoût* de lui-même.

Mais que faire de ce dégoût ? Le dégoût est tout autre chose que la tristesse ; il en est même le pôle opposé ; quand on était méchant avec Jaromil, il montait souvent s'enfermer dans sa chambre et il pleurait ; mais c'étaient des larmes heureuses, presque voluptueuses, presque des larmes *d'amour,* par lesquelles Jaromil s'apitoyait sur Jaromil et le consolait, plongeant les yeux dans son âme ; tandis que ce dégoût soudain qui révélait à Jaromil son propre ridicule l'écartait et le détournait de son âme ! Ce dégoût était univoque et laconique comme une insulte ; comme une gifle ; on ne pouvait lui échapper que par la fuite.

Mais si nous avons soudain la révélation de notre propre petitesse, où fuir pour lui échapper ? Seule une fuite vers le haut permet d'échapper à l'humiliation ! Il s'assit donc à son pupitre et il ouvrit le petit livre (ce livre précieux dont le peintre lui avait dit qu'il ne le prêtait à personne d'autre) et il fit un effort intense pour concentrer son attention sur les poèmes qu'il préférait. Et de nouveau tout était là, *Au loin la mer que ton œil baigne* et, de nouveau, il vit Magda devant lui, oui, tout était là y compris la boule de neige dans la tranquillité de son corps, et le clapotis de l'eau pénétrait dans le poème comme la rumeur de la rivière pénétrait dans la chambre par la fenêtre fermée. Jaromil se sentit envahi par un langoureux désir et referma le livre. Il prit une feuille de papier et un crayon et commença lui-même à écrire, à la façon d'Éluard, Nezval, Biebl[1] ou Desnos, il écrivait des lignes brèves les unes au-dessous des autres, sans rythme et sans rime ; c'était une variation sur ce qu'il lisait, mais dans cette variation il y avait ce qu'il venait de vivre, il y avait la *tristesse* qui *commence à fondre et se change en eau*, il y avait *l'eau verte*, dont la surface *monte et monte encore et s'élève jusqu'à mes yeux*, il y avait le corps, *le corps triste*, le corps dans l'eau que *je suis, que je poursuis à travers l'eau interminable*.

Il lut plusieurs fois ces vers à haute voix, d'une voix mélodieuse et pathétique, et il fut enthousiasmé. Au fond de ce poème, il y avait Magda dans la baignoire, et lui le visage pressé contre la porte ; il ne se trouvait donc pas *en dehors des limites* de son expérience ; mais il était bien *au-dessus* d'elle. Le dégoût qu'il avait éprouvé de lui-même était resté *en bas ;* en bas il avait senti ses mains devenir moites de terreur et son souffle s'accélérer ; mais ici, *en haut*, dans le poème, il était bien au-dessus de son dénuement ; l'épisode du trou de la serrure et de sa lâcheté n'était plus qu'un tremplin au-dessus duquel il prenait maintenant son essor ; il n'était plus assujetti à ce qu'il venait de vivre, mais ce qu'il venait de vivre était assujetti à ce qu'il avait écrit.

1. Nezval et Biebl, grands poètes tchèques surréalistes.

Le lendemain, il prit la machine à écrire de son grand-père, il recopia le poème sur un papier spécial et le poème lui parut encore plus beau qu'il ne l'était quand il le récitait à haute voix, car le poème cessait d'être une simple succession de mots pour devenir une *chose;* son autonomie était encore plus incontestable; les mots ordinaires sont faits pour s'éteindre dès qu'ils ont été prononcés, ils n'ont d'autre but que de servir à l'instant de la communication; ils sont assujettis aux choses, ils n'en sont que la désignation; or, voici que ces mots-là étaient eux-mêmes devenus choses et n'étaient assujettis à rien; ils n'étaient plus destinés à la communication immédiate et à une prompte disparition, mais à la durée.

Certes, ce que Jaromil avait vécu la veille était exprimé dans le poème, mais en même temps cette expérience y mourait lentement, comme la graine meurt dans le fruit. *Je suis sous l'eau et les chocs de mon cœur font des cercles à la surface;* ce vers offrait l'image de l'adolescent tremblant devant la porte de la salle de bains, mais en même temps, dans ce vers, ses traits s'estompaient lentement; ce vers le dépassait et le transcendait. *Ah, mon amour liquide,* disait un autre vers, et Jaromil savait que cet amour liquide c'était Magda, mais il savait aussi que personne n'aurait pu la reconnaître derrière ces mots, qu'elle y était perdue, invisible, ensevelie; le poème qu'il avait écrit était absolument autonome, indépendant et incompréhensible, aussi indépendant et incompréhensible que la réalité elle-même qui n'est de connivence avec personne et qui se contente simplement d'*être;* et cette autonomie du poème offrait à Jaromil un magnifique refuge, la possibilité rêvée d'une *deuxième vie ;* il trouva cela si beau qu'il tenta dès le lendemain d'écrire d'autres vers et qu'il s'adonna peu à peu à cette activité.

11

Même à présent qu'elle se lève et qu'elle va et vient dans la maison comme une convalescente, elle n'est pas gaie. Elle a rejeté l'amour du peintre, mais sans retrouver en échange l'amour de son mari. Le père de Jaromil est si rarement à la maison ! On a fini par s'habituer à ce qu'il rentre tard dans la nuit, on a même fini par s'habituer à ce qu'il annonce bien souvent une absence de plusieurs jours, car il part souvent en voyage d'affaires, mais cette fois il n'a rien dit du tout, il n'est pas rentré à la maison le soir et la mère n'a pas de nouvelles.

Jaromil voit si rarement son père qu'il ne s'aperçoit même plus de son absence et il songe à ses poèmes dans sa chambre : pour qu'un poème soit un poème, il faut qu'il soit lu par quelqu'un d'autre ; alors seulement on a la preuve que le poème est autre chose qu'un simple journal intime chiffré et qu'il est capable de vivre d'une vie propre, indépendante de celui qui l'a écrit. Sa première idée fut de montrer ses vers au peintre, mais il y attachait trop d'importance pour prendre le risque de les soumettre à un juge aussi sévère. Il lui fallait quelqu'un que ses vers enthousiasmeraient tout autant que lui-même et il comprit bien vite qui était ce premier lecteur, ce lecteur prédestiné de sa poésie ; il le vit se promener dans la maison, les yeux tristes et la voix douloureuse, comme s'il marchait à la rencontre de ses vers ; en proie à une grande émotion, il donna donc à maman plusieurs poèmes soigneusement tapés à la machine et courut se réfugier dans sa chambre pour attendre qu'elle les lise et qu'elle l'appelle.

Elle lut et elle pleura. Elle ne savait peut-être pas pourquoi elle pleurait, mais il n'est pas difficile de le deviner ; il coulait d'elle quatre sortes de larmes :

tout d'abord, elle fut frappée par la ressemblance qu'il y avait entre les vers de Jaromil et les poèmes que lui prêtait le peintre, et des larmes jaillirent de ses yeux, les larmes de l'amour perdu ;

ensuite elle ressentit une tristesse indéterminée qui émanait des vers de son fils, elle se souvint que son mari était absent de la maison depuis deux jours sans lui avoir rien dit, et elle versa des larmes d'humiliation ;

mais bientôt ce furent des larmes de consolation qui coulaient de ses yeux, car la sensibilité de son fils qui était accouru avec tant de confiance et d'émotion pour lui montrer ses poèmes répandait un baume sur toutes ses blessures ;

et enfin, après avoir relu plusieurs fois les poèmes, elle versa des larmes d'admiration, parce que les vers de Jaromil lui paraissaient inintelligibles et elle se dit qu'il y avait donc dans ses vers plus de choses qu'elle n'en pouvait comprendre et qu'elle était par conséquent la mère d'un enfant prodige.

Ensuite elle l'appela, mais quand il fut devant elle, ce fut pour elle comme de se trouver devant le peintre quand il l'interrogeait sur les livres qu'il lui prêtait ; elle ne savait pas quoi lui dire au sujet de ses poèmes ; elle voyait sa tête baissée qui attendait avidement et elle ne sut que se presser contre lui et lui donner un baiser.

Jaromil avait le trac et il se réjouit de pouvoir cacher sa tête sur l'épaule maternelle, et maman, quand elle sentit dans ses bras la fragilité de son corps enfantin, repoussa loin d'elle le fantôme oppressant du peintre, reprit courage et commença à parler. Mais elle ne pouvait libérer sa voix de son chevrotement et ses yeux de leur humidité et, pour Jaromil, c'était plus important que les paroles qu'elle prononçait ; ce tremblement et ce larmoiement lui apportaient la garantie sacrée du pouvoir que possédaient ses vers ; de leur pouvoir réel et physique.

La nuit commençait à tomber, le père ne rentrait pas et maman se dit que le visage de Jaromil possédait une tendre beauté avec laquelle ni son mari ni le peintre ne pouvaient se comparer ; et cette pensée incongrue était si tenace qu'elle ne parvenait pas à s'en délivrer ; elle se mit à lui raconter qu'à l'époque où elle était enceinte elle implorait du regard la statuette d'Apollon. « Et vois-tu, tu es vraiment beau comme cet Apollon, tu lui ressembles. On dit qu'il reste toujours quelque chose, chez un enfant, de ce que sa mère a pensé pendant sa grossesse, et ce n'est pas qu'une superstition. C'est de lui que tu tiens ta lyre. »

Ensuite, elle lui raconta que la littérature avait toujours été son plus grand amour, que c'était pour étudier la littérature qu'elle était allée à l'Université et que seul le mariage (elle ne disait pas la grossesse) l'avait empêchée de se consacrer entièrement à cette vocation ; et maintenant qu'elle découvrait que Jaromil était poète (oui, elle fut la première à coller sur lui ce grand titre), c'était évidemment une surprise pour elle mais, en même temps, c'était une chose qu'elle attendait depuis longtemps.

Ils parlèrent longuement ce jour-là et ainsi trouvèrent-ils enfin l'un dans l'autre, la mère et le fils, ces deux amants déçus, une consolation.

DEUXIÈME PARTIE

ou

XAVIER

1

De l'intérieur du bâtiment lui parvenait le bruit de la récréation qui allait prendre fin dans un instant ; le vieux professeur de mathématiques allait entrer dans la salle de classe et assommer les élèves avec des chiffres tracés au tableau noir ; le bourdonnement d'une mouche égarée occuperait l'immense étendue entre la question du professeur et la réponse de l'élève... Mais alors il serait déjà loin !

La guerre était finie depuis un an ; on était au printemps et il faisait du soleil ; il descendait les rues jusqu'à la Vltava puis flânait le long des quais. La galaxie des cinq heures de classe était loin et seul un petit cartable marron contenant des cahiers et un manuel l'y rattachait encore.

Il arriva au pont Charles. La double rangée des statues au-dessus de l'eau l'invitait à passer sur l'autre rive. Quand il était absent du lycée (il s'absentait si souvent et si volontiers du lycée !), il était presque toujours attiré par le pont Charles et il le traversait. Cette fois encore il allait le traverser et cette fois encore il allait s'arrêter à l'endroit où le pont franchit, après l'eau de la rivière, la rive où se dresse une vieille maison jaune ; la fenêtre du troisième étage est presque à la hauteur du parapet et n'en est éloignée que de quelques pas ; il se plaisait à la contempler (elle était toujours fermée) et se demandait qui pouvait bien habiter derrière ces vitres.

Ce jour-là, pour la première fois (sans doute parce qu'il faisait une journée exceptionnellement ensoleillée) la fenêtre était ouverte. Une cage avec un oiseau était accrochée sur le côté. Il s'arrêta, observa la petite cage rococo faite de fil de fer blanc élégamment torsadé, puis il aperçut une silhouette dans la pénombre de la pièce : il la voyait de dos, mais il distingua que c'était une femme, et il eut envie qu'elle se retournât et lui montrât son visage.

La silhouette bougea mais dans la direction opposée ; elle disparut dans l'obscurité. La fenêtre était ouverte et il était persuadé que c'était une invite, un signal silencieux et confidentiel qui lui était destiné.

Il ne put résister. Il monta sur le parapet. La fenêtre était séparée du pont par un vide profond terminé par de durs pavés. Son cartable le gênait. Il le jeta dans la pièce sombre par la fenêtre ouverte et sauta.

2

Xavier pouvait, en étendant les bras, toucher les bords intérieurs de la haute fenêtre rectangulaire où il venait de sauter, et il l'emplissait entièrement de sa hauteur. Il examina la pièce à partir du fond (comme les gens dont l'attention commence toujours par se porter sur ce qui est loin) et il vit d'abord une porte, puis une armoire pansue à gauche contre le mur, à droite un lit en bois aux montants travaillés, et au milieu de la pièce une table ronde recouverte d'une nappe au crochet où était posé un vase de fleurs ; et enfin, il aperçut à ses pieds son cartable qui traînait sur la bordure à franges d'un tapis bon marché.

A l'instant sans doute où il l'aperçut et voulut sauter pour le ramasser, la porte s'ouvrit dans le fond obscur de la pièce et la femme y parut. Elle le vit immédiatement ; la pièce était en effet plongée dans la pénombre et le rectangle de la fenêtre était illuminé, comme s'il faisait nuit à l'intérieur et jour de l'autre côté ; vu de là où se trouvait la femme, l'homme qui était debout dans l'encadrement de la fenêtre apparaissait comme une silhouette noire sur le fond doré de la lumière ; c'était un homme entre le jour et la nuit.

Alors que la femme éblouie par la lumière ne pouvait distinguer les traits du visage de l'homme, Xavier était un peu plus favorisé ; son regard était déjà accoutumé à la pénombre et pouvait au moins saisir la douceur des traits de la femme et la mélancolie de son visage dont la pâleur, même dans l'obscurité la plus profonde, eût irradié au loin sa lumière ; elle restait à la porte, elle l'examinait ; elle ne fut ni assez spontanée pour exprimer à haute voix sa frayeur ni assez maîtresse de soi pour lui adresser la parole.

C'est seulement après de longues secondes pendant lesquelles ils contemplèrent leurs visages aux traits indistincts que Xavier parla : « Mon cartable est ici, dit-il.

— Votre cartable ? » demanda-t-elle, et, comme si la sonorité des paroles de Xavier l'avait tirée de sa stupeur initiale, elle referma la porte derrière elle.

Xavier s'accroupit sur le rebord de la fenêtre et indiqua du doigt, au-dessous de lui, l'endroit où gisait son cartable : « J'ai des choses très importantes là-dedans. Mon cahier de math, mon manuel de sciences et aussi le cahier où nous recopions nos devoirs de tchèque. C'est dans ce cahier que j'ai ma dernière composition sur le thème *La venue du printemps*. Elle m'a donné beaucoup de mal et je ne tiens pas à me la ressortir des méninges. »

La femme fit quelques pas à l'intérieur de la pièce, et Xavier la voyait maintenant dans une plus vive lumière. Sa première impression était juste : douceur et mélancolie. Il vit deux grands yeux fluides dans le visage confus, et un autre mot encore lui vint à l'esprit : la frayeur ; non pas la frayeur causée par son arrivée inopinée, mais une frayeur ancienne qui était restée dans le visage de la femme sous la forme de deux grands yeux fixes, sous la forme de la pâleur, sous la forme de ces gestes par lesquels elle semblait constamment s'excuser.

Oui, cette femme s'excusait vraiment ! « Je vous demande pardon, dit-elle, mais je ne comprends pas comment votre cartable a pu arriver chez nous. J'ai fait le ménage il n'y a pas longtemps et je n'ai rien trouvé qui ne nous appartienne pas.

— Et pourtant, dit Xavier accroupi sur le rebord de la fenêtre en pointant le doigt vers le tapis : à ma grande joie, mon cartable est ici.

— Moi aussi, je suis très contente que vous l'ayez retrouvé », dit la femme et elle sourit.

Ils étaient maintenant face à face et il n'y avait entre eux que la table avec la nappe au crochet et le vase en verre rempli de fleurs en papier gommé.

« Oui, ça m'aurait ennuyé de ne pas le retrouver, dit Xavier. Le prof de tchèque me déteste et si je perdais mon cahier je risquerais de redoubler. »

Le visage de la femme exprimait la sympathie ; ses yeux furent tout à coup si grands que Xavier ne percevait plus rien d'autre, comme si le reste du visage et le corps n'étaient que leur accompagnement, leur écrin ; il ne savait même pas comment pouvaient être les différents traits du visage de la femme et les proportions de son corps, tout cela restait au bord de sa rétine ; l'impression qu'il avait de cette femme n'était en réalité que l'impression produite sur lui par ses yeux immenses dont la lumière marron inondait tout le reste du corps.

C'est donc vers ses yeux que Xavier s'avançait, faisant le tour de la table. « Je suis un vieux redoublant, dit-il saisissant la femme à l'épaule (cette épaule était moelleuse comme un sein !). Croyez-moi, il n'y a rien de plus triste que de se retrouver dans la même classe au bout d'un an, que de se rasseoir sur le même banc... »

Puis il vit les yeux bruns se lever sur lui et une vague de bonheur l'envahit ; Xavier savait qu'il pouvait maintenant glisser la main plus bas et toucher le sein et le ventre et tout ce qu'il voudrait, car la frayeur qui habitait souverainement cette femme la déposait, docile, dans ses bras. Mais il n'en fit rien ; il tenait dans la main son épaule, ce beau sommet arrondi, et il trouvait cela suffisamment beau, suffisamment exaltant ; il ne voulait rien de plus.

Ils restèrent immobiles pendant quelques instants, puis la femme parut attentive : « Il faut que vous partiez. Mon mari rentre ! »

Il n'y avait rien de plus simple que de prendre le cartable, de sauter sur le rebord de la fenêtre, et de là sur le pont, mais Xavier n'en fit rien. Il sentait se répandre en lui l'impression délicieuse que cette femme était en danger et qu'il devait rester auprès d'elle. « Je ne peux pas vous laisser seule ici !

— Mon mari ! Allez-vous-en ! implora la femme avec angoisse.

— Non, je vais rester avec vous ! Je ne suis pas un lâche ! » dit Xavier, tandis que les pas retentissaient distinctement dans l'escalier.

La femme tenta de pousser Xavier vers la fenêtre, mais il savait qu'il n'avait pas le droit d'abandonner cette femme au moment où un danger la menaçait. On entendait déjà une porte qui s'ouvrait au fond de l'appartement et, au dernier moment, Xavier se jeta à terre et se glissa sous le lit.

3

L'espace entre le parquet et le plafond constitué par cinq planches soutenant un matelas déchiré n'était guère plus grand que l'espace d'un cercueil ; mais à la différence d'un cercueil c'était un espace parfumé (il sentait bon la paille), très sonore (le parquet transmettait clairement tous les bruits de pas) et plein de visions (juste au-dessus de lui il voyait le visage de la femme qu'il ne devait pas abandonner, le visage projeté sur l'étoffe foncée du matelas, le visage transpercé par trois brins de paille dépassant de la toile).

Les pas qu'il entendait étaient lourds et quand il tourna la tête il vit sur le parquet des bottes qui s'avançaient dans la chambre. Et il entendit une voix de femme et il ne put s'empêcher d'éprouver un vague sentiment, pourtant déchirant, de regret : cette voix était tout aussi mélancolique, craintive et envoûtante qu'elle l'était quelques instants plus tôt quand elle s'adressait à Xavier. Mais Xavier était raisonnable et maîtrisa ce brusque caprice de jalousie ; il comprit que cette femme était en danger et qu'elle se défendait avec ce qu'elle possédait : son visage et sa tristesse.

Puis il entendit une voix masculine et il pensa que cette voix ressemblait aux bottes noires qu'il voyait s'avancer sur le parquet ; puis il entendit la femme qui disait *non, non, non,* et il entendit le couple des pas qui s'approchait en vacillant de son abri et ensuite le plafond bas sous lequel il était étendu s'abaissa davantage encore et toucha presque son visage.

Et de nouveau il entendit la femme qui disait *non, non, non, pas maintenant, je t'en prie, pas maintenant,* et il vit la vision de son visage à un centimètre de ses yeux sur la grosse toile du matelas et il pensa que ce visage lui confiait son humiliation.

Il voulait se dresser dans son cercueil, il voulait sauver cette femme, mais il savait qu'il n'en avait pas le droit. Et le visage de la femme était si proche du sien, se penchait sur lui, l'implorait, et se hérissait de trois brins de paille comme de trois flèches qui le transperçaient. Et le plafond au-dessus de Xavier se mit à se balancer en cadence et les brins de paille, les trois flèches qui transperçaient le visage de la femme, effleuraient en cadence le nez de Xavier et le chatouillaient, ce qui le fit éternuer inopinément.

Le mouvement s'arrêta net. Le lit s'immobilisa, on n'entendait même plus la respiration, Xavier aussi était comme paralysé. Puis, au bout d'un instant, on entendit : « Qu'est-ce que c'était ? — Je n'ai rien entendu, chéri », répondit la voix de la femme. Puis il y eut encore un instant de silence et la voix masculine demanda : « Et à qui appartient ce cartable ? » Et ensuite des pas sonores retentirent à travers la pièce et on voyait les bottes se déplacer sur le parquet.

Tiens, le type était au lit avec ses bottes, pensa Xavier et il s'indigna ; il comprit que c'était à lui d'agir maintenant. Il s'appuya sur les coudes et sortit la tête de sous le lit pour voir ce qui se passait dans la chambre.

« Qui as-tu ici ? Où l'as-tu caché ? » criait la voix masculine et Xavier voyait au-dessus des bottes noires les culottes de cheval bleu foncé et la chemise bleu foncé de l'uniforme de la police. L'homme examina la pièce d'un regard inquisiteur puis s'élança vers l'armoire dont la profondeur laissait soupçonner qu'un amant se cachait à l'intérieur.

A ce moment Xavier bondit de sous le lit, silencieux comme un chat, souple comme une panthère. L'homme en uniforme ouvrit l'armoire pleine de vêtements et se mit à chercher à tâtons à l'intérieur. Mais Xavier était déjà là et quand l'homme plongea de nouveau les mains dans les ténèbres des vêtements pour y chercher l'amant caché, Xavier le saisit au col et le précipita violemment à l'intérieur de l'armoire. Il referma la porte, fit jouer la clé, la retira, la fourra dans sa poche et se tourna vers la femme.

4

Il était devant les grands yeux bruns et il entendait derrière lui les coups frappés au-dedans de l'armoire, le tapage et les cris si bien amortis par la sourdine des vêtements que les mots restaient incompréhensibles dans le vacarme.

Il s'assit près des grands yeux, serra l'épaule entre ses doigts et alors seulement, au contact de la peau nue sous sa paume, il comprit que la femme ne portait qu'une mince combinaison sous laquelle se gonflaient les seins nus, moelleux et souples.

Dans l'armoire, les coups de tambour ne cessaient pas et Xavier tenait maintenant la femme à deux mains par les épaules et s'efforçait de percevoir la netteté de ses contours qui disparaissait dans l'immensité océanique de ses yeux. Il lui disait de ne pas avoir peur, il lui montrait la clé pour lui prouver que l'armoire était bien fermée, il lui rappelait que la prison de son époux était de chêne et que le prisonnier ne pouvait ni l'ouvrir ni la forcer. Et ensuite il se mit à l'embrasser (ses mains étaient toujours posées sur les moelleuses épaules nues si infiniment voluptueuses qu'il craignait de laisser glisser ses mains plus bas et de toucher les seins comme s'il n'était pas assez fort pour résister au vertige) et il pensa qu'ayant posé ses lèvres sur ce visage, il allait se noyer dans des eaux immenses.

Il entendit sa voix : « Qu'allons-nous faire ? »

Il lui caressa les épaules et lui répondit de ne

s'occuper de rien, qu'ils étaient bien ici à présent, qu'il était heureux comme il ne l'avait jamais été et que les coups frappés dans l'armoire ne l'inquiétaient pas plus que le bruit d'un orage provenant d'un tourne-disque ou que l'aboiement d'un chien enchaîné à sa niche à l'autre bout de la ville.

Pour lui montrer qu'il était maître de la situation, il se leva et se mit à inspecter la pièce. Puis il rit parce qu'il avait vu une matraque noire posée sur la table. Il la saisit, s'approcha de l'armoire et, en réponse aux coups frappés à l'intérieur, cogna plusieurs fois sur la porte de l'armoire avec la matraque.

« Qu'allons-nous faire ? demanda de nouveau la femme et Xavier lui répondit : — Nous allons partir.

— Et lui ? demanda la femme, et Xavier répondit : — Un homme peut survivre deux ou trois semaines sans nourriture. Quand nous reviendrons ici l'année prochaine, il y aura dans l'armoire un squelette en uniforme et botté », et il s'approcha de l'armoire bruyante, y donna un coup de matraque, rit et regarda la femme en souhaitant qu'elle rît avec lui.

Mais la femme ne riait pas et demanda : « Où irons-nous ? »

Xavier lui raconta où ils iraient. Elle répliqua que dans cette pièce elle était chez elle tandis que là où Xavier voulait la conduire elle n'avait ni son armoire à linge ni son oiseau dans sa cage. Xavier répondit qu'un chez-soi n'est pas une armoire à linge ou un oiseau dans une cage, mais la présence de l'être que nous aimons. Et il lui dit ensuite qu'il n'avait pas lui-même de chez-soi ou bien, pour s'exprimer autrement, que son chez-soi était dans ses pas, dans sa marche, dans ses voyages. Que son chez-soi était là où s'ouvraient des horizons inconnus. Qu'il ne pouvait vivre qu'en passant d'un rêve à un autre, d'un paysage à un autre et que s'il restait longtemps dans le même décor il mourrait comme allait mourir son mari s'il restait plus de quinze jours dans l'armoire.

Et ce disant, tous deux s'aperçurent brusquement que l'armoire s'était tue. Ce silence était si remarquable qu'il les réveilla tous deux. C'était comme l'instant qui suit un orage ; le canari chantait à tue-tête dans sa cage, et à la fenêtre il y avait la couleur jaune du soleil qui déclinait. C'était beau comme une invitation au voyage. C'était beau comme le grand pardon. C'était beau comme la mort d'un flic.

Cette fois, la femme caressa le visage de Xavier et c'était la première fois qu'elle le touchait ; et c'était aussi la première fois que Xavier la voyait, non pas diffuse, mais avec des contours fermes. Elle lui dit : « Oui. Nous allons partir ; et nous irons où tu voudras. Attends une minute, je prendrai seulement quelques affaires pour le voyage. »

Elle le caressa encore une fois, lui sourit et se dirigea vers la porte. Il la regardait les yeux emplis d'une paix soudaine ; il voyait son pas, souple et fluide comme le pas de l'eau muée en corps.

Ensuite il s'assit sur le lit et il se sentit merveilleusement bien. L'armoire était silencieuse, comme si l'homme s'y était endormi ou pendu. Le silence était plein d'espace qui entrait dans la pièce par la fenêtre avec la rumeur de la Vltava et le cri lointain de la ville, un cri si lointain qu'il ressemblait aux voix de la forêt.

Xavier sentait qu'il était de nouveau plein de

voyages. Et il n'est rien de plus beau que l'instant qui précède le voyage, l'instant où l'horizon de demain vient nous rendre visite et nous dire ses promesses. Xavier était allongé sur les couvertures froissées et tout semblait se fondre dans une admirable unité : le lit mou semblable à une femme, la femme pareille à l'eau, l'eau qu'il imaginait sous les fenêtres semblable à une couche liquide.

Ensuite il vit encore la porte s'ouvrir et la femme entra. Elle portait une robe bleue. Bleue comme l'eau, bleue comme les horizons où il allait plonger demain, bleue comme le sommeil où il sombrait lentement mais irrésistiblement.

Oui. Xavier s'était endormi.

5

Xavier ne dort pas pour puiser dans le sommeil la force de veiller. Non, ce monotone mouvement de balancier veille-sommeil qui s'accomplit trois cent soixante-cinq fois en une année lui est inconnu.

Le sommeil n'est pas pour lui le contraire de la vie ; le sommeil est pour lui la vie, et la vie est un songe. Il passe d'un songe à un autre songe comme s'il passait d'une vie à une autre vie.

Il fait nuit, il fait nuit noire, mais voici que d'en haut descendent des disques lumineux. Ce sont les lumières que répandent des lanternes ; dans ces cercles découpés sur le fond de l'obscurité on voit tomber dru les flocons.

Il s'engouffra dans la porte d'une construction basse, traversa rapidement le hall et pénétra sur le quai où un train attendait, les vitres éclairées, sur le point de partir ; un vieillard, avec une lanterne à la main, s'avançait le long du convoi et fermait les portes des wagons. Xavier sauta lestement dans le train et le vieillard éleva sa lanterne, le bruit lent d'une trompe se fit entendre à l'autre extrémité du quai et le train se mit en marche.

6

Il s'arrêta sur la plate-forme du wagon et inspira profondément pour calmer sa respiration précipitée. Une fois de plus, il était arrivé au dernier moment, et arriver au dernier moment était sa fierté : tous les autres arrivaient à temps conformément à un plan préétabli et toute leur vie se passait sans surprise comme s'ils recopiaient les textes que leur indiquait le professeur. Il les imaginait dans les compartiments des wagons, assis à des places réservées d'avance, échangeant des propos connus d'avance, se parlant du chalet de montagne où ils allaient passer une semaine, de l'emploi du temps avec lequel on avait commencé à les familiariser à l'école pour qu'ils puissent le suivre aveuglément, de mémoire et sans la moindre erreur.

Mais Xavier était venu sans se préparer, au dernier moment, guidé par une impulsion soudaine et par une décision inattendue. Il était maintenant sur la plate-forme du wagon et se demandait ce qui avait bien pu l'inciter à participer à cette excursion organisée par le lycée, avec des élèves ennuyeux et des professeurs chauves aux moustaches grouillant de poux.

Il traversa le wagon : des garçons étaient debout dans le couloir, soufflaient sur des vitres gelées puis collaient un œil au judas circulaire ; d'autres étaient étendus paresseusement sur les bancs des compartiments, avec leurs skis en croix appuyés aux filets à bagages au-dessus de leur tête ; ailleurs on jouait aux cartes et dans un autre compartiment on chantait une chanson estudiantine interminable composée d'une mélodie primitive et de paroles répétées inlassablement des centaines et des milliers de fois : *le canari est mort, le canari est mort, le canari est mort...*

Il s'arrêta à la porte de ce compartiment et regarda à l'intérieur : il y avait là trois garçons d'une grande classe, et à côté d'eux, de sa propre classe, une jeune fille blonde qui rougit en le voyant mais ne dit rien, comme si elle craignait d'être prise en faute, et elle continuait d'ouvrir la bouche tout en regardant Xavier avec ses grands yeux fixes et elle chantait : *le canari est mort, le canari est mort, le canari est mort, le canari...*

Xavier s'éloigna de la jeune fille blonde et passa devant un autre compartiment d'où lui parvenaient d'autres chansons d'étudiants et le vacarme des plaisanteries, et il vit ensuite un homme en uniforme de contrôleur s'avancer à sa rencontre, s'arrêter à chaque compartiment et demander les billets ; l'uniforme ne pouvait pas le tromper, sous la visière de la casquette il reconnut un vieux professeur de latin et il sut aussitôt qu'il ne devait pas le rencontrer, d'abord parce qu'il n'avait pas de billet, ensuite parce qu'il y avait bien longtemps (il ne pouvait pas se rappeler combien de temps) qu'il n'était pas allé en classe de latin.

Il profita d'un moment où le professeur de latin avait passé la tête à l'intérieur d'un compartiment pour se glisser rapidement derrière lui jusqu'à la plate-forme où il y avait deux portes, celle des lavabos et celle des waters. Il ouvrit la porte des lavabos et surprit dans une douce étreinte la prof de tchèque, austère quinquagénaire, et un de ses condisciples, qui occupait une place au premier rang et que Xavier, pour autant qu'il participât au travail scolaire, dédaignait souverainement. Quand ils le virent, les deux amants surpris s'écartèrent promptement l'un de l'autre et se penchèrent sur le lavabo ; ils se frottaient fébrilement les mains sous le mince filet d'eau qui coulait du robinet.

Xavier ne voulait pas les déranger et sortit de nouveau sur la plate-forme ; là, il se trouva face à face avec la blonde de sa classe qui fixait sur lui de grands yeux bleus ; ses lèvres ne bougeaient plus et ne chantaient plus la chanson du canari dont Xavier pensait que le refrain était interminable. Ah ! quelle naïveté, se dit-il, de croire qu'il existe une chanson qui est interminable ! Comme si tout en ce bas monde, depuis les commencements, n'était pas autre chose que trahison !

Fort de cette pensée, il plongeait son regard dans les yeux de la fille blonde et il savait qu'il ne devait pas se prêter au jeu truqué qui fait passer le provisoire pour l'éternel et le petit pour le grand, qu'il ne devait pas se prêter au jeu truqué qui s'appelle l'amour. Il tourna donc les talons et rentra dans la petite cabine du lavabo où la corpulente prof de tchèque était de nouveau campée devant le condisciple de Xavier, les mains posées sur ses hanches.

« Ah non, je vous en prie, vous n'allez pas recommencer à vous laver les mains, leur dit Xavier. C'est à mon tour de me les laver », et il les évita discrètement, tourna le robinet et se pencha sur le lavabo, cherchant ainsi une solitude relative pour lui et pour les deux amants qui restaient plantés là et semblaient gênés. Il entendit le chuchotement énergique de la prof de tchèque « Allons à côté », puis le claquement de la porte et les pas de deux paires de jambes qui pénétraient dans les waters voisins. Quand il fut seul, il s'appuya avec satisfaction contre le mur et s'abandonna à de douces réflexions sur la petitesse de l'amour, à de douces réflexions derrière lesquelles luisaient deux grands yeux bleus suppliants.

7

Puis le train s'arrêta, une trompe retentit, et ce fut une clameur juvénile, le claquement métallique des portes, le martèlement des semelles ; Xavier sortit de son abri et se joignit aux autres lycéens qui se ruaient sur le quai. Et ensuite on aperçut des montagnes, une grosse lune et la neige étincelante ; ils marchaient dans une nuit qui était claire comme le jour. C'était une longue procession où les paires de skis se dressaient en guise de croix comme de pieux accessoires, comme les symboles de deux doigts qui prêtent serment.

C'était une longue procession et Xavier l'accompagnait et il avait les mains dans les poches parce qu'il était le seul à ne pas avoir de skis, symbole du serment ; il marchait et il écoutait les propos des lycéens déjà passablement fatigués ; puis il se retourna et vit que la jeune fille blonde, qui était petite et fluette, marchait en arrière et qu'elle trébuchait et enfonçait dans la neige sous le poids des skis, et un instant plus tard il se retourna de nouveau et vit que le vieux prof de math prenait les skis de la jeune fille, les chargeait avec les siens sur son épaule, lui prenait le bras de sa main restée libre et l'aidait à marcher. Et c'était un triste tableau, cette pauvre vieillesse qui s'apitoyait sur cette pauvre jeunesse ; il regardait ce tableau et se sentait bien.

Ensuite, de loin d'abord, puis de plus en plus près, une musique de danse leur parvint ; ils virent un restaurant autour duquel étaient disposés les chalets en bois où allaient loger tous les lycéens. Mais Xavier n'avait pas réservé de chambre et il n'avait même pas besoin de déposer ses skis, même pas besoin de se changer. Il entra donc tout de suite dans la salle du bar où se trouvaient la piste de danse, l'orchestre et des clients assis à des tables. Aussitôt il remarqua une femme vêtue d'un chandail grenat et d'un fuseau ; des hommes étaient assis près d'elle devant des chopes de bière, mais Xavier voyait que cette femme était élégante et fière et s'ennuyait avec eux. Il s'approcha et l'invita à danser.

Ils étaient seuls à danser dans la salle du bar et Xavier voyait que le cou de la femme était magnifiquement fané, que la peau autour des yeux était magnifiquement ridée et que deux rides magnifiquement profondes se creusaient autour de la bouche, et il était heureux de tenir dans ses bras tant d'années de vie, heureux que le lycéen qu'il était pût tenir dans ses bras toute une vie déjà presque achevée. Il était fier de danser avec elle et se disait que la fille blonde pouvait entrer d'une minute à l'autre et le voir, voir à quel point il lui était supérieur, comme si l'âge de sa danseuse était une haute montagne et que la toute jeune adolescente se dressât au pied de cette montagne comme un humble brin d'herbe.

Et vraiment : la salle commençait à se remplir de garçons et de filles qui avaient changé leurs pantalons de ski pour des jupes, et tous vinrent s'asseoir aux tables restées libres, et un public nombreux entourait maintenant Xavier qui dansait avec la femme en grenat ; il aperçut à une table la jeune fille blonde et il fut satisfait : elle était habillée avec beaucoup plus de soin que les autres ; elle avait une jolie robe tout à fait déplacée dans cette salle de café malpropre, une légère robe blanche où elle était encore plus frêle et encore plus vulnérable. Xavier savait qu'elle l'avait mise pour lui et il décida fermement qu'il ne devait pas la perdre, qu'il devait vivre cette soirée pour elle et avec elle.

8

Il dit à la femme au chandail grenat qu'il ne voulait plus danser ; qu'il était écœuré par les trognes qui les dévisageaient derrière les chopes de bière. La femme eut un rire approbateur ; et bien que la danse ne fût pas terminée et qu'ils fussent seuls sur la piste, ils cessèrent de danser (toute la salle pouvait voir qu'ils avaient cessé de danser) et ils quittèrent la piste en se donnant la main, longèrent les tables et sortirent sur la terrasse enneigée.

Ils sentirent l'air glacé et Xavier pensa que la frêle jeune fille maladive en robe blanche ne tarderait pas à les rejoindre dans le froid. Il saisit par le bras la femme en grenat et il l'entraîna à travers la terrasse étincelante et il se dit qu'il était le légendaire preneur de rats et que la femme à ses côtés était le fifre dont il jouait.

Au bout d'un instant la porte du restaurant s'ouvrit et la jeune fille blonde sortit. Elle était encore plus frêle que tout à l'heure, sa robe blanche se confondait avec la neige, elle était comme de la neige marchant dans la neige. Xavier pressait contre lui la femme au chandail grenat, qui était chaudement vêtue et magnifiquement âgée, il l'embrassait, mettait les mains sous le chandail et observait du coin de l'œil la jeune fille à la blancheur de neige qui les regardait et se tourmentait.

Ensuite, il renversa cette vieille femme sur la neige et il se vautra sur elle et il savait que ça durait depuis longtemps et qu'il faisait froid et que la robe de la jeune fille était légère et que le gel lui touchait les mollets et les genoux et atteignait jusqu'à ses cuisses et la caressait de plus en plus haut au point de toucher son sexe et son ventre. Ils se relevèrent et la vieille femme le conduisit dans un chalet où elle avait une chambre.

La chambre était au rez-de-chaussée et la fenêtre était à un mètre au-dessus du sol enneigé et Xavier pouvait voir par la vitre la jeune fille blonde qui était à quelques pas de lui et qui le regardait par la fenêtre ; lui non plus ne voulait pas abandonner la jeune fille dont l'image l'emplissait tout entier, il alluma donc la lumière (la vieille femme salua d'un rire sensuel ce besoin de lumière), il prit la femme par la main, s'approcha de la fenêtre avec elle et devant la fenêtre il l'étreignit et souleva le chandail pelucheux (un chandail bien chaud pour un corps sénile) et il songeait à la jeune fille qui devait être entièrement transie, transie au point de ne plus sentir son corps, de n'être qu'une âme, une âme triste et douloureuse flottant à peine dans le corps tellement glacé qu'il ne sentait plus rien, qu'il avait déjà perdu le sens du toucher, qu'il n'était qu'une enveloppe morte pour l'âme flottante que Xavier aimait infiniment, ah oui ! qu'il aimait infiniment.

Mais qui pourrait supporter un amour aussi infini ! Xavier sentait que ses mains faiblissaient, qu'elles n'avaient même pas la force de soulever le chandail pelucheux assez haut pour dénuder la poitrine de la vieille, il sentit un engourdissement dans tout son corps et il s'assit sur le lit. Il est difficile de décrire à quel point il se sentait bien, à quel point il était satisfait et heureux. Quand un homme est excessivement satisfait, le sommeil vient à lui comme une récompense. Xavier souriait et sombrait dans un profond sommeil, dans une belle nuit douce où luisaient deux yeux gelés, deux lunes transies...

9

Xavier ne vivait pas qu'une seule vie qui s'étendait de la naissance à la mort comme un long fil sale ; il ne vivait pas sa vie, mais il la dormait ; dans cette vie-sommeil il bondissait d'un rêve à un autre rêve ; il rêvait, s'endormait en rêvant et faisait un autre rêve, de sorte que son sommeil était comme une boîte dans laquelle entre une autre boîte et dans cette dernière encore une autre boîte et dans celle-ci une autre encore, et ainsi de suite.

Par exemple, en ce moment il dort et il est à la fois dans une maison du pont Charles et dans un chalet de montagne ; ces deux sommeils résonnent comme deux notes d'orgue longuement retenues ; et voici qu'à ces deux notes s'en ajoute une troisième :

Il est debout et regarde. La rue est déserte, c'est à peine si de temps à autre passe une ombre qui disparaît au coin de la rue ou dans une porte. Lui non plus, il ne veut pas être remarqué ; il prend par les petites rues des faubourgs et un bruit de fusillade lui parvient de l'autre bout de la ville.

Il est enfin entré dans une maison et s'est mis à descendre l'escalier ; au sous-sol il y avait plusieurs portes ; après avoir cherché pendant quelques instants laquelle est la bonne, il a frappé ; d'abord trois coups puis, après une pause, un coup et encore trois coups après une nouvelle pause.

10

La porte s'ouvrit et un homme jeune en bleu de travail l'invita à entrer. Ils traversèrent plusieurs pièces où il y avait un bric-à-brac, des vêtements accrochés à des cintres, et aussi des fusils appuyés dans les encoignures, et par un long couloir (ils devaient être loin du périmètre de l'immeuble) ils pénétrèrent enfin dans une petite pièce souterraine où il pouvait y avoir une vingtaine d'hommes.

Il s'assit sur une chaise libre et examina les personnes présentes ; il en connaissait quelques-unes. Trois hommes étaient assis à une table placée près de la porte ; l'un d'eux, coiffé d'une casquette, était en train de parler ; il parlait d'une date proche et secrète, où tout se déciderait ; tout devait être prêt pour ce jour-là selon le plan : les tracts, les journaux, la radio, la poste, le télégraphe, les armes. Il demanda ensuite à chacun s'il avait exécuté, pour le succès de cette journée, les tâches dont il était chargé. Il s'adressa aussi à Xavier et lui demanda s'il avait apporté la liste.

Ce fut un moment atroce. Pour être certain de ne pas être découvert, Xavier avait depuis longtemps recopié la liste sur la dernière page de son cahier de tchèque. Ce cahier était dans son cartable, avec ses autres cahiers et ses manuels. Mais où était le cartable ? Il ne l'avait pas avec lui !

L'homme à la casquette répéta sa question.

Mon Dieu, où était ce cartable ? Xavier réfléchit

fébrilement et, du fond de sa mémoire, émergea un souvenir vague et insaisissable, un souffle très doux empli de bonheur ; il voulut saisir au vol ce souvenir, mais il n'en eut pas le temps, parce que tous les visages étaient tournés vers lui et attendaient qu'il réponde. Il dut avouer qu'il n'avait pas la liste.

Les visages des hommes parmi lesquels il était venu comme un camarade parmi des camarades se durcirent et l'homme à la casquette lui dit d'une voix glacée que si l'ennemi s'emparait de la liste, la date dans laquelle ils plaçaient tous leurs espoirs serait ruinée et ne serait plus qu'une date comme toutes les autres : une date vide et morte.

Mais Xavier n'eut pas le temps de répondre. La porte s'ouvrit discrètement, un homme parut et siffla. C'était le signal d'alarme ; avant que l'homme à la casquette n'ait eu le temps de donner son premier commandement, Xavier prit la parole : « Laissez-moi sortir le premier », dit-il, parce qu'il savait que la route qui les attendait maintenant était dangereuse et que celui qui sortirait le premier risquait sa vie.

Xavier savait qu'il avait oublié la liste et qu'il devait laver sa faute. Mais ce n'était pas seulement un sentiment de culpabilité qui le poussait vers le danger. Il détestait la lâcheté qui fait de la vie une demi-vie et des hommes des demi-hommes. Il voulait placer sa vie dans la balance et que la mort fût sur l'autre plateau. Il voulait que chacun de ses actes, voire, chaque jour, chaque heure, chaque seconde de sa vie se mesure au critère suprême qui est la mort. C'est pourquoi il voulait marcher en tête de la colonne, marcher sur un fil au-dessus de l'abîme, avoir l'auréole des balles autour de sa tête et grandir ainsi aux yeux de tous et devenir infini comme la mort est infinie...

L'homme à la casquette le regardait de ses yeux froids et sévères où brillait une lueur de compréhension. « Eh bien, va ! » lui dit-il.

11

Il franchit une porte métallique et se trouva dans une cour étroite. Il faisait sombre, au loin crépitait la fusillade, et quand il levait les yeux il voyait se déplacer au-dessus des toits les rais lumineux des projecteurs. En face, une étroite échelle métallique conduisait au toit d'un immeuble de cinq étages. Il y posa le pied et se mit à grimper rapidement. Les autres s'élancèrent derrière lui dans la cour et se pressèrent contre les murs. Ils attendaient qu'il fût sur le toit et qu'il leur fît signe que la voie était libre.

Une fois sur les toits, ils se mirent à ramper avec prudence, mais Xavier était toujours en tête ; il risquait sa vie et protégeait les autres. Il avançait avec attention, il avançait avec douceur, il avançait comme un félin et ses yeux voyaient à travers l'obscurité. A un endroit il s'arrêta et appela l'homme à la casquette pour lui montrer, tout en bas, au-dessous d'eux, des personnages noirs qui accouraient, tenant à la main des armes courtes, et qui scrutaient la pénombre. « Continue de nous guider », dit l'homme à Xavier.

Et Xavier allait, sautant d'un toit à l'autre, grimpant à de courtes échelles métalliques, se cachant derrière les cheminées pour échapper aux projecteurs importuns qui balayaient sans cesse les maisons, les bords des toits et les cañons des rues.

C'était un beau voyage d'hommes silencieux mués

en essaim d'oiseaux, passant par le ciel pour éviter l'ennemi aux aguets, traversant la ville sur les ailes des toits pour échapper aux pièges. C'était un beau et long voyage, mais un voyage déjà si long que Xavier commençait à sentir la fatigue ; cette fatigue qui brouille les sens et emplit l'esprit d'hallucinations ; il croyait entendre une marche funèbre, la célèbre marche funèbre de Chopin que les fanfares jouent dans les cimetières.

Il ne ralentissait pas le pas, il tentait de toutes ses forces de tenir ses sens en éveil et de chasser la funeste hallucination. En vain ; la musique lui parvenait toujours, comme pour annoncer sa fin prochaine, comme pour épingler à cet instant de lutte le voile noir de la mort future.

Mais pourquoi résiste-t-il si fort à cette hallucination ? Ne désire-t-il pas que la grandeur de la mort fasse de sa course sur les toits un cheminement inoubliable et immense ? La musique funèbre qui parvient à son oreille comme un présage n'est-elle pas le plus bel accompagnement de son courage ? N'est-il pas sublime que son combat soit aussi ses funérailles et que ses funérailles soient un combat, que la vie et la mort soient aussi magnifiquement fiancées ?

Non, ce qui effrayait Xavier, ce n'était pas que la mort vînt s'annoncer, mais plutôt de ne plus pouvoir se fier à ses propres sens, de ne plus pouvoir (lui dont dépendait la sécurité de ses compagnons !) percevoir les pièges sournois de l'ennemi, maintenant qu'il avait les oreilles bouchées par la mélancolie liquide d'une marche funèbre.

Mais est-il vraiment possible qu'une hallucination paraisse à ce point réelle que l'on entende la marche de Chopin avec toutes les fautes de rythme et les fausses notes du trombone ?

12

Il ouvrit les yeux et il vit une pièce meublée d'une armoire éraflée et du lit où il était couché. Il constata avec satisfaction qu'il avait dormi tout habillé et qu'il n'avait donc pas besoin de se changer ; il se contenta de mettre les chaussures jetées au pied du lit.

Mais d'où vient cette triste fanfare dont les notes semblent si réelles ?

Il s'approcha de la fenêtre. A quelques pas devant lui, dans un paysage d'où la neige avait déjà presque disparu, se tenait immobile, lui tournant le dos, un groupe d'hommes et de femmes habillés de noir. Ce groupe était désolé et triste, comme le paysage qui l'entourait ; de la neige éclatante il ne restait que des lambeaux et des rubans sales sur la terre humide.

Il ouvrit la fenêtre et se pencha au-dehors. Maintenant, il comprenait mieux la situation. Les gens en noir étaient rassemblés autour d'une fosse où était posé un cercueil. De l'autre côté de la fosse, d'autres hommes en noir tenaient devant leur bouche des instruments en cuivre surmontés de petits pupitres recouverts de partitions auxquelles étaient rivés les regards des musiciens ; ils jouaient la marche funèbre de Chopin.

La fenêtre était à un mètre à peine au-dessus du sol. Xavier l'enjamba et s'approcha du groupe funèbre. A ce moment, deux robustes paysans passèrent des cordes sous le cercueil, le soulevèrent et le firent descendre lentement. Un vieil homme et une vieille femme qui faisaient partie du groupe de gens vêtus de noir éclatèrent en sanglots, et les autres les prirent par le bras et les réconfortèrent.

Ensuite, le cercueil fut déposé au fond de la fosse et les gens en noir s'approchèrent l'un après l'autre pour jeter une poignée de terre sur le couvercle. Xavier fut le dernier à s'incliner sur le cercueil, il prit dans la main une motte de terre avec des morceaux de neige et la jeta dans la fosse.

Il était le seul dont personne ne sût rien et il était le seul qui fût au courant de tout. Lui seul savait pourquoi et comment la jeune fille blonde était morte, lui seul savait que la main du gel s'était posée sur ses mollets pour grimper ensuite le long de son corps jusqu'à son ventre et entre ses seins, lui seul savait quelle était la cause de sa mort. Lui seul savait pourquoi elle avait demandé à être ensevelie ici, car c'était ici qu'elle avait le plus souffert et qu'elle avait souhaité mourir pour avoir vu l'amour la trahir et lui échapper.

Lui seul savait tout ; les autres étaient là comme le public qui ne comprend pas ou comme la victime qui ne comprend pas. Il les voyait sur le fond d'un lointain paysage montagneux et il se disait qu'ils étaient perdus dans ce lointain paysage comme la morte était perdue dans la terre ; et qu'il était lui-même (parce qu'il savait tout) encore plus vaste que ce lointain paysage humide, et que tout cela — les survivants, la morte, les fossoyeurs avec leurs pelles et les champs et les montagnes — pénétrait en lui et disparaissait en lui.

Il était habité tout entier par ce paysage, par la tristesse des survivants et par la mort de la jeune fille blonde, et il se sentait rempli de leur présence à tous, comme d'un arbre qui aurait poussé en lui ; il se sentait grandi et son propre personnage réel ne lui apparaissait plus que comme un travesti, comme un déguisement, comme un masque de modestie ; et c'est sous le masque de son propre personnage qu'il s'approcha des parents de la morte (le visage du père lui rappelait les traits de la jeune fille blonde ; il était rouge de larmes) et leur présenta ses condoléances ; ils lui tendaient la main d'un air absent et il sentait leurs mains fragiles et insignifiantes dans le creux de sa paume.

Ensuite il resta un long moment adossé au mur du chalet où il avait si longuement dormi, et il suivit des yeux les gens qui avaient assisté à l'enterrement et se dispersaient par petits groupes et disparaissaient lentement dans les lointains humides. Soudain, il sentit qu'on le caressait : ah oui, il sentit le contact d'une main sur son visage. Il était certain de comprendre le sens de cette caresse et l'acceptait avec gratitude ; il savait que c'était la main du pardon ; que la jeune fille lui faisait comprendre qu'elle n'avait pas cessé de l'aimer et que l'amour persiste au-delà de la tombe.

13

C'était une chute à travers ses rêves.

Les plus beaux moments, c'étaient ceux où un rêve durait encore, cependant qu'un autre commençait à poindre, dans lequel il s'éveillait.

Ces mains qui le caressent pendant qu'il se tient immobile dans le paysage montagneux appartiennent à la femme d'un autre rêve où il va bientôt retomber, mais Xavier ne le sait pas encore, et pour l'instant ces mains n'existent que seules, en elles-mêmes ; ce sont des mains miraculeuses dans un espace vide ; des mains entre deux aventures, entre deux vies ; des mains qui ne sont gâchées ni par le corps ni par la tête.

Que cette caresse de mains sans corps dure le plus longtemps possible !

14

Puis il sentit, non seulement la caresse des mains, mais le contact de seins opulents et moelleux qui se pressaient contre sa poitrine, et il aperçut le visage d'une femme brune et il entendit sa voix : « Réveille-toi ! Mon Dieu, réveille-toi ! »

Sous lui il y avait un lit froissé et tout autour une chambre grisâtre avec une grande armoire. Xavier se souvint qu'il était dans la maison du pont Charles.

« Je sais que tu voudrais encore dormir longtemps, disait la femme comme si elle voulait s'excuser, mais il fallait bien que je te réveille. J'ai peur.

— De quoi as-tu peur ? demanda Xavier.

— Mon Dieu, tu ne sais rien, dit la femme. Écoute ! »

Xavier se tut et s'efforça d'écouter attentivement : il entendait le bruit d'une fusillade au loin.

Il sauta du lit et courut vers la fenêtre ; des groupes d'hommes en bleu de travail, avec des mitraillettes en bandoulière, passaient sur le pont Charles.

C'était comme un souvenir que l'on cherche à travers plusieurs murailles ; Xavier savait bien ce que signifiaient ces groupes d'hommes armés qui montaient la garde sur le pont, mais il y avait quelque chose dont il ne pouvait pas se souvenir, quelque chose qui lui eût permis d'élucider sa propre attitude par rapport à ce qu'il voyait. Il savait qu'il avait un rôle dans cette scène et que s'il en était absent, c'était à la suite d'une erreur, qu'il était comme l'acteur qui a oublié d'entrer en scène, et ensuite la pièce se joue sans lui, étrangement mutilée. Et brusquement, il se souvint.

Et au moment où il se souvint, il chercha des yeux dans la chambre et se sentit soulagé : le cartable était toujours là, appuyé contre le mur dans un coin, personne ne l'avait emporté. Il s'en approcha d'un bond et l'ouvrit. Tout y était : le cahier de mathématiques, le cahier de tchèque, le manuel de sciences naturelles. Il prit le cahier de tchèque, l'ouvrit à l'envers et se sentit de nouveau soulagé : la liste que lui avait réclamée l'homme à la casquette était soigneusement recopiée, d'une petite écriture bien lisible, et Xavier se réjouit de l'idée qu'il avait eue de dissimuler ce document important dans un cahier d'écolier, de l'autre côté duquel on pouvait lire une composition sur le thème *La venue du printemps*.

« Qu'est-ce que tu cherches là-dedans, s'il te plaît ?

— Rien, dit Xavier.

— J'ai besoin de toi, j'ai besoin de ton aide. Tu vois bien ce qui se passe. Ils entrent dans toutes les maisons, ils arrêtent et ils fusillent.

— Ne crains rien, dit-il en riant. Ils ne peuvent fusiller personne !

— Comment peux-tu le savoir ! » protesta la femme.

Comment pouvait-il le savoir ? Il ne le savait que trop bien : la liste de tous les ennemis du peuple qui devaient être exécutés le premier jour de la révolution était dans son cahier : il était bien vrai que les exécutions ne pouvaient avoir lieu. D'ailleurs, peu lui importait l'angoisse de cette belle femme ; il entendait la fusillade, il voyait les hommes qui montaient la garde sur le pont et il se disait que cette journée qu'il avait préparée avec enthousiasme aux côtés de ses camarades de combat était enfin venue et que, pendant ce temps-là, il dormait ; qu'il était ailleurs, dans une autre chambre et dans un autre rêve.

Il voulait partir, il voulait rejoindre immédiatement ces hommes en bleu de travail, il voulait leur remettre la liste qu'il était le seul à posséder et sans laquelle la révolution était aveugle, ne sachant qui arrêter et fusiller. Mais ensuite il pensa que c'était impossible : il ne connaissait pas le mot de passe de cette journée-là, il était depuis longtemps considéré comme un traître et personne ne le croirait. Il était dans une autre vie, il était dans une autre aventure et il était incapable de sauver de cette vie-là l'autre vie dans laquelle il n'était plus.

« Qu'est-ce que tu as ? » insistait la femme avec angoisse.

Et Xavier pensa que s'il ne pouvait sauver cette vie perdue, il lui fallait rendre plus grande la vie qu'il vivait en ce moment. Il se tourna vers la belle femme aux formes généreuses et comprit qu'il devait l'abandonner, car c'était là-bas qu'était la vie, dehors, de l'autre côté de la fenêtre, là-bas, d'où lui parvenait le crépitement de la fusillade qui ressemblait aux roulades du rossignol.

« Où veux-tu aller ? » s'écria la femme.

Xavier sourit et montra la fenêtre.

« Tu m'as promis de m'emmener !

— Il y a longtemps.

— Veux-tu me trahir ? »

Elle s'agenouilla devant lui et lui enlaça les jambes.

Il la regardait et songeait qu'elle était belle et qu'il était dur de la quitter. Mais le monde, de l'autre côté de la fenêtre, était encore plus beau. Et s'il abandonnait pour lui une femme aimée, ce monde lui serait encore plus cher. De tout le prix de son amour trahi.

« Tu es belle, dit-il, mais il faut que je te trahisse. » Il s'arracha à son étreinte et s'avança vers la fenêtre.

TROISIÈME PARTIE

ou

LE POÈTE SE MASTURBE

1

Le jour où Jaromil montra ses poèmes à sa mère, elle attendit en vain son mari, et elle attendit aussi vainement le lendemain et les jours suivants.

Elle reçut en revanche de la Gestapo un avis officiel lui annonçant que son mari était arrêté. Vers la fin de la guerre, elle reçut un autre avis officiel comme quoi il était décédé dans un camp de concentration.

Si son mariage avait été sans joie, son veuvage fut grand et glorieux. Elle trouva une grande photographie de son mari qui datait de l'époque où ils avaient fait connaissance, elle la mit dans un cadre doré et l'accrocha au mur.

Peu après, la guerre prit fin dans une grande liesse des Pragois, les Allemands évacuèrent la Bohême, et maman commença une vie que rehaussait l'austère beauté du renoncement ; l'argent qu'elle avait autrefois hérité de son père étant épuisé elle dut congédier la bonne, à la mort d'Alik elle refusa d'acheter un autre chien, et elle dut chercher un emploi.

Il se produisit encore d'autres changements : sa sœur décida de laisser l'appartement qu'elle occupait au centre de Prague à son fils qui venait de se marier, et d'emménager avec son mari et son fils cadet au rez-de-chaussée de la villa familiale, tandis que la grand-mère s'installait dans une chambre à l'étage de la veuve.

Maman méprisait son beau-frère depuis qu'elle l'avait entendu affirmer que Voltaire était un physicien qui avait inventé des volts. Sa famille était bruyante et s'abandonnait avec complaisance à des divertissements primitifs ; la vie joyeuse dont retentissaient les pièces du rez-de-chaussée était séparée, par d'épaisses frontières, du territoire de la mélancolie qui s'étendait à l'étage supérieur.

Et pourtant, à cette époque, maman se tenait plus droite qu'autrefois. On eût dit qu'elle portait sur la tête (à l'exemple des femmes dalmates qui portent ainsi des corbeilles de raisin) l'urne invisible de son mari.

2

Dans la salle de bains, des flacons de parfum et des tubes de crème sont posés sur une planchette au-dessous du miroir, mais maman ne s'en sert presque pas pour les soins de sa peau. Si elle s'attarde souvent devant ces objets, c'est parce qu'ils lui rappellent son défunt père, la droguerie (elle appartient depuis longtemps au beau-frère détesté) et les longues années de vie insouciante dans la villa.

Le passé vécu avec ses parents et son mari s'éclaire de la lumière nostalgique du soleil déjà couché. Cette lueur nostalgique la déchire ; elle comprend qu'elle apprécie trop tard la beauté de ces années, maintenant qu'elles ne sont plus, et elle se reproche d'avoir été une épouse ingrate. Son mari s'exposait aux plus grands dangers, se rongeait de soucis et, pour ne pas troubler sa tranquillité, jamais il ne lui soufflait mot de rien et aujourd'hui encore elle ignore pour quelle raison il a été arrêté, à quel mouvement de résistance il appartenait et quel rôle il pouvait y jouer ; elle ne sait rien du tout et elle pense que c'est là une peine infamante qui lui est infligée pour la punir d'avoir été une femme bornée et de n'avoir vu dans l'attitude de son mari que la marque de l'indifférence. A la pensée qu'elle lui a été infidèle au moment où il courait les plus grands dangers, elle n'est pas loin de se mépriser.

Maintenant, elle se regarde dans la glace et constate avec surprise que son visage est toujours jeune, et même, lui semble-t-il, inutilement jeune, comme si c'était par erreur et injustement que le temps l'avait oublié sur son cou. Elle a récemment appris qu'on l'a vue dans la rue avec Jaromil et qu'on les a pris pour le frère et la sœur ; elle trouve ça comique. Mais ça lui a tout de même fait plaisir ; depuis ce jour-là, c'est encore une plus grande joie pour elle d'aller au théâtre ou au concert avec son fils.

D'ailleurs, que lui restait-il d'autre ?

La grand-mère avait perdu la mémoire et la santé, elle ne sortait pas de la maison, reprisait les chaussettes de Jaromil et repassait les robes de sa fille. Elle était pleine de regrets et de souvenirs, pleine d'une soucieuse sollicitude. Elle créait autour d'elle une atmosphère mélancoliquement aimante et renforçait le caractère féminin du milieu (le milieu d'un double veuvage) qui entourait Jaromil à la maison.

3

Les murs de la chambre de Jaromil n'étaient plus ornés de ses mots d'enfant (maman les avait rangés à regret dans une armoire), mais de vingt petites reproductions de peintures cubistes et surréalistes qu'il avait découpées dans des magazines et collées sur du carton. Parmi elles, on pouvait voir, fixé au mur, un écouteur de téléphone avec un bout de fil coupé (on était venu réparer le téléphone de la villa voici quelque temps et Jaromil voyait dans l'écouteur défectueux arraché de l'appareil le genre d'objet qui, détaché de son cadre habituel, produit une impression magique et peut être à bon droit qualifié d'*objet surréaliste*). Mais l'image qu'il passait le plus de temps à examiner se trouvait dans le cadre du miroir accroché au même mur. Il n'était rien qu'il eût étudié plus soigneusement que son propre visage, rien qui ne le tourmentât davantage, et en rien d'autre (même si c'était au prix d'un effort acharné) il n'investissait davantage d'espoir.

Ce visage ressemblait au visage maternel, mais comme Jaromil était un homme, la délicatesse des traits était beaucoup plus frappante : il avait un joli nez fin et un petit menton légèrement rentré. Ce menton lui causait beaucoup de souci ; il avait lu dans la célèbre méditation de Schopenhauer qu'un menton rentré est un trait particulièrement repoussant, car c'est justement par son menton proéminent que l'homme se distingue du singe. Mais ensuite il découvrit une photographie de Rilke et il constata que Rilke aussi avait le menton rentré, ce qui lui apporta un précieux réconfort. Il se regardait longuement dans le miroir et se débattait désespérément dans cet espace gigantesque entre le singe et Rilke.

A vrai dire, son menton n'était que modérément rentré et sa mère estimait avec raison que le visage de son fils avait le charme d'un visage d'enfant. Mais cela tourmentait Jaromil plus encore que son menton : la délicatesse de ses traits le rajeunissait de plusieurs années, et comme ses camarades de classe avaient un an de plus que lui l'aspect enfantin de sa physionomie n'en était que plus frappant, que plus irréfutable, et faisait chaque jour l'objet de nombreux commentaires, de sorte que Jaromil ne pouvait pas l'oublier un instant.

Ah ! quel fardeau de porter un tel visage ! Comme il était pesant, ce dessin subtil des traits !

(Jaromil faisait parfois des rêves épouvantables : il rêvait qu'il devait soulever un objet extrêmement léger, une tasse à thé, une cuiller, une plume, et qu'il n'y arrivait pas, qu'il était d'autant plus faible que l'objet était plus léger, qu'il *succombait sous sa légèreté ;* ces rêves étaient des cauchemars et il se réveillait en nage ; il nous semble que ces rêves avaient pour thème son visage fragile dessiné au point de dentelle qu'il s'efforçait en vain de soulever et de jeter.)

4

Dans les maisons où les poètes ont vu le jour, règnent les femmes : la sœur de Trakl et celles d'Essenine et de Maïakovski, les tantes de Blok, la grand-mère de Hölderlin et celle de Lermontov, la nourrice de Pouchkine et surtout, bien entendu, les mères, les mères des poètes, derrière lesquelles pâlit l'ombre du père. Lady Wilde et Frau Rilke habillaient leurs fils en petites filles. Vous vous étonnez que l'enfant se regarde avec angoisse dans le miroir ? *Il est temps de devenir un homme*, écrit Jiri Orten[1] dans son journal. Pendant toute sa vie, le poète cherchera la virilité de ses traits sur son visage.

Quand il se regardait très longuement dans le miroir, il réussissait à trouver ce qu'il cherchait : le regard dur de l'œil ou la ligne sévère de la bouche ; mais pour cela il devait évidemment s'imposer un certain sourire, ou plutôt un certain rictus qui lui contractait violemment la lèvre supérieure. Il recherchait aussi une coiffure qui modifiât sa physionomie : il tentait de se relever les cheveux au-dessus du front pour donner l'impression d'une broussaille épaisse et sauvage ; mais hélas, ses cheveux que la mère chérissait plus que tout, au point d'en conserver une mèche dans un médaillon, étaient ce qu'il pouvait imaginer de pire : jaunes comme le duvet des poussins nouveau-nés

1. Jiri Orten, poète tchèque mort en 1941 à l'âge de vingt-deux ans.

et fins comme les graines de pissenlits ; il était impossible de leur donner une forme ; maman lui caressait souvent la tête et disait que c'étaient des cheveux d'ange. Mais Jaromil détestait les anges et aimait les démons ; il avait envie de se teindre les cheveux en noir, mais il n'osait pas, parce que se teindre les cheveux faisait encore plus efféminé que de les avoir blonds ; du moins les laissait-il pousser très longs et les portait-il hirsutes.

Il ne perdait pas une occasion de vérifier et de rectifier son apparence ; il ne passait pas devant la vitre d'une devanture sans y jeter un rapide coup d'œil. Mais plus il surveillait son apparence, plus il en prenait conscience et elle lui semblait d'autant plus importune et douloureuse. Par exemple :

Il revient du lycée. La rue est déserte, mais de loin, il aperçoit une jeune inconnue qui s'avance vers lui. Ils se rapprochent l'un de l'autre irrémédiablement. Jaromil pense à son visage, car il a vu que cette femme est belle. Il tente de plaquer sur ses lèvres son sourire éprouvé d'homme dur, mais il sent qu'il n'y parvient pas. Il pense de plus en plus à son visage dont la puérile féminité le fait paraître ridicule aux yeux des femmes, il s'incarne tout entier dans cette frimousse dérisoire qui se fige, se pétrifie et (malheur !) s'empourpre ! Il presse donc le pas pour éviter autant que possible de courir le risque que la femme jette les yeux sur lui, car s'il se laisse surprendre par une jolie femme au moment où il rougit, il ne supportera pas cette honte !

5

Les heures passées devant le miroir lui faisaient toucher le fond du désespoir ; heureusement il y avait un miroir qui l'emportait vers les étoiles. Ce miroir exaltant, c'étaient ses vers ; il avait la nostalgie de ceux qu'il n'avait pas encore écrits, et de ceux qu'il avait déjà écrits il se souvenait avec délectation comme on se souvient de femmes ; il n'en était pas seulement l'auteur, il en était aussi le théoricien et l'historien ; il rédigeait des commentaires sur ce qu'il avait écrit, il répartissait sa production en différentes périodes à chacune desquelles il donnait un nom, ce qui fait qu'en l'espace de deux ou trois ans il en vint à considérer son œuvre poétique comme un processus historique digne d'un historiographe.

Il y avait là une consolation : *en bas,* là où il vivait sa vie quotidienne, où il allait en classe, où il déjeunait avec sa mère et sa grand-mère, s'étendait un vide inarticulé ; mais *en haut,* dans ses poèmes, il posait des jalons, plantait des poteaux indicateurs avec des inscriptions ; ici le temps était articulé et différencié ; il passait d'une période poétique à une autre et pouvait (en regardant en bas du coin de l'œil, dans cette épouvantable stagnation sans événements) s'annoncer à lui-même, dans une extase exaltée, l'avènement d'une époque nouvelle qui ouvrait à son imagination des horizons insoupçonnés.

Et il pouvait aussi avoir la ferme et tranquille certitude de porter en lui, malgré l'insignifiance de sa physionomie (et aussi de sa vie), une richesse exceptionnelle ; en d'autres termes : la certitude d'être un *élu*.

Arrêtons-nous sur ce mot :

Jaromil continuait d'aller chez le peintre, pas trop souvent certes, parce que sa mère n'y tenait pas ; il avait depuis longtemps cessé de dessiner mais il avait un jour trouvé l'audace de lui montrer ses vers et depuis lors il les lui apportait tous. Le peintre les lisait avec un intérêt fervent et il lui arrivait de les garder pour les montrer à des amis, ce qui mettait Jaromil au comble du bonheur, car le peintre qui s'était autrefois montré très sceptique à l'égard de ses dessins était resté pour lui une autorité inébranlable ; il était persuadé qu'il existe (soigneusement conservé dans la conscience des initiés) un critère objectif permettant d'évaluer les valeurs artistiques (de même qu'est conservé au Musée de Sèvres un mètre-étalon en platine) et que le peintre connaissait ce critère.

Mais il y avait tout de même là quelque chose d'agaçant : Jaromil n'avait jamais pu discerner ce que le peintre appréciait dans ses poèmes et ce qu'il rejetait ; il faisait parfois des éloges de vers que Jaromil avait écrits à la hâte, et d'autres fois il écartait d'un air maussade d'autres vers, auxquels Jaromil tenait beaucoup. Comment expliquer cela ? Si Jaromil n'était pas capable de comprendre lui-même la valeur de ce qu'il écrivait, ne faut-il pas conclure qu'il créait des valeurs machinalement, fortuitement, sans le savoir et sans le vouloir, donc sans aucun mérite (de même qu'il avait autrefois enchanté le peintre avec un univers d'hommes cynocéphales qu'il avait découvert tout à fait par hasard) ?

« Bien sûr, lui dit le peintre, un jour qu'ils avaient abordé ce thème. Tu crois peut-être qu'une image fantastique que tu as mise dans ton poème est le résultat d'un raisonnement ? Pas du tout : elle t'est tombée dessus ; d'un seul coup ; sans que tu t'y attendes ; l'auteur de cette image, ce n'est pas toi, mais plutôt quelqu'un en toi, quelqu'un qui écrit ton poème en toi. Et ce quelqu'un qui écrit ton poème, c'est le flux tout-puissant de l'inconscient qui passe par chacun de nous ; ce n'est pas ton mérite si ce courant dans lequel nous sommes tous égaux a choisi de faire de toi son violon. »

Dans l'esprit du peintre, ces paroles étaient une leçon de modestie, mais Jaromil y trouva aussitôt une étincelle pour son orgueil ; soit, ce n'était pas lui qui avait créé les images de son poème ; mais c'était quelque chose de mystérieux qui avait justement choisi sa main de scripteur ; il pouvait donc s'enorgueillir de quelque chose de plus grand que le *mérite ;* il pouvait s'enorgueillir de sa *qualité d'élu*.

D'ailleurs, il n'avait jamais oublié ce qu'avait dit la dame de la petite station thermale : *cet enfant a un grand avenir devant lui*. Il croyait à ces phrases-là comme à des prophéties. L'avenir c'était des lointains inconnus où une vague image de la révolution (le peintre parlait souvent de son inéluctabilité) se mêlait à une vague image de la liberté bohème des poètes ; il savait qu'il emplirait cet avenir de sa gloire et ce savoir lui apportait la certitude qui (autonome et libre) vivait en lui à côté de toutes les incertitudes qui le tourmentaient.

6

Ah, la longue misère des après-midi où Jaromil est enfermé dans sa chambre et regarde successivement dans ses deux miroirs !

Comment est-ce possible ? Il a lu partout que la jeunesse est dans la vie la période de la plus grande plénitude ! D'où vient donc ce néant, cet éparpillement de la matière vivante ? D'où vient ce *vide* ?

Ce mot était aussi déplaisant que le mot défaite. Et il y avait d'autres mots que personne ne devait prononcer devant lui (à la maison du moins, dans cette métropole du vide). Par exemple le mot *amour* ou le mot *filles*. Comme il pouvait détester les trois personnes qui habitaient le rez-de-chaussée de la villa ! Il y avait souvent là des invités qui restaient tard dans la nuit et on entendait des voix avinées et, parmi elles, de perçantes voix féminines qui lacéraient l'âme de Jaromil recroquevillé sous sa couverture et incapable de dormir. Son cousin n'avait que deux ans de plus que lui, mais ces deux ans se dressaient entre eux semblables à des Pyrénées séparant l'un de l'autre deux siècles différents ; le cousin, qui était étudiant, amenait de jolies filles à la villa (avec la souriante complicité de ses parents) et méprisait vaguement Jaromil ; l'oncle était rarement là (il avait fort à faire avec les magasins dont il avait hérité), en revanche la voix de la tante tonnait à travers la maison ; chaque fois qu'elle rencontrait Jaromil, elle lui posait sa question stéréotypée : *Alors, comment ça marche avec les filles?* Jaromil lui eût volontiers craché au visage car cette question, posée avec une joviale condescendance, mettait à nu toute sa misère. Non qu'il n'eût aucune fréquentation féminine, mais ces contacts étaient si rares que ses rendez-vous étaient aussi éloignés l'un de l'autre que des étoiles dans l'univers. Le mot fille résonnait aussi tristement à son oreille que le mot nostalgie et le mot échec.

Si son temps n'était guère absorbé par les rendez-vous féminins, il était entièrement rempli par l'attente de ces rendez-vous et cette attente n'était pas une simple contemplation de l'avenir, mais une préparation et une étude. Jaromil était persuadé que l'essentiel, pour qu'un rendez-vous réussisse, c'était de ne pas tomber dans un silence gêné et de savoir parler. Un rendez-vous avec une jeune fille, c'était d'abord l'art de la conversation. Il tenait donc un cahier spécial où il inscrivait des histoires dignes d'être racontées ; pas des histoires drôles, car celles-ci ne peuvent rien révéler de personnel sur celui qui les raconte. Il notait des aventures qui lui étaient arrivées personnellement ; et comme il ne lui en arrivait aucune, il les imaginait ; à cet égard, il faisait preuve de bon goût ; les aventures qu'il inventait (ou dont il se souvenait pour les avoir lues dans un livre ou les avoir entendu raconter) et dont il était le héros, ne devaient pas le représenter sous un jour héroïque, mais seulement le transporter délicatement, presque imperceptiblement, du monde de la stagnation et du vide dans le monde du mouvement et de l'aventure.

Il notait aussi différents extraits de poèmes (et, soit

dit en passant, pas des poèmes qu'il admirait lui-même), dans lesquels les poètes s'adressaient à la beauté féminine et qui pouvaient passer pour une repartie spontanée. Par exemple, il avait inscrit dans son cahier le vers : *De ton visage on pourrait faire une cocarde : les yeux, la bouche, les cheveux...* Évidemment, il fallait dégager les vers de l'artifice du rythme et les dire à la jeune fille comme s'il s'agissait d'une idée soudaine et naturelle, un compliment spirituel et spontané : *ton visage, on dirait une cocarde ! Tes yeux, ta bouche, tes cheveux. C'est le seul drapeau que je puisse admettre !*

Pendant tout le rendez-vous, Jaromil pense à ses phrases préparées d'avance et redoute que sa voix ne paraisse pas naturelle, que ses phrases fassent l'effet d'une leçon apprise par cœur et que son ton soit d'un amateur sans talent. Ce qui fait qu'il n'ose pas les dire, mais comme elles absorbent toute son attention, il ne peut rien dire d'autre. Le rendez-vous se passe dans un silence pénible. Jaromil perçoit l'ironie des regards de la jeune fille et il la quitte bientôt avec un sentiment de défaite.

De retour à la maison, il se met à sa table et il écrit rageusement, rapidement et avec haine : *les regards coulent de tes yeux comme de l'urine Je tire au fusil les moineaux effarouchés de tes pensées imbéciles Entre tes jambes il y a une mare où bondissent des régiments de crapauds...*

Il continue d'écrire et d'écrire et ensuite il lit avec satisfaction, plusieurs fois de suite, le texte dont la fantaisie lui semble magnifiquement démoniaque.

Je suis un poète, je suis un grand poète, se dit-il, et

ensuite il inscrit cette pensée dans son journal. *Je suis un grand poète, je possède une imagination démoniaque, je sens ce que les autres ne sentent pas...*

Et pendant ce temps, maman rentre à son tour et pénètre dans sa chambre...

Jaromil s'approche du miroir et regarde longuement son visage puéril et détesté. Il le regarde si longtemps qu'il finit par y voir l'éclat d'un être exceptionnel, d'un être élu.

Et dans la pièce voisine maman se hausse sur la pointe des pieds pour retirer du mur le portrait de l'époux dans son cadre doré.

7

Elle vient d'apprendre que son mari avait, bien avant la guerre, une liaison avec une jeune Juive ; quand les Allemands occupèrent la Bohême et que les Juifs furent contraints de porter dans la rue l'infamante étoile jaune sur leur manteau, il ne l'abandonna pas, il continua de la voir et l'aida de son mieux.

Ensuite, elle fut déportée au ghetto de Térézine et il fit une chose insensée : avec l'aide de policiers tchèques, il réussit à s'introduire dans la ville étroitement surveillée et à voir sa maîtresse pendant quelques minutes. Séduit par le succès, il se rendit à Térézine une seconde fois et il se fit prendre ; il n'en revint jamais, pas plus que sa maîtresse.

L'urne invisible, que maman portait sur la tête, est rangée derrière l'armoire avec le portrait du mari. Elle n'a plus besoin d'aller la tête droite, elle n'a plus rien pour la lui redresser puisque toute la grandeur morale reste acquise à d'autres :

Elle entend encore la voix de la vieille Juive, une parente de la maîtresse de son mari, qui lui a tout raconté : « C'est l'homme le plus courageux que j'aie jamais connu. » Et : « Je suis restée seule au monde. Toute ma famille est morte en camp de concentration. »

La Juive était assise en face d'elle dans toute la gloire de sa douleur, tandis que la douleur que maman éprouvait à cet instant était sans gloire ; elle sentait cette douleur la courber misérablement.

8

Ô vous meules de foin qui fumez vaguement
Peut-être fumez-vous le tabac de son cœur

écrivait-il, et il se représentait un corps de jeune fille enseveli dans un champ.

La mort apparaissait très souvent dans ses poèmes. Mais maman se trompait (elle était toujours la première lectrice de tous ses vers) quand elle tentait d'expliquer cela par la maturité précoce de son fils qui fut envoûté par le tragique de la vie.

La mort dont il était question dans les poèmes de Jaromil avait peu de chose en commun avec la mort réelle. La mort devient réelle quand elle commence à pénétrer à l'intérieur de l'homme par les fissures du vieillissement. Mais pour Jaromil, elle était infiniment lointaine; elle était abstraite; pour lui elle n'était pas une réalité, mais un songe.

Mais que cherchait-il dans ce songe?

Il y cherchait l'immensité. Sa vie était désespérément petite, tout ce qui l'entourait était quelconque et gris. Et la mort est absolue; elle est indivisible et indissoluble.

La présence d'une jeune fille était dérisoire (quelques caresses et beaucoup de mots insignifiants), mais son absence absolue était infiniment grandiose; en imaginant une jeune fille ensevelie dans un champ, il découvrit subitement la noblesse de la douleur et la grandeur de l'amour.

Mais ce n'était pas seulement l'absolu, c'était aussi le bonheur qu'il cherchait dans ses rêves sur la mort.

Il rêvait du corps qui se dissout lentement dans la terre et il trouvait sublime cet acte d'amour où le corps se change en terre, longuement et voluptueusement.

Le monde le blessait constamment ; il rougissait devant les femmes, il avait honte et ne voyait partout que moquerie. Dans ses rêves sur la mort, il trouvait le silence, on y vivait d'une vie lente, muette et heureuse. Oui, la mort, telle que l'imaginait Jaromil, était une mort *vécue :* elle ressemblait étrangement à cette période où l'homme n'a pas besoin d'entrer dans le monde parce qu'il est un monde à lui seul et que se dresse au-dessus de lui, comme une voûte protectrice, l'arche intérieure du ventre maternel.

Dans cette mort qui ressemblait à un bonheur sans fin, il désirait être uni à la femme aimée. Dans un de ses poèmes, les amants s'étreignaient au point de s'incruster l'un dans l'autre et de ne plus former qu'un seul être qui, incapable de se mouvoir, se muait lentement en un minéral et durait éternellement sans subir l'épreuve du temps.

Ailleurs il imaginait deux amants qui restaient si longtemps l'un auprès de l'autre qu'ils finissaient par être recouverts de mousse et par se changer eux-mêmes en mousse ; ensuite quelqu'un posait le pied sur eux par hasard et (c'était l'époque où fleurit la mousse) ils s'élevaient dans l'espace, inexprimablement heureux, comme seul l'envol peut être heureux.

9

Vous pensez que le passé, parce qu'il a déjà été, est achevé et immuable ? Ah non, son vêtement est fait d'un taffetas changeant et chaque fois que nous nous retournons sur lui nous le voyons sous d'autres couleurs. Il n'y a pas si longtemps, elle se reprochait d'avoir trahi son mari à cause du peintre, et maintenant elle s'arrache les cheveux parce qu'elle a trahi son unique amour à cause de son mari.

Comme elle a été lâche ! Son ingénieur vivait un grand amour romantique et elle était la domestique à qui on ne laissait que la croûte de la vie quotidienne. Et elle était si craintive et repentante que son aventure avec le peintre avait déferlé sur elle sans qu'elle eût le temps de la vivre. Elle le voyait bien maintenant : elle avait rejeté la seule grande occasion que la vie eût offerte à son cœur.

Elle se mit à penser au peintre avec une folle obstination. Ce qu'il y a de remarquable, c'est que ses souvenirs ne le faisaient pas revivre dans le décor de l'atelier pragois où elle avait vécu avec lui des journées d'amour sensuel, mais sur le fond d'un paysage pastel avec une rivière, une barque et les arcades Renaissance d'une petite station thermale. Son paradis du cœur, elle le trouvait dans ses paisibles semaines de villégiature où l'amour n'était pas encore né, mais venait seulement d'être conçu. Elle avait envie d'aller trouver le peintre pour lui demander de retourner là-bas avec elle et de recommencer à vivre l'histoire de leur amour et de la vivre dans ce décor pastel, librement, gaiement et sans contraintes.

Un jour, elle monta les marches du dernier étage jusqu'à la porte de son appartement. Mais elle ne sonna pas, car une voix féminine lui parvint de l'intérieur.

Ensuite, elle fit les cent pas devant la maison, jusqu'à ce qu'elle l'aperçût ; il était comme toujours, en manteau de cuir, et il donnait le bras à une très jeune femme qu'il raccompagnait à l'arrêt du tram. Quand il revint, elle s'avança à sa rencontre. Il la reconnut et la salua d'un air surpris. Elle faisait semblant d'être surprise, elle aussi, par cette rencontre inattendue. Il lui dit de monter. Son cœur se mit à battre très fort ; elle savait qu'au premier contact furtif elle allait fondre dans ses bras.

Il lui offrit du vin et il lui montra de nouvelles toiles ; il lui souriait amicalement comme on sourit au passé, il ne la toucha pas une seule fois et la raccompagna jusqu'à l'arrêt du tram.

10

Un jour que tous les élèves, à l'heure de la récréation, se pressaient devant le tableau noir, il crut que le moment était enfin venu ; il s'approcha sans être vu d'une fille de sa classe qui était restée seule sur son banc ; elle lui plaisait depuis longtemps et ils échangeaient souvent de longs regards ; il s'assit à côté d'elle. Au bout d'un moment, quand les élèves, toujours espiègles, les aperçurent, ils saisirent cette occasion de faire une blague ; ils quittèrent la salle de classe en gloussant et fermèrent la porte à clé derrière eux.

Tant qu'il était entouré par les épaules de ses camarades, il se sentait naturel et à l'aise, mais dès qu'il fut seul avec la jeune fille dans la salle de classe, il eut l'impression de se trouver sur une scène illuminée. Il tenta de dissimuler son embarras par des remarques spirituelles (il avait enfin appris à dire autre chose que des phrases préparées d'avance). Il dit que l'action de leurs camarades offrait l'exemple de la conduite la plus ridicule ; elle était désavantageuse pour ceux qui l'avaient commise (ils devaient maintenant attendre dans le couloir avec une curiosité insatisfaite) et avantageuse pour ceux contre lesquels elle était dirigée (ils se retrouvaient seuls comme ils en avaient envie). La jeune fille approuva et dit qu'il fallait profiter de l'occasion. Le baiser était suspendu dans l'air. Il suffisait de se pencher vers la jeune fille. Mais ses lèvres étaient inaccessiblement loin ; il parlait, parlait et n'embrassait pas.

La cloche sonna, ce qui signifiait que le professeur allait arriver d'un instant à l'autre et contraindre les élèves rassemblés devant la porte à ouvrir la salle de classe. Cette idée les excitait. Jaromil affirma que le meilleur moyen de se venger de leurs camarades serait de faire en sorte qu'ils les envient de s'être embrassés. Il frôla du doigt les lèvres de la jeune fille (où puisait-il une telle audace ?) et dit que le baiser de lèvres si fortement fardées laisserait certainement une trace bien visible sur son visage. Et la jeune fille approuva de nouveau, disant qu'il était dommage qu'ils ne se soient pas embrassés, et le temps de le dire, la voix irritée du professeur se fit entendre derrière la porte.

Jaromil dit qu'il était dommage que ni le professeur ni les élèves ne voient sur sa joue la trace de leur baiser, et il voulut de nouveau se pencher sur la jeune fille et de nouveau ses lèvres lui parurent aussi inaccessibles que le mont Everest.

« Oui, il faudrait qu'ils nous envient », dit la jeune fille, et elle sortit de son sac du rouge à lèvres et un mouchoir, colora le mouchoir de rouge et en barbouilla le visage de Jaromil.

La porte s'ouvrit, le professeur courroucé s'élança dans la salle de classe suivi de la troupe des élèves. Jaromil et la jeune fille se levèrent comme les élèves doivent le faire quand un professeur entre dans la salle de classe ; ils étaient seuls tous les deux au milieu des rangées de bancs vides, face à une cohue de spectateurs qui avaient tous les yeux fixés sur le visage de Jaromil couvert de magnifiques taches rouges. Et il s'offrait au regard de tous, fier et heureux.

11

A son bureau, un collègue lui faisait la cour. Il était marié et tentait de la persuader de l'inviter chez elle.

Elle cherchait à savoir comment Jaromil accueillerait sa liberté sexuelle. Prudemment et par allusions, elle commença à parler d'autres femmes qui avaient perdu leur mari pendant la guerre, et des difficultés qu'elles éprouvaient pour commencer une vie nouvelle.

« Qu'est-ce que ça veut dire, une vie nouvelle ? répliqua Jaromil avec agacement. Veux-tu dire une vie avec un autre homme ?

— Certainement, c'est un aspect de la question. La vie continue, Jaromil, la vie a ses exigences... »

La fidélité de la femme au héros mort faisait partie des mythes sacrés de Jaromil ; elle lui donnait l'assurance que l'absolu de l'amour n'était pas seulement une invention de poète mais qu'il existait et rendait la vie digne d'être vécue.

« Comment une femme qui a vécu un grand amour peut-elle se vautrer dans un lit avec un autre ? s'écriait-il avec indignation à propos des veuves infidèles. Comment peuvent-elles seulement toucher quelqu'un d'autre quand elles ont dans la mémoire l'image d'un homme qui a été torturé, assassiné ? Comment peuvent-elles encore supplicier la victime, la mettre à mort une deuxième fois ? »

Le passé porte des vêtements faits de taffetas

changeant. Maman rejeta le sympathique collègue, et son passé lui apparut sous un jour encore nouveau :

Car il n'est pas vrai qu'elle a trahi le peintre à cause de son mari. Elle l'a abandonné à cause de Jaromil pour lequel elle voulait préserver la paix de son foyer ! Si, aujourd'hui encore, l'idée de sa nudité l'emplit d'angoisse, c'est à cause de Jaromil qui a enlaidi son ventre. Et c'est aussi à cause de lui qu'elle a perdu l'amour de son mari, en imposant sa naissance, à tout prix et opiniâtrement !

Depuis le début, il lui prend tout.

12

Une autre fois (maintenant il avait derrière lui pas mal de vrais baisers) il se promenait dans les allées désertes du parc Stromovka avec une jeune fille dont il avait fait la connaissance au cours de danse. Depuis un moment leur conversation s'était tue et leur pas résonnait dans le silence, leur pas commun qui leur révélait tout à coup ce qu'ils n'osaient pas encore désigner d'un nom : qu'ils se promenaient ensemble et que s'ils se promenaient ensemble, c'était sans doute qu'ils s'aimaient ; les pas qui résonnaient dans leur silence les dénonçaient et leur démarche était de plus en plus lente, tant et si bien que la jeune fille posa la tête sur l'épaule de Jaromil.

C'était extrêmement beau, mais avant d'avoir pu savourer cette beauté, Jaromil sentit qu'il était excité et cela d'une façon tout à fait visible. Il prit peur. Il ne souhaitait qu'une chose, que la preuve visible de son excitation disparût le plus rapidement possible, mais plus il y pensait, moins son souhait était exaucé. Il s'effrayait à l'idée que la jeune fille pût baisser les yeux et voir ce geste compromettant de son corps. Il s'efforçait d'attirer son regard vers les hauteurs, il lui parlait des oiseaux dans le feuillage et des nuages.

La promenade avait été pleine de bonheur (c'était la première fois qu'une femme posait la tête sur son épaule et il voyait dans ce geste le signe d'un attachement qui devait durer jusqu'à la fin de la vie), mais en même temps pleine de honte. Il redoutait que son corps ne répétât cette malencontreuse indiscrétion. Après une longue réflexion, il prit un long et large ruban dans l'armoire à linge de sa mère et, avant le rendez-vous suivant, le noua sous son pantalon de telle sorte que la preuve éventuelle de son émoi reste enchaînée à sa jambe.

13

Nous avons choisi cet épisode parmi des dizaines d'autres pour pouvoir indiquer que le plus grand bonheur qu'eût jusqu'alors connu Jaromil, c'était de sentir une tête de jeune fille posée sur son épaule.

Une tête de jeune fille signifiait pour lui plus qu'un corps de jeune fille. Pour ce qui est du corps, il n'y connaissait à peu près rien (qu'est-ce que c'est au juste que de jolies jambes ? à quoi doit ressembler une jolie croupe ?), mais il s'y connaissait en visages et le visage seul décidait à ses yeux de la beauté d'une femme.

Nous ne voulons pas dire par là que le corps lui fût indifférent. L'idée de la nudité féminine lui donnait le vertige. Mais notons soigneusement cette différence subtile :

Il ne désirait pas la nudité d'un corps de jeune fille ; il désirait un visage de jeune fille éclairé par la nudité du corps.

Il ne désirait pas posséder un corps de jeune fille ; il désirait posséder un visage de jeune fille et que ce visage lui fît don du corps comme preuve de son amour.

Ce corps était au-delà des limites de son expérience et, pour cette raison précisément, il lui consacrait un nombre incalculable de poèmes. Combien de fois n'est-il pas question du sexe de la femme dans ses poèmes d'alors ? Mais par un effet miraculeux de la magie poétique (la magie de l'inexpérience), Jaromil faisait de cet organe génital et copulateur un objet chimérique et le thème de rêveries ludiques.

Par exemple, dans un de ses poèmes, il parlait d'une *petite montre qui fait tic tac* au centre du corps féminin.

Ailleurs il parlait du sexe féminin comme du *foyer de créatures invisibles.*

Ailleurs encore, il se laissait emporter par l'image de l'orifice et s'imaginait qu'il était une bille d'enfant et qu'il tombait longuement par cet orifice, au point de ne plus être qu'une chute, *une chute qui n'en finit pas de tomber à l'intérieur du corps féminin.*

Et dans un autre poème, les jambes de la jeune fille se muaient en deux fleuves qui se rejoignaient ; il imaginait à ce confluent une mystérieuse montagne qu'il désignait d'un nom inventé à consonance biblique : le mont Seïn.

Ailleurs encore, il parlait du long vagabondage d'un vélocipédiste (ce mot lui semblait beau comme le crépuscule) qui roule fatigué au milieu du paysage ; ce paysage est le corps de la jeune fille et les deux meules de foin où il voudrait dormir sont ses seins.

C'était tellement beau, vagabonder sur un corps féminin, un corps inconnu, jamais vu, irréel, un corps sans odeur, sans points noirs, sans petits défauts et sans maladie, un corps imaginé, un corps qui était le terrain de jeu de ses rêves !

C'était si charmant de parler de la poitrine et du ventre féminins sur le ton dont on dit des contes de fées aux enfants ; oui, Jaromil vivait au pays de la tendresse, qui est le pays de l'*enfance artificielle.* Nous disons artificielle, parce que l'enfance réelle n'a rien de paradisiaque et n'est pas tellement tendre non plus.

La tendresse prend naissance à l'instant où nous sommes rejetés sur le seuil de l'âge adulte et où nous nous rendons compte avec angoisse des avantages de l'enfance que nous ne comprenions pas quand nous étions enfants.

La tendresse, c'est la frayeur que nous inspire l'âge adulte.

La tendresse, c'est la tentative de créer un espace artificiel où l'autre doit être traité comme un enfant.

La tendresse, c'est aussi la frayeur des conséquences physiques de l'amour ; c'est une tentative de soustraire l'amour au monde des adultes (où il est insidieux, contraignant, lourd de chair et de responsabilité) et de considérer la femme comme un enfant.

Doucement bat le cœur de sa langue, écrivait-il dans un poème. Il se disait que sa langue, son petit doigt, sa poitrine, son nombril étaient des êtres autonomes qui s'entretenaient d'une voix imperceptible ; il se disait que le corps de la jeune fille se composait de milliers de créatures et qu'aimer ce corps c'était écouter ses créatures et entendre *ses deux seins se parler dans une langue secrète*.

14

Le passé la tourmentait. Mais un jour qu'elle avait longuement regardé en arrière, elle découvrit un hectare de Paradis où elle avait vécu avec Jaromil nouveau-né, et elle dut rectifier son jugement : non, il n'était pas vrai que Jaromil lui eût tout pris ; bien au contraire, il lui avait donné beaucoup plus que quiconque ne lui avait jamais donné. Il lui avait donné un morceau de vie qui n'était pas souillé par le mensonge. Aucune Juive rescapée d'un camp de concentration ne pourra la convaincre que ce bonheur ne cachait qu'hypocrisie et que néant. Cet hectare de Paradis, c'était son unique vérité.

Et le passé (c'était comme de tourner un kaléidoscope) lui apparaissait de nouveau sous un jour différent : Jaromil ne lui avait jamais rien pris de précieux, il n'avait fait qu'arracher le masque doré d'une chose qui n'était qu'erreur et mensonge. Il n'était pas encore né qu'il l'avait aidée à découvrir que son mari ne l'aimait pas, et treize ans plus tard il l'avait sauvée d'une aventure folle qui ne pouvait lui apporter qu'un nouveau chagrin.

Elle se disait que l'expérience commune de l'enfance de Jaromil était pour eux un engagement et un pacte sacré. Mais elle se rendait compte, de plus en plus souvent, que son fils trahissait le pacte. Quand elle lui parlait, elle voyait qu'il ne l'écoutait pas et qu'il avait la tête pleine de pensées dont il ne voulait rien lui confier. Elle constatait qu'il avait honte devant elle, qu'il commençait à garder jalousement ses petits secrets, physiques et spirituels, et qu'il s'enveloppait de voiles à travers lesquels elle ne voyait pas.

Elle en souffrait et elle en était agacée. Dans ce pacte qu'ils avaient rédigé ensemble quand il était enfant, n'était-il pas écrit qu'il serait toujours confiant et sans honte devant elle ?

Elle souhaitait que la vérité qu'ils avaient vécue ensemble durât toujours. Comme à l'époque où il était petit, elle lui indiquait chaque matin ce qu'il devait porter et, par le choix de son linge, elle était toute la journée présente sous ses vêtements. Quand elle sentit que ça lui devenait désagréable, elle se vengea en le grondant à dessein au sujet de menues souillures de son linge. Elle s'attardait avec plaisir dans la pièce où il s'habillait et se déshabillait pour le punir de son insolente pudeur.

« Jaromil, viens te montrer, lui dit-elle un jour qu'elle avait des invités. Mon Dieu, de quoi as-tu l'air ! » s'indigna-t-elle en voyant sa coiffure soigneusement ébouriffée. Elle alla chercher un peigne et, sans interrompre sa conversation avec les invités, elle lui prit la tête dans les mains et se mit à le coiffer. Et le grand poète, qui possédait une imagination démoniaque et qui ressemblait à Rilke, était sagement assis, écarlate et furieux, et se laissait coiffer ; il ne pouvait qu'une chose, arborer son sourire cruel (auquel il s'était exercé pendant de longues années) et le laisser durcir sur son visage.

Maman recula de quelques pas pour apprécier son coup de peigne puis, se tournant vers ses invités :

« Grand Dieu, pouvez-vous me dire pourquoi cet enfant fait une si vilaine grimace ! »

Et Jaromil se jure d'être toujours du côté de ceux qui veulent radicalement transformer le monde.

15

Quand il arriva parmi eux, la discussion battait déjà son plein ; il s'agissait de savoir ce que le progrès signifie et s'il existe. Il regarda autour de lui et constata que le cercle des jeunes marxistes où l'avait invité un camarade du lycée se composait des mêmes jeunes gens que l'on pouvait voir dans tous les lycées de Prague. L'attention était sans doute beaucoup plus soutenue que pendant les discussions que le professeur de tchèque tentait d'organiser dans sa classe, mais ici aussi il y avait des chahuteurs ; l'un d'eux tenait à la main une fleur de lis qu'il reniflait à tout moment, ce qui faisait pouffer les autres, tant et si bien que le type brun chez qui avait lieu la réunion finit par confisquer la fleur.

Ensuite il dressa l'oreille, parce que l'un des participants affirmait qu'on ne peut pas parler de progrès en art ; on ne peut pas dire, expliquait-il, que Shakespeare soit inférieur aux auteurs dramatiques contemporains. Jaromil éprouvait une grande envie d'intervenir dans la discussion, mais il hésitait à prendre la parole devant des gens auxquels il n'était pas habitué ; il avait peur que tout le monde regarde son visage, qui allait rougir, et ses mains, qui allaient s'agiter nerveusement. Et pourtant, il désirait si fortement *se lier* à ce petit groupe, et il savait qu'il ne pourrait y parvenir sans prendre la parole.

Pour se donner du courage, il pensa au peintre et à

sa grande autorité, dont il n'avait jamais douté, et se rassura à l'idée qu'il était son ami et son disciple. Cette pensée lui donna la force d'intervenir dans le débat, et il répéta les idées qu'il entendait lors de ses visites à l'atelier. Le fait qu'il se servait d'idées qui n'étaient pas les siennes est bien moins remarquable que le fait qu'il ne les exprimait pas avec sa propre voix. Il était lui-même un peu surpris de constater que la voix qui sortait de sa bouche ressemblait à celle du peintre et que cette voix entraînait aussi ses mains qui commençaient à décrire dans l'air les gestes du peintre.

Il dit que le progrès est incontestable dans les arts : les tendances de l'art moderne signifiaient un bouleversement total dans une évolution millénaire; elles avaient enfin libéré l'art de l'obligation de propager des idées politiques et philosophiques et d'imiter la réalité, et l'on pouvait même dire que c'est avec l'art moderne que commence la véritable histoire de l'art.

A ce moment, plusieurs des personnes présentes voulurent intervenir, mais Jaromil ne leur permit pas de prendre la parole. Au début, il lui était désagréable d'entendre le peintre qui parlait par sa bouche avec ses paroles et la mélodie de son discours, mais ensuite il trouva dans cet emprunt une assurance et une protection; il se dissimulait derrière ce masque comme derrière un bouclier; il cessait de se sentir timide et gêné; il était satisfait que ses phrases sonnent bien dans ce milieu et il poursuivit :

Il se référa à la pensée de Marx qui disait que l'humanité avait jusqu'ici vécu sa préhistoire et que sa véritable histoire ne commencerait qu'avec la révolution prolétarienne, qui est le passage du domaine de la nécessité dans le domaine de la liberté. Ce qui correspondait à cette étape décisive, dans l'histoire de l'art, c'était le moment où André Breton et les autres surréalistes avaient découvert l'écriture automatique et avec elle le trésor miraculeux de l'inconscient humain. Le fait que cette découverte ait eu lieu à peu près en même temps que la révolution socialiste en Russie était hautement significatif, car la libération de l'imagination signifiait pour le genre humain le même bond dans le royaume de la liberté que l'abolition de l'exploitation économique.

A ce moment, le type brun intervint dans la discussion ; il approuva Jaromil de défendre le principe du progrès, mais jugea contestable de placer le surréalisme sur le même plan que la révolution prolétarienne. Il exprima au contraire l'opinion que l'art moderne était un art décadent et que dans l'art, l'époque qui correspondait à la révolution prolétarienne était le réalisme socialiste. Ce n'était pas André Breton, mais Jiri Wolker [1], fondateur de la poésie socialiste tchèque, qui devait nous servir de modèle. Ce n'était pas la première fois que Jaromil se trouvait confronté à des conceptions de ce genre, le peintre lui en avait déjà parlé et s'en était moqué. Jaromil essaya à son tour le ton sarcastique et dit que le réalisme socialiste n'apportait rien de nouveau dans l'art et ressemblait à s'y méprendre au vieux kitsch bourgeois. Ce à quoi le type brun répliqua que seul était moderne un art qui aidait à combattre pour le monde nouveau, ce qui n'était pas le

1. Jiri Wolker, poète tchèque mort en 1924 à l'âge de vingt-quatre ans.

cas du surréalisme puisque les masses populaires ne le comprenaient pas.

Le type brun développait ses arguments avec charme et sans élever la voix, de sorte que la discussion ne dégénérait jamais en querelle, même quand Jaromil, grisé par l'attention qui se concentrait sur lui, avait recours à une ironie un peu crispée ; d'ailleurs, personne ne prononça de jugement définitif, d'autres personnes intervinrent dans le débat, et l'idée que défendait Jaromil fut bientôt submergée par de nouveaux thèmes de discussion.

Mais était-ce si important, que le progrès existât ou n'existât pas, que le surréalisme fût bourgeois ou révolutionnaire ? Était-ce si important, que ce fût Jaromil ou les autres qui eussent raison ? L'important, c'était qu'il fût lié à eux. Il se disputait avec eux, mais il éprouvait envers eux une ardente sympathie. Il ne les écoutait même plus, il ne pensait qu'à une chose, qu'il était heureux : il avait trouvé une société de gens où il n'était pas seulement le fils de sa maman ou un élève de sa classe, mais où il était lui-même. Et il se dit que l'on ne peut être totalement soi-même qu'à partir du moment où l'on est totalement parmi les autres.

Ensuite le type brun se leva et tout le monde comprit qu'il fallait se lever et se diriger vers la porte, parce que le maître de maison avait un travail auquel il avait fait allusion sur un ton délibérément vague qui donnait l'impression de quelque chose d'important et qui leur en imposait. Mais quand ils furent devant la porte, dans l'antichambre, une jeune fille à lunettes s'approcha de Jaromil. Disons tout de suite que pendant toute la durée de la réunion, Jaromil ne l'avait même pas remarquée ; elle n'avait d'ailleurs rien de remarquable, elle était plutôt quelconque ; pas laide, seulement un peu négligée ; pas fardée, les cheveux lisses tirés au-dessus du front, nullement marqués par le coiffeur, et des vêtements comme on en porte parce qu'on ne peut pas aller tout nu.

« Ça m'a beaucoup intéressée, ce que tu as dit, lui dit-elle. J'aimerais bien en discuter encore avec toi... »

16

Pas loin de chez le type brun, il y avait un square ; ils y entrèrent et parlèrent abondamment ; Jaromil apprit que la jeune fille était étudiante et qu'elle avait deux ans de plus que lui (cette nouvelle l'emplit de fierté) ; ils longeaient l'allée sinueuse du square, la jeune fille tenait de savants discours, Jaromil aussi tenait de savants discours, ils avaient hâte de se révéler ce qu'ils croyaient, ce qu'ils pensaient, ce qu'ils étaient (la jeune fille était plutôt une scientifique, Jaromil plutôt un littéraire) ; ils se récitaient des listes de grands noms qu'ils admiraient, et la jeune fille répéta que les opinions insolites de Jaromil l'avaient beaucoup intéressée ; elle garda le silence pendant quelques instants puis elle le traita d'*éphèbe ;* oui, quand il était entré dans la pièce, elle avait eu l'impression de voir un gracieux éphèbe...

Jaromil ne savait pas exactement ce que signifiait ce mot, mais il trouvait beau d'être désigné d'un mot, quel qu'il fût, et d'un mot grec par-dessus le marché ; d'ailleurs il devinait que le mot éphèbe s'appliquait à quelqu'un de jeune et que la jeunesse qu'il désignait n'était pas celle, maladroite et dégradante, dont il avait fait jusqu'ici l'expérience, mais une jeunesse vigoureuse et digne d'admiration. En prononçant le mot éphèbe, l'étudiante avait en vue son immaturité mais, du même coup, elle l'avait délivré de sa gaucherie et elle en avait fait une supériorité. C'était quelque chose de si réconfortant qu'à leur sixième tour de square, Jaromil osa accomplir le geste auquel il songeait depuis le début, sans trouver le courage de s'y décider : il prit le bras de l'étudiante.

Il n'est pas exact de dire qu'il lui *prit* le bras ; il vaudrait mieux dire qu'il *insinua* sa main sous son bras ; il l'y insinua très discrètement, comme s'il souhaitait que la jeune fille ne s'en aperçût même pas ; en fait, elle ne réagit aucunement à ce geste, et la main de Jaromil restait timidement posée sur son corps comme un objet étranger, un sac ou un colis qu'on y eût glissé et que sa propriétaire avait oublié et risquait à chaque instant de laisser choir. Mais bientôt la main commença à sentir que le bras sous lequel elle s'était introduite était averti de sa présence. Et son pas commença à sentir que le mouvement des jambes de l'étudiante ralentissait légèrement. Il connaissait ce ralentissement et savait que quelque chose d'irrévocable était dans l'air. D'ordinaire, quand une chose irrévocable est sur le point de se produire, on accélère encore la course des événements (peut-être pour se démontrer qu'on a tout de même un minimum de pouvoir sur leur déroulement). C'est ainsi que la main de Jaromil, qui était restée inactive pendant tout ce temps-là, s'anima soudain et pressa le bras de l'étudiante. Celle-ci s'arrêta, leva ses lunettes vers le visage de Jaromil et laissa tomber par terre sa serviette.

Jaromil en fut médusé ; d'abord, dans son émerveillement, il ne s'était même pas aperçu que la jeune fille portait une serviette ; maintenant qu'elle était tombée, la serviette faisait son apparition sur la scène comme un message céleste. Et quand il songea que la jeune fille s'était rendue au cercle marxiste directement depuis la faculté et que sa serviette contenait sans doute des cours universitaires polycopiés et de gros ouvrages scientifiques, son ivresse en fut plus grande encore : elle avait laissé tomber à terre l'Université tout entière pour pouvoir le saisir entre ses bras libérés.

La chute de la serviette fut vraiment si pathétique qu'ils se mirent à s'embrasser dans un splendide envoûtement. Ils s'embrassèrent très longtemps et lorsque les baisers s'achevèrent enfin et qu'ils ne surent plus comment continuer, elle leva de nouveau vers lui ses lunettes et lui dit avec une angoisse trouble dans la voix : « Tu crois sans doute que je suis une fille comme toutes les autres. Mais je ne veux pas que tu t'imagines que je suis comme toutes les autres. »

Ces mots furent peut-être plus pathétiques encore que la chute de la serviette, et Jaromil comprit avec stupeur que la femme qui se trouvait devant lui l'aimait, qu'elle l'aimait depuis le premier instant, miraculeusement et sans qu'il sache pourquoi. Et il nota en passant (en marge de sa conscience pour pouvoir ensuite le relire attentivement et soigneusement) que l'étudiante parlait d'autres femmes comme si elle voyait en lui un homme qui possédait déjà une grande expérience dont la femme qui l'aimait ne pouvait qu'éprouver du chagrin.

Il répondit à la jeune fille qu'il ne pensait pas du tout qu'elle fût semblable aux autres femmes ; la jeune fille ramassa sa serviette (maintenant Jaromil pouvait y prêter plus d'attention : elle était vraiment lourde et grosse, remplie de livres) et ils entamèrent leur septième tour de square ; comme ils s'étaient arrêtés à nouveau et qu'ils s'embrassaient, ils se trouvèrent soudain dans un cône de violente lumière. Deux flics étaient en face d'eux et réclamaient leurs cartes d'identité.

Les deux amoureux cherchaient avec gêne leurs papiers ; ils les tendirent d'une main tremblante aux policiers qui étaient peut-être chargés de réprimer la prostitution ou qui voulaient seulement se distraire pendant leurs longues heures de service. En tout cas, ils procurèrent aux deux jeunes gens une expérience inoubliable : pendant tout le reste de la soirée (Jaromil raccompagna la jeune fille jusqu'à sa porte) ils parlèrent de l'amour persécuté par les préjugés, la morale, la police, la vieille génération, les lois stupides et la pourriture d'un monde qui méritait d'être balayé.

17

La journée avait été belle et la soirée aussi, mais quand Jaromil rentra, il était déjà presque minuit et sa mère allait et venait nerveusement à travers les pièces de la villa.

« Je tremblais pour toi ! Où étais-tu ? Tu n'as aucun égard pour moi ! »

Jaromil était encore plein de cette grande journée et commença à lui répondre sur le ton dont il avait usé au cercle marxiste ; il imitait la voix pleine d'assurance du peintre.

Maman reconnut aussitôt cette voix ; elle voyait le visage de son fils d'où sortait la voix de son amant perdu ; elle voyait un visage qui ne lui appartenait pas ; elle entendait une voix qui ne lui appartenait pas ; son fils était devant elle comme l'image d'un double reniement, et cela lui paraissait intolérable.

« Tu m'assassines ! Tu m'assassines ! » s'écria-t-elle d'une voix hystérique, et elle s'élança dans la pièce voisine.

Jaromil restait cloué sur place, épouvanté, et il avait le sentiment d'avoir commis une grande faute.

(Ah, petit, jamais tu ne te débarrasseras de ce sentiment-là. Tu es coupable, tu es coupable ! A chaque fois que tu sortiras de chez toi, tu sentiras derrière toi un regard réprobateur qui te criera de revenir ! Tu iras par le monde comme un chien attaché à une longue laisse ! Et même quand tu seras loin, tu sentiras toujours le contact du collier sur ta nuque ! Et même quand tu passeras ton temps avec des femmes, même quand tu seras avec elles dans leur lit, il y aura une longue laisse à ton cou et quelque part au loin ta mère en tiendra l'extrémité et sentira au mouvement saccadé de la corde les mouvements obscènes auxquels tu t'abandonnes !)

« Maman, je t'en prie, ne te fâche pas, maman, je t'en prie, pardonne-moi ! » Il est craintivement agenouillé auprès de son lit et caresse ses joues humides.

(Charles Baudelaire, tu auras quarante ans et tu auras encore peur de ta mère !)

Et maman tarde à lui pardonner pour sentir le plus longtemps possible ses doigts sur sa peau.

18

(C'est une chose qui n'a jamais pu arriver à Xavier, parce que Xavier n'avait pas de mère, et pas de père non plus, et ne pas avoir de parents est la condition première de la liberté.

Mais comprenez bien, il ne s'agit pas de perdre ses parents. La mère de Gérard de Nerval est morte quand il était nouveau-né et pourtant il a vécu pendant toute sa vie sous le regard hypnotique de ses yeux admirables.

La liberté ne commence pas là où les parents sont rejetés ou enterrés, mais là où *ils ne sont pas :*

Là où l'homme vient au monde sans savoir de qui.

Là où l'homme vient au monde à partir d'un œuf jeté dans une forêt.

Là où l'homme est craché sur la terre par le ciel et pose le pied sur le monde sans le moindre sentiment de gratitude.)

19

Ce qui vint au monde pendant la première semaine de l'amour de Jaromil et de l'étudiante, ce fut lui-même ; il apprit qu'il était un éphèbe, qu'il était beau, qu'il était intelligent et qu'il avait de la fantaisie ; il comprit que la jeune fille à lunettes l'aimait et redoutait l'instant où il l'abandonnerait (c'était, disait-elle, au moment où ils se quittaient le soir devant chez elle et où elle le regardait partir d'un pas léger, qu'elle avait le sentiment de voir sa véritable apparence : l'apparence d'un homme qui s'éloigne, s'échappe, disparaît...). Il avait enfin trouvé son image qu'il avait si longtemps cherchée dans ses deux miroirs.

La première semaine, ils se virent tous les jours : ils firent quatre longues promenades nocturnes à travers la ville, ils allèrent une fois au théâtre (ils étaient dans une loge, s'embrassaient et ne s'occupaient pas de la représentation) et deux fois au cinéma. Le septième jour, ils allèrent de nouveau se promener : il faisait froid, il gelait et Jaromil n'avait qu'un pardessus léger, il n'avait pas de gilet entre sa chemise et sa veste (car le gilet en laine grise que maman l'obligeait à porter lui semblait convenir davantage à un provincial en retraite), il n'avait ni chapeau ni bonnet (car la jeune fille à lunettes avait fait l'éloge, dès le deuxième jour, de ses cheveux rebelles qu'il détestait jadis, affirmant qu'ils étaient tout aussi indomptables que lui-même) et parce que ses chaussettes, dont l'élastique avait craqué, lui glissaient toujours sur le mollet et rentraient dans ses souliers, il n'avait aux pieds que des chaussures basses et des socquettes grises (dont la discordance avec la couleur du pantalon lui échappait, car il n'entendait rien aux raffinements de l'élégance).

Ils se retrouvèrent sur le coup de sept heures et commencèrent une longue promenade à travers la banlieue où la neige des terrains vagues crissait sous leurs pas et où ils pouvaient s'arrêter et s'embrasser. Ce qui fascinait Jaromil, c'était la docilité du corps de la jeune fille. Jusque-là, son approche du corps féminin ressemblait à un long voyage où il atteignait successivement différentes étapes : il fallait du temps avant qu'une fille se laissât embrasser, il fallait du temps avant qu'il pût lui poser la main sur la poitrine, et quand il lui touchait la croupe il croyait être déjà très loin — n'étant jamais allé au-delà. Et cette fois-ci, il s'était produit, dès le premier moment, quelque chose d'inattendu : l'étudiante était dans ses bras, totalement soumise, sans défense, prête à tout, il pouvait la toucher où il voulait. Il considérait cela comme une grande preuve d'amour, mais en même temps il en était gêné car il ne savait que faire de cette soudaine liberté.

Et ce jour-là (qui était le septième jour) la jeune fille lui révéla que ses parents s'absentaient souvent et qu'elle serait heureuse de pouvoir inviter Jaromil chez elle. L'explosion de ces paroles fut suivie d'un long silence; tous deux savaient ce que signifierait leur rencontre dans l'appartement vide (rappelons que la jeune fille à lunettes, quand elle était dans les bras de Jaromil, ne lui refusait rien); ils se taisaient et, au bout d'un long moment, la jeune fille dit d'une voix sereine : « Je crois qu'en amour il n'y a pas de compromis. Quand on s'aime, il faut tout se donner. »

Jaromil approuvait de toute son âme cette déclaration car pour lui aussi l'amour signifiait tout ; mais il ne savait pas quoi dire ; en guise de réponse, il s'arrêta, braqua sur la jeune fille des yeux pathétiques (sans songer qu'il faisait nuit et que le pathétique du regard n'était guère perceptible) et il se mit à l'embrasser et à l'étreindre frénétiquement.

Au bout d'un quart d'heure de silence, la jeune fille renoua la conversation et lui dit qu'il était le premier homme qu'elle invitait chez elle ; elle avait, disait-elle, beaucoup de camarades hommes, mais ce n'étaient que des camarades ; ils avaient fini par en prendre l'habitude et, par plaisanterie, ils l'avaient surnommée la *vierge de pierre*.

Jaromil apprenait avec grand plaisir qu'il allait être le premier amant de l'étudiante, mais en même temps il avait le trac : il avait déjà beaucoup entendu parler de l'acte d'amour et savait aussi que la défloration est généralement considérée comme une chose difficile. Il était donc incapable d'enchaîner sur la volubilité de l'étudiante, car il était en dehors du présent ; il vivait en pensée les voluptés et les affres de ce grand jour promis à partir duquel (la célèbre pensée de Marx sur la préhistoire et l'histoire de l'humanité ne cessait de l'inspirer) allait commencer la véritable Histoire de sa vie.

Ils ne parlèrent pas beaucoup, mais ils se promenèrent très longtemps à travers les rues ; plus la soirée avançait, plus il faisait froid, et Jaromil sentait le gel sur son corps insuffisamment vêtu. Il suggéra d'aller s'asseoir quelque part, mais ils étaient trop loin du centre et il n'y avait pas un café à une lieue à la ronde. De sorte qu'il rentra chez lui transi jusqu'aux os (à la fin de la promenade il avait dû faire un effort pour qu'elle ne l'entendît pas claquer des dents) et quand il se réveilla le lendemain matin, il avait mal à la gorge. Maman prit sa température et constata qu'il avait de la fièvre.

20

Le corps malade de Jaromil était alité, mais son âme vivait la grande journée attendue. L'idée qu'il se faisait de cette journée se composait, d'une part, d'un bonheur abstrait et, d'autre part, de soucis concrets. Car Jaromil ne pouvait absolument pas se représenter ce que le fait de coucher avec une femme signifie au juste dans tous ses détails précis ; il savait seulement que cela exige une préparation, de l'habileté et des connaissances ; il savait que derrière l'amour physique grimace le spectre menaçant de la grossesse et il savait aussi (c'était là, parmi ses camarades, le sujet d'innombrables conversations) que l'on pouvait se prémunir contre ce danger. En ce temps barbare les hommes (tels des chevaliers revêtant une armure avant la bataille) enfilaient sur leur membre viril une chaussette transparente. Théoriquement, Jaromil était abondamment informé de tout cela. Mais comment se procurer cette chaussette ? Jamais Jaromil ne pourrait surmonter sa timidité et entrer dans une droguerie pour en acheter une ! Et quand devait-il au juste la revêtir pour ne pas être vu de la jeune fille ? La chaussette lui paraissait ridicule et il ne pouvait supporter l'idée que la jeune fille en connût l'existence ! Pouvait-on la mettre d'avance, à la maison ? Ou bien devait-il attendre d'être tout nu devant la jeune fille ?

C'étaient des questions auxquelles il n'y avait pas de réponse. Jaromil n'avait aucune chaussette d'essai (d'entraînement), mais il décida de s'en procurer à tout prix et de s'exercer à les revêtir. Il pensait que la rapidité et l'adresse jouaient en ce domaine un rôle décisif et qu'on ne pouvait les acquérir sans entraînement.

Mais d'autres choses aussi le tourmentaient : qu'était-ce au juste que l'acte d'amour ? Que ressentait-on à ce moment-là ? Qu'est-ce qui vous passait par le corps ? Le plaisir était-il si grand que l'on se mettait à pousser des cris et que l'on perdait toute maîtrise de soi ? Et ne risquait-on pas de paraître ridicule en poussant des cris ? Et combien de temps la chose devait-elle au juste durer ? Ah mon Dieu, pouvait-on seulement entreprendre une chose pareille sans y être préparé ?

Jusque-là, Jaromil n'avait pas connu la masturbation. Il considérait cette activité comme une chose indigne dont un homme véritable devait se garder ; c'était au grand amour qu'il se sentait destiné, pas à l'onanisme. Seulement, comment accéder au grand amour sans avoir subi une certaine préparation ? Jaromil comprit que la masturbation est cette indispensable préparation et cessa d'éprouver à son égard une hostilité de principe : elle n'était plus un misérable succédané de l'amour physique, mais une étape nécessaire pour y parvenir ; elle n'était plus l'aveu d'un dénuement, mais un degré qu'il fallait gravir pour atteindre à la richesse.

C'est ainsi qu'il exécuta (avec une fièvre de trente-huit et deux dixièmes) sa première imitation de l'acte d'amour qui le surprit en ceci qu'elle fut excessivement brève et ne l'incita nullement à pousser des cris de volupté. Il était donc à la fois déçu et rassuré : il répéta plusieurs fois l'expérience dans les jours qui suivirent et il n'apprit rien de nouveau ; mais il se persuadait qu'il serait ainsi de plus en plus aguerri et qu'il pourrait affronter sans crainte la jeune fille bien-aimée.

Il était au lit depuis trois jours avec des compresses sur la gorge quand la grand-mère entra précipitamment dans sa chambre au début de la matinée et lui dit : « Jaromil ! c'est la panique en bas ! — Qu'est-ce qui se passe ? » demanda-t-il et la grand-mère expliqua qu'au rez-de-chaussée, chez sa tante, ils écoutaient la radio et qu'il y avait la révolution. Jaromil se leva d'un bond et courut dans la pièce voisine. Il ouvrit le poste de radio et entendit la voix de Klement Gottwald.

Il comprit rapidement de quoi il s'agissait car il avait entendu dire, au cours des derniers jours (bien que cette question ne l'intéressât guère car il avait, comme nous l'avons expliqué voici un instant, de plus graves soucis), que les ministres non communistes menaçaient Gottwald, le président communiste du gouvernement, de remettre leur démission. Et voilà qu'il entendait la voix de Gottwald dénoncer à la foule rassemblée sur la place de la Vieille Ville les traîtres qui voulaient expulser le parti communiste du gouvernement et empêcher le peuple de marcher au socialisme ; Gottwald appelait le peuple à accepter et à exiger la démission des ministres et à constituer partout de nouveaux organes du pouvoir révolutionnaire sous la direction du parti communiste.

Le vieux récepteur de radio mêlait aux paroles de Gottwald les clameurs de la foule qui enflammaient Jaromil et le plongeaient dans l'enthousiasme. Il était en pyjama, avec une serviette autour du cou, dans la chambre de la grand-mère et vociférait : « Enfin ! il fallait que ça arrive ! enfin ! »

La grand-mère n'était pas tout à fait sûre que l'enthousiasme de Jaromil fût justifié. « Tu crois vraiment que c'est bien ? demanda-t-elle avec inquiétude. — Oui, grand-mère, c'est bien. C'est même excellent ! » Il la prit dans ses bras ; puis, il se mit à marcher nerveusement dans la pièce ; il se disait que cette foule rassemblée sur l'antique place de Prague venait lancer aux cieux la date de cette journée qui brillerait comme une étoile visible pendant de longs siècles ; puis il se dit qu'il était vraiment fâcheux de passer une aussi grande journée à la maison avec sa grand-mère au lieu d'être dans la rue avec la foule. Mais il n'eut pas le temps d'achever cette pensée que la porte s'ouvrit, livrant passage à son oncle, furieux et cramoisi, qui vociférait : « Vous les entendez ? Les crapules ! les crapules ! C'est un putsch ! »

Jaromil regardait son oncle qu'il avait toujours détesté, ainsi que sa femme et leur fils infatué, et il se dit que le moment était arrivé où il pouvait enfin le vaincre. Ils étaient face à face : l'oncle avait la porte dans le dos, et dans le dos de Jaromil il y avait la radio, de sorte qu'il se sentait relié à une foule de cent mille personnes et qu'il parlait maintenant à son oncle comme cent mille personnes parlent à un homme seul : « Ce n'est pas un putsch, c'est la révolution, dit-il.

— Va te faire foutre avec ta révolution, dit l'oncle. C'est facile de faire la révolution quand on a derrière soi l'armée et la police et une grande puissance par-dessus le marché. »

Quand il entendit la voix pleine d'assurance de son oncle, qui lui parlait comme à un gosse stupide, la haine lui monta à la tête : « Cette armée et cette police veulent empêcher une poignée de voyous d'opprimer le peuple comme avant.

— Petit crétin, dit l'oncle, les communistes détenaient déjà la plus grande partie du pouvoir et ils ont fait ce putsch pour l'avoir tout entier. J'ai toujours su que tu n'étais qu'un jeune imbécile.

— Et moi, j'ai toujours su que tu étais un exploiteur et que la classe ouvrière finirait par te tordre le cou. »

Jaromil avait prononcé cette phrase dans un mouvement de colère et, somme toute, sans réfléchir ; pourtant elle mérite que nous nous y arrêtions un instant : il venait d'utiliser des mots que l'on pouvait lire souvent dans la presse communiste ou entendre souvent de la bouche d'orateurs communistes, mais qui lui répugnaient plutôt jusqu'à présent, comme lui répugnaient toutes les phrases stéréotypées. Il avait toujours considéré qu'il était d'abord un poète et par conséquent, tout en tenant des discours révolutionnaires, il ne voulait pas renoncer à son propre langage. Et voici qu'il disait : la classe ouvrière te tordra le cou.

Oui, c'est une chose étrange : dans un moment d'exaltation (donc, dans un moment où l'individu agit spontanément et où son moi se révèle tel qu'il est), Jaromil renonçait à son langage et préférait choisir la possibilité d'être le médium de quelqu'un d'autre. Et non seulement il agissait ainsi, mais il agissait ainsi avec un sentiment d'intense satisfaction ; il avait l'impression de faire partie d'une foule à mille têtes, d'être l'une des têtes du dragon à mille têtes d'un peuple en marche et il trouvait cela grandiose. Il avait soudain le sentiment d'être fort et de pouvoir se moquer ouvertement d'un homme devant lequel, hier encore, il rougissait timidement. Et si la rude simplicité de la phrase prononcée (la classe ouvrière te tordra le cou) lui était une source de jouissance, c'était justement parce qu'elle le rangeait aux côtés de ces hommes merveilleusement simples qui se moquaient des nuances et dont toute la sagesse consistait à s'intéresser à l'essentiel qui est toujours insolemment simple.

Jaromil (en pyjama et avec une serviette enroulée autour de la gorge) se tenait, les jambes écartées, devant la radio qui venait de retentir, juste derrière son dos, de gigantesques applaudissements, et il avait l'impression que ce rugissement pénétrait en lui et le grandissait et qu'il se dressait face à son oncle comme un arbre inébranlable, comme un rocher qui rit.

Et l'oncle, qui prenait Voltaire pour l'inventeur des volts, s'approcha de lui et lui flanqua une gifle.

Jaromil sentit une douleur cuisante sur la joue. Il savait qu'il était humilié et parce qu'il se sentait grand et puissant comme un arbre ou comme un rocher (des milliers de voix continuaient de résonner derrière lui dans le poste de radio) il voulut se jeter sur son oncle et lui rendre sa gifle. Mais comme il lui fallut tout de même un moment pour s'y résoudre, son oncle eut le temps de faire demi-tour et de s'en aller.

Jaromil criait : « Je vais la lui rendre ! Le salaud ! Je vais la lui rendre ! » et il se dirigea vers la porte. Mais la grand-mère le saisit par la manche de son pyjama et le supplia de rester tranquille, ce qui fait que Jaromil se contenta de répéter *le salaud, le salaud, le salaud,* et retourna s'étendre dans son lit où il avait abandonné, une heure plus tôt à peine, son amante imaginaire. Il n'était plus capable de penser à elle. Il ne voyait que son oncle et sentait la gifle et s'accablait de reproches sans fin, se répétant qu'il n'avait pas su agir promptement comme un homme ; il se le reprochait si amèrement qu'il se mit à pleurer et mouilla son oreiller de ses larmes rageuses.

Tard dans l'après-midi, maman rentra et raconta avec frayeur que le directeur de son bureau, qui était un homme très respecté, était déjà congédié et que tous les non-communistes craignaient d'être arrêtés.

Jaromil se souleva sur le coude dans son lit et commença à discuter avec passion. Il expliquait à sa mère que ce qui se passait était une révolution et qu'une révolution est une période de courte durée pendant laquelle il faut recourir à la violence pour hâter l'avènement d'une société d'où la violence sera à jamais bannie. Maman n'avait qu'à comprendre.

Elle aussi mettait toute son âme dans la discussion, mais Jaromil parvint à réfuter ses objections. Il dit que la domination des riches était stupide, de même que toute cette société d'entrepreneurs et de commerçants, et il rappela habilement à sa mère qu'elle était elle-même, dans sa propre famille, la victime de ces gens-là ; il lui rappela l'arrogance de sa sœur et le manque d'éducation de son beau-frère.

Elle était ébranlée et Jaromil se réjouissait du succès de ses arguments ; il avait l'impression de s'être vengé de la gifle qu'il avait reçue quelques heures plus tôt ; mais rien que d'y penser, il sentit revenir la colère et il dit : « Et tu sais, maman, je veux, moi aussi, entrer au parti communiste. »

Il lut la désapprobation dans les yeux maternels mais persévéra dans son affirmation ; il dit qu'il avait honte de ne pas avoir adhéré plus tôt, que seul l'héritage encombrant du milieu où il avait grandi le séparait de ceux dont il faisait partie depuis longtemps.

« Tu regrettes peut-être d'être né ici et que je sois ta mère ? »

Maman dit cela d'un ton offensé et Jaromil dut aussitôt lui dire qu'elle l'avait mal compris ; à son avis sa mère, telle qu'elle était, n'avait au fond rien de commun ni avec sa sœur et son beau-frère ni avec le monde des gens riches.

Mais maman lui dit : « Si tu m'aimes, ne fais pas cela ! Tu sais la vie infernale que me fait déjà ton oncle. Si tu adhérais au parti, ça deviendrait absolument intenable. Sois raisonnable, je t'en prie. »

Une tristesse larmoyante étreignit la gorge de Jaromil. Au lieu de rendre à son oncle la gifle qu'il lui avait donnée, il venait d'en recevoir une deuxième. Il se tourna de l'autre côté et laissa sa mère quitter la chambre. Puis il se remit à pleurer.

21

Il était six heures, l'étudiante l'accueillit en tablier blanc et le conduisit dans une cuisine bien nette. Le dîner n'avait rien d'extraordinaire, des œufs brouillés avec du saucisson coupé en dés, mais c'était le premier dîner qu'une femme (à l'exception de sa mère et de sa grand-mère) eût jamais préparé pour Jaromil, et il mangeait avec la fierté d'un homme dont sa maîtresse prend soin.

Ils passèrent ensuite dans la pièce voisine. Il y avait là une table ronde en acajou recouverte d'une nappe tricotée au crochet sur laquelle était posé, comme un poids, un vase en cristal massif ; les murs étaient ornés de hideuses peintures et il y avait dans un coin un divan où s'entassaient d'innombrables coussins. Tout était convenu et décidé d'avance pour cette soirée et il ne leur restait qu'à plonger dans les vagues molles des oreillers ; mais, chose étrange, l'étudiante s'assit sur une chaise dure devant la table ronde, et il s'assit en face d'elle ; ensuite, ils discutèrent longtemps, longtemps de choses et d'autres, assis sur ces chaises dures, et Jaromil commençait à sentir sa gorge se serrer.

Il savait en effet qu'il devait être rentré à onze heures ; il avait certes demandé à sa mère l'autorisation de passer toute la nuit dehors (il avait prétendu que des camarades de classe organisaient une soirée), mais il s'était heurté à une résistance si énergique qu'il n'avait pas osé insister et qu'il devait donc espérer que les cinq heures qui s'étendaient entre six et onze heures du soir seraient un intervalle suffisamment long pour sa première nuit d'amour.

Seulement, l'étudiante bavardait et bavardait toujours, et l'intervalle des cinq heures rétrécissait rapidement ; elle parlait de sa famille, de son frère qui avait autrefois tenté de se suicider à cause d'un amour malheureux : « Ça m'a marquée. Je ne peux pas être comme les autres filles. Je ne peux pas prendre l'amour à la légère », dit-elle, et Jaromil sentit que ces mots devaient marquer de l'empreinte du sérieux l'amour physique qui lui était promis. Il se leva donc de sa chaise, se pencha sur la jeune fille et lui dit d'une voix très grave : « Je te comprends, oui je te comprends » ; après quoi il la souleva de sa chaise, la conduisit jusqu'au divan et la fit asseoir.

Ensuite, ils s'embrassèrent, se caressèrent, se pelotèrent. Cela dura très longtemps et Jaromil pensait qu'il serait sans doute temps de déshabiller la jeune fille, mais n'ayant encore jamais rien fait de semblable, il ne savait comment commencer. D'abord, il ne savait pas s'il devait ou non éteindre la lumière. D'après tous les rapports qu'il avait entendus sur des situations de ce genre, il estimait qu'il fallait éteindre. Il avait d'ailleurs dans une poche de sa veste un sachet contenant la chaussette transparente et s'il voulait la revêtir discrètement et clandestinement au moment décisif, il avait absolument besoin de l'obscurité. Mais il ne pouvait se résoudre à se lever au milieu des caresses pour se diriger vers l'interrupteur, ce qui lui paraissait plutôt déplacé (n'oublions pas qu'il était bien élevé), car il était l'invité et il incombait plutôt à la maîtresse de maison de tourner l'interrupteur. Finalement, il osa dire timidement : « Est-ce qu'on ne devrait pas éteindre la lumière ? »

Mais la jeune fille répliqua : « Non, non, je t'en prie. » Et Jaromil se demandait si cela signifiait que la jeune fille ne voulait pas de l'obscurité et par conséquent ne voulait pas faire l'amour, ou bien que la jeune fille voulait faire l'amour mais pas dans le noir. Il pouvait évidemment lui poser la question, mais il avait honte de parler à voix haute de ce qu'il pensait.

Ensuite il se souvint qu'il devait être rentré à onze heures et il fit un effort pour surmonter sa timidité ; il déboutonna le premier bouton féminin de sa vie. C'était le bouton d'un corsage blanc et il le déboutonna dans l'attente craintive de ce que la jeune fille allait dire. Elle ne dit rien. Il continua donc de la déboutonner, sortit de la jupe le bord inférieur du corsage, puis lui enleva le corsage complètement.

Elle était maintenant étendue sur les coussins, en jupe et en soutien-gorge et, chose étonnante, alors qu'une seconde plus tôt elle embrassait avidement Jaromil, depuis qu'il lui avait enlevé son corsage elle semblait frappée de stupeur ; elle ne bougeait pas ; elle bombait légèrement le torse, semblable au condamné à mort qui tend sa poitrine aux canons des fusils.

Il n'avait plus qu'une chose à faire, continuer à la déshabiller : il trouva la fermeture Éclair sur le côté de la jupe et l'ouvrit ; le naïf ne soupçonnait pas l'existence de l'agrafe qui retenait la jupe à la taille et il s'efforçait obstinément et vainement de la tirer sur les hanches de la jeune fille ; celle-ci bombait le torse face à l'invisible peloton d'exécution et ne s'apercevait même pas de ses difficultés.

Ah, passons sous silence un quart d'heure environ des peines de Jaromil ! Il réussit enfin à dévêtir entièrement l'étudiante. Quand il la vit docilement allongée sur les coussins dans l'attente de l'instant prévu depuis si longtemps, il comprit qu'il ne lui restait plus qu'à se déshabiller à son tour. Mais le lustre répandait une vive lumière et Jaromil avait honte de se déshabiller. Il eut alors une idée salvatrice : il avait aperçu, à côté de la salle de séjour, une chambre à coucher (une chambre démodée avec des lits jumeaux) ; la lumière n'y était pas allumée ; là il pourrait se déshabiller dans le noir et même se dissimuler sous une couverture.

« On ne va pas dans la chambre à coucher ? demanda-t-il timidement.

— Dans la chambre à coucher, pour quoi faire ? Pourquoi as-tu besoin d'une chambre à coucher ? » dit la jeune fille, en riant.

Il est difficile de dire pourquoi elle riait. C'était un rire gratuit, embarrassé, irréfléchi. Mais Jaromil en fut blessé ; il eut peur d'avoir dit une sottise, comme si sa proposition d'aller dans la chambre à coucher dénonçait sa ridicule inexpérience. Il était décontenancé ; il se trouvait dans un appartement étranger, sous la lumière indiscrète d'un lustre qu'il ne pouvait pas éteindre, avec une femme étrangère qui se moquait de lui.

Il sut tout de suite qu'ils ne feraient pas l'amour ce soir-là ; il se sentait froissé et s'assit sans mot dire sur le divan ; il le regrettait, mais il était en même temps soulagé ; il n'avait plus besoin de se demander s'il éteindrait ou n'éteindrait pas la lumière et comment il s'y prendrait pour se déshabiller ; et il était content que ça ne fût pas sa faute à lui ; elle n'avait pas besoin de rire si bêtement !

« Mais qu'est-ce que tu as ? demanda-t-elle.

— Rien », dit Jaromil, et il comprit qu'il paraîtrait encore plus ridicule en expliquant à la jeune fille la raison de sa contrariété. Il fit donc un effort pour se maîtriser, il la souleva du divan et il commença à l'examiner ostensiblement (il voulait dominer la situation et il pensait que celui qui examine domine celui qui est examiné) ; puis, il lui dit : « Tu es belle. »

La jeune fille, soulevée du divan où elle était jusqu'ici demeurée dans une attente immobile, parut soudain libérée : elle était de nouveau bavarde et sûre d'elle. Ça ne la gênait pas du tout d'être examinée par un garçon (peut-être pensait-elle que celui qui est examiné domine celui qui examine), et elle lui demanda : « Suis-je plus belle nue ou habillée ? »

Il existe un certain nombre de questions féminines classiques, que tout homme rencontre tôt ou tard dans sa vie et auxquelles les établissements d'enseignement devraient préparer les jeunes gens. Mais Jaromil, comme nous tous, fréquentait de mauvaises écoles et ne savait pas quoi répondre ; il s'efforça de deviner ce que la jeune fille voulait entendre, mais il était embarrassé ; la plupart du temps, en société, la jeune fille était habillée, donc ça lui ferait sans doute plaisir d'être plus belle avec des vêtements ; seulement, comme la nudité est la vérité du corps, Jaromil lui ferait sans doute le même plaisir en lui disant qu'elle était plus jolie toute nue.

« Tu es belle nue et habillée », dit-il, mais l'étudiante n'était pas du tout satisfaite de cette réponse. Elle gambadait à travers la pièce, s'offrait au regard du jeune homme et l'obligeait à répondre sans détour. « Je veux savoir comment je te plais le plus. »

A la question ainsi précisée, il était plus facile de répondre. Étant donné que les autres ne la connaissaient qu'habillée, il avait pensé qu'il manquerait de tact en lui disant qu'elle était moins belle habillée que nue ; mais puisqu'elle lui demandait son avis personnel, il pouvait hardiment répondre que, personnellement, il la préférait nue, ce qui montrerait plus clairement qu'il l'aimait telle qu'elle était, pour elle-même, et qu'il ne se souciait pas de ce qui n'était qu'ajouté à sa personne.

De toute évidence, il n'avait pas mal jugé, car l'étudiante, quand elle entendit qu'elle était plus belle nue, réagit de façon très favorable. Elle ne se rhabilla pas jusqu'à son départ, elle lui donna beaucoup de baisers et au moment de le quitter (il était onze heures moins le quart, maman serait satisfaite), elle lui chuchota à l'oreille, sur le pas de la porte : « Aujourd'hui, tu m'as montré que tu m'aimes. Tu es très gentil, tu m'aimes vraiment. Oui, c'était mieux comme ça. On va garder ce moment-là pour plus tard. »

22

Vers cette époque, il commença à écrire un long poème. C'était un *poème-récit* où il était question d'un homme qui comprenait soudain qu'il était vieux ; qu'il se trouvait *là où le destin ne construit plus ses gares ;* qu'il était abandonné et oublié ; qu'autour de lui

On blanchit les murs à la chaux on emporte les meubles
On change tout dans sa chambre

Alors il sort de chez lui à la hâte et retourne là où il a connu les plus intenses moments de sa vie :

L'arrière de la maison le troisième étage la porte au fond à gauche dans le coin
Avec un nom sur la carte de visite illisible dans l'obscurité
« Minutes passées depuis vingt ans accueillez-moi ! »

Une vieille femme vient lui ouvrir, dérangée de la froide nonchalance où l'ont plongée de longues années de solitude. Vite, vite, elle se mord les lèvres exsangues pour leur redonner un peu de couleur ; vite, d'un geste d'autrefois, elle tente de remettre un peu d'ordre dans les mèches clairsemées de ses cheveux pas lavés et elle gesticule d'un air gêné pour cacher devant lui les photographies d'anciens amants accrochées aux murs. Mais ensuite, elle sent qu'il fait bon dans cette pièce et que les apparences ne comptent pas ; elle dit :

« Vingt ans Et tu es pourtant revenu
Comme la dernière chose importante que je rencontrerai
Je n'ai aucune chance de rien voir
Si je tente de scruter l'avenir par-dessus ton épaule. »

Oui, il fait bon dans cette pièce ; plus rien ne compte, ni les rides, ni les vêtements négligés, ni les dents jaunies, ni les cheveux clairsemés, ni les lèvres pâles, ni le ventre pendant.

Certitude certitude Je ne bouge plus et je suis prête
Certitude Auprès de toi la beauté n'est rien Auprès de toi la jeunesse n'est rien

Et lui parcourt la pièce d'un pas fatigué *(de son gant il efface sur la table les empreintes digitales d'inconnus)* et il sait qu'elle avait des amants, des foules d'amants qui

Ont dilapidé toute la lumière de sa peau
Même dans le noir elle n'est plus belle
Pièce de monnaie sans valeur usée par les doigts

Et une vieille chanson lui traîne dans l'âme, une chanson oubliée, mon Dieu, comment est cette chanson ?

Tu t'éloignes, tu t'éloignes sur le sable des lits
Et ton apparence s'efface
Tu t'éloignes, tu t'éloignes et de toi ne subsiste
Que le centre rien que le centre de toi

Et elle sait qu'elle n'a plus rien de jeune pour lui. Mais :

Dans les moments de faiblesse qui m'assaillent maintenant
Ma fatigue mon dépérissement ce processus si important et si pur
N'appartiennent qu'à toi

Leurs corps ridés se touchent avec émotion et il lui dit : « Petite fille » et elle lui dit « Mon petit » et ils se mettent à pleurer.

Et il n'y a pas d'intermédiaire entre eux
Pas un mot pas un geste Rien derrière quoi se cacher
Rien pour dissimuler leur misère à tous deux

Car c'est justement cette misère mutuelle qu'ils saisissent à pleine bouche, qu'ils boivent avidement l'un de l'autre. Ils caressent leurs corps misérables et ils entendent déjà, sous la peau l'un de l'autre, les machines de la mort qui ronronnent doucement. Et ils savent qu'ils sont définitivement et totalement voués l'un à l'autre ; que c'est là leur dernier amour et aussi leur plus grand amour, parce que le dernier amour est le plus grand. L'homme pense :

C'est l'amour sans issue C'est l'amour comme un mur

Et la femme pense :

Voici la mort lointaine peut-être dans le temps mais déjà si proche par sa ressemblance

Si proche d'être tellement pareille à nous deux profondément plongés dans nos fauteuils
Voici le but atteint et les jambes si heureuses qu'elles ne tentent même plus de faire un pas
Et les mains tellement certaines qu'elles ne cherchent même plus une caresse
Il n'y a plus qu'à attendre que la salive dans nos bouches se change en gouttes de rosée

Quand maman lut cet étrange poème, elle fut, comme à l'ordinaire, stupéfaite de la maturité précoce qui permettait à son fils de comprendre un âge aussi éloigné du sien; elle ne comprenait pas que les personnages du poème n'avaient aucun rapport avec la psychologie réelle de la vieillesse.

Non, dans ce poème, il n'était pas du tout question d'un vieillard et d'une vieille femme; si l'on avait demandé à Jaromil quel âge avaient les personnages de son poème, il aurait hésité et il aurait répondu qu'ils avaient entre quarante et quatre-vingts ans; il ignorait tout de la vieillesse, qui était pour lui une notion lointaine et abstraite; tout ce qu'il savait de la vieillesse, c'est qu'elle est une période de la vie où l'âge adulte appartient déjà au passé; où le destin est déjà achevé; où l'homme n'a plus à redouter ce terrible inconnu qui s'appelle l'avenir; où l'amour, quand nous le rencontrons, est ultime et certain.

Car Jaromil était plein d'angoisse; il s'avançait vers le corps dénudé de la jeune femme comme on marche sur des épines; il désirait ce corps et il en avait peur; c'est pourquoi, dans ses poèmes sur la tendresse, il échappait à la matérialité du corps en cherchant refuge dans le monde de l'imagination enfantine ; il privait le corps de sa réalité et se représentait le sexe de la femme comme un jouet mécanique ; cette fois, il avait cherché refuge du côté opposé : du côté de la vieillesse ; là où le corps n'est plus dangereux et fier ; là où il est misérable et pitoyable ; la misère d'un corps décrépit le réconciliait plus ou moins avec l'orgueil du corps juvénile qui devrait vieillir à son tour.

Son poème était plein de laideurs naturalistes ; Jaromil n'avait oublié ni les dents jaunes, ni le pus au coin des yeux, ni le ventre pendant ; mais derrière la brutalité de ces détails, il y avait le désir touchant de limiter l'amour à l'éternel, à l'indestructible, à ce qui peut remplacer l'étreinte maternelle, à ce qui n'est pas assujetti au temps, à ce qui est *le centre rien que le centre*, à ce qui peut surmonter la puissance du corps, du corps perfide dont l'univers s'étendait devant lui comme un territoire inconnu habité par les lions.

Il écrivait des poèmes sur l'enfance artificielle de la tendresse, il écrivait des poèmes sur une mort irréelle, il écrivait des poèmes sur une vieillesse irréelle. C'étaient trois drapeaux bleus sous lesquels il s'avançait craintivement vers le corps immensément réel de la femme adulte.

23

Quand elle vint chez lui (maman et la grand-mère s'étaient absentées de Prague pour deux jours), il prit soin de ne pas allumer, bien que l'obscurité commençât à tomber lentement. Ils avaient fini de dîner et ils étaient dans la chambre de Jaromil. Vers dix heures (c'était l'heure où, d'ordinaire, sa mère l'envoyait au lit), il dit la phrase qu'il avait d'avance maintes fois répétée mentalement, pour pouvoir la prononcer avec aisance et naturel : « Si on allait se coucher ? »

Elle acquiesça et Jaromil ouvrit le lit. Oui, tout se passait comme il l'avait prévu et tout se passait sans difficulté. La jeune fille se déshabilla dans un coin et Jaromil se déshabilla (beaucoup plus précipitamment) dans un autre coin ; il mit aussitôt son pyjama (dans la poche duquel il avait soigneusement déposé le sachet contenant la chaussette), puis il se glissa rapidement sous la couverture (il savait que le pyjama ne lui allait pas, qu'il était trop grand pour lui et qu'il le rapetissait) et il contemplait la jeune fille qui n'avait rien gardé sur elle et qui vint toute nue (ah ! dans l'obscurité elle lui semblait encore plus belle que la dernière fois) s'étendre à côté de lui.

Elle se serra contre lui et commença à l'embrasser avec fureur ; au bout d'un instant Jaromil se dit qu'il était grand temps d'ouvrir le sachet. Il plongea donc la main dans sa poche et voulut le retirer discrètement. « Qu'est-ce que tu as là ? demanda la jeune fille.

— Rien », répondit-il, et il posa hâtivement sur la poitrine de l'étudiante la main qui s'apprêtait à saisir le sachet. Puis il pensa qu'il allait être obligé de s'excuser et de s'absenter un instant dans la salle de bains pour se préparer discrètement. Mais pendant qu'il réfléchissait (la jeune fille ne cessait pas de l'embrasser), il constata que l'excitation qu'il ressentait au début dans toute son évidence physique avait disparu. Cette constatation le jeta dans un nouvel embarras, car il savait que, dans ces conditions, il ne servirait à rien d'ouvrir le sachet. Donc, il tenta de caresser passionnément la jeune fille en attendant avec angoisse de retrouver l'excitation disparue. Mais en vain. Le corps, sous son regard attentif, était comme saisi d'effroi ; il rétrécissait plus qu'il ne grandissait.

Les caresses et les baisers ne procuraient plus ni plaisir ni satisfaction ; ce n'était plus qu'un paravent derrière lequel le garçon se tourmentait et appelait désespérément son corps à l'obéissance. C'étaient des caresses et des étreintes interminables et un supplice sans fin, un supplice dans un mutisme absolu, car Jaromil ne savait pas ce qu'il devait dire et il avait l'impression que toute parole ne ferait que trahir sa honte ; la jeune fille aussi se taisait, parce qu'elle aussi commençait sans doute à deviner un échec, sans savoir exactement si cet échec était celui de Jaromil ou le sien ; en tout cas, il se passait une chose à laquelle elle n'était pas préparée et qu'elle craignait de nommer.

Mais ensuite, quand cette horrible pantomime de caresses et de baisers diminua d'intensité et qu'elle ne se sentit plus la force de continuer, chacun posa la tête sur son oreiller et s'efforça de dormir. Il est difficile de dire s'ils dormaient ou pas et depuis combien de temps, mais même s'ils ne dormaient pas, ils faisaient semblant de dormir, ce qui leur permettait de se cacher, d'échapper l'un à l'autre.

Quand ils se levèrent, le lendemain matin, Jaromil craignait de regarder le corps de l'étudiante ; il lui paraissait douloureusement beau, d'autant plus beau qu'il ne lui appartenait pas. Ils allèrent dans la cuisine, préparèrent leur petit déjeuner et firent un effort pour parler naturellement.

Mais ensuite, l'étudiante dit : « Tu ne m'aimes pas. »

Jaromil voulait l'assurer que ce n'était pas vrai, mais elle ne le laissa pas parler : « Non, ce n'est pas la peine de chercher à me convaincre. C'est plus fort que toi, on l'a bien vu cette nuit. Tu ne m'aimes pas assez. Tu l'as bien constaté toi-même, cette nuit, que tu ne m'aimes pas assez. »

Tout d'abord, Jaromil voulut expliquer à la jeune fille que ce qui s'était passé n'avait rien à voir avec la dimension de son amour, mais il n'en fit rien. Les paroles de la jeune fille lui offrirent en effet une occasion inattendue de cacher son humiliation. Il était mille fois plus facile d'accepter le reproche de ne pas aimer la jeune fille que d'admettre l'idée que son corps était taré. Il ne répondait donc rien et baissait la tête. Et quand la jeune fille répéta la même accusation, il dit d'un ton délibérément vague et peu convaincu : « Mais si, je t'aime.

— Tu mens, dit-elle. Il y a dans ta vie quelqu'un d'autre que tu aimes. »

Ça, c'était encore mieux. Jaromil inclina la tête et

haussa tristement les épaules, comme s'il reconnaissait qu'il y avait une part de vérité dans ce reproche.

« Ça ne rime à rien, si ce n'est pas le véritable amour, dit l'étudiante d'une voix morose. Je t'ai prévenu que je ne peux pas prendre ces choses-là à la légère. Je ne peux pas supporter l'idée que je remplace pour toi quelqu'un d'autre. »

La nuit qu'il venait de vivre avait été cruelle, et il n'y avait qu'une issue pour Jaromil : la recommencer et effacer son échec. Il se vit donc contraint de répondre : « Non, tu es injuste. Je t'aime. Je t'aime énormément. Mais je t'avais caché quelque chose. C'est vrai qu'il y a une autre femme dans ma vie. Cette femme m'aimait et je lui ai fait beaucoup de mal. Il y a maintenant sur moi une ombre qui me pèse et contre laquelle je suis désarmé. Comprends-moi bien, je t'en prie. Ce serait injuste qu'à cause de ça tu n'acceptes plus de me revoir, parce que je n'aime que toi, que toi.

— Je ne dis pas que je ne veux plus te revoir, je dis seulement que je ne peux pas supporter l'idée d'une autre femme, même si c'est une ombre. Comprends-moi bien, toi aussi, pour moi l'amour est un absolu. En amour, je ne fais pas de compromis. »

Jaromil regardait le visage de la jeune fille à lunettes et son cœur se serrait à l'idée qu'il pût la perdre ; il lui semblait qu'elle était proche de lui, qu'elle pourrait le comprendre. Mais malgré cela, il ne voulait pas, il ne pouvait pas se confier à elle et il devait se faire passer pour un homme sur lequel s'étend une ombre fatale et qui est déchiré et digne de pitié. Il répliqua :

« Est-ce qu'en amour l'absolu ne signifie pas

d'abord que l'on est capable de comprendre l'autre et de l'aimer avec tout ce qu'il y a en lui et sur lui, aussi avec ses ombres ? »

C'était bien dit et l'étudiante parut réfléchir à cette phrase. Jaromil pensa que, peut-être, tout n'était pas perdu.

24

Il ne lui avait encore jamais fait lire ses poèmes ; le peintre lui avait promis de les faire publier dans une revue d'avant-garde, et il comptait sur le prestige des lettres imprimées pour éblouir la jeune fille. Mais maintenant, il avait besoin que ses vers lui portent rapidement secours. Il était persuadé que, lorsque l'étudiante les aurait lus (c'était du poème sur les vieillards qu'il attendait le plus), elle le comprendrait et serait émue. Il se trompait ; elle estimait qu'elle devait donner à son jeune ami des avis critiques et elle le glaçait avec le laconisme de ses remarques.

Qu'était devenu le splendide miroir de son admiration enthousiaste où, naguère, il avait découvert pour la première fois sa personnalité ? Tous les miroirs lui offraient la grimaçante laideur de son immaturité et c'était une chose intolérable. Alors, il se souvint du nom illustre d'un poète au front nimbé de l'auréole de l'avant-garde européenne et des scandales pragois et, bien qu'il ne le connût pas et qu'il ne l'eût jamais vu, il éprouva pour lui la confiance aveugle qu'un simple croyant éprouve envers un haut dignitaire de son Église. Il lui envoya ses poèmes avec une lettre humble et suppliante. Ensuite, il rêva à sa réponse, amicale et admirative, et cette rêverie étendait comme un baume sur ses rendez-vous avec l'étudiante qui se faisaient de plus en plus rares (elle prétendait que la date de ses examens universitaires approchait et qu'elle avait peu de temps) et de plus en plus tristes.

Donc il revint à l'époque (d'ailleurs peu éloignée) où une conversation quelconque avec une femme quelconque lui causait des difficultés et où il devait s'y préparer à la maison ; de nouveau, il vivait chacun de ses rendez-vous plusieurs jours à l'avance et il passait de longues soirées dans des conversations fictives avec l'étudiante. Dans ces monologues inexprimés apparaissait de plus en plus clairement (et pourtant mystérieusement) la femme sur l'existence de laquelle l'étudiante avait exprimé ses soupçons, pendant le petit déjeuner, dans la chambre de Jaromil ; elle nimbait Jaromil de la lumière d'un passé vécu, elle éveillait un intérêt jaloux et excusait l'échec de son corps.

Malheureusement, elle n'apparaissait que dans ces monologues inexprimés, car elle avait discrètement et rapidement disparu des conversations réelles de Jaromil et de l'étudiante ; l'étudiante cessa de s'y intéresser aussi inopinément qu'elle avait commencé, inopinément, à parler de son existence. Comme c'était décevant ! Toutes les petites allusions de Jaromil, ses lapsus soigneusement calculés et ses brusques silences destinés à faire croire qu'il pensait à une autre femme, passaient sans éveiller la moindre attention.

Par contre, elle lui parlait longuement (et très gaiement hélas) de la faculté et elle lui décrivait plusieurs de ses camarades d'une manière si vivante qu'ils lui semblaient beaucoup plus réels qu'il ne l'était lui-même. Ils étaient redevenus tous deux ce qu'ils étaient avant de faire connaissance : un petit garçon timide et une *vierge de pierre*, qui tenaient des conversations savantes. Parfois seulement (Jaromil chérissait infiniment ces instants et n'en laissait rien perdre) elle se taisait brusquement ou disait à brûle-pourpoint une phrase, triste et nostalgique, à laquelle Jaromil tentait vainement d'enchaîner ses propres paroles, car la tristesse de la jeune fille était tournée vers le dedans d'elle-même et ne souhaitait pas s'accorder à la tristesse de Jaromil.

Quelle était la source de cette tristesse ? Qui sait ? peut-être regrettait-elle l'amour qu'elle voyait disparaître ; peut-être pensait-elle à quelqu'un d'autre qu'elle désirait ; qui sait ? Un jour, cet instant de tristesse fut si intense (ils sortaient d'un cinéma et ils se promenaient dans une rue sombre et silencieuse) qu'elle posa, tout en marchant, la tête sur son épaule.

Mon Dieu ! il avait déjà connu cela ! Il avait connu cela le soir où il se promenait dans le parc de Stromovka avec la jeune fille du cours de danse ! Ce mouvement de la tête, qui l'avait excité ce soir-là, produisit sur lui le même effet : il était excité ! Il était infiniment et ostensiblement excité ! Mais cette fois-ci il n'avait pas honte, au contraire, au contraire, cette fois-ci il souhaitait désespérément que la jeune fille s'aperçût de son excitation !

Mais la jeune fille avait la tête posée tristement sur son épaule et Dieu sait dans quelle direction elle regardait à travers ses lunettes.

Et l'excitation de Jaromil persistait, victorieusement, fièrement, longuement, visiblement, et il désirait qu'elle fût remarquée et appréciée ! Il voulait saisir la main de la jeune fille et la poser sur son corps, mais ce n'était qu'une idée qui lui paraissait insensée et irréalisable. Il se dit qu'ils pourraient s'arrêter et s'embrasser et que la jeune fille sentirait son excitation avec son corps.

Mais quand l'étudiante comprit, à son pas de plus en plus lent, qu'il allait s'arrêter pour l'embrasser, elle dit : « Non, non, je veux rester comme ça, je veux rester comme ça... » et elle dit cela si tristement que Jaromil obéit sans protester. Et l'autre, entre ses jambes, lui faisait l'effet d'un ennemi, d'un clown, d'un bouffon qui dansait et se moquait de lui. Il marchait avec une tête triste et étrangère sur son épaule et avec un clown étranger et railleur entre ses jambes.

25

Il s'imaginait peut-être que la tristesse et la soif de consolation (l'illustre poète ne lui répondait toujours pas) justifient n'importe quelle action insolite, car il se rendit à l'improviste chez le peintre. Dès qu'il fut dans l'entrée, il comprit au bruit des voix qu'il y avait du monde et il voulut aussitôt s'excuser et partir ; mais le peintre l'invita cordialement dans l'atelier où il le présenta à ses hôtes, trois hommes et deux femmes.

Jaromil sentait ses joues s'empourprer sous le regard des cinq inconnus, mais en même temps il était flatté ; le peintre le présentait en disant qu'il écrivait des vers excellents et parlait de lui comme si ses invités le connaissaient déjà par ouï-dire. C'était une agréable sensation. Quand il fut assis dans un fauteuil et qu'il regarda autour de lui, il constata avec grand plaisir que les deux femmes présentes étaient plus jolies que son étudiante. Avec quelle élégance naturelle elles croisaient les jambes, égrenaient la cendre de leurs cigarettes dans le cendrier et associaient dans des phrases bizarres les termes savants et les mots obscènes ! Jaromil avait l'impression qu'un ascenseur l'emportait vers de beaux sommets où la voix torturante de la jeune fille à lunettes ne pouvait atteindre son oreille.

L'une des femmes se tourna vers lui et lui demanda aimablement quel genre de vers il écrivait. « Des vers », dit-il, et il haussa les épaules avec gêne. « Des vers remarquables », ajouta le peintre, et Jaromil baissa la tête ; l'autre femme le regarda et dit d'une voix d'alto : « Ici, parmi nous, il me fait penser à Rimbaud avec Verlaine et ses compagnons sur le tableau de Fantin-Latour. Un enfant parmi des hommes. On dit qu'à dix-huit ans Rimbaud en paraissait treize. Et vous, dit-elle, se tournant vers Jaromil, vous avez tout à fait l'air d'un enfant. »

(Nous ne pouvons nous empêcher de faire observer que cette femme se penchait sur Jaromil avec la même tendresse cruelle qu'avaient en se penchant sur Rimbaud les sœurs de son maître Izambard, les illustres *chercheuses de poux*, quand il venait chez elles au retour d'une de ses longues équipées et qu'elles le lavaient, le nettoyaient et l'épouillaient.)

« Notre ami, dit le peintre, a la chance, qu'il n'aura d'ailleurs pas longtemps, de ne plus être un enfant et de ne pas être encore un homme.

— La puberté est l'âge le plus poétique, dit la première femme.

— Tu serais stupéfaite, dit le peintre avec un sourire, si tu connaissais la maturité et la perfection surprenantes des vers que peut écrire ce jeune puceau...

— C'est exact, acquiesça l'un des hommes, montrant par là qu'il connaissait les vers de Jaromil et qu'il approuvait l'éloge du peintre.

— Vous ne les publiez pas ? demanda à Jaromil la femme à la voix d'alto.

— Je doute que l'époque des héros positifs et des bustes de Staline soit très favorable à sa poésie », dit le peintre.

L'allusion aux héros positifs aiguilla de nouveau la

conversation sur la voie où elle était engagée avant l'arrivée de Jaromil. Jaromil était familier de ces problèmes et pouvait aisément participer à la discussion, mais il n'entendait plus rien de ce qu'on disait. Sa tête retentissait d'échos interminables, qui lui répétaient qu'il paraissait treize ans, qu'il était un enfant, qu'il était puceau. Certes, il savait que personne ici ne voulait l'offenser et que le peintre aimait sincèrement ses vers, mais ça ne faisait qu'empirer les choses : peu lui importaient ses vers en ce moment. Il eût mille fois renoncé à leur maturité pour acquérir en échange sa propre maturité. Il eût donné tous ses poèmes pour un seul coït.

Une discussion animée s'engagea et Jaromil avait envie de partir. Mais il se sentait si oppressé qu'il ne parvenait pas à prononcer la phrase qui devait annoncer son départ. Il craignait d'entendre sa propre voix ; il craignait que cette voix ne se mît à trembler ou à chevroter et ne révélât une fois de plus au grand jour son enfantine immaturité. Il voulait devenir invisible, s'en aller très loin sur la pointe des pieds et disparaître, s'assoupir et dormir longuement et se réveiller dix ans plus tard, quand son visage aurait vieilli et serait couvert de rides mâles.

La femme à la voix d'alto se tourna de nouveau vers lui : « Pourquoi êtes-vous si taciturne, mon enfant ? »

Il bredouilla qu'il préférait écouter plutôt que parler (bien qu'il n'écoutât pas du tout) et il se dit qu'il lui était impossible d'échapper à la condamnation que l'étudiante avait prononcée sur lui, et que le verdict le renvoyant à son pucelage qu'il portait sur lui comme un stigmate (mon Dieu, rien qu'à le regarder, tout le monde voyait qu'il n'avait pas encore eu de femme !) était encore une fois confirmé.

Et comme il savait que tout le monde le regardait, il prit cruellement conscience de son visage et sentit, presque avec épouvante, que ce qu'il avait sur ce visage, c'était le sourire de sa mère ! Il le reconnaissait avec certitude, ce sourire délicat, amer, il le sentait plaqué sur ses lèvres et n'avait pas le moyen de s'en débarrasser. Il sentait que sa mère était collée sur son visage, qu'elle l'enveloppait comme la chrysalide enveloppe la larve à laquelle elle ne veut pas reconnaître le droit à sa propre apparence.

Et il était là, parmi des adultes, revêtu du masque de sa mère, et sa mère le serrait dans ses bras, le tirait vers elle pour l'éloigner de ce monde auquel il voulait appartenir et qui se conduisait envers lui avec bienveillance, mais tout de même, comme on se conduit envers quelqu'un qui n'y a pas encore sa place. Cette situation était si intolérable que Jaromil rassembla toutes ses forces pour rejeter de son visage le masque maternel, pour lui échapper ; il s'efforça d'écouter la discussion.

Elle portait sur un problème qui faisait alors l'objet de débats passionnés parmi tous les artistes. En Bohême, l'art moderne s'était toujours réclamé de la révolution communiste ; mais quand la révolution était venue, elle avait proclamé comme programme inconditionnel l'adhésion à un réalisme populaire intelligible pour tous et elle avait rejeté l'art moderne comme une manifestation monstrueuse de la décadence bourgeoise. « C'est cela notre dilemme, dit l'un des invités du peintre. Trahir l'art moderne avec lequel nous avons

grandi ou la révolution dont nous nous réclamons ?
— La question est mal posée, dit le peintre. Une révolution qui a ressuscité l'art académique de sa tombe et qui fabrique à des milliers d'exemplaires des bustes d'hommes d'État n'a pas seulement trahi l'art moderne, elle s'est d'abord trahie elle-même. Cette révolution-là ne veut pas transformer le monde, mais bien au contraire : conserver l'esprit le plus réactionnaire de l'histoire, l'esprit du fanatisme, de la discipline, du dogmatisme, de la foi et des conventions. Il n'y a pas de dilemme pour nous. Si nous sommes de vrais révolutionnaires, nous ne pouvons pas accepter cette trahison de la révolution. »

Jaromil n'aurait éprouvé aucune difficulté pour développer la pensée du peintre dont il connaissait bien la logique, mais il lui répugnait de se produire ici dans le rôle de l'élève touchant, du petit garçon docile dont on fera l'éloge. Il était envahi par le désir de révolte et dit, se tournant vers le peintre :

« Vous citez toujours Rimbaud : *il faut être absolument moderne*. Je suis tout à fait d'accord. Mais ce qui est absolument moderne, ce n'est pas ce que nous prévoyons pendant cinquante ans, mais au contraire ce qui nous choque et nous surprend. Ce qui est absolument moderne ce n'est pas le surréalisme, qui dure depuis un quart de siècle, mais cette révolution qui a lieu en ce moment sous nos yeux. Le fait que vous ne la comprenez pas est tout simplement la preuve qu'elle est nouvelle. »

Ils lui coupèrent la parole : « L'art moderne était un mouvement dirigé contre la bourgeoisie et contre son univers.

— Oui, dit Jaromil, mais s'il avait été vraiment logique dans sa négation du monde contemporain, il aurait dû compter avec sa propre disparition. Il aurait dû savoir (et il aurait même dû le vouloir) que la révolution allait créer un art totalement nouveau, un art à son image.

— Donc vous approuvez, dit la femme à la voix d'alto, que l'on mette au pilon les poèmes de Baudelaire, que l'on interdise toute la littérature moderne et que l'on s'empresse de mettre à la cave les peintures cubistes du Musée national ?

— La révolution est un acte de violence, dit Jaromil, c'est une chose bien connue, et le surréalisme, précisément, savait très bien que les vieillards doivent être chassés brutalement de la scène, seulement il ne se doutait pas qu'il fût lui-même du nombre. »

Par dépit de se sentir humilié, il exprimait ses pensées, comme il s'en rendait compte lui-même, précisément et méchamment. Une seule chose le déconcerta dès ses premiers mots : il entendit dans sa voix le ton singulier et autoritaire du peintre et il ne put empêcher sa main droite de décrire dans l'air le mouvement caractéristique des gestes du peintre. C'était en réalité une étrange discussion du peintre avec le peintre, du peintre homme avec le peintre enfant, du peintre avec son ombre révoltée. Jaromil s'en rendait compte et il en était encore plus humilié ; de sorte qu'il utilisait des formules de plus en plus dures pour se venger du peintre qui l'avait emprisonné dans ses gestes et dans sa voix.

A deux reprises, le peintre répondit à Jaromil par d'assez longues explications, mais ensuite il se tut. Il se contentait de le regarder, durement et sévèrement, et Jaromil savait qu'il ne pourrait plus jamais entrer dans son atelier. Tout le monde se tut, puis la femme à la voix d'alto (mais cette fois-ci, elle ne lui parlait pas comme si elle se penchait sur lui avec tendresse comme la sœur d'Izambard se penchant sur la tête épouillée de Rimbaud, au contraire elle semblait s'écarter de lui tristement et avec surprise) : « Je ne connais pas vos vers, mais d'après ce que j'en ai entendu dire, je crois qu'ils pourraient difficilement paraître sous ce régime que vous venez de défendre avec tant de véhémence. »

Jaromil se souvint de son dernier poème sur les deux vieillards et sur leur dernier amour ; il se rendait compte que ce poème, qu'il aimait infiniment, ne pourrait jamais être publié à l'époque des mots d'ordre optimistes et des poèmes de propagande et qu'en le reniant maintenant il reniait ce qu'il avait de plus cher, il reniait son unique richesse, sans laquelle il serait totalement seul.

Mais il y avait une autre chose plus précieuse que ses poèmes ; une chose qu'il ne possédait pas encore, qui était loin et à laquelle il aspirait — c'était la virilité ; il savait qu'elle n'était accessible que par l'action et par le courage ; et si ce courage signifie le courage d'être abandonné, abandonné de tout, de la femme aimée, du peintre et même de ses propres poèmes, eh bien, soit : il voulait avoir ce courage. C'est pourquoi il dit :

« Oui, je sais que la révolution n'a aucun besoin de ces poèmes-là. Je le regrette, parce que je les aime. Mais mes regrets ne sont malheureusement pas un argument contre leur inutilité. »

Il y eut de nouveau un silence, et ensuite l'un des

hommes dit : « C'est affreux », et c'est un fait qu'il trembla, comme s'il avait froid dans le dos. Jaromil sentit l'impression d'horreur que ses paroles produisaient sur toutes les personnes présentes qui voyaient en le regardant la vivante disparition de tout ce qu'elles aimaient, de tout ce qui était leur raison de vivre.

C'était triste, mais beau aussi : Jaromil perdit, l'espace d'un instant, l'impression qu'il était un enfant.

26

Maman lisait les vers que Jaromil avait posés sur sa table sans mot dire et elle tentait de lire entre les lignes dans la vie de son fils. Si seulement les vers parlaient un langage clair ! Leur sincérité est fallacieuse ; ils sont pleins d'énigmes et d'allusions ; maman sait que son fils a la tête pleine de femmes, mais elle ne sait rien de ce qu'il fait avec elles.

Elle finit donc par ouvrir le tiroir du bureau de Jaromil et se mit à fouiller pour découvrir son journal. Elle était agenouillée par terre et le feuilletait avec émotion ; les inscriptions étaient laconiques, mais elle put quand même en conclure que son fils était amoureux ; il la désignait seulement par une initiale, une majuscule, et elle ne parvint pas à deviner qui cette femme était en réalité ; il était en revanche indiqué, avec un goût passionné du détail que maman trouvait répugnant, à quelle date ils avaient échangé leur premier baiser, quand il lui avait touché les seins pour la première fois et pour la première fois les fesses.

Ensuite, elle arriva à une date inscrite en rouge et ornée de nombreux points d'exclamation ; à côté de la date on pouvait lire : *Demain ! demain ! ah, mon vieux Jaromil, vieillard au crâne chauve, quand tu liras cela dans de longues années, souviens-toi que c'est ce jour-là qu'a commencé la véritable Histoire de ta vie !*

Elle réfléchit rapidement et se souvint que c'était le jour où elle s'était absentée de Prague avec la grand-mère ; et elle se souvint qu'à son retour elle avait trouvé dans la salle de bains son précieux flacon de parfum débouché ; elle avait alors demandé à Jaromil ce qu'il avait fait avec son parfum et il lui avait répondu avec gêne : « J'ai joué avec... » Oh, comme elle était stupide ! Elle s'était souvenue que Jaromil, quand il était petit, voulait être inventeur de parfums, et ce souvenir l'avait émue. Elle s'était contentée de lui dire : « Tu ne crois pas que tu es un peu grand pour jouer à ces jeux-là ! » Mais maintenant, tout était clair : il y avait eu une femme dans la salle de bains, celle avec qui Jaromil avait passé cette nuit-là dans la villa et avec qui il avait perdu sa virginité.

Elle imaginait son corps nu ; elle imaginait auprès de ce corps le corps nu d'une femme, elle imaginait que ce corps féminin était parfumé de son parfum et que son odeur était identique à la sienne ; elle en fut saisie de dégoût.

Elle regarda de nouveau dans le journal et constata qu'après la date marquée de points d'exclamation, les inscriptions prenaient fin. Voilà, tout prend toujours fin pour un homme le jour où il parvient à coucher avec une femme pour la première fois, songeait-elle avec amertume, et son fils lui paraissait ignoble.

Pendant quelques jours, elle l'évita et refusa de lui parler. Puis elle remarqua qu'il avait maigri et qu'il était pâle ; la raison en était qu'il faisait trop l'amour, elle n'en doutait pas.

Quelques jours plus tard, elle s'aperçut que, dans l'abattement de son fils, il n'y avait pas seulement de la fatigue, mais aussi de la tristesse. Elle en fut un peu réconciliée avec lui et elle retrouva l'espoir : elle se disait que les maîtresses blessent et que les mères consolent ; elle se disait que les maîtresses peuvent être innombrables mais qu'une mère est unique. Il faut que je me batte pour lui, que je me batte pour lui, se répétait-elle et, depuis ce moment-là, elle se mit à tourner autour de lui comme une vigilante et compatissante tigresse.

27

Les choses en étaient là quand il passa avec succès son baccalauréat. Il prit congé avec une grande tristesse des camarades avec qui il était allé en classe pendant huit ans, et cette maturité officiellement confirmée lui faisait l'effet d'un désert qui s'étendait devant lui. Puis, un beau jour, il apprit (par hasard : il avait rencontré un garçon qu'il connaissait pour l'avoir vu aux réunions chez le type brun) que l'étudiante à lunettes était tombée amoureuse d'un camarade de faculté.

Il eut encore un rendez-vous avec elle ; elle lui dit qu'elle allait partir en vacances dans quelques jours ; il nota son adresse ; il ne parla pas de ce qu'il avait appris ; il craignait, en en parlant, de hâter leur rupture ; il était heureux qu'elle ne l'eût pas encore tout à fait abandonné, bien qu'elle eût quelqu'un d'autre ; il était heureux qu'elle lui permît de temps à autre de l'embrasser et qu'elle le traitât au moins comme un ami ; il tenait terriblement à elle et il était prêt à renoncer à toute fierté ; elle était la seule créature vivante dans le désert qu'il voyait devant lui ; il s'agrippait à l'espoir que leur amour qui survivait à peine pourrait encore se ranimer.

L'étudiante partit, laissant derrière elle un été brûlant semblable à un long tunnel suffocant. Une lettre (pleurnicharde et suppliante) tomba dans ce tunnel et s'y perdit sans éveiller d'écho. Jaromil songeait à l'écouteur du téléphone accroché au mur de sa chambre ; hélas, cet écouteur prit soudain un sens : un écouteur au fil coupé, une lettre sans réponse, une conversation avec quelqu'un qui n'entend pas...

Et des femmes en robes légères glissaient le long des rues, des airs à la mode s'échappaient par les fenêtres ouvertes, les tramways étaient bondés de gens qui portaient des serviettes et des maillots de bain dans des sacs et le bateau-mouche descendait la Vltava, vers le sud, vers les forêts...

Jaromil était abandonné, et seuls les yeux maternels l'observaient et restaient fidèlement avec lui ; mais il lui était intolérable que ces yeux puissent mettre à nu son abandon qui se voulait invisible et caché. Il ne supportait ni les regards ni les questions de sa mère. Il fuyait la maison et rentrait tard pour se mettre tout de suite au lit.

Nous avons dit qu'il n'était pas né pour la masturbation, mais pour un grand amour. Pendant ces semaines-là, pourtant, il se masturbait désespérément et avec frénésie, comme s'il voulait lui-même se châtier par une activité aussi vile et humiliante. Ensuite, il avait toute la journée mal à la tête, mais il en était presque heureux, parce que cette douleur lui voilait la beauté des femmes en robes légères et amortissait les mélodies effrontément sensuelles des airs à la mode ; ainsi, en proie à une douce stupeur, il pouvait plus facilement traverser la surface interminable de la journée.

Et il ne recevait pas de lettre de l'étudiante. Si au moins il avait reçu une autre lettre, n'importe laquelle ! Si seulement quelqu'un avait accepté d'entrer dans son néant ! Si l'illustre poète auquel il avait envoyé ses poèmes consentait enfin à lui écrire quelques phrases ! Oh, s'il lui écrivait quelques mots chaleureux ! (Oui, nous avons dit qu'il eût donné tous ses vers pour être considéré comme un homme, mais il nous faut ajouter ceci : s'il n'était pas considéré comme un homme, une seule chose pouvait lui apporter une petite consolation : être au moins considéré comme un poète.)

Il voulait encore une fois se signaler à l'attention de l'illustre poète. Mais pas par une lettre, par un geste chargé de poésie. Un jour, il sortit avec un couteau tranchant. Il tourna longtemps autour d'une cabine téléphonique et quand il fut certain qu'il n'y avait personne à proximité, il entra à l'intérieur et coupa l'écouteur. Il réussit à couper un écouteur par jour et au bout de vingt jours (il n'avait toujours pas reçu de lettre, ni de la jeune fille ni du poète) il eut vingt écouteurs avec le fil coupé. Il les mit dans une boîte, fit un paquet avec du papier et de la ficelle et inscrivit le nom et l'adresse de l'illustre poète et le nom de l'expéditeur. Tout ému, il apporta le paquet à la poste.

Comme il quittait le guichet, quelqu'un lui tapa sur l'épaule. Il se retourna et il reconnut son ancien camarade de l'école communale, le fils du concierge. Il était heureux de le voir (le moindre événement était le bienvenu dans ce vide où il ne se passait rien !) ; il engagea la conversation avec gratitude et quand il apprit que son ancien camarade de classe habitait près de la poste, il l'obligea presque à l'inviter chez lui.

Le fils du concierge n'habitait plus à l'école avec ses parents, mais il avait son propre studio. « Ma femme n'est pas à la maison », expliqua-t-il en entrant avec

Jaromil. Jaromil ne se doutait pas que son camarade était marié. « Oui, ça fait déjà un an », dit le fils du concierge, et il dit cela avec tant d'assurance et de naturel que Jaromil en éprouva un sentiment d'envie.

Ensuite, ils s'assirent dans le studio et Jaromil aperçut contre le mur un petit lit avec un nouveau-né ; il se dit que son ancien camarade de classe était père de famille et qu'il n'était lui-même qu'un onaniste.

Le fils du concierge sortit une bouteille de liqueur d'une armoire, remplit deux verres, et Jaromil se dit qu'il ne pouvait pas avoir une bouteille dans sa chambre parce que sa mère lui aurait posé mille questions.

« Et que fais-tu ? demanda Jaromil.

— Je suis dans la police », dit le fils du concierge et Jaromil se souvint du jour qu'il avait passé, avec la gorge enveloppée de compresses, devant le poste de radio qui lui apportait la clameur scandée de la foule. La police était le plus solide soutien du parti communiste, et son ancien camarade de classe, pendant ces journées, s'était certainement trouvé aux côtés de la foule rugissante, tandis que Jaromil était à la maison avec sa grand-mère.

Oui, le fils du concierge avait effectivement passé ces journées-là dans la rue et il en parlait avec fierté mais aussi avec prudence, et Jaromil crut nécessaire de lui faire comprendre qu'ils étaient liés par la même conviction ; il lui parla des réunions chez le type brun. « Ce youpin ? dit le fils du concierge sans enthousiasme. Fais gaffe avec lui ! c'est un drôle d'oiseau ! »

Le fils du concierge lui échappait toujours, il était toujours un degré au-dessus de lui et Jaromil souhaitait s'élever à son niveau ; il dit d'une voix triste : « Je ne sais pas si tu es au courant mais mon père est mort dans un camp de concentration. Depuis ce temps-là, je sais qu'il faut radicalement changer le monde et je sais où est ma place. »

Le fils du concierge parut enfin comprendre et acquiesça ; ensuite ils discutèrent longuement et quand ils parlèrent de leur avenir, Jaromil affirma brusquement : « Je veux faire de la politique. » Il était lui-même surpris d'avoir dit cela ; comme si ses paroles avaient devancé sa pensée ; comme si c'étaient ses paroles qui décidaient pour lui et à sa place de son avenir. « Tu sais, poursuivit-il, ma mère voudrait que j'étudie l'histoire de l'art ou le français, ou quelque chose comme ça, mais moi ça ne m'intéresse pas. Ce n'est pas la vie, ça. La vie réelle, c'est ce que tu fais, toi. »

Et quand il sortit de chez le fils du concierge, il se dit qu'il venait de connaître une illumination décisive. Quelques heures plus tôt il expédiait à la poste un colis contenant vingt écouteurs, persuadé que c'était là un appel fantastique qu'il adressait au grand poète pour qu'il lui réponde. Qu'il lui faisait ainsi le don de la vaine attente de ses paroles, le don du désir de sa voix.

Mais la conversation qu'il avait eue aussitôt après avec son ancien camarade de classe (et il était certain que ce n'était pas un hasard !) donnait à son acte poétique un sens opposé : ce n'était plus un don et un appel suppliant ; pas du tout ; il avait fièrement *rendu* au poète toute sa vaine attente ; les écouteurs au fil coupé étaient les têtes coupées de sa dévotion et Jaromil les avait sarcastiquement envoyées au poète, comme un sultan turc de jadis renvoyant à un chef de guerre chrétien les têtes coupées des croisés.

Maintenant il comprenait tout : toute sa vie n'avait été qu'une longue attente dans une cabine abandonnée devant l'écouteur d'un téléphone avec lequel on ne pouvait appeler nulle part. Maintenant, il n'y avait plus qu'une issue devant lui : sortir de la cabine abandonnée, en sortir vite !

28

« Qu'est-ce qui t'arrive, Jaromil ? » La chaleur de cette question compatissante lui faisait monter les larmes aux yeux ; il n'y avait pas moyen d'échapper et maman poursuivait : « Tu es mon enfant, tout de même. Je te connais par cœur. Je sais tout de toi, bien que tu ne me confies rien. »

Jaromil détournait les yeux et il avait honte. Et maman parlait toujours : « Ne pense pas que je suis ta mère, pense que je suis une amie plus âgée. Si tu te confiais à moi, ça te soulagerait peut-être. Je sais que tu te tourmentes. Et elle ajouta doucement : et je sais aussi que c'est à cause d'une femme.

— Oui, maman, je suis triste, admit Jaromil parce que cette chaude atmosphère de compréhension mutuelle le cernait et qu'il ne pouvait y échapper. Mais ça m'est difficile d'en parler...

— Je te comprends. D'ailleurs, je ne veux pas que tu me dises quoi que ce soit maintenant, je veux seulement que tu saches que tu pourras tout me dire quand tu le voudras. Écoute. Il fait un temps splendide. J'ai décidé de faire une excursion en bateau-mouche avec des amies. Je t'emmène. Il faut te distraire un peu. »

Cette idée ne séduisait guère Jaromil, mais il n'avait pas d'excuse à portée de main ; et puis, il était si las et si triste qu'il n'avait plus assez d'énergie pour se défendre, et sans savoir comment, il se retrouva subitement avec quatre dames sur le pont d'un bateau-mouche.

Les dames étaient toutes de l'âge de sa mère et Jaromil leur offrait un sujet de conversation idéal ; elles furent extrêmement surprises d'apprendre qu'il avait déjà passé son baccalauréat ; elles constatèrent qu'il ressemblait à sa mère ; elles s'étonnèrent qu'il eût décidé de s'inscrire à l'école des hautes études politiques (elles estimaient que ces études-là ne pouvaient convenir à un jeune homme aussi délicat) et naturellement elles lui demandèrent d'un air égrillard s'il avait déjà une petite amie ; Jaromil les détestait silencieusement mais il voyait que sa mère était de bonne humeur et, à cause d'elle, il souriait docilement.

Puis le bateau-mouche accosta, et les dames et leur jeune garçon descendirent sur la rive couverte de corps à demi nus et cherchèrent un endroit où prendre un bain de soleil ; deux d'entre elles seulement avaient emporté leur maillot de bain, la troisième dénuda son gros corps blanc, s'exhibant en culotte et en soutien-gorge (elle n'avait aucunement honte de l'intimité de son linge, peut-être se sentait-elle pudiquement dissimulée par sa laideur) et maman déclara qu'elle se contenterait de hâler son visage qu'elle tourna vers le soleil en plissant les yeux. Puis, toutes quatre affirmèrent de concert que leur jeune garçon devait se déshabiller, prendre un bain de soleil et se baigner ; maman y avait d'ailleurs pensé et avait apporté le maillot de bain de Jaromil.

Des airs à la mode parvenaient jusqu'ici d'un café voisin et ils emplissaient Jaromil d'un langoureux désir inassouvi ; des filles et des garçons bronzés passaient à proximité, vêtus seulement d'un maillot de bain et Jaromil avait l'impression d'être leur point de mire ; il était enveloppé dans leurs regards comme dans du feu ; il faisait un effort désespéré pour que personne ne pût voir qu'il était avec ces quatre dames âgées ; mais les dames l'entouraient bruyamment et se comportaient comme une mère unique aux quatre têtes caquetantes ; elles insistaient pour qu'il aille se baigner.

Il protestait : « Je n'ai même pas un endroit où me changer.

— Bêta, personne ne va te regarder, tu n'as qu'à mettre la serviette devant toi, suggéra la grosse dame en soutien-gorge et en culotte rose.

— Il est pudique », dit maman en riant, et toutes les autres dames rirent avec elle.

« Il faut respecter sa pudeur, dit maman. Viens, tu vas te changer derrière la serviette et personne ne te verra. » Elle tenait entre ses mains tendues une grande serviette blanche dont le paravent devait le protéger des regards de la plage.

Il recula et maman le suivit avec la serviette. Il reculait devant elle et elle le suivait toujours, et l'on eût dit qu'un grand oiseau aux ailes blanches poursuivait une proie qui s'enfuyait.

Jaromil reculait, reculait, puis il fit volte-face et partit en courant.

Les dames le regardaient avec surprise, maman tenait toujours la serviette blanche entre ses mains tendues ; il se faufilait entre les jeunes corps dénudés et disparaissait du champ de leur regard.

QUATRIÈME PARTIE

ou

LE POÈTE COURT

1

Le moment doit venir où le poète s'arrache aux bras de sa mère et court.

Récemment encore il allait docilement, en rang par deux : en tête marchaient ses sœurs, Isabelle et Vitalie, il était derrière elles avec son frère Frédéric, et en arrière, semblable à un capitaine, venait la mère, qui conduisait ainsi ses enfants, chaque semaine, à travers Charleville.

Quand il eut seize ans, il s'arracha pour la première fois à ses bras. A Paris, il fut arrêté par la police, son maître Izambard et ses sœurs (oui, celles qui se penchaient sur lui pour épouiller ses cheveux) lui offrirent un toit pendant quelques semaines, puis la froide étreinte maternelle se referma sur lui avec deux gifles.

Mais Arthur Rimbaud s'enfuyait encore et toujours ; il courait avec un collier scellé à son cou et c'est en courant qu'il créait ses poèmes.

2

On était alors en 1870 et Charleville entendait au loin les canons de la guerre franco-prussienne. C'était une situation particulièrement favorable pour la fuite, car les clameurs des batailles exercent une attraction nostalgique sur les poètes.

Son corps courtaud aux jambes torses est sanglé dans un uniforme de hussard. A l'âge de dix-huit ans, Lermontov[1] est devenu soldat pour échapper à sa grand-mère et à son encombrant amour maternel. Il a troqué la plume, qui est la clé de l'âme du poète, pour le pistolet qui est la clé des portes du monde. Car lorsque nous envoyons une balle dans la poitrine d'un homme, c'est comme si nous entrions nous-mêmes dans cette poitrine ; et la poitrine de l'autre, c'est le monde.

Depuis l'instant où il s'est arraché aux bras de sa mère, Jaromil n'a pas cessé de courir et l'on dirait qu'au bruit de ses pas aussi se mêle quelque chose qui ressemble au grondement du canon. Ce ne sont pas les détonations des grenades, c'est plutôt la clameur d'une révolution politique. A ces époques-là, le soldat n'est qu'une décoration et l'homme politique prend la place du soldat. Jaromil n'écrit plus de vers mais suit assidûment les cours de l'école des hautes études politiques.

1. Mikhaïl Lermontov, poète romantique russe.

3

La révolution et la jeunesse forment un couple. Qu'est-ce que la révolution peut promettre à des adultes ? Aux uns la disgrâce, aux autres ses faveurs. Mais ces faveurs-là ne valent pas grand-chose, car elles n'intéressent que la moitié la plus misérable de la vie et elles apportent, avec les avantages, l'incertitude, une épuisante activité et le bouleversement des habitudes.

La jeunesse a plus de chance : elle n'est pas oblitérée par la faute, et la révolution peut l'admettre tout entière sous sa protection. L'incertitude des époques révolutionnaires est pour la jeunesse un avantage, car c'est le monde des pères qui est précipité dans l'incertitude. Oh ! comme il est beau d'entrer dans l'âge adulte quand les remparts du monde adulte s'écroulent !

Dans l'enseignement supérieur tchèque, dans les premières années qui suivirent le coup d'État en 1948, les professeurs communistes étaient en minorité. Pour assurer son emprise sur l'Université, la révolution devait donner le pouvoir aux étudiants. Jaromil militait à l'Union de la jeunesse, à la section de l'école des hautes études politiques, et il assistait aux délibérations des jurys d'examen. Il adressait ensuite au comité politique de l'école un rapport où il indiquait comment tel ou tel professeur se comportait pendant les examens, les questions qu'il posait et les opinions qu'il défendait. C'était en fait l'examinateur plutôt que l'examiné qui subissait un examen.

4

Mais Jaromil subissait à son tour un examen quand il présentait son rapport au comité. Il devait répondre aux questions de jeunes hommes sévères et souhaitait parler d'une façon qui leur plût : Quand il s'agit de l'éducation de la jeunesse, le compromis est un crime. On ne peut garder dans l'enseignement des maîtres aux idées périmées : ou l'avenir sera neuf ou il ne sera pas. Et on ne peut pas davantage faire confiance à des maîtres qui ont changé d'idées du jour au lendemain : ou l'avenir sera pur ou il sera souillé.

Maintenant que Jaromil est devenu un militant rigoureux, dont les rapports influent sur la destinée des adultes, pouvons-nous encore prétendre qu'il est en fuite ? Est-ce qu'il ne donne pas plutôt l'impression d'avoir atteint le but ?

Pas du tout.

Quand il avait six ans, sa mère lui donnait un an de moins que ses camarades de classe ; il a toujours un an de moins. Quand il fait un rapport sur un professeur qui a des opinions bourgeoises, ce n'est pas à ce professeur qu'il pense, mais il regarde avec angoisse dans les yeux des jeunes hommes et il y observe son image ; de même qu'à la maison il vérifie devant la glace sa coiffure et son sourire, ici il vérifie dans leurs yeux la fermeté, la virilité, la dureté de ses paroles.

Il est toujours entouré d'un mur de miroirs et il ne voit pas au-delà.

Car la maturité est indivisible ; ou la maturité est totale, ou elle n'est pas. Tant qu'ailleurs il sera un enfant, sa présence dans les jurys d'examen et ses rapports sur les professeurs ne seront qu'une variante de sa course.

5

Parce qu'il tente à chaque instant de lui échapper et qu'il n'y parvient pas ; il prend son petit déjeuner et dîne avec elle, il lui souhaite bonne nuit et bonjour. Le matin, il reçoit de sa main le filet à provisions ; maman ne songe pas que ce symbole domestique convient mal au cerbère idéologique des professeurs de faculté et elle l'envoie faire les courses.

Regardez : il est dans la même rue, où nous l'avons vu, au début de la partie précédente, rougir devant une inconnue qui s'avançait à sa rencontre. Plusieurs années ont passé depuis, mais il rougit toujours, et dans la boutique où sa mère l'envoie, il a peur de regarder dans les yeux la jeune fille en blouse blanche.

Cette fille, qui passe huit heures par jour captive dans la cage étroite de la caisse, lui plaît follement. La douceur des contours, la lenteur des gestes, sa captivité, tout cela lui semble mystérieusement proche et prédestiné. Il sait d'ailleurs pourquoi : cette fille ressemble à la bonne dont le fiancé a été fusillé ; tristesse beau visage. Et la cage de la caisse où la fille est assise ressemble à la baignoire où il a vu la bonne prendre son bain.

6

Il est penché sur son pupitre et tremble à l'idée des examens ; ils lui font peur à l'Université comme ils lui faisaient peur au lycée, parce qu'il a l'habitude de montrer à sa mère des bulletins où il n'y a que des A et il ne veut jamais lui faire de peine.

Mais comme le manque d'air est insupportable dans cette étroite chambrette pragoise dont l'air est plein de l'écho de chants révolutionnaires et dont les fenêtres laissent entrer l'ombre d'hommes vigoureux qui tiennent dans la main des marteaux !

On est en 1922, cinq ans n'ont pas encore passé depuis la grande révolution russe et il doit se pencher sur un manuel et trembler à cause d'un examen ! Quelle condamnation !

Il écarte enfin le manuel (la nuit est déjà avancée) et il pense au poème qu'il est en train d'écrire : c'est un poème sur l'ouvrier Jan qui rêve à la beauté de la vie et veut tuer ce rêve en l'accomplissant ; il tient un marteau, il donne le bras à son amante et c'est ainsi qu'il marche dans la foule des camarades et qu'il va faire la révolution.

Et l'étudiant en droit (ah oui, bien sûr, c'est Jiri Wolker) voit du sang sur la table ; beaucoup de sang, car

quand on tue de grands rêves
il coule beaucoup de sang

mais il n'a pas peur du sang, car il sait que s'il veut être un homme, il ne doit pas avoir peur du sang.

7

La boutique ferme à six heures et il va se poster en face, au coin de la rue, pour guetter le moment où la jeune fille quitte sa caisse et sort du magasin. Elle sort toujours peu après six heures, il le sait, et il sait aussi qu'elle est toujours accompagnée d'une jeune vendeuse du même magasin.

Cette amie est beaucoup moins jolie, elle lui semble presque laide ; elle est exactement le contraire de l'autre : la caissière est brune, celle-ci est rousse ; la caissière est plantureuse, celle-ci est maigre ; la caissière est silencieuse, celle-ci est bruyante ; la caissière semble mystérieusement proche, celle-ci est antipathique.

Il revenait souvent à son poste d'observation, dans l'espoir que les jeunes filles sortiraient séparément du magasin et qu'il parviendrait à adresser la parole à la brune. Mais il n'en eut jamais l'occasion. Un jour il les suivit toutes deux ; elles parcoururent quelques rues et pénétrèrent dans un immeuble de rapport ; il resta près d'une heure devant la porte, mais aucune des deux ne sortit.

8

Elle est venue à Prague de province pour le voir et elle l'écoute lui lire ses poèmes. Elle est tranquille ; elle sait que son fils est toujours à elle ; ni les femmes ni le monde ne le lui ont pris ; au contraire, les femmes et le monde sont entrés dans le cercle magique de la poésie et c'est un cercle qu'elle a tracé elle-même autour de son fils, c'est un cercle à l'intérieur duquel elle règne en secret.

Il est en train de lui dire un poème qu'il a écrit à la mémoire de sa grand-mère, de sa mère à elle :

car je vais au combat
grand-mère
pour la beauté de ce monde

Mme Wolker est tranquille. Son fils peut aller au combat dans ses poèmes, y tenir un marteau et donner le bras à sa maîtresse ; ça ne la dérange pas ; car il a gardé, dans ses poèmes, sa mère et sa grand-mère, et le buffet familial et toutes les vertus qu'elle lui a inculquées. Que le monde le voie défiler avec un marteau à la main ! Non, elle ne veut pas le perdre, mais elle sait fort bien qu'elle n'a rien à craindre : *s'exhiber à la face* du monde, ce n'est pas du tout la même chose que de *s'en aller dans* le monde.

Mais le poète aussi connaît cette différence. Et lui seul sait comme il fait triste dans la maison de la poésie !

9

Seul le véritable poète peut dire ce qu'est l'immense désir de ne pas être poète, ce qu'est le désir de quitter cette maison de miroirs où règne un silence assourdissant.

> *Exilé des pays du songe*
> *Je cherche un abri dans la foule*
> *Et je veux en insultes*
> *Changer mon chant*

Mais quand Frantisek Halas[1] écrivait ces vers, il n'était pas dans la foule sur une place publique ; la pièce où il écrivait, penché sur sa table, était silencieuse.

Et il n'est pas vrai du tout qu'il ait été exilé des pays du songe. La foule dont il parlait dans ses poèmes était justement le pays de ses songes.

Et il ne parvint pas non plus à changer son chant en insultes, c'étaient au contraire ses insultes qui se muaient toujours en chant.

Eh bien ! ne peut-on vraiment pas s'évader de la maison de miroirs ?

1. Frantisek Halas, poète tchèque (1905-1952).

10

Mais moi
Je me suis
Moi-même dompté
J'ai piétiné
La gorge
De ma propre chanson,

écrivait Vladimir Maïakovski et Jaromil le comprend. Le langage versifié lui fait l'effet d'une dentelle qui a sa place dans l'armoire à linge de sa mère. Il n'a pas écrit de vers depuis plusieurs mois et ne veut pas en écrire. Il est en fuite. Certes, il va faire les courses pour sa mère, mais il ferme à clé les tiroirs de son bureau. Il a retiré du mur toutes les reproductions de peintures modernes.

Qu'y a-t-il mis à la place ? Peut-être une photographie de Karl Marx ?

Pas du tout. Il a accroché au mur vide une photographie de son père. C'était une photographie de 1938, de l'époque de la triste mobilisation, et sur cette photo le père portait un uniforme d'officier.

Jaromil aimait cette photographie qui lui montrait un homme qu'il avait si peu connu et dont l'image commençait à s'estomper de sa mémoire. Il n'en avait que davantage la nostalgie de cet homme qui avait été joueur de football, soldat et déporté. Cet homme lui manquait tellement.

11

L'aula de la faculté était noire de monde et quelques poètes étaient assis sur l'estrade. Un jeune homme vêtu d'une chemise bleue (comme en portaient alors les membres de l'Union de la jeunesse) et avec une énorme crinière de cheveux bouffants se tenait sur le devant de l'estrade et parlait :

Jamais le rôle de la poésie n'est aussi grand que pendant les périodes révolutionnaires ; la poésie a donné à la révolution sa voix et en échange la révolution l'a délivrée de la solitude ; aujourd'hui le poète sait qu'il est entendu et surtout qu'il est entendu de la jeunesse car : « La jeunesse, la poésie et la révolution sont une seule et même chose ! »

Le premier poète se leva et récita un poème où il était question d'une jeune fille qui quittait son ami parce que l'ami en question, qui travaillait à la fraiseuse voisine, était un fainéant et n'atteignait pas les objectifs du plan ; mais l'ami ne voulait pas perdre son amie et se mettait à son tour à travailler assidûment, jusqu'à ce que le drapeau rouge des travailleurs de choc fît son apparition sur sa fraiseuse. Après lui, d'autres poètes se levèrent et récitèrent des poèmes sur la paix, sur Lénine et Staline, sur les combattants antifascistes martyrisés et les ouvriers qui dépassaient les normes.

12

La jeunesse ne soupçonne pas l'immense pouvoir que confère le fait d'être jeune, mais le poète (il a une soixantaine d'années) qui vient de se lever pour réciter son poème le sait.

Est jeune, déclame-t-il d'une voix harmonieuse, celui qui est avec la jeunesse du monde et la jeunesse du monde c'est le socialisme. Est jeune celui qui est plongé dans l'avenir et ne se retourne pas pour regarder en arrière.

En d'autres termes : d'après la conception du poète sexagénaire, le mot jeunesse ne désignait pas un âge déterminé de la vie mais une *valeur* érigée au-dessus de l'âge et sans rapport avec lui. Cette idée, élégamment rimée, avait au moins un double objectif : d'abord, elle flattait le public jeune, et ensuite, elle délivrait magiquement le poète de l'âge des rides et lui assurait (car il ne faisait aucun doute qu'il était du côté du socialisme et qu'il ne se retournait pas pour regarder en arrière) une place aux côtés des jeunes garçons et des jeunes filles.

Jaromil était dans la salle, avec le public, et il observait les poètes avec intérêt mais quand même comme s'il s'était trouvé de l'autre côté, comme quelqu'un qui n'était plus des leurs. Il écoutait leurs vers aussi froidement qu'il écoutait ailleurs les paroles des professeurs dont il allait ensuite rendre compte au comité. Ce qui l'intéressait le plus, c'était le poète au nom illustre qui venait de se lever de sa chaise (les applaudissements dont on avait remercié le sexagénaire s'étaient tus) et qui se dirigeait vers le centre de l'estrade. (Oui, c'est le même, celui qui a reçu il n'y a pas si longtemps le colis des vingt écouteurs arrachés.)

13

Cher maître, nous sommes aux mois d'amour ; j'ai dix-sept ans. L'âge des espérances et des chimères, comme on dit... Que si je vous envoie quelques-uns de ces vers, c'est que j'aime tous les poètes, tous les bons Parnassiens... Ne faites pas trop la moue en lisant ces vers : ... Vous me rendriez fou de joie et d'espérance, si vous vouliez, cher Maître, faire faire *à la pièce* Credo in unam *une petite place entre les Parnassiens... Je ne suis pas connu; qu'importe? les poètes sont frères. Ces vers croient; ils aiment, ils espèrent : c'est tout. Cher maître, à moi : Levez-moi un peu : je suis jeune; tendez-moi la main...*

De toute façon il ment; il a quinze ans et sept mois; il ne s'est pas encore enfui de Charleville pour échapper à sa mère. Mais cette lettre va longtemps retentir dans sa tête comme une litanie de honte, comme une preuve de faiblesse et de servilité. Et il se vengera de lui, de ce cher maître, de ce vieil imbécile, de ce chauve de Théodore de Banville! Un an plus tard, il se moquera cruellement de toute son œuvre, de toutes ces jacinthes et de tous ces lis languides qui emplissent ses vers et il lui enverra ses sarcasmes dans une lettre comme une gifle recommandée.

Mais pour l'instant, le cher maître ne soupçonne pas encore la haine qui le guette et récite des vers sur une ville russe qui a été rasée par les fascistes et qui renaît de ses ruines; une ville qu'il a décorée de magiques guirlandes surréalistes; la poitrine des jeunes femmes soviétiques flotte dans les rues comme de petits ballons colorés ; une lampe à pétrole posée sous le ciel éclaire cette ville blanche sur les toits de laquelle se posent des hélicoptères pareils à des anges.

14

Séduit par le charme de la personnalité du poète, le public applaudit. Cependant, à côté de cette majorité d'étourdis, il y avait une minorité de têtes pensantes, et ceux-là savaient que le public révolutionnaire ne doit pas attendre comme un humble quémandeur ce que l'estrade consent à lui donner; au contraire, s'il y a aujourd'hui des quémandeurs, ce sont bien les poèmes; ils implorent d'être admis dans le paradis socialiste; mais les jeunes révolutionnaires qui gardent les portes de ce paradis doivent se montrer sévères car : l'avenir sera neuf ou il ne sera pas; l'avenir sera pur ou il sera souillé.

« Quelles bêtises veut-il nous faire avaler! crie Jaromil et d'autres se joignent à lui. Il veut accoupler le socialisme avec le surréalisme! Il veut accoupler le chat avec le cheval, l'avenir avec le passé! »

Le poète entendait clairement ce qui se passait dans la salle, mais il était fier et il n'avait pas l'intention de céder. Il était accoutumé depuis sa jeunesse à provoquer l'esprit borné des bourgeois et il n'était nullement gêné d'être seul contre tous. Il s'empourpra et décida de réciter comme dernier poème un autre texte que celui qu'il avait d'abord choisi : c'était un poème plein de métaphores violentes et d'images érotiques débridées; quand il acheva, ce furent des huées et des cris.

Les étudiants sifflaient et devant eux se tenait un vieil homme qui était venu là parce qu'il les aimait bien ; dans leur révolte coléreuse il voyait les rayons de sa propre jeunesse. Il croyait que son amitié lui donnait le droit de leur dire ce qu'il pensait. C'était au printemps 1968 et c'était à Paris. Mais hélas ! les étudiants étaient tout à fait incapables de voir dans ses rides l'éclat de leur jeunesse et le vieux savant voyait avec surprise qu'il était sifflé par ceux qu'il aimait.

15

Le poète leva la main pour apaiser le vacarme. Et il commença à leur crier qu'ils ressemblaient à des maîtresses d'école puritaines, à des prêtres dogmatiques et à des flics bornés ; qu'ils protestaient contre son poème parce qu'ils détestaient la liberté.

Le vieux savant écoutait les huées en silence et songeait que lui aussi, quand il était jeune, il était entouré du troupeau et que, lui aussi, il sifflait volontiers, mais que le troupeau s'était dispersé depuis longtemps et qu'à présent il était seul.

Le poète criait que la liberté est le devoir de la poésie et que la métaphore aussi mérite qu'on se batte pour elle. Il criait qu'il accouplerait le chat avec le cheval et l'art moderne avec le socialisme et que si c'était du donquichottisme, il voulait être un don Quichotte, parce que le socialisme était pour lui l'ère de la liberté et du plaisir et qu'il rejetait tout autre socialisme.

Le vieux savant observait les jeunes gens tapageurs et il comprit soudain qu'il était le seul dans cette salle à posséder le privilège de la liberté, parce qu'il était âgé ; c'est seulement quand il est âgé que l'homme peut ignorer l'opinion du troupeau, l'opinion du public et de l'avenir. Il est seul avec sa mort prochaine et la mort n'a ni yeux ni oreilles, il n'a pas besoin de lui plaire ; il peut faire et dire ce qui lui plaît à lui-même de faire et de dire.

Et ils sifflaient et demandaient la parole pour lui répondre. Jaromil se leva à son tour ; il avait un voile noir devant les yeux et la foule derrière lui ; il disait que seule la révolution est moderne, mais que l'érotisme décadent et les images poétiques incompréhensibles ne sont qu'une vieillerie poétique et qu'une chose étrangère au peuple. « Qu'est-ce qui est moderne, demandait-il à l'illustre poète, vos poèmes incompréhensibles, ou bien nous qui construisons le monde nouveau ? La seule chose qui soit absolument moderne, répondit-il aussitôt, c'est le peuple qui construit le socialisme. » A ces mots, l'amphithéâtre retentit d'un tonnerre d'applaudissements.

Ces applaudissements retentissaient encore tandis que le vieux savant s'éloignait par les couloirs de la Sorbonne et lisait sur les murs : *soyez réalistes, exigez l'impossible* et un peu plus loin : *l'émancipation de l'homme sera totale ou ne sera pas*. Et un peu plus loin encore : *surtout pas de remords*.

16

Les bancs de la vaste salle de classe sont poussés contre les murs et par terre traînent des pinceaux, des pots de peinture et de longues banderoles où quelques étudiants de l'école des hautes études politiques dessinent des mots d'ordre pour le cortège du 1er mai. Jaromil, qui est l'auteur et le rédacteur des mots d'ordre, est campé derrière eux et regarde dans un carnet.

Mais quoi ! Nous sommes-nous trompés d'année ? Les mots d'ordre qu'il dicte à ses camarades sont justement ceux que le vieux savant couvert de quolibets lisait voici un instant sur les murs de la Sorbonne insurgée. Pas du tout, nous ne nous sommes pas trompés ; les mots d'ordre que Jaromil fait inscrire sur les banderoles sont exactement ceux dont vingt ans plus tard les étudiants parisiens noirciront les murs de la Sorbonne, les murs de Nanterre, les murs de Censier.

Sur une banderole il donne l'ordre d'écrire : *Le rêve est réalité ;* et sur une autre : *Soyez réalistes, exigez l'impossible ;* et à côté : *Nous décrétons l'état de bonheur permanent ;* et plus loin : *Assez d'Églises* (ce mot d'ordre lui plaît particulièrement, il se compose de deux mots et rejette deux millénaires d'Histoire) et encore : *Pas de liberté pour les ennemis de la liberté ;* puis un autre encore : *L'imagination au pouvoir !* Et ensuite : *Mort aux tièdes!* Et : *La révolution dans la politique, la famille, l'amour!*

Les étudiants peignent les lettres et Jaromil va fièrement de l'un à l'autre comme un maréchal du verbe. Il est heureux de se rendre utile, heureux que son sens des mots puisse trouver ici une application pratique. Il sait que la poésie est morte (*l'art est mort*, proclame un mur de la Sorbonne) mais qu'elle est morte pour se lever de sa tombe et devenir l'art de la propagande et des slogans inscrits sur les banderoles et sur les murs des villes (car *la poésie est dans la rue*, proclame un mur de l'Odéon).

17

« As-tu lu *Rudé pravo*[1] ? Il y avait, à la une, une liste de cent mots d'ordre pour le 1er mai. Elle a été établie par la section de propagande du Comité central du parti. Tu n'en as donc pas trouvé un seul qui te convenait ? »

Jaromil avait devant lui un jeune gars potelé du Comité de district du parti, qui s'était présenté comme étant le président du Comité universitaire pour l'organisation des fêtes du 1er mai 1949.

« Le rêve est réalité. Ça, c'est de l'idéalisme de l'espèce la plus grossière. Assez d'Églises. Je serais tout à fait d'accord avec toi, camarade. Mais pour l'instant, c'est en contradiction avec la politique religieuse du parti. Mort aux tièdes. Comme si on pouvait adresser aux gens des menaces de mort ! L'imagination au pouvoir, à quoi ça ressemblerait ? La révolution dans l'amour. Peux-tu me dire ce que tu entends par là ? Veux-tu opposer l'amour libre au mariage bourgeois ou la monogamie à la promiscuité bourgeoise ? »

Jaromil affirma que la révolution transformerait toute la vie sous tous ses aspects, y compris la famille et l'amour ; sinon ce ne serait pas la révolution.

« Ça se peut, admit le jeune gars potelé. Mais on

1. *Rudé pravo,* journal quotidien du parti communiste tchécoslovaque.

peut exprimer ça mieux : pour une politique socialiste, pour une famille socialiste ! Tu vois, et c'est un mot d'ordre de *Rudé pravo*. Tu n'avais pas besoin de te casser la tête ! »

18

La vie est ailleurs, avaient écrit les étudiants sur les murs de la Sorbonne. Oui, il le sait bien, c'est justement pourquoi il quitte Londres pour l'Irlande où le peuple s'est révolté. Il s'appelle Percy Bysshe Shelley, il a vingt ans, il est poète et il emporte avec lui des centaines de tracts et de proclamations qui doivent lui servir de sauf-conduits pour entrer dans la vie réelle.

Parce que la vie réelle est ailleurs. Les étudiants arrachent les pavés de la chaussée, renversent des voitures, construisent des barricades ; leur irruption dans le monde est belle et bruyante, éclairée par les flammes et saluée par les explosions des grenades lacrymogènes. Combien plus douloureux fut le sort de Rimbaud qui rêvait aux barricades de la Commune de Paris et qui ne put jamais y aller depuis Charleville. Mais en 1968, des milliers de Rimbaud ont leurs propres barricades derrière lesquelles ils se dressent et refusent tout compromis avec les anciens maîtres du monde. L'émancipation de l'homme sera totale ou ne sera pas.

Mais à un kilomètre de là, sur l'autre rive de la Seine, les anciens maîtres du monde continuent de vivre leur vie et le vacarme du Quartier latin leur parvient comme une chose lointaine. Le rêve est réalité, écrivaient les étudiants sur le mur, mais il semble que ce soit plutôt le contraire qui est vrai : cette réalité-là (les barricades, les arbres coupés, les drapeaux rouges), c'était le rêve.

19

Mais on ne sait jamais dans l'instant présent si la réalité est rêve ou si le rêve est réalité ; les étudiants qui étaient alignés avec leurs pancartes devant la faculté étaient venus là avec plaisir, mais ils savaient aussi que s'ils n'y étaient pas venus ils risquaient d'avoir des ennuis. A Prague, l'année 1949 fut pour les étudiants tchèques cette curieuse transition où le rêve n'était déjà plus seulement un rêve ; leurs cris de liesse étaient encore volontaires, mais déjà obligatoires.

Le cortège défilait à travers les rues et Jaromil marchait à ses côtés ; il était responsable non seulement des mots d'ordre inscrits sur les banderoles, mais des clameurs scandées par ses camarades ; il n'avait plus inventé de beaux aphorismes provocants, mais il s'était contenté de noter dans un carnet quelques slogans recommandés par la section centrale de propagande. Il les criait d'une voix forte comme un curé dans une procession et ses camarades les répétaient après lui.

20

Les cortèges ont déjà défilé place Saint-Venceslas devant les tribunes, des orchestres improvisés ont fait leur apparition au coin des rues et des jeunes gens en chemise bleue se mettent à danser. Ici tout le monde fraternise, peu importe si on ne se connaissait pas un instant plus tôt, mais Percy Shelley est malheureux, le poète Shelley est seul.

Il est à Dublin depuis plusieurs semaines, il a distribué des centaines de proclamations, déjà la police le connaît bien, mais il n'a pas réussi à se lier avec un seul Irlandais. La vie est toujours là où il n'est pas.

Si seulement il y avait des barricades et que claquent des coups de feu ! Jaromil se dit que les cortèges solennels ne sont qu'une fugitive imitation des grandes manifestations révolutionnaires, qu'ils manquent de densité et qu'ils vous filent entre les doigts.

Et voici qu'il imagine la jeune fille emprisonnée dans la cage de la caisse et il est assailli par un affreux désir mélancolique ; il se voit briser la vitrine à coups de marteau, écarter les bonnes femmes venues là pour faire leurs commissions, ouvrir la cage de la caisse et enlever, sous les yeux stupéfaits des badauds, la brune jeune fille délivrée.

Et il s'imagine encore qu'ils marchent côte à côte dans les rues noires de monde et qu'ils se serrent l'un contre l'autre avec amour. Et tout à coup, la danse qui tourbillonne autour d'eux n'est plus une danse, ce sont de nouveau des barricades, on est en 1848 et en 1870 et en 1945 et on est à Paris, Varsovie, Budapest, Prague et Vienne et ce sont de nouveau les foules éternelles qui traversent l'Histoire, bondissant d'une barricade à l'autre, et il bondit avec elles et il tient par la main la femme aimée...

21

Il sentait la main chaude de la jeune femme dans sa paume et soudain il l'aperçut. Il venait en sens inverse, large et robuste, et une jeune femme marchait à côté de lui ; elle ne portait pas une chemise bleue comme la plupart des filles qui dansaient entre les rails du tram ; elle était élégante comme une fée des présentations de mode.

L'homme robuste jetait des regards autour de lui et, à chaque instant, il répondait à un salut ; quand il fut à quelques pas de Jaromil, leurs regards se croisèrent et Jaromil, dans une brusque seconde de confusion (à l'exemple des autres personnes qui reconnaissaient l'homme illustre et le saluaient), inclina la tête et l'homme le salua à son tour, mais avec des yeux absents (comme on salue quelqu'un qu'on ne connaît pas) et la femme qui l'accompagnait lui adressa un signe de tête, d'un air distant.

Ah, cette femme était infiniment belle ! Et elle était absolument réelle ! Et la jeune fille de la caisse et de la baignoire qui jusqu'à ce moment se serrait contre Jaromil commença à se diluer dans la lumière radieuse de ce corps réel et disparut.

Il s'arrêta sur le trottoir, dans son infamante solitude, se retourna et leur jeta un regard haineux ; oui, c'était lui, le *cher maître*, le destinataire des vingt écouteurs.

22

Le soir descendait lentement sur la ville et Jaromil voulait la rencontrer. Il suivit plusieurs femmes qui lui rappelaient de dos sa silhouette. Il trouvait beau de se consacrer tout entier à cette vaine poursuite d'une femme perdue dans une multitude d'êtres humains. Puis il décida d'aller faire les cent pas près de l'immeuble où il l'avait vue entrer un jour. Il avait peu de chances de la rencontrer, mais il n'avait pas envie de rentrer chez lui avant que sa mère ne soit couchée. (Le foyer familial ne lui était supportable que la nuit, quand la mère était endormie et quand la photo du père s'éveillait.)

Il allait et venait dans une rue oubliée de banlieue où les drapeaux et les fleurs du 1er mai n'avaient pas laissé leur trace de gaieté. Des fenêtres s'allumèrent sur la façade. Une fenêtre s'alluma au sous-sol, au-dessus du trottoir. Il y aperçut la jeune fille qu'il connaissait !

Mais non, ce n'était pas la caissière brune. C'était sa camarade, la maigre rousse ; elle s'approchait de la fenêtre pour tirer le store.

Il ne put supporter toute l'amertume de cette déception et il comprit qu'on l'avait vu ; il rougit et fit exactement ce qu'il avait fait le jour où la jolie bonne triste qui prenait son bain avait levé les yeux vers le trou de la serrure :

Il prit la fuite.

23

Il était six heures du soir, le 2 mai 1949 ; les vendeuses sortirent précipitamment du magasin et il se produisit quelque chose d'inattendu : la rousse sortit seule.

Il voulut se cacher au coin de la rue, mais il était trop tard. La rousse l'avait aperçu et se dirigeait vers lui : « Savez-vous, monsieur, que ça ne se fait pas d'épier les gens par la fenêtre, le soir ? »

Il rougit et tenta d'écourter la conversation ; il craignait que la présence de la rousse ne gâchât à nouveau ses chances lorsque sa camarade brune sortirait du magasin. Mais la rousse était fort bavarde et ne songeait aucunement à prendre congé de Jaromil ; elle lui proposa même qu'il la raccompagne chez elle (il est beaucoup plus convenable, dit-elle, de raccompagner une jeune fille chez elle que de la guetter par la fenêtre).

Jaromil regardait désespérément vers la porte du magasin. « Où est votre collègue ? demanda-t-il enfin.

— Vous dormez. Elle est partie depuis plusieurs jours. »

Ils allèrent ensemble jusqu'à l'immeuble de la rousse et Jaromil apprit que les deux jeunes filles venaient de la campagne, qu'elles étaient collègues et qu'elles partageaient le même logement ; mais la brune avait quitté Prague parce qu'elle allait se marier.

Quand ils s'arrêtèrent devant l'immeuble, la jeune

fille dit : « Vous ne voulez pas venir un instant chez moi ? »

Surpris et confus, il entra dans sa petite chambre. Et ensuite, sans qu'il sût comment, ils s'étreignirent et s'embrassèrent, et l'instant d'après ils étaient assis sur le lit.

Tout fut si rapide et si simple ! Sans lui laisser le temps de penser qu'il allait accomplir une tâche difficile et décisive, la rousse lui mit la main entre les jambes et il en éprouva une joie farouche, car son corps réagissait le plus normalement du monde.

24

« Tu es formidable, tu es formidable », chuchotait la rousse dans son oreille et il était allongé à côté d'elle, la tête enfouie dans l'oreiller ; il était plein d'une joie fantastique ; au bout d'un instant de silence il entendit : « Combien as-tu eu de femmes avant moi ? »

Il haussa les épaules et il eut un sourire délibérément énigmatique.

« Tu ne veux pas l'avouer ?

— Devine.

— Je dirais entre cinq et dix », dit-elle en connaisseur.

Il était plein d'un réconfortant orgueil ; il lui semblait qu'il venait de faire l'amour non seulement avec elle mais aussi avec ces cinq ou dix autres femmes qu'elle lui attribuait. Non seulement elle l'avait délivré de son pucelage, mais elle l'avait d'un seul coup transporté loin à l'intérieur de son âge d'homme.

Il la regardait avec gratitude et sa nudité l'emplissait d'enthousiasme. Comment se faisait-il qu'il ne l'eût pas trouvée séduisante ? N'avait-elle pas sur la poitrine deux seins tout à fait incontestables et un duvet tout à fait incontestable au bas du ventre ?

« Tu es cent fois plus belle toute nue qu'habillée, lui dit-il, et il fit l'éloge de sa beauté.

— Tu me voulais depuis longtemps ? lui demanda-t-elle.

— Oui, je te voulais, tu le sais bien.

— Oui, je le sais. Je l'ai remarqué quand tu venais au magasin. Je sais que tu m'attendais devant la porte.

— Oui.

— Tu n'osais pas m'adresser la parole, parce que je n'étais jamais seule. Mais je savais tout de même qu'un jour tu serais ici avec moi. Parce que moi aussi je te voulais. »

25

Il regardait la jeune fille et laissait mourir en lui ses dernières paroles ; oui, c'était ainsi : pendant tout ce temps où il crevait de solitude, où il participait désespérément aux réunions et aux cortèges, où il courait et courait, sa vie d'adulte était déjà toute prête ici : cette chambre en sous-sol, aux murs tachés d'humidité, l'attendait patiemment, et aussi cette femme ordinaire dont le corps le relierait enfin, de façon tout à fait physique, à la foule.

Plus je fais l'amour, plus j'ai envie de faire la révolution, plus je fais la révolution, plus j'ai envie de faire l'amour, pouvait-on lire sur un mur de la Sorbonne, et Jaromil entra pour la deuxième fois dans le corps de la rousse. La maturité est totale, ou elle n'est pas. Cette fois-ci il l'aima longuement et magnifiquement.

Et Percy Bysshe Shelley, qui avait un visage de fille comme Jaromil et paraissait aussi plus jeune que son âge, courait à travers les rues de Dublin, il courait et il courait, parce qu'il savait que la vie est ailleurs. Et Rimbaud aussi courait sans répit, à Stuttgart, à Milan, à Marseille, à Aden, puis au Harrar, et sur le chemin du retour à Marseille, mais il ne lui restait plus qu'une jambe et avec une seule jambe il est difficile de courir.

Il laissa de nouveau son corps glisser du corps de la jeune fille et, quand il se vit allongé à côté d'elle, il songea que ce n'était pas après deux actes d'amour qu'il reposait ainsi, mais après une longue course qui durait depuis plusieurs mois.

CINQUIÈME PARTIE

ou

LE POÈTE EST JALOUX

1

Tandis que Jaromil courait, le monde changeait ; l'oncle qui croyait que Voltaire était l'inventeur des volts fut accusé d'escroqueries imaginaires (comme des milliers de commerçants à cette époque), ses deux magasins furent confisqués (ils appartenaient depuis à l'État) et il fut envoyé en prison pour quelques années ; son fils et sa femme, considérés comme des ennemis de classe, furent expulsés de Prague. Ils quittèrent tous deux la villa dans un silence glacial, résolus à ne jamais pardonner à la mère dont le fils s'était rangé du côté des ennemis de la famille.

Des locataires, auxquels la mairie avait attribué les pièces du rez-de-chaussée, emménagèrent dans la villa. Ils venaient d'un misérable logement aménagé dans un sous-sol et ils trouvaient injuste que quelqu'un eût jamais possédé une villa aussi spacieuse et aussi agréable ; ils estimaient qu'ils n'étaient pas venus loger ici pour se loger, mais pour réparer une ancienne injustice de l'Histoire. Ils occupèrent le jardin sans rien demander et ils exigèrent que maman fît hâtivement réparer le crépi des murs qui tombait et risquait de blesser leurs enfants quand ils jouaient dehors.

La grand-mère avait vieilli ; elle perdait la mémoire et un beau jour (on s'en aperçut à peine) elle se métamorphosa en fumée au crématorium.

Il n'est pas surprenant que maman n'en ait que plus difficilement supporté de voir que son fils lui échappait ; il faisait des études qui lui déplaisaient et il avait cessé de lui montrer ses vers qu'elle avait l'habitude de lire régulièrement. Quand elle allait ouvrir son tiroir, elle le trouvait fermé ; c'était comme une gifle ; Jaromil la soupçonnait de fouiller dans ses affaires ! Mais quand elle ouvrit avec une clé de secours dont Jaromil ignorait l'existence, elle ne trouva pas d'inscriptions nouvelles dans le journal et pas de nouveaux poèmes. Elle vit ensuite sur le mur de la petite chambre la photo de son mari en uniforme et elle se souvint qu'elle avait jadis prié la statuette d'Apollon d'effacer du fruit de ses entrailles les traits de son époux. Ah ! devrait-elle encore disputer son fils à son défunt mari ?

Une semaine environ après la soirée où nous avons laissé Jaromil, à la fin de la partie précédente, dans le lit de la rousse, maman ouvrit encore une fois son bureau. Elle trouva dans le journal plusieurs remarques laconiques qu'elle ne comprit pas, mais elle découvrit quelque chose de beaucoup plus important : de nouveaux vers de son fils. Elle pensa que la lyre d'Apollon l'emportait de nouveau sur l'uniforme de l'époux et elle se réjouit en silence.

Après avoir lu les vers, elle fut encore plus favorablement impressionnée, car les poèmes lui plurent vraiment (c'était bien la première fois !) ; ils étaient rimés (au fond d'elle-même, maman pensait toujours qu'un poème sans rimes n'est pas un poème) et de plus, ils étaient tout à fait compréhensibles et pleins de jolis mots ; plus de vieillards, de corps qui se dissolvent dans la terre, de ventres pendants et de pus au coin des yeux ; il y avait des noms de fleurs, il y avait le ciel et les nuages et on y rencontrait aussi plusieurs fois (c'était une chose tout à fait nouvelle dans les poèmes de Jaromil !) le mot maman.

Puis Jaromil rentra ; quand elle entendit son pas dans l'escalier, toutes les années de souffrance lui montèrent aux yeux, et elle ne put réprimer un sanglot.

« Qu'est-ce que tu as, maman, mon Dieu, qu'est-ce que tu as ? lui demanda-t-il, et elle percevait dans sa voix une tendresse qu'elle n'y avait pas sentie depuis longtemps.

— Rien, Jaromil, rien », répondit-elle dans un sanglot qui ne faisait que croître, encouragée par l'intérêt de son fils. Une fois de plus, il coulait d'elle plusieurs sortes de larmes : des larmes de chagrin, parce qu'elle était abandonnée ; des larmes de reproche, parce que son fils la négligeait ; des larmes d'espoir, parce qu'il allait peut-être (sur les phrases mélodieuses de nouveaux poèmes) lui revenir enfin ; des larmes de colère, parce qu'il se tenait là, gauchement, et qu'il n'était même pas capable de lui caresser les cheveux ; des larmes de ruse qui devaient l'émouvoir et le retenir auprès d'elle.

Après un instant de gêne, il finit par lui prendre la main ; c'était beau ; maman cessa de pleurer et les paroles coulaient d'elle aussi généreusement que, quelques instants plus tôt, les larmes ; elle parlait de tout ce qui la tourmentait : de son veuvage, de sa solitude, des locataires qui voudraient bien la contraindre à quitter sa propre maison, de sa sœur qui lui avait fermé sa porte (« et à cause de toi, Jaromil ! ») et ensuite du principal : le seul être humain qu'elle eût au monde dans cette affreuse solitude lui tournait le dos.

« Mais ce n'est pas vrai, je ne te tourne pas le dos ! »

Elle ne pouvait accepter des assurances aussi faciles et elle commença à rire avec amertume ; comment, il ne lui tournait pas le dos ; il rentrait tard, ils restaient des journées entières sans échanger une parole et quand il leur arrivait de se parler, elle savait très bien qu'il ne l'écoutait pas et qu'il pensait à autre chose. Oui, il la traitait comme une étrangère.

« Mais non, maman, voyons ! »

De nouveau, elle rit avec amertume. Il ne la traitait pas comme une étrangère ? Il fallait donc qu'elle lui en donne la preuve ! Il fallait qu'elle lui dise ce qui l'avait blessée ! Pourtant elle avait toujours respecté sa vie privée ; déjà, quand il était petit garçon, elle se disputait avec tout le monde, parce qu'elle estimait qu'il devait avoir sa chambre d'enfant ! Et maintenant, quelle insulte ! Jaromil ne pouvait imaginer ce qu'elle avait ressenti le jour où elle s'était aperçue (tout à fait par hasard, en époussetant les meubles de sa chambre) qu'il fermait à clé les tiroirs de son bureau ! A cause de qui les fermait-il à clé ? Pensait-il vraiment qu'elle allait fourrer le nez dans ses affaires comme une concierge indiscrète ?

« Mais, maman, c'est un malentendu ! Je ne me sers plus du tout de ce tiroir ! S'il est fermé à clé, c'est un hasard ! »

Maman savait que son fils mentait, mais ça n'avait pas d'importance. Beaucoup plus importante que les mots mensongers était l'humilité de la voix qui semblait proposer une réconciliation. « Je veux bien te croire, Jaromil », dit-elle, et elle lui serra la main.

Ensuite, sous le regard de ses yeux, elle prit

conscience des traces de larmes sur son visage et elle partit dans la salle de bains où elle s'effraya de son reflet dans la glace ; son visage éploré lui semblait hideux ; elle se reprochait jusqu'à la robe grise qu'elle gardait en rentrant du bureau. Elle se lava rapidement à l'eau froide et passa une robe de chambre rose ; elle alla à la cuisine et revint avec une bouteille de vin. Puis elle se mit à parler avec volubilité, disant qu'ils devaient de nouveau se faire mutuellement confiance, parce qu'ils n'avaient personne d'autre en ce triste monde. Elle parla longtemps sur ce thème, et le regard que Jaromil fixait sur elle lui semblait amical et approbateur. Elle se permit donc de dire qu'elle ne doutait pas que Jaromil, qui était maintenant étudiant, eût certainement ses secrets personnels qu'elle respectait ; elle souhaitait seulement que la femme qui était peut-être l'amie de Jaromil ne brouillât pas les rapports qu'il y avait entre eux.

Jaromil écoutait patiemment et avec compréhension. S'il évitait sa mère depuis quelque temps, c'était parce que son chagrin avait besoin de solitude et de pénombre. Mais depuis qu'il avait accosté sur le rivage ensoleillé du corps de la rousse, il aspirait à la lumière et à la paix ; la mésentente avec sa mère le gênait. Outre les motifs d'ordre sentimental, il y avait à cela une raison pratique : la rousse avait une chambre indépendante alors que Jaromil habitait chez sa mère et, s'il pouvait mener une vie personnelle, il le devait uniquement à l'indépendance de la jeune fille. Il ressentait amèrement cette inégalité et il se réjouissait que sa mère fût venue s'asseoir à côté de lui, en robe de chambre rose devant un verre de vin et lui fît l'impression d'une femme jeune et plaisante avec laquelle il pouvait s'entendre à l'amiable au sujet de ses droits.

Il lui dit qu'il n'avait rien à lui cacher (maman sentit sa gorge se serrer) et se mit à parler de la jeune fille rousse. Bien entendu, il ne dit pas que maman la connaissait de vue pour l'avoir aperçue au magasin où elle allait faire ses courses, mais il lui confia quand même que la jeune fille avait dix-huit ans et que ce n'était pas une étudiante, mais une fille toute simple qui (il dit cela d'un ton presque agressif) gagnait sa vie en travaillant de ses mains.

Maman se versa du vin et pensa que les choses tournaient bien. Le portrait de la jeune fille que son fils, dont la langue se déliait, venait de lui tracer, apaisait son inquiétude : cette fille était toute jeune (l'horrible vision d'une femme âgée et perverse était heureusement dissipée), elle n'était pas trop instruite (maman n'avait donc pas à redouter la force de son influence) et enfin Jaromil avait insisté d'une façon presque suspecte sur les vertus de sa simplicité et de sa gentillesse, d'où elle conclut que la jeune fille n'était sans doute pas des plus belles (elle pouvait ainsi supposer, avec une secrète satisfaction, que l'engouement de son fils ne durerait pas très longtemps).

Jaromil sentit que sa mère considérait sans désapprobation le personnage de la jeune fille rousse et il en fut heureux : il s'imaginait assis à la table commune avec sa mère et la rousse, avec l'ange de son enfance et l'ange de sa maturité ; cela lui paraissait beau comme la paix ; la paix entre le chez-soi et le monde ; la paix sous les ailes de deux anges.

Donc la mère et le fils, après une longue période, connaissaient de nouveau une heureuse intimité. Ils parlèrent abondamment, mais ce faisant Jaromil ne perdait pas de vue son petit but pratique : le droit d'avoir sa chambre où il pourrait amener son amie et rester avec elle aussi longtemps qu'il le voudrait et comme bon lui semblerait ; car il comprenait que seul est vraiment adulte celui qui est le maître libre d'un espace clos où il peut faire ce qu'il veut, sans être observé et surveillé par personne. Cela aussi (prudemment et avec des détours) il le dit à sa mère ; il se sentirait d'autant mieux à la maison qu'il pourrait s'y considérer comme son propre maître.

Mais derrière le voile du vin, maman restait une tigresse vigilante : « Que veux-tu dire, Jaromil, tu ne te sens donc pas ton maître, ici ? »

Jaromil répondit qu'il se plaisait beaucoup à la maison mais qu'il désirait avoir le droit d'y amener qui il voulait et qu'il voudrait y trouver la même indépendance que la rousse trouvait chez sa logeuse.

Maman comprit que Jaromil lui offrait ainsi une grande occasion ; elle avait elle aussi divers admirateurs qu'elle était contrainte de repousser parce qu'elle redoutait la condamnation de Jaromil. Ne pouvait-elle pas, avec un peu d'habileté, acheter avec la liberté de Jaromil un peu de liberté pour elle-même ?

Mais à l'idée que Jaromil pût amener une femme dans sa chambre d'enfant, elle fut saisie d'un insurmontable dégoût : « Tu dois comprendre qu'il y a une différence entre une mère et une logeuse », dit-elle d'un air vexé, et au même instant, elle sut qu'elle s'interdisait ainsi, délibérément, de vivre de nouveau comme une femme. Elle comprit que le dégoût que lui inspirait la vie charnelle de son fils était plus fort que le désir de son corps de vivre sa propre vie, et elle s'épouvanta de cette découverte.

Jaromil, qui poursuivait obstinément son but, ne se doutait pas de la disposition d'esprit de sa mère et continuait de livrer un combat perdu en invoquant d'autres arguments inutiles. Au bout d'un instant, il s'aperçut que des larmes coulaient sur le visage de maman. Il craignit d'avoir offensé l'ange de son enfance et se tut. Dans le miroir des larmes maternelles, sa revendication d'indépendance lui apparut soudain comme une insolence, comme une effronterie, et même comme une obscène impudence.

Maman était au désespoir : elle voyait l'abîme se rouvrir entre elle et son fils. Elle ne gagnait rien, elle allait tout perdre encore une fois ! Elle réfléchissait à la hâte, se demandant ce qu'elle pouvait faire pour ne pas rompre tout à fait le fil précieux de la compréhension entre elle et son fils ; elle lui saisit la main et lui dit, tout en larmes :

« Ah, Jaromil, ne te fâche pas ! Je suis malheureuse de voir à quel point tu as changé. Tu as terriblement changé depuis quelque temps.

— En quoi ai-je changé ? Je n'ai pas changé du tout, maman.

— Si. Tu as changé. Et je vais te dire ce qui me fait le plus de peine. C'est que tu n'écris plus de vers. Tu écrivais de si beaux vers et tu n'écris plus et ça me fait de la peine. »

Jaromil s'apprêtait à répondre, mais elle ne lui laissa pas la parole : « Crois ta maman. Je m'y connais un peu ; tu as énormément de talent ; c'est ta mission ; il ne faut pas la trahir : tu es poète, Jaromil, tu es poète et ça me fait mal de voir que tu l'oublies. »

Jaromil écoutait presque avec enthousiasme les paroles de sa mère. C'était vrai, l'ange de son enfance le comprenait mieux que quiconque ! Est-ce qu'il ne s'était pas tourmenté, lui aussi, à la pensée qu'il n'écrivait plus ?

« Maman, je me suis remis à écrire des vers, j'en écris ! Je vais te les montrer !

— Ce n'est pas vrai, Jaromil, répliqua maman en hochant la tête tristement, n'essaie pas de m'induire en erreur, je sais bien que tu n'écris pas.

— Mais si, j'écris ! J'écris ! » s'écria Jaromil, puis il s'élança dans sa chambre, ouvrit son tiroir et apporta ses poèmes.

Et maman vit les mêmes vers qu'elle avait lus quelques heures plus tôt, agenouillée devant le bureau de Jaromil :

« Ah, Jaromil, ce sont de beaux vers ! Tu as fait de grands progrès, de grands progrès. Tu es poète et je suis heureuse... »

2

Tout paraît indiquer que l'immense désir du Nouveau qu'éprouvait Jaromil (cette religion du Nouveau) n'était que le désir qu'inspire au puceau l'incroyable du coït encore inconnu, le désir du coït projeté dans l'abstrait ; la première fois qu'il aborda sur la rive du corps de la rousse, il lui vint l'étrange idée qu'il savait enfin ce que cela voulait dire, être absolument moderne ; être absolument moderne, c'était être étendu sur la rive du corps de la rousse.

Il était si heureux et plein d'enthousiasme qu'il voulait réciter des vers à la jeune fille ; il pensa à tous ceux qu'il savait par cœur (les siens et ceux des autres), mais il comprit (même avec une certaine stupeur) qu'aucun ne plairait à la rousse et il se dit que seuls étaient absolument modernes des vers que la rousse, qui était une jeune fille du peuple, pouvait comprendre et apprécier.

Ce fut comme une soudaine illumination : pourquoi en fait piétiner la gorge de sa propre chanson ? pourquoi renoncer à la poésie pour la révolution ? Maintenant qu'il avait abordé sur la rive de la vie réelle (par réelle il désignait la densité née de la fusion de la foule, de l'amour physique et des mots d'ordre révolutionnaires), il n'avait qu'à se donner tout entier à cette vie-là et en devenir le violon.

Il se sentait plein de poésie et il tenta d'écrire un poème qui plût à la jeune fille rousse. Ce n'était pas si simple ; jusqu'à présent il écrivait des vers sans rimes et il se heurtait maintenant aux difficultés techniques du vers régulier, car il était certain que la rousse estimait qu'un poème était une chose qui rimait. D'ailleurs, la révolution victorieuse aussi était de cet avis ; souvenons-nous qu'à cette époque aucun poème en vers libres n'était publié ; la poésie moderne tout entière était dénoncée comme un produit de la bourgeoisie pourrissante et le vers libre était la manifestation la plus évidente de la putréfaction poétique.

Ne faut-il voir dans l'amour de la révolution victorieuse à l'égard de la rime qu'un engouement fortuit ? Sans doute pas. La rime et le rythme possèdent un pouvoir magique : le monde informe enclos dans un poème en vers réguliers devient d'un seul coup limpide, régulier, clair et beau. Si dans un poème, le mot *mort* se trouve à l'endroit précis où, au vers précédent, a retenti le son du *cor,* la mort devient un élément mélodieux de l'ordre. Et même si le poème proteste contre la mort, la mort est automatiquement justifiée, du moins en tant que thème d'une belle protestation. Les os, les roses, les cercueils, les blessures, tout dans le poème se change en ballet et le poème et le lecteur sont les danseurs de ce ballet. Ceux qui dansent ne peuvent évidemment pas désapprouver la danse. Par le poème, l'homme manifeste son accord avec l'être, et la rime et le rythme sont les moyens les plus brutaux de cet accord. Et la révolution qui vient de triompher n'a-t-elle pas besoin d'une affirmation brutale de l'ordre nouveau et, partant, d'une poésie pleine de rimes ?

« Délirez avec moi ! » s'écrie Vitezslav Nezval à

l'adresse de son lecteur, et Baudelaire : « Il faut être toujours ivre... de vin, de poésie ou de vertu, à votre guise... » Le lyrisme est une ivresse et l'homme s'enivre pour se confondre plus facilement avec le monde. La révolution ne veut pas être étudiée et observée, elle veut que l'on fasse corps avec elle ; c'est en ce sens qu'elle est lyrique et que le lyrisme lui est nécessaire.

La révolution a évidemment en vue une autre poésie que celle qu'écrivait autrefois Jaromil ; il observait alors avec ivresse les paisibles aventures et les belles excentricités de son moi ; mais maintenant, il avait vidé son âme comme un hangar pour faire place aux bruyantes fanfares du monde ; il avait troqué la beauté de singularités qu'il était seul à comprendre pour la beauté de généralités compréhensibles de tous.

Il souhaitait passionnément réhabiliter les anciennes beautés devant lesquelles l'art moderne (avec l'orgueil de l'apostat) faisait la fine bouche : le coucher du soleil, les roses, la rosée sur l'herbe, les étoiles, les ténèbres, une mélodie qui retentit au loin, la maman et la nostalgie du chez-soi ; ah, comme il était beau, proche et compréhensible, ce monde-là ! Jaromil y revenait avec stupeur et émotion, comme le fils prodigue qui revient après de longues années à la maison qu'il a abandonnée.

Ah, être simple, totalement simple, simple comme une chanson populaire, comme une comptine d'enfant, comme un ruisseau, comme la petite rousse !

Être à la source des beautés éternelles, aimer les mots *lointain*, *argent*, *arc-en-ciel*, *aimer* et jusqu'au mot *ah !* ce petit mot tant décrié !

Jaromil était aussi fasciné par certains verbes : surtout par ceux qui expriment un mouvement simple en avant : *courir*, *aller*, mais plus encore *voguer* et *voler*. Dans un poème qu'il avait écrit à l'occasion de l'anniversaire de la naissance de Lénine, il jetait dans l'eau une branche de pommier (ce geste l'enchantait, car il renouait avec les vieilles coutumes du peuple qui jetait au fil de l'eau des couronnes de fleurs), afin que le courant l'emporte au pays de Lénine ; pas une seule rivière ne s'écoule de la Bohême vers la Russie, mais le poème est un territoire enchanté où les rivières changent leurs cours. Dans un autre poème il écrivait que *le monde sera un jour libre comme le parfum des sapins qui enjambe les chaînes de montagnes*. Dans un autre poème, il parlait du parfum des jasmins qui est si puissant qu'il devient un voilier invisible flottant dans l'air ; il s'imaginait qu'il prenait place sur la passerelle de ce parfum et qu'il allait loin, loin, jusqu'à Marseille, où (comme l'écrivait *Rudé pravo*) les ouvriers dont il voulait être le camarade et le frère venaient de se mettre en grève.

C'est aussi pourquoi l'instrument le plus poétique du mouvement, *les ailes*, apparaissait un nombre incalculable de fois dans ses poèmes : la nuit dont parlait le poème était pleine d'un *silencieux battement d'ailes ;* le désir, la tristesse, même la haine, et, bien entendu, le temps, tous possédaient des ailes.

Ce qui se cachait dans tous ces mots, c'était le désir d'une *étreinte infinie*, où semblait revivre le vers célèbre de Schiller : *Seid umschlungen, Millionen, diesen Kuss der Ganzen Welt !* L'étreinte infinie n'englobait pas seulement l'espace, mais aussi le temps ; le but de la traversée, ce n'était pas seulement Marseille en grève, mais aussi l'avenir, cette île miraculeuse dans le lointain.

Auparavant, l'avenir était surtout un mystère pour Jaromil ; tout l'inconnu s'y dissimulait ; c'est pourquoi il l'attirait et l'effrayait à la fois ; il était le contraire de la certitude, le contraire du chez-soi (c'est pourquoi, dans les moments d'angoisse, il rêvait de l'amour de vieillards qui sont heureux parce qu'ils n'ont plus d'avenir). Mais la révolution donnait à l'avenir un sens opposé : l'avenir n'était plus un mystère ; le révolutionnaire le connaissait par cœur ; il le connaissait par les brochures, les livres, les conférences, les discours de propagande ; l'avenir n'effrayait pas, il offrait au contraire une certitude à l'intérieur d'un présent fait d'incertitude ; c'est pourquoi le révolutionnaire y cherchait refuge comme l'enfant auprès de sa mère.

Jaromil écrivit un poème sur un permanent communiste qui s'était endormi sur le divan du secrétariat de sa section, tard dans la nuit, à l'heure où *l'aube va poindre sur la réunion pensive* (l'idée d'un communiste militant ne pouvait s'exprimer alors que par l'image d'un communiste en réunion) ; le tintement du tram sous les fenêtres devenait dans son rêve un carillonnement de cloches, le carillonnement de toutes les cloches du monde annonçant que les guerres sont définitivement terminées et que le globe terrestre appartient aux travailleurs. Il comprit qu'un bond miraculeux l'avait transporté dans l'avenir lointain ; il était quelque part dans la campagne et une femme venait vers lui sur son tracteur (sur toutes les affiches, la femme de l'avenir était représentée sous l'apparence d'une femme montée sur un tracteur) et reconnaissait en lui, avec stupeur, un homme comme elle n'en avait encore jamais vu, un homme d'autrefois usé par le travail, un homme qui s'était sacrifié pour qu'elle pût labourer dans la joie (et en chantant) les champs des coopératives. Elle descendit de sa machine pour lui souhaiter la bienvenue et lui dit : « Tu es ici chez toi, ceci est ton monde... » et elle voulut le récompenser (mon Dieu, comment cette jeune femme pouvait-elle récompenser un vieux militant usé à la tâche ?) ; à ce moment les trams se mirent à carillonner très fort dans la rue et l'homme qui se reposait sur un étroit lit de camp dans un coin du secrétariat de la section se réveilla...

Il avait déjà écrit pas mal de nouveaux poèmes, mais il n'était pas satisfait ; car, jusqu'à présent, lui seul et sa mère les connaissaient. Il les envoyait tous à la rédaction de *Rudé pravo* et il achetait *Rudé pravo* tous les matins ; un jour, il découvrit enfin, à la troisième page, en haut à droite, cinq quatrains avec son nom imprimé en gras au-dessous du titre. Le jour même, il mit *Rudé pravo* dans les mains de la rousse et lui dit de bien regarder le journal ; la petite l'examina longuement sans rien y trouver de remarquable (elle avait l'habitude de ne pas prêter attention aux vers, de sorte qu'elle ne prêtait pas non plus attention au nom qui les accompagnait) et il fallut que Jaromil, pour finir, lui montrât le poème du doigt. Elle dit :

« Je ne savais pas que tu étais poète », et elle le regarda dans les yeux avec admiration.

Jaromil lui dit qu'il écrivait des vers depuis fort

longtemps et il sortit de sa poche quelques autres poèmes qu'il avait en manuscrit.

La rousse les lut et Jaromil lui dit qu'il avait cessé d'écrire des vers voici quelque temps mais que depuis qu'il la connaissait il recommençait. Il l'avait rencontrée et c'était comme s'il avait rencontré la Poésie.

« Vraiment ? » demanda la jeune fille et quand Jaromil acquiesça, elle le prit dans ses bras et lui baisa la bouche.

« Ce qu'il y a d'extraordinaire, poursuivit Jaromil, c'est que tu n'es pas seulement la muse des vers que j'écris aujourd'hui, mais aussi de ceux que j'écrivais avant de te connaître. Quand je t'ai vue pour la première fois, j'ai eu l'impression que mes anciens poèmes reprenaient vie et se changeaient en femme. »

Il regardait avidement son visage curieux et incrédule et il commença à lui raconter que, voici plusieurs années, il avait écrit une longue prose poétique, une sorte de récit fantastique où il était question d'un jeune homme qui s'appelait Xavier. Écrit ? Pas vraiment. Il avait plutôt rêvé ses aventures et il désirait les écrire un jour.

Xavier vivait tout autrement que les autres hommes ; sa vie était le sommeil ; Xavier dormait et faisait un rêve ; il dormait dans ce rêve puis il faisait un autre rêve et il dormait à nouveau dans ce rêve et faisait encore un autre rêve ; et il s'éveillait de ce rêve et se retrouvait dans le rêve précédent ; il allait ainsi de rêve en rêve et vivait successivement plusieurs vies ; il habitait dans plusieurs vies et passait de l'une à l'autre. N'était-ce pas merveilleux de vivre comme vivait Xavier ? De ne pas être emprisonné dans une seule vie ? D'être mortel, certes, mais d'avoir tout de même plusieurs vies ?

« Oui, ce serait bien... », dit la rousse.

Et Jaromil lui dit encore que le jour où il l'avait vue dans la boutique, il en avait été médusé car c'était exactement ainsi qu'il se représentait le plus grand amour de Xavier : une femme frêle, rousse, au visage délicatement pigmenté...

« Je suis laide ! dit la rousse.

— Non ! J'aime tes taches de rousseur et tes cheveux roux ! Je les aime parce qu'ils sont mon chez-moi, ma patrie, mon vieux rêve ! »

La rousse baisa Jaromil sur la bouche et il poursuivit : « Imagine-toi que tout le récit commençait ainsi : Xavier aimait à se promener dans les rues enfumées du faubourg ; il passait devant une fenêtre du sous-sol, s'arrêtait et songeait qu'une belle femme habitait peut-être derrière cette fenêtre. Un jour, la fenêtre était éclairée et il aperçut à l'intérieur une fille tendre, frêle et rousse. Il ne put résister, il ouvrit tout grands les vantaux de la fenêtre entrouverte et il sauta à l'intérieur.

— Mais tu es parti de la fenêtre en courant ! rit la rousse.

— Oui, je suis parti en courant, admit Jaromil, parce que j'avais peur de refaire le même rêve ! Sais-tu ce que c'est que de se trouver tout à coup dans une situation qu'on a déjà vécue en rêve ? C'est une chose si effrayante qu'on a envie de s'enfuir !

— Oui, acquiesça la rousse avec bonheur.

— Donc, il saute à l'intérieur pour la rejoindre, mais ensuite le mari arrive et Xavier l'enferme dans une lourde armoire de chêne. Le mari y est encore aujourd'hui, transformé en squelette. Et Xavier a emmené la femme très loin, comme moi je vais t'emmener.

— Tu es mon Xavier », chuchota la rousse avec gratitude à l'oreille de Jaromil, et elle improvisa des variations sur ce nom, le changeant en Xaxa, Xaviot, Xavichou, et elle l'appela de tous ces diminutifs et l'embrassa longtemps, longtemps.

3

Parmi les nombreuses visites de Jaromil dans le sous-sol de la jeune fille rousse, nous voudrions mentionner particulièrement celle qu'il lui rendit un jour qu'elle portait une robe sur le devant de laquelle étaient cousus, depuis le col jusqu'en bas, de gros boutons blancs. Jaromil commença à les déboutonner et la jeune fille éclata de rire, parce que les boutons servaient seulement de garniture.

« Attends, je vais me déshabiller toute seule », dit-elle et elle leva les bras pour saisir sur sa nuque l'extrémité de la fermeture Éclair.

Jaromil était fâché de s'être montré maladroit et quand il eut enfin compris le principe de la fermeture, il voulut rapidement corriger son échec.

« Non, non, je vais me déshabiller toute seule, laisse-moi ! » dit la jeune fille, et elle reculait devant lui et riait.

Il ne pouvait pas insister davantage car il craignait d'être ridicule, mais en même temps il lui était profondément désagréable que la jeune fille voulût se déshabiller toute seule. Dans son esprit, la différence entre un déshabillage amoureux et un déshabillage ordinaire consistait justement en ceci que la femme était déshabillée par l'amant.

Ce n'était pas l'expérience qui lui avait inculqué cette conception, mais la littérature et ses phrases suggestives : *il savait dévêtir une femme ;* ou bien *il déboutonna son corsage d'un geste expert.* Il ne pouvait imaginer l'amour physique sans un prologue de gestes confus et impatients pour défaire des boutons, tirer des fermetures Éclair, enlever des chandails.

Il protesta : « Tu n'es tout de même pas chez le médecin pour te déshabiller toute seule. » Mais la jeune fille avait déjà retiré sa robe et n'avait plus que ses dessous.

« Chez le médecin ? pourquoi ?

— Oui, tu me fais l'effet d'être chez le médecin.

— Bien sûr, dit la jeune fille, c'est tout à fait comme chez le médecin. »

Elle retira son soutien-gorge et se planta devant Jaromil, offrant à son regard ses seins menus : « J'ai un élancement, docteur, ici près du cœur. »

Jaromil la regardait sans comprendre et elle dit en manière d'excuse : « Je vous demande pardon, docteur, vous avez certainement l'habitude d'examiner vos malades couchées », et elle s'étendit sur le lit et poursuivit : « Regardez, s'il vous plaît ! Qu'est-ce que j'ai au cœur ? »

Jaromil ne pouvait faire autrement que de se prêter au jeu ; il se pencha sur la poitrine de la jeune fille et appliqua l'oreille sur son cœur ; il touchait la rondeur molle d'un sein avec le pavillon de son oreille et il entendait un battement régulier. Il pensa que le médecin touchait sans doute ainsi les seins de la rousse quand il l'auscultait derrière les portes closes et mystérieuses du cabinet de consultation. Il leva la tête, regarda la jeune fille nue et il éprouva la sensation d'une cuisante douleur, car il la voyait telle que la voyait un autre homme, le médecin. Il posa bien vite les deux mains sur la poitrine de la rousse (comme les y posait Jaromil, pas comme le médecin) pour mettre fin à ce jeu douloureux.

La rousse protesta : « Voyons, docteur, qu'est-ce que vous faites là ? Vous n'avez pas le droit ! Ce n'est plus une visite médicale, ça ! » Et Jaromil s'emporta : il voyait ce qu'exprimait le visage de son amie quand des mains étrangères la touchaient ; il voyait qu'elle protestait d'un ton bien frivole et il eut envie de la frapper ; mais à ce moment, il s'aperçut qu'il était excité et il arracha la culotte de la jeune fille et s'unit à elle.

L'excitation était si immense que la rage jalouse de Jaromil s'y diluait rapidement, d'autant plus qu'il entendait le râle de la jeune femme (ce splendide hommage) et les paroles qui devaient à jamais faire partie de leurs moments intimes : « Xaxa, Xaviot, Xavichou ! »

Ensuite il s'allongea tranquillement à côté d'elle, il la baisa tendrement sur l'épaule et il se sentit bien. Seulement, cet étourdi était incapable de se contenter d'un beau *moment ;* un beau moment n'avait de sens pour lui que s'il était le messager d'une belle éternité ; un beau moment qui serait tombé d'une éternité souillée n'était pour lui qu'un mensonge. Il voulait donc s'assurer que leur éternité était sans tache et il demanda, d'un ton plutôt suppliant qu'agressif : « Mais dis-moi que ce n'était qu'une mauvaise plaisanterie, cette histoire de visite médicale.

— Bien sûr que oui ! », dit la jeune fille ; d'ailleurs que pouvait-elle répondre à une question aussi stupide ? Seulement, Jaromil ne voulait pas se contenter de ce *bien sûr que oui* ; il poursuivit :

« Je ne pourrais pas supporter que d'autres mains que les miennes te touchent. Je ne pourrais pas le supporter », dit-il, et il caressait les pauvres seins de la jeune fille comme si tout son bonheur dépendait de leur inviolabilité.

La jeune fille se mit à rire (tout à fait innocemment) : « Mais que veux-tu que je fasse quand je suis malade ? »

Jaromil savait qu'il était difficile de se soustraire à tout examen médical et que son attitude était indéfendable ; mais il savait aussi que si d'autres mains que les siennes touchaient les seins de la jeune fille, tout son univers s'écroulerait. C'est pourquoi il répéta :

« Mais je ne pourrais pas le supporter, comprends-tu, je ne pourrais pas le supporter.

— Alors que dois-je faire si je tombe malade ? »

Il dit doucement et d'un ton de reproche : « Tu peux quand même trouver une doctoresse.

— Comme si j'avais le choix ! Tu sais comment ça se passe, répondit-elle, avec indignation cette fois, on vous désigne un médecin, c'est pour tout le monde pareil ! Tu ne sais donc pas ce que c'est que la médecine socialiste ? On n'a pas le choix et il faut obéir ! Tiens, les consultations gynécologiques, par exemple... »

Jaromil sentit son cœur s'arrêter, mais il dit comme si de rien n'était : « Il y a quelque chose qui ne va pas ?

— Mais non, c'est la médecine préventive. A cause du cancer. C'est obligatoire.

— Tais-toi, je ne veux pas l'entendre », dit Jaromil et il lui posa la main sur la bouche ; il l'y posa d'un geste si violent qu'il s'effraya presque de ce contact, car la rousse pouvait le considérer comme un coup et se mettre en colère ; mais les yeux de la jeune fille regardaient humblement, ce qui fait que Jaromil n'eut pas besoin de modérer la brutalité involontaire de son geste ; il s'y complut et il dit :

« Je veux que tu saches que si quelqu'un te touche encore une fois, eh bien ! moi, je ne te toucherai plus jamais. »

Il gardait toujours la main sur la bouche de la jeune fille ; c'était la première fois qu'il touchait une femme avec brutalité et il trouvait cela enivrant ; il lui mit ensuite les deux mains autour de la gorge, comme s'il l'étranglait ; il sentait sous ses doigts la fragilité du cou et il pensa qu'il suffirait de serrer pour qu'elle suffoque.

« Je t'étranglerai si jamais quelqu'un te touche », dit-il, et il avait toujours les deux mains autour de la gorge de la jeune fille ; il se réjouissait de sentir dans ce contact le non-être possible de la jeune fille ; il se disait que la rousse, dans cet instant du moins, lui appartenait vraiment, et la sensation d'une heureuse puissance l'enivra, sensation si belle qu'il recommença à faire l'amour.

Pendant l'acte d'amour il la serra plusieurs fois avec brutalité, lui posa la main sur le cou (il se dit qu'il serait beau d'étrangler l'amante pendant l'amour) et il la mordit aussi plusieurs fois.

Ensuite ils restèrent étendus côte à côte, mais l'acte d'amour avait sans doute duré trop peu de temps pour réussir à absorber la colère du jeune homme ; la rousse était allongée à côté de lui, pas étranglée, vivante, avec son corps nu qui allait à des consultations gynécologiques.

Elle lui caressa la main : « Ne sois pas méchant avec moi.

— Je t'ai dit qu'un corps que d'autres mains que les miennes ont touché me dégoûte. »

La jeune fille comprit que Jaromil ne plaisantait pas ; elle dit avec insistance : « Nom d'un chien, ce n'était qu'une blague !

— Ce n'était pas une blague ! C'était la vérité.

— Ce n'était pas la vérité.

— Bien sûr que si ! C'était la vérité et je sais qu'on ne peut rien y faire. Les consultations gynécologiques sont obligatoires et tu dois y aller. Je ne te le reproche pas. Seulement, un corps que touchent d'autres mains me répugne. Je n'y peux rien, mais c'est comme ça.

— Je te jure qu'il n'y avait rien de vrai là-dedans ! Je n'ai jamais été malade, sauf quand j'étais petite. Je ne vais jamais chez le médecin. J'ai été convoquée à une consultation gynécologique, mais j'ai jeté la convocation. Je n'y ai jamais été.

— Je ne te crois pas. »

Elle dut faire un effort pour le convaincre.

« Et que feras-tu si on te convoque encore une fois ?

— Sois sans crainte, c'est la pagaille. »

Il la crut, mais son amertume ne pouvait se laisser apaiser par des arguments pratiques ; il ne s'agissait pas seulement des visites médicales ; le fond du problème, c'était qu'elle lui échappait, qu'il ne la possédait pas tout entière.

« Je t'aime tellement », dit-elle, mais il n'avait pas confiance dans ce bref instant ; il voulait l'éternité ; il voulait au moins une petite éternité de la vie de la jeune fille rousse et il savait qu'il ne l'avait pas : il se souvint qu'il ne l'avait pas connue vierge.

« Je ne peux pas supporter l'idée que quelqu'un d'autre te touchera et que quelqu'un d'autre t'a déjà touchée, dit-il.

— Personne ne me touchera.

— Mais quelqu'un t'a touchée. Et ça me dégoûte. »

Elle le prit dans ses bras.

Il la repoussa.

« Combien d'hommes as-tu connus avant moi ?

— Un seul.

— Ne mens pas !

— Je te jure qu'il n'y en a eu qu'un.

— Tu l'aimais ? »

Elle hocha la tête.

« Et comment as-tu pu te mettre au lit avec quelqu'un que tu n'aimais pas ?

— Ne me fais pas souffrir, dit-elle.

— Réponds-moi ! Comment as-tu pu faire ça !

— Ne me fais pas souffrir. Je ne l'aimais pas et c'était atroce.

— Qu'est-ce qui était atroce ?

— Ne me pose pas de questions.

— Pourquoi est-ce que tu ne veux pas que je te pose de questions ? »

Elle fondit en larmes et lui confia en pleurant que c'était un homme âgé de son village, que c'était un type ignoble, qu'il la tenait à sa merci (« Ne me pose pas de questions, ne me demande rien »), qu'elle ne pouvait même pas se souvenir de lui (« Si tu m'aimes, ne me rappelle jamais son existence ! »).

Elle pleura tellement que Jaromil finit par oublier sa colère ; les larmes sont un excellent produit de nettoyage contre les souillures.

Il finit par la caresser : « Ne pleure pas.

— Tu es mon Xavichou, lui dit-elle. Tu es entré par la fenêtre et tu l'as enfermé dans une armoire et il n'en restera qu'un squelette et tu vas m'emmener loin, très loin. »

Ils s'étreignaient et ils s'embrassaient. La jeune fille lui assurait qu'elle ne supporterait pas d'autres mains sur son corps et il l'assurait qu'il l'aimait. Ils recommencèrent à faire l'amour ; ils firent l'amour tendrement, avec des corps que l'âme emplissait jusqu'au bord.

« Tu es mon Xavichou, lui dit-elle ensuite et elle le caressa.

— Oui, je t'emmènerai loin, là où tu seras en sécurité », dit-il et il sut aussitôt où il allait l'emmener ; il avait une tente pour elle sous la voilure bleue de la paix, une tente au-dessus de laquelle les oiseaux passaient en direction de l'avenir, au-dessus de laquelle les parfums affluaient vers les grévistes de Marseille ; il avait pour elle une maison sur laquelle veillait l'ange de son enfance.

« Tu sais, je vais te présenter à ma mère », lui dit-il et il avait les yeux pleins de larmes.

4

La famille qui occupait les pièces du rez-de-chaussée de la villa pouvait s'enorgueillir du ventre proéminent de la mère ; le troisième enfant était en route et le père de famille avait un jour arrêté au passage la mère de Jaromil pour lui dire qu'il était injuste que deux personnes occupent exactement la même surface que cinq personnes. Il lui suggéra de lui céder une des trois pièces du premier étage. La mère de Jaromil lui répondit que ce n'était pas possible. Le locataire répliqua que dans ces conditions la mairie devrait s'assurer que les pièces de la villa étaient équitablement réparties. Maman affirma que son fils allait bientôt se marier et qu'il y aurait alors trois et peut-être bientôt quatre personnes au premier étage.

Donc, quand Jaromil vint lui annoncer quelques jours plus tard qu'il voulait lui présenter son amie, cette visite lui parut opportune ; les locataires pourraient au moins constater qu'elle n'avait pas menti en parlant du prochain mariage de son fils.

Mais ensuite quand il avoua que maman connaissait bien la jeune fille pour l'avoir vue au magasin où elle allait faire ses courses, elle ne put cacher une expression de désagréable surprise.

« J'espère, dit-il d'un ton combatif, que ça ne te gêne pas qu'elle soit vendeuse. Je t'avais prévenue que c'était une travailleuse, une fille simple. »

Il fallut à maman quelques instants pour admettre

l'idée que cette fille sotte, désagréable et pas jolie était la bien-aimée de son fils, mais elle finit par se maîtriser : « Il ne faut pas m'en vouloir, mais ça m'a étonnée », dit-elle, et elle était prête à supporter tout ce que lui réservait son fils.

Donc, la visite eut lieu ; elle dura trois pénibles heures. Ils avaient tous le trac, mais subirent l'épreuve jusqu'au bout.

Quand Jaromil se retrouva seul avec sa mère, il lui demanda avec impatience : « Alors, est-ce qu'elle t'a plu ?

— Elle m'a beaucoup plu, pourquoi est-ce qu'elle ne me plairait pas ? répondit-elle, et elle savait fort bien que le ton de sa voix affirmait le contraire de ce qu'elle disait.

— Alors, elle ne t'a pas plu ?

— Mais puisque je te dis qu'elle m'a beaucoup plu.

— Non, je vois bien, d'après le ton de ta voix, qu'elle ne t'a pas plu. Tu dis autre chose que ce que tu penses. »

La rousse avait commis de nombreuses maladresses pendant la visite (elle avait tendu la main à la mère la première, elle s'était assise à table la première, elle avait porté sa tasse de café à ses lèvres la première), de nombreuses incorrections (elle coupait la parole à la mère) et fautes de tact (elle avait demandé à la mère quel âge elle avait) ; lorsque maman commença à énumérer ces faux pas, elle craignit de paraître mesquine à son fils (Jaromil condamnait comme petit-bourgeois un attachement excessif aux règles de la bienséance), et elle ajouta aussitôt :

« Évidemment, ça n'a rien d'irrémédiable. Il suffit

que tu l'invites un peu plus souvent à la maison. Dans notre milieu, elle s'affinera et s'éduquera. »

Mais dès qu'elle pensa qu'il lui faudrait voir régulièrement ce corps disgracieux, roux et hostile, elle éprouva de nouveau un dégoût insurmontable et elle dit d'une voix consolante :

« Évidemment, on ne peut pas lui en vouloir d'être comme elle est. Il faut que tu arrives à imaginer le milieu dans lequel elle a grandi et où elle travaille. Je ne voudrais pas être vendeuse dans une boutique comme ça. Tout le monde prend des libertés avec toi, il faut être à la disposition de tout le monde. Si le patron veut séduire une fille, elle ne peut pas refuser. Évidemment, dans un pareil milieu une aventure n'est pas considérée comme une chose importante. »

Elle regardait le visage de son fils et elle voyait qu'il s'empourprait ; le flot brûlant de la jalousie emplissait le corps de Jaromil et maman eut l'impression de sentir elle-même en elle la chaleur de cette vague ; (assurément : c'était en effet la même vague brûlante qu'elle avait sentie en elle en voyant la jeune fille rousse, de sorte que nous pouvons dire qu'ils étaient maintenant face à face, la mère et le fils, semblables à des vases communicants dans lesquels s'écoulait le même acide). De nouveau, le visage du fils était puéril et soumis ; soudain elle n'avait plus devant elle un homme étranger et indépendant, mais son enfant bien-aimé qui souffrait, cet enfant qui accourait autrefois, il n'y avait pas si longtemps, pour chercher refuge auprès d'elle et qu'elle consolait. Elle ne pouvait détacher les yeux de ce splendide spectacle.

Mais ensuite, Jaromil se retira dans sa chambre et

elle se surprit elle-même (elle était déjà seule depuis un moment) à se frapper la tête à coups de poing et à se réprimander à mi-voix : « Arrête, arrête, ne sois pas jalouse, arrête, ne sois pas jalouse. »

Néanmoins, ce qui est fait est fait. La tente de légers voiles bleus, la tente d'harmonie sur laquelle veillait l'ange de l'enfance, était en lambeaux. Pour la mère et le fils, commençait l'époque de la jalousie.

Les paroles de la mère sur les aventures qui ne sont pas considérées comme une chose importante n'en finissaient pas de résonner dans la tête de Jaromil. Il se représentait les collègues de la rousse — des vendeurs du même magasin — en train de lui raconter des histoires sales, il se représentait ce bref contact obscène qui s'établit entre l'auditeur et le narrateur, et il était affreusement malheureux. Il se représentait le patron du magasin frottant contre elle son corps, lui touchant subrepticement les seins ou lui donnant une claque sur les fesses, et il enrageait à l'idée que ces contacts *n'étaient pas considérés comme une chose importante*, alors que pour lui, ils signifiaient tout. Un jour qu'il était chez elle, il s'aperçut qu'elle avait oublié de s'enfermer dans les waters. Il lui fit une scène, car il imaginait aussitôt qu'elle était aux waters dans le magasin et qu'un inconnu l'y surprenait par hasard assise sur le siège.

Quand il confiait à la rousse sa jalousie, elle parvenait à le calmer à force de tendresse et de serments ; mais il suffisait qu'il se retrouve un instant seul dans sa chambre d'enfant pour qu'il se répète que rien au monde ne pouvait lui garantir que la rousse, quand elle le rassurait, disait la vérité. D'ailleurs, ne la contraignait-il pas lui-même à lui mentir ? En réagissant si violemment à l'idée d'une stupide consultation médicale, ne lui avait-il pas interdit, une fois pour toutes, de lui dire ce qu'elle pensait ?

C'en était fait des premiers temps heureux de leur amour où les caresses étaient gaies et où il était plein de gratitude parce qu'elle l'avait conduit, avec une assurance naturelle, hors du labyrinthe de la virginité. A présent, il soumettait à une cruelle analyse ce dont il lui avait d'abord été reconnaissant ; il évoquait un nombre incalculable de fois le contact impudique de la main de la jeune fille qui l'avait si magnifiquement excité la première fois qu'il était venu chez elle ; il l'examinait maintenant avec des yeux soupçonneux : il n'était quand même pas possible, se disait-il, que ce fût lui, Jaromil, qu'elle eût touché de cette façon pour la première fois de sa vie ; si elle avait osé un geste aussi impudique dès la première fois, une demi-heure après l'avoir rencontré, ce geste devait être pour elle tout à fait banal et mécanique.

L'affreuse pensée ! Certes, il s'était déjà fait à l'idée qu'elle avait eu un autre homme avant lui, mais uniquement parce que les paroles de la jeune fille lui offraient l'image d'une liaison d'un bout à l'autre amère et douloureuse où elle n'était qu'une victime dont on abusait ; cette idée éveillait en lui de la pitié et la pitié diluait un peu sa jalousie. Mais si c'était pendant cette liaison que la jeune femme avait appris ce geste impudique, ce ne pouvait être une liaison totalement ratée. Il y avait quand même trop de joie inscrite dans ce geste, il y avait derrière ce geste toute une histoire d'amour !

C'était un thème trop pénible pour qu'il eût le courage d'en parler, car le seul fait de parler à voix haute de l'amant qui l'avait précédé lui causait un grand tourment. Pourtant, il tenta de rechercher par des chemins détournés l'origine de ce geste auquel il pensait constamment (et dont il renouvelait sans cesse l'expérience car la rousse s'y complaisait) et il finit par se rassurer à l'idée qu'un grand amour, qui survient soudainement, comme la foudre, libère d'un seul coup la femme de toute inhibition et de toute pudeur, et elle, justement parce qu'elle est pure et innocente, elle se donne à l'amant avec la même promptitude que le ferait une fille légère. Bien mieux : l'amour libère en elle une source si puissante d'inspirations inattendues que son comportement spontané peut ressembler aux manières expertes d'une femme vicieuse. Le génie de l'amour supplée en un clin d'œil à toute expérience. Ce raisonnement lui semblait beau et pénétrant ; à sa lumière, son amie devenait une sainte de l'amour.

Puis, un jour, un camarade de faculté lui dit : « Dis donc, avec qui je t'ai vu hier ? Ce n'était pas une beauté ! »

Il renia son amie comme Pierre renia le Christ ; il prétendit que c'était une amie de rencontre ; il en parlait avec dédain. Mais de même que Pierre resta fidèle au Christ, Jaromil, en son for intérieur, resta fidèle à son amie. Certes, il limita leurs promenades communes dans les rues et il était heureux que personne ne le vît avec elle, mais en même temps, au fond de lui, il désapprouvait son camarade et le détestait. Et aussitôt, il s'émut à l'idée que son amie portait de vilaines robes bon marché, et il voyait là non seulement le charme de son amie (le charme de la simplicité et de la pauvreté), mais aussi et surtout le charme de son propre amour : il se disait qu'il n'est pas difficile d'aimer quelqu'un de resplendissant, de parfait, d'élégant : cet amour-là n'est qu'un réflexe insignifiant qu'éveille automatiquement en nous le hasard de la beauté ; mais le grand amour désire créer l'être aimé à partir, justement, d'une créature imparfaite qui est une créature d'autant plus humaine qu'elle est imparfaite.

Un jour qu'il lui déclarait une fois de plus son amour (sans doute après une dispute épuisante), elle lui dit : « De toute façon je ne sais pas ce que tu me trouves. Il y a tant de filles qui sont plus belles que moi. »

Il s'indigna et lui expliqua que la beauté n'a rien à voir avec l'amour. Il affirma que ce qu'il aimait en elle, c'était ce que tous les autres trouvaient laid ; dans une sorte d'extase, il commença même à énumérer ces caractéristiques ; il lui dit qu'elle avait de pauvres petits seins tristes avec de gros mamelons ridés qui éveillaient plutôt la pitié que l'enthousiasme ; il dit qu'elle avait des taches de rousseur et des cheveux roux et que son corps était maigre et que c'était justement pour ça qu'il l'aimait.

La rousse éclata en sanglots parce qu'elle ne comprenait que trop bien la réalité (les pauvres seins, les cheveux roux) et comprenait mal l'idée.

Jaromil, en revanche, était transporté par son idée ; les larmes de la jeune fille, qui souffrait de ne pas être belle, le réchauffaient dans sa solitude et l'inspiraient ; il se disait qu'il allait lui consacrer toute sa vie pour lui désapprendre de pleurer ainsi et pour la convaincre de son amour. Dans ce grand élan d'émotion, le premier amant de la rousse n'était plus qu'une des laideurs qu'il aimait en elle. C'était une performance vraiment remarquable de la volonté et de la pensée ; il le savait et il commença à écrire un poème :

Ah ! parlez-moi de celle à qui toujours je pense (ce vers revenait comme un refrain), *racontez-moi comment la vieillissent les ans* (il voulait de nouveau la posséder tout entière, avec toute son éternité humaine), *racontez-moi comment elle était dans l'enfance* (il la voulait non seulement avec son avenir, mais aussi avec son passé), *faites-moi boire l'eau de ses sanglots anciens* (et surtout avec sa tristesse, qui le délivrait de la sienne), *parlez-moi des amours qui prirent sa jeunesse, tout ce qu'ils ont d'elle palpé, d'elle flétri, je veux l'aimer en elle* (et encore un peu plus loin) : *il n'est rien dans son corps, il n'est rien dans son âme, jusqu'au pourrissement des anciennes amours, que je ne boive avec ivresse...*

Jaromil était enthousiasmé par ce qu'il avait écrit, car à la place de la vaste tente azurée de l'harmonie, de l'espace artificiel où toutes les contradictions sont abolies, où la mère est assise avec le fils et la bru à la table commune de la paix, il avait trouvé une autre maison de l'absolu, un absolu plus cruel et plus authentique. Car si l'absolu de la pureté et de la paix n'existe pas, il existe un absolu du sentiment infini où se dissout, comme dans une solution chimique, tout ce qui est impur et étranger.

Il était enthousiasmé par ce poème, tout en sachant qu'aucun journal n'accepterait de le publier, car il n'avait rien de commun avec l'heureuse époque du socialisme ; mais il l'écrivait pour lui et pour la rousse. Quand il lui lut ces vers elle fut émue aux larmes, mais en même temps elle eut de nouveau peur parce qu'il y était question de ses laideurs, de quelqu'un qui l'avait palpée, et de la vieillesse qui viendrait.

Les doutes de la jeune fille ne gênaient nullement Jaromil. Au contraire, il désirait les voir et les savourer, il désirait s'y attarder et les réfuter longuement. Mais la jeune fille n'avait pas l'intention de discuter trop longtemps sur le thème du poème et se mettait à parler d'autre chose.

S'il parvenait à lui pardonner ses seins dérisoires et les mains des inconnus qui la touchaient, il y avait une chose qu'il ne pouvait pas lui pardonner : c'était d'être bavarde. Tenez, il vient de lui lire quelque chose où il est tout entier, avec sa passion, sa sensibilité, son sang, et au bout de quelques minutes elle se met à parler gaiement d'autre chose !

Oui, il était prêt à faire disparaître tous ses défauts dans la solution dissolvante de son amour, mais à une seule condition : qu'elle s'étende elle-même docilement dans cette solution, qu'elle ne soit jamais ailleurs que dans cette baignoire d'amour, qu'elle ne tente jamais, même par une seule pensée, de sortir de cette baignoire, qu'elle soit entièrement immergée au-dessous de la surface des pensées et des paroles de Jaromil, qu'elle soit immergée dans son univers et que pas la moindre parcelle de son corps ou de son esprit ne séjourne dans un autre monde.

Et au lieu de ça, elle s'est remise à parler et non seulement elle parle, mais elle parle de sa famille ! Or sa famille était chez elle ce que Jaromil détestait plus que tout au monde, parce qu'il ne savait pas trop comment protester contre elle (c'était une famille tout à fait innocente, et en plus une famille du peuple), mais il voulait protester contre elle, parce que c'était en pensant à sa famille que la rousse s'échappait constamment de la baignoire qu'il lui avait préparée et qu'il avait remplie avec le dissolvant de son amour.

Donc, il fallait de nouveau qu'il écoute les histoires de son père (un vieux paysan qui s'était usé à la tâche), de ses frères et sœurs (ce n'était pas une famille, plutôt un clapier, pensait Jaromil : deux sœurs et quatre frères !) et surtout d'un de ses frères (il s'appelait Jan et ce devait être un drôle d'oiseau, avant 1948 il était chauffeur d'un ministre anticommuniste) ; non, ce n'était pas seulement une famille, c'était d'abord un milieu étranger qui lui était hostile, et dont la rousse gardait le cocon collé à la peau, cocon qui l'éloignait de lui et faisait qu'elle n'était pas encore totalement et absolument à lui ; et ce frère Jan, ce n'était pas tellement le frère de la rousse, mais d'abord un homme qui l'avait vue de près pendant tous les dix-huit ans de sa vie, un homme qui connaissait d'elle des dizaines de petits détails intimes, un homme avec lequel elle avait partagé les mêmes waters (combien de fois avait-elle oublié de tirer le verrou !), un homme qui se souvenait de l'époque où elle devenait femme, un homme qui l'avait certainement vue bien des fois toute nue...

Tu dois être mienne et mourir sur la roue, si je le veux, écrivait, malade et jaloux, le poète Keats à sa Fanny, et Jaromil qui est de nouveau chez lui dans sa chambre d'enfant écrit des vers pour se calmer. Il pense à la mort, à cette grande étreinte où tout s'apaise ; il pense à la mort des hommes durs, des grands révolutionnaires et il se dit qu'il voudrait composer le texte d'une marche funèbre que l'on chanterait aux funérailles des communistes.

La mort ; elle faisait aussi partie, en ce temps de jubilation obligatoire, des sujets presque interdits, mais Jaromil se dit qu'il était capable (il avait déjà écrit de beaux vers sur la mort, il était à sa manière un spécialiste de la beauté de la mort) de découvrir cet angle de vision particulier à partir duquel la mort se dépouille de son habituelle morbidité ; il sentait qu'il était capable d'écrire des vers *socialistes* sur la mort ;

il pense à la mort d'un grand révolutionnaire : *comme le soleil qui se couche derrière la montagne, meurt le combattant...*

et il écrit un poème qu'il intitule *Épitaphe : Ah ! s'il faut mourir, que ce soit avec toi, mon amour, et seulement dans les flammes, mué en clarté et en chaleur...*

5

La poésie est un territoire où toute affirmation devient vérité. Le poète a dit hier : *la vie est vaine comme un pleur*, il dit aujourd'hui : *la vie est gaie comme le rire* et à chaque fois il a raison. Il dit aujourd'hui : *tout s'achève et sombre dans le silence*, il dira demain : *rien ne s'achève et tout résonne éternellement* et les deux sont vrais. Le poète n'a besoin de rien prouver ; la seule preuve réside dans l'intensité de son émotion.

Le génie du lyrisme est le génie de l'inexpérience. Le poète sait peu de chose du monde mais les mots qui jaillissent de lui forment de beaux assemblages qui sont définitifs comme le cristal ; le poète n'est pas un homme mûr et pourtant ses vers ont la maturité d'une prophétie devant laquelle il reste lui-même interdit.

Ah, mon amour liquide ! Quand maman avait lu le premier poème de Jaromil, elle s'était dit (presque avec honte) que son fils en savait plus long qu'elle sur l'amour ; elle ne se doutait pas qu'il s'agissait de Magda observée par le trou de la serrure, l'amour liquide représentait pour elle quelque chose de plus général, une catégorie mystérieuse de l'amour, plutôt incompréhensible, dont le sens ne pouvait être que deviné, comme est deviné le sens de phrases sibyllines.

L'immaturité du poète prête sans doute à rire, mais elle a aussi de quoi nous surprendre : il y a dans les paroles du poète une gouttelette qui a surgi du cœur et qui donne à ses vers l'éclat de la beauté. Mais cette gouttelette, il n'est nullement besoin d'une véritable expérience vécue pour la tirer du cœur du poète, nous pensons plutôt que le poète presse parfois son cœur à la façon d'une cuisinière pressant un citron sur la salade. Jaromil, à vrai dire, ne se souciait guère des ouvriers marseillais en grève mais quand il écrivait un poème sur l'amour qu'il nourrissait à leur égard, il était réellement ému, et il arrosait généreusement de cette émotion ses mots qui devenaient ainsi une vérité de chair et de sang.

Avec ses poèmes le poète peint son autoportrait ; mais comme aucun portrait n'est fidèle, nous pouvons dire aussi que, avec ses poèmes, il rectifie son visage.

Rectifie ? Oui, il le rend plus expressif, car l'imprécision de ses propres traits le tourmente ; il se trouve lui-même brouillé, insignifiant, quelconque ; il cherche une forme de lui-même ; il veut que le révélateur photographique des poèmes affermisse le dessin de ses traits.

Et il le rend plus dramatique car sa vie est pauvre en événements. Le monde de ses sentiments et de ses rêves, matérialisé dans ses poèmes, a souvent une apparence tumultueuse et remplace les actes et les aventures qui lui sont refusés.

Mais pour pouvoir se vêtir de son portrait et pour entrer dans le monde sous ce masque, il faut que le portrait soit exposé et le poème publié. Plusieurs poèmes de Jaromil avaient déjà paru dans *Rudé pravo,* mais il n'était pas encore satisfait. Dans les lettres qu'il joignait à ses poèmes, il s'adressait familièrement au rédacteur inconnu, car il voulait l'inciter à répondre et à lier connaissance avec lui. Seulement (c'était presque humiliant), bien qu'on publiât ses vers, les gens ne se souciaient nullement de faire sa connaissance en tant qu'être vivant, et de l'accueillir parmi eux; le rédacteur ne répondait jamais à ses lettres.

Parmi ses camarades de faculté, ses poèmes ne suscitaient pas non plus la réaction qu'il escomptait. S'il avait appartenu à l'élite des poètes contemporains, qui se produisaient sur les estrades et dont les photographies rayonnaient dans les magazines illustrés, il serait peut-être devenu une curiosité pour les étudiants de sa promotion. Mais quelques poèmes noyés dans les pages d'un quotidien retenaient à peine l'attention pendant quelques minutes et faisaient de Jaromil, aux yeux de ses camarades qui avaient devant eux une carrière politique ou diplomatique, une créature non pas étrangement intéressante, mais inintéressamment étrange.

Et dire que Jaromil aspirait infiniment à la gloire! Il y aspirait comme tous les poètes : *O ! gloire, O ! déité puissante ! Ah, fais que ton grand nom m'inspire et mes vers pourront t'obtenir !* implorait Victor Hugo. *Je suis un poète, je suis un grand poète, et un jour, je serai aimé de l'univers entier, il faut que je me le dise, c'est ainsi que je dois prier au pied de mon mausolée inachevé,* se consolait Jiri Orten à la pensée de sa gloire future.

L'obsessionnel désir d'admiration n'est pas seulement une tare qui s'ajoute au talent du poète lyrique (comme on pourrait l'interpréter, par exemple, dans le cas d'un mathématicien ou d'un architecte), mais il tient à la nature même du talent poétique, il est le signe distinctif du poète lyrique : car le poète est celui qui offre à l'univers son autoportrait, avec la volonté que son visage, saisi sur l'écran des vers, soit aimé et adoré.

Mon âme est une fleur exotique à l'odeur singulière, nerveuse. Je possède un grand talent, peut-être aussi du génie, écrivait Jiri Wolker dans son journal et Jaromil, écœuré par le silence du journaliste, choisit quelques poèmes et les envoya à la revue littéraire la plus en vue. Quel bonheur ! Quinze jours plus tard, il reçut une réponse : ses vers étaient jugés intéressants et on le priait de bien vouloir passer à la rédaction de la revue. Il prépara cet entretien avec autant de soin qu'il préparait autrefois ses rendez-vous féminins. Il décida qu'il allait, au sens le plus profond du terme, se présenter aux rédacteurs, et il tenta de définir qui il était exactement, qui il était en tant que poète, qui il était en tant qu'homme, quel était son programme, d'où il venait, ce qu'il avait surmonté, ce qu'il aimait, ce qu'il détestait. Finalement, il prit un crayon et une feuille de papier et nota, dans leurs aspects essentiels, ses positions, ses opinions, les phases de son évolution. Il noircit plusieurs feuilles et, un beau jour, il frappa à une porte et il entra.

Un petit homme maigre à lunettes était assis à un bureau et lui demanda ce qu'il désirait. Jaromil dit son nom. Le rédacteur lui demanda de nouveau ce qu'il désirait. Jaromil dit de nouveau (plus distinctement et plus fort) son nom. Le rédacteur dit qu'il était heureux de faire la connaissance de Jaromil, mais qu'il voudrait bien savoir ce qu'il désirait. Jaromil dit qu'il avait envoyé ses vers à la rédaction et qu'il avait reçu une lettre où on lui demandait de venir. Le rédacteur dit que c'était son collègue qui s'occupait de la poésie et qu'il était absent en ce moment. Jaromil dit qu'il le regrettait beaucoup, parce qu'il voudrait bien savoir quand ses poèmes seraient publiés.

Le rédacteur perdit patience, se leva de sa chaise, prit Jaromil sous le bras et le conduisit vers une grande armoire. Il l'ouvrit et lui montra de hautes piles de papier rangées sur les rayons : « Cher camarade, nous recevons en moyenne, quotidiennement, des poèmes de douze nouveaux auteurs. Combien ça fait par an ?

— Je ne peux pas calculer ça de tête, dit Jaromil avec embarras, car le rédacteur insistait.

— Ça fait quatre mille trois cent quatre-vingts nouveaux poètes par an. As-tu envie d'aller à l'étranger ?

— Pourquoi pas ? dit Jaromil.

— Alors continue à écrire, dit le rédacteur. Je suis certain que tôt ou tard nous allons exporter des poètes. D'autres pays exportent des monteurs, des ingénieurs, du blé ou du charbon, mais nous, notre principale richesse, ce sont les poètes lyriques. Les poètes lyriques tchèques iront fonder la poésie lyrique des pays en voie de développement. En échange de nos poètes lyriques, nous pourrons acquérir des noix de coco et des bananes. »

Quelques jours plus tard, maman dit à Jaromil que le fils du concierge de l'école communale était venu le demander à la maison. « Il a dit que tu ailles le voir à la police. Et il m'a chargée de te féliciter pour tes poèmes. »

Jaromil rougit de plaisir : « Il a vraiment dit ça ?

— Oui. Au moment de partir, il m'a dit exactement : dites-lui que je le félicite pour ses poèmes. N'oubliez pas de lui faire la commission.

— Ça me fait très plaisir, oui, très plaisir, dit Jaromil avec une insistance particulière. C'est pour des hommes comme lui que j'écris mes vers. Je n'écris pas pour les rédacteurs des revues et des maisons d'édition. Le menuisier ne fait pas de chaises pour d'autres menuisiers, mais pour des hommes. »

C'est ainsi qu'il franchit un jour le seuil du grand immeuble de la Sûreté nationale, qu'il annonça son nom au concierge armé d'un revolver, qu'il attendit dans le couloir et qu'il serra la main de son ancien camarade de classe qui était descendu et l'accueillait avec joie. Ils allèrent ensuite dans son bureau et le fils du concierge lui répéta pour la quatrième fois : « Mon vieux, je ne savais pas que j'avais été à l'école avec un homme célèbre. Je me disais toujours, c'est lui ou ce n'est pas lui, mais finalement, je me suis dit que ce n'est pas un nom tellement répandu. »

Puis il conduisit Jaromil dans le couloir vers un grand tableau mural où étaient épinglées plusieurs photographies (on y voyait des policiers s'entraîner avec un chien, avec des armes, avec un parachute), deux circulaires, et au milieu de tout cela une coupure de journal avec un poème de Jaromil ; cette coupure de presse était joliment encadrée d'un trait de crayon rouge et semblait présider à tout le tableau.

« Qu'en dis-tu ? » demanda le fils du concierge et Jaromil ne disait rien, mais il était heureux ; c'était la première fois qu'il voyait un de ses poèmes vivre d'une vie propre, indépendamment de lui.

Le fils du concierge le prit par le bras et le reconduisit dans son bureau. « Tu vois, tu ne pensais sans doute pas que les policiers lisent aussi des poèmes, dit-il en riant.

— Pourquoi pas ? dit Jaromil qui était très impressionné à l'idée que ses vers n'étaient pas lus par des vieilles filles mais par des hommes qui portaient un revolver sur la hanche. Pourquoi pas, il y a une différence entre les policiers d'aujourd'hui et les mercenaires de la république bourgeoise.

— Tu penses sans doute que ça ne va pas ensemble, un flic et la poésie, mais ce n'est pas vrai », reprit le fils du concierge, poursuivant son idée.

Et Jaromil aussi poursuivait son idée : « D'ailleurs, les poètes d'aujourd'hui ne sont plus comme les poètes d'autrefois. Ce ne sont plus de petites femelles gâtées. »

Et le fils du concierge poursuivait toujours le fil de son idée : « C'est justement parce que nous avons un métier si dur (et tu ne peux pas savoir à quel point) que nous avons parfois besoin de quelque chose de délicat. Sans ça, il y a des jours où on ne pourrait pas supporter ce qu'on est obligé de faire ici. »

Ensuite il lui proposa (car son service venait de se terminer) d'aller s'asseoir au café d'en face et ils burent deux ou trois demis. « Mon vieux, ce n'est pas de la rigolade tous les jours, poursuivit-il avec une chope de bière à la main. Tu te rappelles ce que je t'ai dit la dernière fois au sujet de ce Juif ? Il est en tôle. Et c'est une jolie crapule. »

Jaromil ne savait évidemment pas que le type brun qui dirigeait le cercle de la jeunesse marxiste avait été arrêté ; certes, il se doutait vaguement qu'il y avait des arrestations, mais il ne savait pas qu'on arrêtait les gens par dizaines de milliers, et aussi parmi les communistes, que les détenus étaient torturés et que leurs fautes étaient la plupart du temps imaginaires ; il ne put donc réagir à cette nouvelle que par un simple mouvement de surprise où ne s'exprimait aucune opinion, mais tout de même un peu de stupeur et de compassion, de sorte que le fils du concierge dut affirmer avec vigueur : « Dans ces affaires-là, il n'y a pas à faire de sentimentalité. »

Jaromil s'effraya à la pensée que le fils du concierge lui échappait de nouveau, qu'il était de nouveau plus en avant que lui. « Ne t'étonne pas si j'ai pitié de lui. C'est normal. Mais tu as raison, la sentimentalité pourrait nous coûter cher.

— Terriblement cher, dit le fils du concierge.

— Nul d'entre nous ne veut être cruel, dit Jaromil.

— Ça non, approuva le fils du concierge.

— Mais ce serait commettre la plus grande cruauté que de ne pas avoir le courage d'être cruel envers les cruels, dit Jaromil.

— C'est ça, approuva le fils du concierge.

— Pas de liberté pour les ennemis de la liberté. C'est cruel, je le sais, mais il faut que ce soit comme ça.

— Il le faut, acquiesça le fils du concierge. Je pourrais t'en dire long là-dessus, mais je ne peux et je ne dois rien te dire. Tout ça, ce sont des secrets d'État, mon ami. Même avec ma femme, je ne peux pas parler de ce que je fais ici.

— Je sais, dit Jaromil, je comprends », et de nouveau il enviait à son ancien camarade de classe ce métier viril, ce secret et cette épouse, et aussi qu'il dût avoir devant elle des secrets et qu'elle fût obligée de l'accepter ; il lui enviait la *vie réelle* dont la beauté cruelle (et la belle cruauté) ne cessait de le dépasser (il ne comprenait pas du tout pourquoi on avait arrêté le type brun, il ne savait qu'une chose, qu'il le fallait), il lui enviait la vie réelle où lui-même (il le comprenait une fois de plus amèrement devant son ancien camarade de classe qui avait le même âge que lui) n'était pas encore entré.

Tandis que Jaromil réfléchissait avec envie, le fils du concierge le regardait au fond des yeux (ses lèvres étaient légèrement écartées et souriaient bêtement) et il commença à réciter les vers qu'il avait épinglés au tableau mural ; il connaissait tout le poème par cœur et ne fit pas une seule faute. Jaromil ne savait quelle contenance prendre (son ancien camarade de classe ne le quittait pas un instant des yeux), rougissait (il sentait le ridicule de l'interprétation naïve de son ancien camarade), mais l'heureuse fierté qu'il éprouvait était infiniment plus forte que la gêne : le fils du concierge connaissait et aimait ses vers ! ses poèmes étaient donc entrés dans le monde des hommes, à sa place, avant lui, comme s'ils étaient ses messagers, ses patrouilles avancées ! Ses yeux s'embuèrent de larmes d'autosatisfaction béate ; il en eut honte et baissa la tête.

Le fils du concierge avait achevé sa récitation et regardait encore Jaromil dans les yeux ; puis il expliqua qu'un stage annuel de formation à l'intention de jeunes policiers avait lieu dans une grande et belle villa des environs de Prague et qu'ils y invitaient de temps à autre, pour la soirée, des gens intéressants avec lesquels ils organisaient une discussion. « Nous voudrions aussi inviter quelques poètes, un dimanche. Pour organiser une grande soirée de poésie. »

Ensuite ils burent encore un demi et Jaromil dit : « C'est vraiment bien que ce soit justement la police qui organise une soirée de poésie.

— Et pourquoi pas la police ? pourquoi pas ?

— Évidemment, pourquoi pas ? dit Jaromil. Police et poésie vont peut-être mieux ensemble que certains ne le pensent.

— Et pourquoi est-ce qu'elles n'iraient pas ensemble ? dit le fils du concierge.

— Pourquoi pas ? dit Jaromil.

— Eh oui, pourquoi pas ? » dit le fils du concierge et il déclara qu'il voudrait voir Jaromil parmi les poètes invités.

Jaromil protesta, mais finit par accepter volontiers. Eh bien ! si la littérature hésitait à tendre à ses vers sa main fragile (malingre), c'était la vie elle-même qui lui tendait sa main (rude et ferme).

6

Regardons encore un instant Jaromil assis devant un demi de bière en face du fils du concierge ; derrière lui, s'étend au loin le monde clos de son enfance, et devant lui, incarné par son ancien camarade de classe, le monde des actes, un monde étranger qu'il redoute et auquel il aspire désespérément.

Ce tableau exprime la situation fondamentale de l'immaturité ; le lyrisme est une tentative de faire face à cette situation : l'homme expulsé de l'enclos protecteur de l'enfance désire entrer dans le monde, mais en même temps, parce qu'il en a peur, il façonne à partir de ses propres vers un monde artificiel et de *remplacement*. Il fait tourner ses poèmes autour de lui comme les planètes autour du soleil ; il devient le centre d'un petit univers où rien n'est étranger, où il se sent chez soi comme l'enfant à l'intérieur de la mère, car ici tout est façonné dans la seule substance de son âme. Ici, il peut ensuite accomplir tout ce qui est si difficile *dehors ;* ici il peut, comme l'étudiant Wolker, marcher avec la foule des prolétaires pour faire la révolution, et, comme le puceau Rimbaud, fouetter ses *petites amoureuses*, parce que cette foule et ces amoureuses ne sont pas façonnées dans la substance hostile d'un monde étranger mais dans la substance de ses propres rêves, ils sont donc lui-même et ne rompent pas l'unité de l'univers qu'il s'est pour lui-même construit.

Vous connaissez peut-être le beau poème de Jiri

Orten sur l'enfant qui était heureux à l'intérieur du corps maternel et qui ressent sa naissance comme une mort atroce, *une mort pleine de lumière et de visages effrayants*, et qui veut retourner en arrière, en arrière au-dedans de sa mère, en arrière *dans le très doux parfum*.

Tant qu'il n'est pas adulte, l'homme aspire, pendant longtemps encore, à l'unité et à la sécurité de cet univers qu'il emplissait à lui seul tout entier à l'intérieur de sa mère, et il éprouve de l'angoisse (ou de la colère) face au monde adulte de la relativité où il est englouti comme une gouttelette dans un océan d'altérité. C'est pourquoi les jeunes gens sont des monistes passionnés, des messagers de l'absolu ; c'est pourquoi le poète trame l'univers privé de ses poèmes ; c'est pourquoi le jeune révolutionnaire revendique un monde radicalement nouveau forgé d'une seule idée ; c'est pourquoi ils n'admettent pas le compromis, ni en amour ni en politique ; l'étudiant révolté clame à travers l'histoire son *tout ou rien*, et Victor Hugo, à l'âge de vingt ans, se met en fureur en voyant Adèle Foucher, sa fiancée, relever sa jupe sur un trottoir boueux, découvrant sa cheville. *Il me semble que la pudeur est plus précieuse qu'une robe*, lui reproche-t-il ensuite dans une lettre sévère, et il menace : *Prends garde à ce que je te dis ici, si tu ne veux m'exposer à donner un soufflet au premier insolent qui osera se tourner vers toi !*

Le monde des adultes, en entendant cette menace pathétique, éclate de rire. Le poète est blessé par la trahison de la cheville de l'amante et par le rire de la foule, et le drame de la poésie et du monde commence.

Le monde des adultes sait bien que l'absolu n'est

qu'un leurre, que rien d'humain n'est grand ou éternel et qu'il est absolument normal que la sœur et le frère dorment dans la même chambre ; mais comme Jaromil se tourmente ! La rousse lui a annoncé que son frère va venir à Prague et loger chez elle pendant une semaine ; elle lui a même demandé de ne pas venir pendant tout ce temps-là. C'est plus qu'il n'en peut supporter et il proteste d'une voix forte : il ne peut quand même pas accepter de renoncer à son amie pendant toute une semaine à cause d'un type (il l'appelait un type avec un orgueil dédaigneux) !

« Qu'est-ce que tu me reproches ? rétorqua la rousse. Je suis plus jeune que toi et c'est toujours chez moi que nous nous voyons. Jamais on ne peut se voir chez toi ! »

Jaromil savait que la rousse avait raison et son amertume en fut encore accrue ; il comprit une fois de plus toute l'humiliation de son manque d'indépendance et, aveuglé par la colère, il annonça le jour même à maman (avec une fermeté sans précédent) qu'il amènerait son amie à la maison parce qu'il ne pouvait pas la voir seule ailleurs.

Comme ils se ressemblent tous deux, la mère et le fils ! Tous deux ont pareillement l'envoûtante nostalgie d'un paradis moniste d'unité et d'harmonie. Il veut *retrouver* le « doux parfum » des entrailles maternelles et elle veut *être* (encore et toujours) ce « doux parfum ». A mesure que son fils mûrissait, elle voulait se déployer autour de lui comme une étreinte éthérée ; elle épousait toutes ses opinions ; elle admirait l'art moderne ; elle se réclamait du communisme, elle avait foi dans la gloire de son fils, elle s'indignait de l'hypocrisie des professeurs qui disaient une chose un jour et une autre le lendemain ; elle voulait être toujours autour de lui comme le ciel, elle voulait être toujours de la même substance que lui.

Mais comment pourrait-elle, apôtre de l'harmonieuse unité, accepter la substance étrangère d'une autre femme ?

Jaromil lisait un refus sur le visage de sa mère, et il devenait intraitable. Oui, il voulait bien retourner dans le « doux parfum », il cherchait l'ancien univers maternel, mais il ne le cherchait plus auprès de sa mère, depuis longtemps ; c'était justement sa mère qui le gênait le plus dans cette recherche de la mère perdue.

Elle comprit que le fils ne céderait pas et elle se soumit ; Jaromil se retrouva seul pour la première fois dans sa chambre avec la rousse, ce qui aurait été certainement bien s'ils n'avaient pas été tous deux si nerveux ; maman était certes allée au cinéma, mais en réalité elle était constamment avec eux ; ils avaient l'impression qu'elle les entendait ; ils parlaient à voix beaucoup plus basse qu'ils n'en avaient l'habitude ; quand Jaromil voulut prendre la rousse dans ses bras, il trouva son corps froid et comprit qu'il valait mieux ne pas insister ; donc au lieu de profiter de tous les plaisirs de cette journée, ils bavardèrent avec gêne de choses et d'autres, sans cesser de suivre le mouvement de l'aiguille de la pendule qui leur annonçait le retour prochain de la mère ; il était en effet impossible de sortir de la chambre de Jaromil sans passer par sa chambre à elle et la rousse ne voulait à aucun prix la rencontrer ; elle partit donc une demi-heure avant son retour, laissant Jaromil de très mauvaise humeur.

Loin de le décourager, cet échec le rendit encore plus ferme. Il comprit que sa position dans la maison où il vivait était intolérable ; il n'habitait pas chez lui, mais chez sa mère. Cette constatation éveillait en lui une résistance têtue : il invita de nouveau son amie et, cette fois-ci, il l'accueillit avec un bavardage enjoué, au moyen duquel il voulait surmonter l'angoisse qui les avait paralysés la dernière fois. Il avait même une bouteille de vin sur la table et comme ils n'avaient pas l'habitude de l'alcool ils furent bientôt dans une disposition d'esprit où ils parvinrent à oublier l'ombre omniprésente de la mère.

Pendant toute une semaine, elle rentra tard, comme Jaromil le souhaitait, plus tard même qu'il ne le souhaitait. Elle s'absentait de la maison même les jours où il ne le lui demandait pas. Ce n'était pas de la bonne volonté de sa part, et pas davantage une concession sagement réfléchie ; c'était une manifestation. En rentrant tard, elle voulait dénoncer de façon exemplaire la brutalité de son fils, elle voulait montrer que son fils se comportait comme s'il était le maître de la maison où elle n'était que tolérée et où elle n'avait pas même le droit de s'asseoir dans un fauteuil et de lire dans sa chambre quand elle rentrait fatiguée de son travail.

Pendant ces longs après-midi et ces longues soirées où elle s'absentait de la maison, elle n'avait malheureusement pas un seul homme à qui rendre visite, parce que le collègue qui la courtisait autrefois s'était lassé depuis longtemps de sa vaine insistance ; elle allait donc au cinéma, au théâtre, elle essayait (avec peu de succès) de renouer avec quelques amies à moitié oubliées et elle entrait avec un pervers plaisir dans les sentiments amers d'une femme qui, après avoir perdu ses parents et son mari, est expulsée de son foyer par son propre fils. Elle était assise dans une salle obscure, loin d'elle sur l'écran deux inconnus s'embrassaient et des larmes lui coulaient sur les joues.

Un jour elle rentra à la maison un peu plus tôt que de coutume, prête à montrer un visage blessé et à ne pas répondre aux salutations de son fils. En entrant dans sa chambre, elle eut à peine refermé la porte que le sang lui monta à la tête ; de la chambre de Jaromil, donc d'un lieu dont à peine quelques mètres la séparaient, lui parvenaient la respiration haletante de son fils et, mêlé à cette respiration, un râle féminin.

Elle était clouée sur place et en même temps elle comprenait qu'elle ne pouvait pas rester là sans bouger, à écouter ce gémissement d'amour, parce qu'elle avait l'impression d'être à côté d'eux, de les regarder (et à cette minute elle les voyait vraiment en pensée, clairement et distinctement) et c'était absolument insupportable. Elle fut saisie d'un accès de colère irraisonnée, d'autant plus violente qu'elle comprit aussitôt son impuissance, car elle ne pouvait ni taper des pieds, ni crier, ni casser un meuble, ni entrer dans la chambre de Jaromil et les frapper, elle ne pouvait absolument rien faire d'autre que rester ici immobile et les entendre.

Et à ce moment, le peu de raison lucide qui restait en elle se conjugua avec cet accès de colère aveugle dans une inspiration soudaine et frénétique : quand la rousse, dans la pièce voisine, gémit de nouveau, maman s'écria d'une voix pleine de crainte anxieuse :

« Jaromil, mon Dieu, qu'est-ce qui arrive à ton amie ? »

Les soupirs, dans la pièce voisine, se turent instantanément et maman courut vers l'armoire à pharmacie ; elle y prit une petite bouteille et revint en courant vers la porte de la chambre de Jaromil ; elle saisit la poignée ; la porte était fermée à clé. « Mon Dieu, vous me faites peur, qu'est-ce qui se passe ? Qu'est-ce qui arrive à la demoiselle ? »

Jaromil tenait dans ses bras le corps de la rousse qui tremblait comme une feuille, et il dit : « Mais rien...

— Ton amie a des spasmes ?

— Oui, c'est ça..., répondit-il.

— Ouvre, j'ai des gouttes pour elle », dit maman et, de nouveau, elle saisit la poignée de la porte fermée.

« Attends, dit le fils, et il se leva rapidement.

— C'est affreux, ces spasmes, dit maman.

— Une seconde, dit Jaromil, et il enfila à la hâte son pantalon et sa chemise ; il jeta la couverture sur la jeune fille.

— C'est une crise de foie, n'est-ce pas ? demanda maman à travers la porte.

— Oui, dit Jaromil et il entrouvrit la porte pour prendre le flacon de médicament.

— Tu pourrais quand même me laisser entrer », dit maman. Une étrange frénésie la poussait en avant ; elle ne se laissa pas éconduire et elle entra dans la pièce ; la première chose qu'elle aperçut, ce fut un soutien-gorge jeté sur une chaise et d'autres sous-vêtements féminins ; ensuite elle vit la jeune fille ; elle était recroquevillée sous la couverture et vraiment pâle, comme si elle avait eu un malaise.

Maintenant, elle ne pouvait plus reculer ; elle s'assit près d'elle : « Qu'est-ce qui vous est arrivé ? Je rentre à la maison et j'entends de ces gémissements, ma pauvre petite... » Elle versa vingt gouttes sur un morceau de sucre : « Mais je connais ça, les spasmes, prenez ça, ça vous fera tout de suite du bien... » et elle approcha le morceau de sucre des lèvres de la rousse et la jeune fille ouvrit docilement la bouche et la tendit vers le morceau de sucre comme elle l'ouvrait un instant plus tôt et la tendait vers les lèvres de Jaromil.

Elle avait fait irruption, en extase de colère, dans la chambre de son fils, mais à présent il ne restait plus en elle que l'extase seule : elle regardait cette petite bouche qui s'ouvrait tendrement et elle fut brusquement saisie d'une terrible envie d'arracher la couverture du corps de la jeune fille rousse et de l'avoir nue devant elle ; de rompre l'intimité du petit monde clos que formaient la rousse et Jaromil ; de toucher ce qu'il touchait lui ; de le proclamer sien ; de l'occuper ; d'enlacer ces deux corps dans son étreinte éthérée ; de se glisser entre leur nudité si fragilement cachée (il ne lui avait pas échappé que la culotte de gymnastique que Jaromil portait sous son pantalon gisait sur le plancher) ; de se glisser entre eux, effrontément et innocemment, comme s'il s'agissait vraiment d'une crise de foie ; d'être avec eux comme elle était avec Jaromil quand elle le faisait boire à son sein nu ; d'accéder, par la passerelle de cette innocence ambiguë, à leurs jeux et à leurs caresses ; d'être comme un ciel autour de leurs corps nus, d'être avec eux...

Puis elle eut peur de son propre trouble. Elle conseilla à la jeune fille de respirer profondément et elle se retira bien vite dans sa chambre.

7

Un minibus aux portes fermées était garé devant l'immeuble de la Sûreté, et les poètes attendaient le chauffeur. Il y avait parmi eux deux types de la police, organisateurs de la soirée-débat, et aussi, bien entendu, Jaromil ; il connaissait de vue quelques-uns des poètes (par exemple, le sexagénaire qui avait lu un poème sur la jeunesse, quelque temps plus tôt, au meeting de la faculté), mais n'osait adresser la parole à personne. Ses inquiétudes s'étaient un peu apaisées car, quelques jours plus tôt, la revue littéraire avait enfin publié cinq de ses poèmes ; il voyait là une confirmation officielle de son droit à l'appellation de poète ; afin d'être prêt à toute éventualité, il avait la revue dans la poche intérieure de sa veste, ce qui fait que, d'un côté, sa poitrine était mâle et plate et, de l'autre, féminine et saillante.

Le chauffeur arriva et les poètes (ils étaient onze en tout avec Jaromil) montèrent dans le car. Au bout d'une heure de route, le minibus s'arrêta dans un agréable paysage de vacances, les poètes descendirent, les organisateurs leur montrèrent la rivière, le jardin, la villa, leur firent visiter les salles de cours, le grand salon où la soirée solennelle allait commencer dans quelques instants, ils les obligèrent à jeter un coup d'œil dans les chambres à trois lits où habitaient les stagiaires (surpris au milieu de leurs occupations, ceux-ci se mirent au garde-à-vous devant les poètes avec la même discipline qu'ils auraient manifestée devant un contrôle officiel venu vérifier le bon ordre des chambres) et finalement les conduisirent dans le bureau du chef. Des sandwiches les y attendaient, ainsi que deux bouteilles de vin, le chef en uniforme et, comme si tout cela ne suffisait pas, une jeune femme extrêmement belle. Quand ils eurent l'un après l'autre serré la main du chef et grommelé leur nom, le chef leur présenta la jeune femme : « C'est l'animatrice de notre cercle de cinéma », et il expliqua ensuite aux onze poètes (qui serrèrent l'un après l'autre la main de la jeune femme) que la police populaire avait son club d'entreprise où elle participait à d'intenses activités culturelles ; ils avaient un théâtre d'amateurs, une chorale d'amateurs et ils venaient de fonder un cercle de cinéma avec pour animatrice cette jeune femme qui était étudiante à l'école des hautes études cinématographiques et en même temps assez aimable pour bien vouloir aider les jeunes policiers ; au demeurant, ils avaient ici les meilleures conditions : une excellente caméra, toutes sortes de projecteurs et surtout des jeunes hommes enthousiastes, bien que le chef ne pût dire s'ils s'intéressaient davantage au cinéma ou à l'animatrice.

Après avoir serré la main de tous les poètes, la jeune cinéaste fit signe à deux jeunes gars debout près de grands projecteurs ; les poètes et le directeur mâchaient leurs sandwiches sous l'éclat d'une vive lumière. Leur conversation, que le chef s'efforçait de rendre aussi naturelle que possible, était interrompue par les instructions de la jeune femme qui étaient suivies d'un déplacement des projecteurs et ensuite du léger bourdonnement de la caméra. Puis le chef remercia les poètes d'être venus, regarda sa montre et dit que le public attendait avec impatience.

« Eh bien, camarades poètes, je vous en prie, prenez place », dit l'un des organisateurs et il lut les noms sur une feuille de papier ; les poètes se mirent en rang et, quand l'organisateur leur fit signe, ils montèrent sur l'estrade ; il y avait là une longue table où chaque poète avait une chaise et une place marquée d'une plaque avec son nom. Les poètes s'assirent sur les chaises et la salle (où toutes les places étaient occupées) retentit d'applaudissements.

C'était la première fois que Jaromil défilait et que la foule le voyait ; il était en proie à une sensation d'ivresse qui ne le quitta pas jusqu'à la fin de la soirée. D'ailleurs, tout lui réussissait magnifiquement ; quand les poètes se furent assis sur les chaises qui leur étaient destinées, l'un des organisateurs s'approcha du pupitre installé à l'extrémité de la table, souhaita la bienvenue aux onze poètes et les présenta. Chaque fois qu'il prononçait un nom, le poète se levait, saluait et la salle applaudissait. Jaromil aussi se leva et salua, et il fut à ce point stupéfait par les applaudissements qu'il ne remarqua pas tout de suite le fils du concierge qui était assis au premier rang et lui faisait signe ; il lui fit signe à son tour et ce geste accompli sur l'estrade aux yeux de tous lui fit sentir le charme d'un naturel factice, de sorte qu'ensuite, pendant la soirée, il fit signe plusieurs fois à son camarade, comme quelqu'un qui se sent à l'aise sur la scène et comme chez soi.

Les poètes étaient assis dans l'ordre alphabétique et Jaromil se trouva à côté du sexagénaire : « Mon ami, c'est une surprise, je ne savais pas du tout que c'était vous ! Vous avez eu des poèmes publiés récemment dans une revue ! » Jaromil sourit poliment et le poète reprit : « J'ai retenu votre nom, ce sont des vers excellents, ils m'ont fait une grande joie ! », mais, à ce moment-là, l'organisateur reprit la parole et invita les poètes à venir au micro dans l'ordre alphabétique et à réciter successivement quelques-uns de leurs derniers poèmes.

Donc, les poètes venaient au micro, récitaient, recueillaient des applaudissements et retournaient à leur place. Jaromil attendait son tour avec anxiété ; il avait peur de bafouiller, il avait peur de ne pas savoir prendre le ton de voix qu'il fallait, il avait peur de tout ; mais ensuite il se leva et il fut comme ébloui ; il n'eut même pas le temps de réfléchir. Il commença à lire et, dès les premiers vers, il se sentit sûr de lui. Et de fait, les applaudissements qui suivirent son premier poème furent les plus longs qu'on eût entendus jusqu'à présent dans la salle.

Les applaudissements enhardirent Jaromil qui lut son deuxième poème avec plus d'assurance encore que le premier et il ne se sentit nullement gêné quand deux projecteurs s'allumèrent à proximité et l'inondèrent de lumière, tandis que la caméra se mettait à ronronner à dix mètres de lui. Il faisait semblant de ne rien remarquer, il n'hésita même pas dans sa récitation, il parvint même à lever les yeux de sa feuille de papier et à regarder, non seulement l'espace indistinct de la salle, mais un point tout à fait distinct où (à quelques pas de la caméra) se tenait la jolie cinéaste. Puis il y eut encore des applaudissements et Jaromil lut deux autres poèmes, il entendait le ronronnement de la caméra et voyait le visage de la cinéaste ; puis il salua et retourna à sa place ; à ce moment, le sexagénaire se leva de sa chaise et, inclinant solennellement la tête en arrière, il ouvrit les bras et les referma sur les épaules de Jaromil : « Mon ami, vous êtes un poète, vous êtes un poète ! » et comme les applaudissements ne cessaient pas, il se tourna lui-même vers la salle, leva la main et s'inclina.

Quand le onzième poète eut fini de réciter ses vers, l'organisateur remonta sur l'estrade, remercia tous les poètes et annonça qu'après une brève interruption, ceux que cela intéressait pourraient revenir dans la même salle et discuter avec les poètes. « Cette discussion n'est pas obligatoire ; seuls ceux que cela intéresse sont invités à y participer. »

Jaromil était grisé ; tous les gens lui serraient la main et se rassemblaient autour de lui ; un des poètes se présenta comme lecteur d'une maison d'édition, s'étonna que Jaromil n'eût encore aucun recueil de vers publié et lui en demanda un ; un autre l'invita cordialement à participer à un meeting organisé par l'union des étudiants ; et bien entendu, le fils du concierge vint à son tour le rejoindre, et ensuite il ne le quitta pas un instant, montrant clairement à tous qu'ils se connaissaient depuis l'enfance ; puis le chef en personne s'approcha et dit : « J'ai bien l'impression qu'aujourd'hui c'est au plus jeune que vont les lauriers de la victoire ! »

Puis il déclara, se tournant vers les autres poètes, qu'à son grand regret il ne pourrait pas participer à la discussion car il devait assister à un bal organisé par les stagiaires de l'école, qui allait commencer dans une petite salle voisine, immédiatement après le récital de poésie. Beaucoup de jeunes filles des villages alentour, ajouta-t-il avec un sourire gourmand, étaient venues pour cette circonstance car les hommes de la police étaient de fameux don Juans. « Eh bien, camarades, je vous remercie de vos beaux vers et j'espère que ce n'est pas la dernière fois que nous vous voyons ! » Il serra la main des poètes et partit dans la salle voisine d'où parvenait déjà, comme une invitation à la danse, la musique d'une fanfare.

Dans la salle où quelques instants plus tôt retentissaient de bruyants applaudissements, le petit groupe excité des poètes se retrouva seul au pied de l'estrade ; l'un des organisateurs monta sur l'estrade et annonça : « Chers camarades, la pause est terminée et je donne de nouveau la parole à nos invités. Je demande à ceux qui veulent participer à la discussion avec les camarades poètes de s'asseoir. »

Les poètes regagnèrent leurs places sur l'estrade et une dizaine de personnes vinrent s'asseoir en bas en face d'eux au premier rang de la salle vide : il y avait parmi elles le fils du concierge, les deux organisateurs qui avaient accompagné les poètes en minibus, un vieux monsieur avec une jambe de bois et une béquille, quelques autres personnes moins voyantes et aussi deux femmes : l'une approchait de la cinquantaine (sans doute une dactylo), l'autre était la cinéaste qui avait achevé de tourner et fixait maintenant ses grands yeux paisibles sur les poètes ; la présence d'une jolie femme était d'autant plus remarquable dans la salle et d'autant plus stimulante pour les poètes qu'à travers le mur leur parvenaient d'une pièce voisine, de plus en plus sonores et tentateurs, la musique de la fanfare et le vacarme croissant du bal.

Les deux rangées assises face à face étaient à peu près égales en nombre et faisaient songer à deux équipes de football ; Jaromil se dit que le silence qui s'était établi était le silence qui précède un affrontement ; et comme ce silence durait déjà depuis presque trente secondes, il estima que le onze poétique perdait les premiers points.

Mais Jaromil sous-estimait ses coéquipiers ; au cours de l'année, quelques-uns d'entre eux avaient en effet participé à une centaine de discussions diverses, et ces lectures-débats étaient devenues leur principal domaine d'activité, leur spécialisation et leur art. Rappelons ce détail historique : c'était alors la période des discussions et des meetings ; les institutions les plus diverses, les clubs d'entreprise, les comités du parti et de l'union de la jeunesse organisaient des soirées auxquelles étaient conviés des peintres, poètes, astronomes ou économistes de toutes sortes ; les organisateurs de ces soirées étaient ensuite dûment notés et récompensés pour leurs initiatives, car l'époque exigeait une activité révolutionnaire et, celle-ci ne pouvant s'exercer sur les barricades, il fallait bien qu'elle s'épanouît dans des réunions et discussions. Et aussi, les peintres, poètes, astronomes ou économistes de toutes sortes participaient bien volontiers à ce genre de soirées, car ils montraient ainsi qu'ils n'étaient pas des spécialistes bornés, mais des spécialistes révolutionnaires et liés au peuple.

Les poètes connaissaient donc fort bien les questions que posait le public, ils savaient fort bien qu'elles se répétaient avec la stupéfiante régularité de la probabilité statistique. Ils savaient que quelqu'un allait certainement leur demander : camarade, comment avez-vous commencé à écrire ? Ils savaient que quelqu'un d'autre leur demanderait : à quel âge avez-vous écrit votre premier poème ? Ils savaient que quelqu'un leur demanderait aussi quel était leur auteur préféré, et qu'il fallait aussi s'attendre à ce qu'un membre de l'assistance, désireux de faire briller sa culture marxiste, leur pose la question : camarade, comment définirais-tu le réalisme socialiste ? et ils savaient aussi qu'on leur adresserait, en plus des questions, quelques rappels à l'ordre pour les inviter à écrire davantage de vers 1° sur la profession de ceux avec qui avait lieu la discussion, 2° sur les jeunes, 3° sur la dureté de la vie à l'époque du capitalisme, et 4° sur l'amour.

La demi-minute de silence inaugurale n'était donc pas le résultat d'un embarras quelconque; c'était plutôt de la négligence de la part des poètes qui connaissaient trop bien la routine; ou bien, une mauvaise coordination, parce que les poètes ne s'étaient encore jamais produits dans cette formation et que chacun voulait laisser à l'autre le privilège du premier tir. Le poète sexagénaire prit enfin la parole. Il parlait avec aisance et emphase et après dix minutes d'improvisation il invita la rangée d'en face à poser sans crainte des questions. De sorte que les poètes purent enfin déployer leur éloquence et leur habileté dans un jeu d'équipe improvisé qui, dès lors, fut sans défaut : ils savaient se relayer, se compléter avec à-propos, faire promptement alterner une réponse sérieuse et une anecdote. Évidemment, toutes les questions essentielles furent posées et toutes les réponses essentielles y furent apportées (qui eût écouté sans intérêt le sexagénaire, à qui l'on avait demandé comment et quand il avait écrit son premier poème, expliquer que sans la chatte Mitsou il n'eût jamais été poète, car c'était elle qui lui avait inspiré son premier poème à l'âge de cinq ans; après quoi, il récita ce poème et, comme la rangée d'en face ne savait pas s'il était sérieux ou s'il plaisantait, il s'empressa de rire le premier, et ensuite tout le monde, les poètes et le public, rit longuement et de bon cœur).

Et bien entendu, il y eut aussi des rappels à l'ordre. Le fils du concierge en personne se leva et parla d'abondance. Oui, la soirée poétique avait été remarquable et tous les poèmes étaient de premier ordre, mais quelqu'un avait-il songé que sur les trente-trois poèmes au moins que l'on avait entendus (si l'on comptait que chaque poète avait récité à peu près trois poèmes), il n'y avait pas une seule poésie qui eût pour thème, de près ou de loin, le corps de la Sûreté nationale ? Et pourtant, pouvait-on prétendre que la Sûreté occupe dans la vie nationale une place inférieure à un trente-troisième ?

Ensuite, la quinquagénaire se leva et dit qu'elle approuvait tout à fait ce qu'avait dit le camarade de classe de Jaromil, mais que sa question était toute différente : pourquoi écrivait-on si peu sur l'amour à présent ? Un rire étouffé se fit entendre dans le public et la quinquagénaire poursuivit : « Même en régime socialiste, dit-elle, les gens s'aiment et lisent volontiers quelque chose sur l'amour. »

Le poète sexagénaire se leva, inclina la tête en

arrière et dit que la camarade avait tout à fait raison. Fallait-il, en régime socialiste, rougir d'aimer ? Était-ce quelque chose de mal ? Il était un homme âgé, mais il n'avait pas honte d'avouer que, quand il voyait des femmes vêtues de minces robes d'été sous lesquelles on devinait leurs corps jeunes et charmants, il ne pouvait s'empêcher de se retourner. La rangée des onze interrogateurs fit entendre le rire complice des jouisseurs et le poète, ainsi encouragé, poursuivit : que devait-il offrir à ces femmes jeunes et jolies ? un marteau avec de l'asparagus, peut-être ? et quand il les invitait chez lui, devait-il mettre une faucille dans un vase à fleurs ? nullement, il leur offrait des roses ; la poésie amoureuse était comme les roses qu'on offrait aux femmes.

Oui, oui, dit la quinquagénaire, approuvant avec ferveur le poète, et celui-ci sortit un papier de sa poche intérieure et se mit à réciter un long poème d'amour.

Oui, oui, c'est magnifique, opinait la quinquagénaire, mais ensuite l'un des organisateurs se leva et dit que ces vers étaient certainement beaux mais que cependant, même dans un poème d'amour, il devait être évident que le poème était écrit par un poète socialiste.

Mais en quoi cela peut-il être évident ? demanda la quinquagénaire encore fascinée par la tête pathétiquement inclinée du vieux poète et par son poème.

Pendant tout ce temps Jaromil se taisait, bien que tous les autres eussent déjà pris la parole, et il savait qu'il devait prendre à son tour la parole ; il se dit que c'était le moment ; c'était là une question à laquelle il réfléchissait depuis longtemps ; oui, depuis l'époque où il fréquentait le peintre et où il écoutait docilement ses discours sur l'art moderne et le monde nouveau. Hélas ! c'est de nouveau le peintre qui s'exprime par la bouche de Jaromil, ce sont de nouveau ses paroles et sa voix qui sortent des lèvres de Jaromil !

Que disait-il ? Que l'amour, dans l'ancienne société, était à ce point déformé par le souci de l'argent, par les considérations sociales, par les préjugés, qu'en réalité il ne pouvait jamais être lui-même, qu'il n'était que l'ombre de lui-même. C'était seulement l'époque nouvelle, en balayant le pouvoir de l'argent et l'influence des préjugés, qui rendrait l'homme pleinement humain et l'amour plus grand qu'il n'avait jamais été dans le passé. Le poème d'amour socialiste était donc l'expression de ce grand sentiment libéré.

Jaromil était satisfait de ce qu'il disait et voyait les grands yeux de la cinéaste, deux yeux bruns qui, immobiles, le regardaient ; il pensa que les mots « grand amour », « sentiment libéré » allaient, comme un voilier, de sa bouche au havre de ces grands yeux.

Mais quand il eut terminé, l'un des poètes sourit ironiquement et dit : « Crois-tu vraiment que le sentiment amoureux soit plus puissant dans tes poèmes que dans les poèmes de Heinrich Heine ? Ou bien les amours de Victor Hugo sont-elles trop petites pour toi ? L'amour chez Macha ou chez Neruda[1] était-il mutilé par l'argent et les préjugés ? »

C'était la tuile. Jaromil ne savait pas ce qu'il fallait

1. Karel Hynek Macha et Jan Neruda : poètes tchèques du XIXe siècle.

répondre ; il rougit et vit devant lui deux grands yeux noirs, témoins de sa débâcle.

La quinquagénaire accueillit avec satisfaction les questions sarcastiques du collègue de Jaromil et dit : « Qu'est-ce que vous voulez changer à l'amour, camarades ? L'amour sera toujours le même jusqu'à la fin des temps. »

De nouveau, l'organisateur intervint : « Ça non, camarade. Certainement pas !

— Non, ce n'est pas ce que je voulais dire, dit aussitôt le poète. Mais la différence entre la poésie amoureuse d'hier et d'aujourd'hui ne tient pas à l'intensité des sentiments.

— Alors, à quoi tient-elle ? demanda la quinquagénaire.

— Eh bien, voici : autrefois l'amour, même le plus grand, était toujours un moyen de fuir, un moyen d'échapper à une vie sociale, qui était répugnante. Par contre l'amour, chez l'homme d'aujourd'hui, est lié à ses devoirs sociaux, à son travail, à son combat, avec lesquels il forme un tout. C'est en cela que réside sa beauté *nouvelle*. »

La rangée d'en face exprima son accord avec le jugement du collègue de Jaromil, mais celui-ci éclata d'un rire mauvais : « Cette beauté-là, cher ami, n'a rien de bien nouveau. Est-ce que les classiques aussi ne menaient pas une vie où l'amour était en parfaite harmonie avec leur combat social ? Les amants de l'illustre poème de Shelley sont tous deux des révolutionnaires et périssent ensemble sur le bûcher. C'est peut-être ça que tu appelles un amour coupé de la vie sociale ? »

Le pire était que, pareil à Jaromil qui quelques instants plus tôt ne savait que répondre aux objections de son collègue, son collègue séchait à son tour, ce qui risquait de donner l'impression (impression inadmissible) qu'il n'y avait pas de différence entre le passé et le présent et que le monde nouveau n'existait pas. D'ailleurs, la quinquagénaire se leva et demanda avec un sourire interrogateur : « Alors, dites-moi en quoi consiste la différence entre le présent et le passé, du point de vue de l'amour ? »

C'est à ce moment décisif, où tout le monde se trouvait dans une impasse, qu'intervint l'homme à la jambe de bois et à la béquille ; pendant tout ce temps, il avait suivi le débat avec attention, bien qu'avec une impatience visible ; cette fois il se leva et, prenant solidement appui sur une chaise : « Chers camarades, permettez-moi de me présenter », dit-il, et les gens de sa rangée protestèrent aussitôt, criant que ce n'était pas la peine, qu'on le connaissait bien. Mais il les interrompit : « Ce n'est pas à vous que je me présente, mais aux camarades que nous avons invités à la discussion », et comme il savait que son nom ne dirait rien aux poètes, il leur raconta brièvement toute sa biographie : il était concierge dans cette villa depuis près de trente ans ; il y était déjà du temps de l'industriel Kocvara, qui avait ici sa résidence d'été ; il y était aussi pendant la guerre, où l'industriel avait été arrêté et où la villa servait de maison de vacances à la Gestapo ; après la guerre, la villa avait été confisquée par le parti socialiste, et à présent la police y était installée. « Eh bien, après tout ce que j'ai vu, je peux dire qu'aucun gouvernement ne s'occupe aussi bien des travailleurs que le gouvernement communiste. » Évidemment, aujourd'hui non plus, tout n'était pas parfait : « Du temps de l'industriel Kocvara, du temps de la Gestapo et du temps des socialistes, l'arrêt de l'autocar avait toujours été en face de la villa. » Oui, c'était très commode, et il n'avait lui-même qu'une dizaine de pas à faire entre l'arrêt du car et son logement au sous-sol de la villa. Mais voilà qu'on avait déplacé l'arrêt deux cents mètres plus loin ! Il avait déjà protesté partout où on pouvait protester. Tout était absolument inutile. « Dites-moi pourquoi, dit-il en tapant par terre avec sa béquille, maintenant que la villa appartient aux travailleurs, il faut que l'arrêt du car soit si loin ? »

Les gens du premier rang répliquèrent (en partie avec impatience, en partie avec un certain amusement) qu'on lui avait déjà expliqué cent fois que l'autocar s'arrêtait maintenant devant l'usine qui avait été construite entre-temps.

L'homme à la jambe de bois répondit qu'il le savait bien, mais qu'il avait proposé que l'autocar s'arrête aux deux endroits.

Les gens du premier rang lui répondirent qu'il serait stupide que l'autocar s'arrête tous les deux cents mètres.

Le mot « stupide » offensa l'homme à la jambe de bois ; il déclara que personne n'avait le droit de lui parler comme ça ; il tapait par terre avec sa béquille et devenait cramoisi. D'ailleurs, ce n'était pas vrai, l'autocar pouvait très bien avoir des arrêts à deux cents mètres de distance. Il savait parfaitement que, sur d'autres lignes d'autocar, les arrêts étaient aussi rapprochés.

L'un des organisateurs se leva et cita mot pour mot à l'homme à la jambe de bois (il avait déjà dû le faire plus d'une fois) l'arrêté de la société tchécoslovaque des transports routiers, qui interdisait expressément les arrêts à des intervalles si rapprochés.

L'homme à la jambe de bois répondit qu'il avait proposé une solution de compromis ; il serait possible de placer l'arrêt exactement à mi-chemin entre la villa et l'usine.

Mais on lui fit observer qu'à ce moment-là l'arrêt serait éloigné et pour les ouvriers et pour les policiers.

La discussion durait depuis une vingtaine de minutes et les poètes tentaient vainement d'intervenir dans le débat ; le public se passionnait pour un sujet qu'il connaissait à fond et ne leur laissait pas la parole. Quand l'homme à la jambe de bois, écœuré par la résistance de ses collègues, se rassit sur sa chaise avec un air vexé, le silence s'établit enfin, mais il fut aussitôt envahi par la musique de la fanfare qui s'échappait de la pièce voisine.

Ensuite, personne ne dit rien pendant un long moment et l'un des organisateurs se leva enfin et remercia les poètes de leur visite et de l'intéressante discussion. Au nom des visiteurs, le poète sexagénaire se leva et dit que la discussion (comme toujours d'ailleurs) avait été certainement beaucoup plus enrichissante pour eux, les poètes, que pour leurs hôtes, qu'ils remerciaient.

De la salle voisine parvenait la voix d'un chanteur, le public se rassembla autour de l'homme à la jambe de bois pour apaiser sa colère, et les poètes restèrent seuls. Au bout d'un instant, le fils du concierge les rejoignit avec les deux organisateurs et les raccompagna jusqu'au minibus.

8

Dans le minibus qui les reconduisait à Prague il y avait, en plus des poètes, la belle cinéaste. Les poètes l'entouraient et chacun faisait de son mieux pour attirer son intérêt. Jaromil avait malheureusement un siège trop éloigné du sien pour pouvoir participer à ce jeu ; il songeait à sa rousse et comprenait avec une certitude sans appel qu'elle était irrémédiablement laide.

Puis le minibus s'arrêta quelque part au centre de Prague et quelques poètes décidèrent de passer encore un moment dans un bar. Jaromil et la cinéaste y allèrent avec eux ; ils s'assirent à une grande table, parlèrent, burent, et quand ils sortirent du bar, la cinéaste leur proposa de venir chez elle. Mais il ne restait plus qu'une poignée de poètes : Jaromil, le poète sexagénaire et le lecteur de la maison d'édition. Ils s'installèrent dans des fauteuils, dans une jolie chambre au premier étage d'une villa moderne où la jeune femme habitait en sous-location, et ils se remirent à boire.

Le vieux poète se consacrait à la cinéaste avec une ardeur inégalable. Il s'asseyait à côté d'elle, faisait l'éloge de sa beauté, lui récitait des poèmes, improvisait des odes poétiques en l'honneur de ses charmes, par moments il s'agenouillait à ses pieds et lui prenait les mains. Le lecteur de la maison d'édition, presque avec une égale ardeur, se consacrait à Jaromil ; certes, il ne faisait pas l'éloge de sa beauté, mais il répétait un nombre incalculable de fois : *tu es un poète, tu es un poète !* (Notons en passant que lorsqu'un poète qualifie quelqu'un de poète, ce n'est pas la même chose que lorsque nous appelons ingénieur un ingénieur ou paysan un paysan, parce que le paysan est celui qui cultive la terre, tandis que le poète n'est pas celui qui écrit des vers mais celui — souvenons-nous de ce mot ! — qui est *élu* pour les écrire et seul un poète peut reconnaître avec certitude chez un autre poète ce contact de la grâce, car — souvenons-nous de cette lettre de Rimbaud — *tous les poètes sont frères* et seul un frère peut reconnaître chez un frère le signe secret de la famille.)

La cinéaste, devant qui le sexagénaire s'agenouillait et dont les mains étaient victimes de ses attouchements assidus, ne quittait pas des yeux Jaromil. Celui-ci ne tarda pas à s'en apercevoir, il en était charmé et ne la quittait pas non plus des yeux. C'était un joli rectangle ! Le vieux poète contemplait la cinéaste, le lecteur Jaromil, Jaromil et la cinéaste se contemplaient l'un l'autre.

Cette géométrie des regards ne fut rompue qu'une seule fois, quand le lecteur prit Jaromil par le bras et l'entraîna sur un balcon qui était contigu à la chambre ; il lui proposa d'uriner avec lui dans la cour par-dessus la balustrade. Jaromil lui donna volontiers satisfaction, car il voulait que le lecteur n'oublie pas sa promesse de lui publier une plaquette.

Quand ils revinrent tous deux du balcon, le vieux poète, qui était à genoux, se leva et dit qu'il était temps de s'en aller ; il voyait fort bien que ce n'était pas lui que la jeune femme désirait. Puis il proposa au lecteur (celui-ci était beaucoup moins perspicace et complaisant) de laisser enfin seuls ceux qui désiraient l'être et méritaient de l'être car, c'était ainsi que les appelait le vieux poète, ils étaient le prince et la princesse de cette soirée.

Enfin, le lecteur avait compris de quoi il retournait et il était prêt à partir, déjà le vieux poète le prenait par le bras et l'entraînait vers la porte et Jaromil voyait qu'il allait rester seul avec la jeune femme qui était assise dans un large fauteuil avec les jambes croisées au-dessous d'elle, avec ses cheveux noirs défaits et ses yeux immobiles fixés sur lui...

L'histoire de deux êtres qui sont sur le point de devenir amants est si éternelle que nous pouvons presque oublier l'époque où elle a lieu. Comme il est agréable de raconter ces sortes d'aventures ! Comme il serait délicieux de l'oublier, celle qui a épuisé la sève de nos courtes vies pour l'asservir à ses inutiles travaux, comme il serait beau d'oublier l'Histoire !

Mais voici que son spectre frappe à la porte et entre dans le récit. Il n'entre pas sous l'apparence de la police secrète, ou sous l'apparence d'une soudaine révolution ; l'Histoire ne chemine pas seulement sur les cimes dramatiques de la vie, mais elle imprègne aussi comme une eau sale la vie quotidienne ; elle entre dans notre récit sous l'aspect d'un caleçon.

Au pays de Jaromil, à l'époque dont nous parlons, l'élégance était un délit politique ; les vêtements que l'on portait alors (au demeurant, la guerre n'était terminée que depuis quelques années et il y avait encore pénurie) étaient très laids ; et l'élégance en matière de lingerie était considérée par cette époque austère comme un luxe coupable ! Les hommes que gênait la laideur des caleçons qui étaient alors en vente (de larges caleçons qui descendaient jusqu'aux genoux et qui étaient agrémentés d'une ouverture comique sur le ventre) portaient, à la place, de petites culottes en toile destinées à la pratique du sport, c'est-à-dire aux stades et aux gymnases. C'était une chose étrange : à cette époque, en Bohême, les hommes entraient dans le lit de leur maîtresse en tenue de footballeurs, ils allaient chez leur maîtresse comme on va sur le stade, mais du point de vue de l'élégance ce n'était pas si mal : les culottes de gymnastique avaient une certaine élégance sportive et elles étaient de couleur gaie — bleu, vert, rouge, jaune.

Jaromil ne s'occupait pas de son habillement, car sa mère en prenait soin ; elle lui choisissait ses vêtements, elle lui choisissait son linge, elle veillait à ce qu'il ne prît pas froid et à ce qu'il portât des caleçons suffisamment chauds. Elle savait exactement combien de caleçons étaient rangés dans son tiroir à linge et il lui suffisait de jeter un coup d'œil dans l'armoire pour savoir lequel Jaromil portait ce jour-là. Quand elle voyait qu'il ne manquait pas un seul caleçon dans le tiroir, elle se mettait aussitôt en colère ; elle n'aimait pas que Jaromil porte une culotte de gymnastique, car elle estimait qu'une culotte de gymnastique n'est pas un caleçon et n'est destinée qu'à la salle de gymnastique. Quand Jaromil protestait, disant que les caleçons étaient laids, elle lui répondait avec une secrète irritation qu'il ne se montrait sans doute à personne en caleçon. Et quand Jaromil allait chez la jeune fille rousse, il ne manquait pas d'enlever un caleçon du tiroir à linge, de le cacher dans un tiroir de son bureau et de revêtir clandestinement une culotte de gymnastique.

Seulement, ce jour-là, il ne savait pas ce que la soirée lui réserverait et il portait un caleçon affreusement laid, épais, usé, gris sale !

Vous direz que c'était une mince complication, qu'il pouvait par exemple éteindre la lumière pour qu'on ne le voie pas. Hélas, il y avait dans la chambre une lampe de chevet à abat-jour rose, cette lampe était allumée et elle semblait attendre impatiemment d'éclairer les caresses des deux amants, et Jaromil ne pouvait imaginer les mots qu'il devrait dire pour inciter la jeune femme à l'éteindre.

Ou bien, vous allez peut-être remarquer que Jaromil pouvait enlever ensemble son vilain caleçon et son pantalon. Seulement, Jaromil n'imaginait même pas qu'il pût enlever en même temps son caleçon et son pantalon, parce qu'il ne se déshabillait jamais de cette façon-là ; un bond aussi brusque dans la nudité l'effrayait ; il se dévêtait toujours par morceaux et caressait longuement la rousse, vêtu de sa culotte de gymnastique, qu'il n'enlevait que sous le couvert de l'excitation.

Il restait donc épouvanté devant les grands yeux noirs et il annonça qu'il devait partir lui aussi.

Le vieux poète se mit presque en colère ; il lui dit qu'il ne devait pas offenser une femme et lui dépeignit tout bas les voluptés qui l'attendaient ; mais ces paroles ne faisaient que le convaincre davantage encore de la misère de son caleçon. Il voyait les splendides yeux noirs et, le cœur déchiré, reculait vers la porte.

A peine dans la rue, il fut saisi de regrets ; il ne pouvait chasser l'image de cette fille splendide. Et le vieux poète (ils avaient pris congé du lecteur à la station de tram et ils marchaient seuls à présent dans les rues noires) le tourmentait, car il ne cessait de lui reprocher d'avoir offensé la jeune femme et de s'être conduit stupidement.

Jaromil dit au poète qu'il ne voulait pas offenser la jeune femme, mais qu'il aimait son amie qui l'aimait à la folie.

Vous êtes naïf, lui dit le vieux poète. Vous êtes poète, vous êtes un amant de la vie, vous ne ferez pas de mal à votre amie en couchant avec une autre ; la vie est brève et les occasions perdues ne se retrouvent pas.

C'était pénible à entendre. Jaromil répondit au vieux poète qu'à son avis un seul grand amour où nous mettons tout ce qu'il y a en nous vaut mieux que mille amours éphémères ; qu'en son amie, il possédait toutes les femmes ; que son amie était si diverse, que son amour était si infini, qu'il pouvait vivre avec elle plus d'aventures inattendues qu'un don Juan avec mille et une femmes.

Le vieux poète s'arrêta ; les paroles de Jaromil l'avaient visiblement touché : « Vous avez peut-être raison, dit-il. Seulement je suis un vieil homme et j'appartiens au vieux monde. Je vous avoue que, bien que je sois marié, j'aurais follement aimé rester chez cette femme à votre place. »

Comme Jaromil poursuivait ses réflexions sur la grandeur de l'amour monogame, le vieux poète inclina la tête en arrière : « Ah, vous avez peut-être raison, mon ami, vous avez même certainement raison. Est-ce que je n'ai pas rêvé, moi aussi, d'un grand amour ? D'un seul et unique amour ? D'un amour infini comme l'univers ? Seulement, je l'ai gaspillé, mon ami, parce que dans ce vieux monde, le monde de l'argent et des putains, le grand amour était condamné. »

Ils étaient tous les deux ivres et le vieux poète passa son bras autour des épaules du jeune poète et s'arrêta avec lui au milieu des rails du tram. Il leva les bras en l'air et s'écria : « Que périsse le vieux monde ! Que vive le grand amour ! »

Jaromil trouvait cela grandiose, bohème et poétique, et tous deux crièrent avec enthousiasme et longuement, dans les rues noires de Prague : « Que périsse le vieux monde ! Que vive le grand amour ! »

Puis le vieux poète s'agenouilla sur les pavés devant Jaromil et lui baisa la main : « Mon ami, je rends hommage à ta jeunesse ! Ma vieillesse rend hommage à ta jeunesse, parce que seule la jeunesse sauvera le monde ! » Puis il se tut un instant et, touchant de sa tête nue les genoux de Jaromil, il ajouta d'une voix très mélancolique : « Et je rends hommage à ton grand amour. »

Ils se séparèrent enfin et Jaromil se retrouva chez lui dans sa chambre. Et, devant ses yeux, reparut l'image de cette belle femme dont il s'était privé. Poussé par un désir d'autopunition, il alla se regarder dans la glace. Il retira son pantalon pour se voir dans son caleçon hideux, usé ; il contempla longuement et avec haine sa laideur comique.

Puis il comprit que ce n'était pas à lui qu'il pensait avec haine. Il pensait à sa mère ; à sa mère qui lui répartissait son linge, à sa mère dont il devait se cacher pour mettre une culotte de gymnastique et dissimuler son caleçon dans son bureau, il pensait à sa mère qui était au courant de chacune de ses chaussettes et de chacune de ses chemises. Il pensait avec haine à sa mère qui le tenait à l'extrémité d'une longue laisse dont le collier s'incrustait dans son cou.

9

Depuis ce soir-là, il était encore plus cruel avec la petite rousse ; bien sûr, cette cruauté s'enveloppait du manteau solennel de l'amour : Comment, elle ne comprenait pas ce qui le préoccupait en ce moment ? Comment, elle ne savait pas dans quel état d'esprit il était ? Lui était-elle à ce point étrangère qu'elle n'avait aucune idée de ce qui se passait au fond de lui ? Si elle l'aimait vraiment, comme il l'aimait lui-même, elle devrait au moins le deviner ! Comment, elle s'intéressait à des choses qui ne l'intéressaient pas ? Comment, elle lui parlait constamment de son frère et encore d'un autre frère et d'une sœur et encore d'une autre sœur ? Elle ne sentait donc pas que Jaromil avait de gros soucis, qu'il avait besoin de sa participation et de sa compréhension et qu'il n'avait que faire de ses éternels bavardages égocentriques ?

Évidemment, la petite se défendait. Pourquoi, par exemple, ne pouvait-elle pas parler de sa famille ? Est-ce que Jaromil ne parlait pas de la sienne ? Et est-ce que sa mère était pire que celle de Jaromil ? Et elle lui rappela (pour la première fois depuis ce jour-là) que sa mère avait fait irruption dans la chambre de Jaromil et lui avait fourré dans la bouche un morceau de sucre avec des gouttes.

Jaromil haïssait et aimait sa mère ; devant la rousse, il prit aussitôt sa défense : avait-elle fait quelque chose de mal en voulant la soigner ? cela montrait seulement qu'elle l'aimait bien, qu'elle l'avait acceptée dans la famille !

La rousse se mit à rire : la mère de Jaromil n'était tout de même pas stupide au point de confondre des gémissements d'amour et les soupirs de quelqu'un qui a mal au foie ! Jaromil fut vexé et se tut, et la petite dut lui demander pardon.

Un jour qu'ils se promenaient dans la rue, que la rousse lui donnait le bras et que tous deux se taisaient obstinément (quand ils ne se faisaient pas de reproches, ils se taisaient, et quand ils ne se taisaient pas, ils se faisaient des reproches), Jaromil aperçut tout à coup deux jolies femmes qui venaient à leur rencontre. L'une était jeune, l'autre plus âgée ; la jeune était plus élégante et plus belle mais (à la grande surprise de Jaromil) la plus âgée aussi était très élégante et étonnamment jolie. Jaromil connaissait les deux femmes : la plus jeune était la cinéaste et la plus âgée était sa mère.

Il rougit et salua. Les deux femmes le saluèrent également (maman avec une ostensible gaieté) et pour Jaromil, d'être vu avec cette gamine pas jolie, ce fut comme si la belle cinéaste l'avait surpris dans son hideux caleçon.

Chez lui, il demanda à maman d'où elle connaissait la cinéaste. Et maman lui répondit, avec une capricieuse coquetterie, qu'elle la connaissait depuis pas mal de temps. Jaromil continua de l'interroger, mais maman se dérobait toujours ; c'était comme un amant qui interroge sa maîtresse sur un détail intime et, pour aiguiser sa curiosité, elle tarde à lui répondre ; elle finit tout de même par lui apprendre que cette femme sympathique lui avait rendu visite une quinzaine de jours plus tôt. Elle admirait beaucoup la poésie de Jaromil et voulait tourner un court métrage sur lui ; ce serait un film d'amateur qui serait produit sous les auspices du club de la Sûreté nationale, et qui était donc assuré d'un public assez nombreux.

« Pourquoi est-elle venue te voir ? Pourquoi ne s'est-elle pas adressée directement à moi ? » s'étonna Jaromil.

Elle ne voulait pas le déranger, paraît-il, et elle voulait apprendre le plus de choses possible par la mère de Jaromil. D'ailleurs, qui en sait plus qu'une mère sur son fils ? Et cette jeune femme était si gentille qu'elle avait demandé à la mère de collaborer au scénario ; oui, elles avaient conçu en commun un scénario sur le jeune poète.

« Pourquoi ne m'avez-vous rien dit ? demanda Jaromil, qui trouvait instinctivement déplaisante l'alliance de sa mère et de la cinéaste.

— Nous avons eu la malchance de te rencontrer. Nous avions décidé toutes les deux de te faire une surprise. Un beau jour, tu serais rentré à la maison et tu aurais trouvé les cinéastes avec la caméra. »

Qu'est-ce que Jaromil pouvait faire ? Un jour il rentra chez lui et tendit la main à la jeune femme chez qui il s'était trouvé quelques semaines plus tôt, et il se sentait aussi pitoyable que ce soir-là, bien qu'il portât une culotte de gymnastique rouge sous son pantalon. Depuis la soirée poétique chez les policiers il ne mettait plus jamais les affreux caleçons, seulement, dès qu'il était devant la cinéaste, il y avait toujours quelqu'un pour tenir leur rôle : quand il l'avait rencontrée dans la rue avec sa mère, il avait cru voir les cheveux roux de son amie, tel un caleçon hideux, enroulés autour de lui ; et, cette fois-ci, le caleçon clownesque était remplacé par les phrases coquettes et le bavardage crispé de sa mère.

La cinéaste déclara (personne n'avait demandé l'avis de Jaromil) qu'on allait photographier le matériel documentaire, les photographies d'enfance à propos desquelles maman dirait un commentaire car, comme les deux femmes le lui annoncèrent en passant, tout le film était conçu comme un récit de la mère sur son fils poète. Il voulait demander ce que maman allait dire, mais il redoutait de l'apprendre ; il rougit. Dans la pièce, outre Jaromil et les deux femmes, il y avait trois types avec une caméra et deux grands projecteurs ; il avait l'impression que ces types l'observaient et souriaient d'un air hostile ; il n'osait pas parler.

« Vous avez de splendides photographies d'enfance, j'aimerais bien les utiliser toutes, dit la cinéaste en feuilletant l'album de famille.

— Ça rendra sur l'écran ? » demanda maman en spécialiste, et la cinéaste l'assura qu'elle n'avait rien à craindre ; puis elle expliqua à Jaromil que la première séquence du film consisterait en un montage de ces photographies, à propos desquelles maman raconterait ses souvenirs sans être vue sur l'écran. Ensuite on verrait maman en personne et, après seulement, le poète ; le poète dans sa maison natale, le poète en train d'écrire, le poète dans le jardin parmi les fleurs, et enfin le poète dans la nature, là où il allait avec le plus de plaisir ; c'était là-bas, dans son coin préféré, au milieu d'un vaste paysage, qu'il réciterait le poème par lequel le film se terminerait. (« Et qu'est-ce que c'est, mon coin préféré ? » demanda-t-il d'un air buté ; il apprit que son coin préféré était ce paysage romantique des environs de Prague où le sol était vallonné et hérissé de rochers. « Comment ? Je déteste ce coin-là », répliqua-t-il, mais personne ne le prenait au sérieux.)

Le scénario déplaisait à Jaromil et il dit qu'il voulait encore y travailler lui-même ; il fit observer qu'il y avait là pas mal de choses conventionnelles (il était quand même ridicule de montrer les photographies d'un gosse d'un an !) ; il affirma qu'il y avait des problèmes plus intéressants qu'il serait sans doute utile d'aborder ; les deux femmes lui demandèrent ce qu'il avait en vue et il répondit qu'il ne pouvait pas le dire de but en blanc et qu'il préférait qu'on attende un peu pour tourner le film.

Il voulait à tout prix retarder le tournage, mais il n'obtint pas gain de cause. Maman lui enlaça les épaules et dit à sa brune collaboratrice : « Vous voyez ! C'est mon éternel insatisfait ! Il n'est jamais content... » Puis elle s'inclina tendrement sur le visage de Jaromil : « N'est-ce pas que c'est vrai ? » Jaromil ne répondait pas et elle répétait : « N'est-ce pas que c'est vrai, que tu es mon petit insatisfait ? Dis que c'est vrai ! »

La cinéaste dit que l'insatisfaction est une vertu de la part d'un auteur, mais que cette fois-ci ce n'était pas lui l'auteur, mais elles deux, et qu'elles étaient prêtes à assumer tous les risques ; il n'avait qu'à les laisser réaliser le film comme elles l'entendaient de même qu'elles le laissaient écrire ses poèmes à sa guise.

Et maman ajouta que Jaromil ne devait pas craindre que le film lui fît du tort, car toutes deux, maman et la cinéaste, l'avaient conçu avec la plus grande sympathie à son égard ; elle dit cela d'un ton charmeur et il est difficile de dire si son charme s'adressait à Jaromil plutôt qu'à sa nouvelle amie.

En tout cas, elle faisait du charme. Jaromil ne l'avait jamais vue comme ça ; elle était allée le matin même chez le coiffeur et elle s'était visiblement fait coiffer jeune ; elle parlait plus fort que de coutume, riait constamment, utilisait toutes les tournures spirituelles qu'elle avait apprises dans sa vie, et elle jouait avec délectation son rôle de maîtresse de maison, apportant des tasses de café aux hommes debout près des projecteurs. Elle s'adressait à la cinéaste aux yeux bruns avec la voyante familiarité d'une amie (pour se ranger ainsi dans le même groupe d'âge) tout en enlaçant avec indulgence les épaules de Jaromil et en le traitant de petit insatisfait (pour le renvoyer ainsi à son pucelage, à son enfance, à ses couches). (Ah, le beau spectacle qu'ils nous offrent, ces deux-là, ils sont face à face et se repoussent mutuellement : elle le pousse dans ses couches et il la pousse dans la tombe, ah, le beau spectacle qu'ils nous offrent, ces deux-là...)

Jaromil abdiqua ; il savait que les deux femmes étaient lancées comme des locomotives et qu'il n'était pas de taille à résister à leur éloquence ; il voyait les trois hommes près des projecteurs et de la caméra, et il se dit que c'était un public sardonique qui se mettrait à siffler à chacun de ses faux pas ; c'est pourquoi il parlait presque à voix basse, tandis que les deux femmes lui répondaient d'une voix forte pour que le public les entendît, car la présence du public était un avantage pour elles et un désavantage pour lui. Donc, il leur dit qu'il se soumettrait et il voulut se retirer ; mais elles répliquèrent (toujours en faisant du charme) qu'il devait rester ; il leur ferait plaisir, disaient-elles, en assistant à leur travail ; donc il passait quelques instants à regarder le cameraman photographier différentes photos de l'album, puis il repartait dans sa chambre, où il faisait semblant de lire ou de travailler ; des réflexions confuses se succédaient dans son esprit ; il s'efforçait de trouver un avantage dans cette situation si entièrement désavantageuse et il pensa que la cinéaste, peut-être, avait eu l'idée de ce tournage pour entrer en contact avec lui ; il se dit que sa mère n'était qu'un obstacle qu'il fallait patiemment contourner ; il s'efforçait de se calmer et de réfléchir, pour trouver le moyen d'utiliser à son profit ce ridicule tournage, c'est-à-dire de réparer l'échec qui le tourmentait depuis la nuit où il avait quitté stupidement la chambre de la cinéaste ; il s'efforçait de surmonter sa timidité et il allait de temps à autre jeter un coup d'œil dans la pièce voisine pour voir comment progressait le tournage, afin que se répète, une fois au moins, leur contemplation réciproque, ce long regard immobile qui l'avait tant séduit chez la cinéaste ; mais cette fois-ci, la cinéaste était indifférente et absorbée par son travail, et leurs regards ne se rencontraient que rarement et fugitivement ; il renonça donc à ses tentatives, résolu à proposer à la cinéaste de la raccompagner quand le travail serait achevé.

Quand les trois hommes descendirent pour ranger la caméra et les projecteurs dans une fourgonnette, il sortit de sa chambre. Et il entendit sa mère qui disait à la cinéaste : « Viens, je vais te raccompagner. On pourrait peut-être prendre quelque chose en route. »

Pendant l'après-midi de travail, tandis qu'il s'enfermait dans sa chambre, les deux femmes avaient commencé à se tutoyer ! Quand il le comprit, ce fut comme si on venait de lui souffler sa maîtresse sous le nez. Il prit froidement congé de la cinéaste et quand les deux femmes furent sorties il sortit à son tour et se dirigea rapidement et coléreusement vers l'immeuble où habitait la rousse ; elle n'était pas chez elle ; il faisait les cent pas depuis près d'une demi-heure devant la maison, d'une humeur de plus en plus maussade, quand il la vit enfin ; le visage de la jeune fille exprimait une joyeuse surprise et le visage de Jaromil de cruels reproches ; comment, elle n'était pas chez elle ! comment, elle n'avait pas pensé qu'il allait sans doute venir ! où était-elle allée pour rentrer si tard ?

Elle avait à peine refermé la porte qu'il lui arrachait sa robe ; ensuite il lui fit l'amour en imaginant que celle qui était couchée sous lui était la femme aux yeux noirs ; il entendait les soupirs de la rousse et comme il voyait en même temps des yeux noirs, il eut l'impression que ces soupirs appartenaient à ces yeux et il en fut si excité qu'il lui fit l'amour plusieurs fois de suite, mais jamais pendant plus de quelques secondes. Pour la jeune fille rousse, c'était quelque chose de si inhabituel qu'elle se mit à rire ; seulement, Jaromil était particulièrement sensible à l'ironie ce jour-là, et l'indulgence amicale qu'il y avait dans le rire de la rousse lui échappa ; il était vexé et il lui donna une paire de claques ; elle se mit à pleurer ; ce fut comme un baume pour Jaromil ; elle pleurait et il la frappait ; les pleurs d'une femme que nous faisons pleurer, c'est la rédemption ; c'est Jésus-Christ agonisant pour nous sur la croix ; Jaromil se réjouit un instant du spectacle des larmes de la rousse, puis il les baisa sur son visage, la consola et rentra chez lui, plutôt rasséréné.

Deux jours plus tard le tournage reprit ; de nouveau la fourgonnette stoppa, trois hommes (ce public hostile) en descendirent, et avec eux la jolie fille dont il avait entendu les soupirs l'avant-veille chez la rousse ; et, bien sûr, il y avait aussi maman, de plus en plus jeune, semblable à un instrument de musique qui grondait, tonnait, riait, s'échappait de l'orchestre pour jouer un solo.

Cette fois-ci, l'objectif de la caméra devait être braqué directement sur Jaromil ; il fallait le montrer dans son milieu familier, à sa table de travail, dans le jardin (car Jaromil aimait, paraît-il, le jardin, il aimait les plates-bandes, les pelouses, les fleurs) ; il fallait le montrer avec sa mère qui, rappelons-le, avait enregistré un long commentaire sur son fils ; la cinéaste les fit asseoir sur un banc dans le jardin et contraignit Jaromil à bavarder avec sa mère sans cesser d'être naturel ; l'apprentissage du naturel durait depuis une heure et maman ne se départait pas un instant de son entrain ; elle disait toujours quelque chose (dans le film on ne devait rien entendre de ce qu'ils disaient, leur conversation muette devait avoir pour accompagnement le commentaire maternel) et quand elle constata que l'expression de Jaromil n'était pas assez souriante, elle commença à lui expliquer qu'il n'était pas facile d'être la mère d'un garçon comme lui, d'un garçon timide et solitaire qui a toujours le trac.

Ensuite ils prirent place dans la fourgonnette et ils se rendirent dans ce coin romantique des environs de Prague où Jaromil, sa mère en était persuadée, avait été conçu. Elle était trop prude pour avoir jamais osé dire à personne pour quelle raison ce paysage lui était si cher ; elle ne voulait pas le dire, tout en voulant le dire, et maintenant elle disait devant tout le monde, avec une ambiguïté crispée, que ce paysage-là avait toujours représenté personnellement pour elle le paysage de l'amour, le paysage sensuel par excellence. « Regardez comme la terre est ondulée, elle ressemble à une femme, à ses courbes, à ses formes maternelles ! Et regardez ces rochers, ces blocs de rochers dressés à l'écart, gigantesques ! N'y a-t-il pas quelque chose de viril dans ces rochers en surplomb, abrupts, verticaux ? N'est-ce pas le paysage de l'homme et de la femme ? N'est-ce pas un paysage érotique ? »

Jaromil avait envie de se révolter ; il voulait leur dire que leur film était une sottise ; il sentait que se cabrait en lui l'orgueil d'un homme qui sait ce qu'est le bon goût ; il était sans doute capable de faire un petit scandale raté ou, tout au moins, de s'enfuir, comme il l'avait fait à la baignade de la Vltava, mais cette fois-ci il ne le pouvait pas ; il y avait les yeux noirs de la cinéaste et il était sans force devant eux ; il craignait de les perdre une deuxième fois ; ces yeux lui barraient le chemin de la fuite.

Puis on le planta près d'un grand rocher devant lequel il devait réciter son poème préféré. Maman était au comble de l'excitation. Il y avait si longtemps qu'elle n'était venue ici ! Exactement là où elle avait fait l'amour avec un jeune ingénieur, un dimanche matin, il y avait de cela des années, exactement là, se dressait maintenant son fils ; comme s'il avait poussé là après des années comme un champignon ; (ah oui, comme si les enfants venaient au monde comme des champignons là où les parents ont jeté leur semence !) ; maman était transportée à la vue de cet étrange, de ce beau, de cet impossible champignon qui récitait d'une voix chevrotante des vers où il disait qu'il voulait mourir dans les flammes.

Jaromil sentait qu'il récitait très mal, mais il ne pouvait faire autrement ; il avait beau se répéter qu'il n'avait pas le trac, que l'autre soir, dans la villa de la police, il avait magistralement et splendidement récité, ici c'était plus fort que lui. Planté devant cet absurde rocher, dans cet absurde paysage, pris de panique à l'idée qu'un Pragois pourrait venir ici pour sortir son chien ou promener sa petite amie (voyez-vous, il avait les mêmes frayeurs que sa mère vingt ans plus tôt !), il était incapable de se concentrer, et les mots qu'il disait il les prononçait avec difficulté et sans naturel.

Elles l'obligèrent à répéter plusieurs fois de suite son poème, mais elles finirent par renoncer. « Il aura toujours le trac ! soupira maman. Au lycée déjà, il tremblait à chaque composition ; combien de fois a-t-il fallu que je l'envoie en classe de force parce qu'il avait le trac ! »

La cinéaste dit qu'un acteur pourrait réciter le poème en postsynchronisation et qu'il suffirait que Jaromil se tienne devant le rocher et qu'il ouvre la bouche sans rien dire.

C'est ce qu'il fit.

« Nom d'une pipe ! lui cria la cinéaste, avec impatience cette fois. Il faut ouvrir la bouche correctement, comme si vous récitiez votre poème, pas n'importe comment. L'acteur récitera le poème en suivant les mouvements de vos lèvres ! »

Donc, Jaromil était devant le rocher, il ouvrait la bouche (docilement et correctement) et la caméra ronronnait enfin.

10

Avant-hier il était dehors devant la caméra en manteau léger, et, aujourd'hui, il avait dû mettre un manteau d'hiver, une écharpe et un chapeau ; il avait neigé. Ils avaient rendez-vous à six heures devant chez elle. Mais il était six heures un quart et la rousse n'arrivait pas.

Un retard de quelques minutes n'est certainement rien de grave ; mais Jaromil, après toutes les humiliations qu'il avait subies ces derniers jours, ne pouvait plus supporter le plus léger affront ; il devait faire les cent pas devant l'immeuble dans la rue pleine de monde où chacun pouvait voir qu'il attendait quelqu'un qui n'était pas pressé de le rejoindre, ce qui rendait publique sa défaite.

Il n'osait regarder sa montre, de peur que ce geste trop éloquent ne le dénonçât aux yeux de toute la rue comme un amoureux qu'on fait inutilement attendre ; il tira légèrement la manche de son pardessus et la glissa sous le bracelet de sa montre pour suivre discrètement les aiguilles ; quand il constata qu'il était déjà six heures vingt, il se sentit presque frénétique : comment, il arrivait toujours aux rendez-vous avant l'heure fixée, et elle, plus bête et plus laide, elle arrivait toujours en retard ?

Elle arriva enfin et vit le visage de pierre de Jaromil. Ils entrèrent dans la chambre, s'assirent et la petite commença à présenter des excuses : elle venait de chez une copine, dit-elle. Elle ne pouvait rien trouver de pire. Bien entendu, rien n'aurait pu la justifier, à plus forte raison une copine qui était pour Jaromil l'incarnation de l'insignifiance. Il dit à la rousse qu'il comprenait fort bien l'importance de ses distractions avec sa copine ; c'est pourquoi il lui suggérait de retourner chez elle.

La petite comprit que ça allait mal ; elle dit qu'elle avait parlé de choses très sérieuses avec sa copine ; celle-ci s'apprêtait à quitter son ami ; c'était très triste, paraît-il, la copine pleurait, la petite rousse voulait la calmer et elle n'avait pu partir avant de l'avoir consolée.

Jaromil dit qu'il était très généreux de sa part d'avoir séché les larmes de sa copine. Mais qui allait sécher les larmes de la petite rousse quand Jaromil l'aurait quittée, parce qu'il refusait de continuer à voir une fille pour qui les larmes stupides d'une copine stupide comptaient plus que lui ?

La petite se rendit compte que ça allait de mal en pis ; elle dit à Jaromil qu'elle s'excusait, qu'elle regrettait, qu'elle demandait pardon.

Mais c'était peu pour l'appétit insatiable de son humiliation ; il répliqua que les excuses ne changeaient rien à sa certitude ; il le savait maintenant : ce que la jeune fille rousse appelait l'amour n'était pas de l'amour ; non, dit-il, réfutant d'avance les objections, ce n'était pas par mesquinerie qu'il tirait des conclusions extrêmes d'un épisode apparemment banal ; c'étaient précisément ces petits détails qui révélaient le fond des sentiments de la rousse envers Jaromil ; cette inadmissible légèreté, cette insouciance naturelle avec lesquelles elle traitait Jaromil, exactement comme s'il était une copine, un client du magasin, un passant rencontré dans la rue ! Qu'elle n'ait plus jamais l'impudence de lui dire qu'elle l'aimait ! Son amour n'était qu'une piètre imitation de l'amour !

La petite voyait que les choses tournaient au pire. Elle tenta d'interrompre par un baiser la tristesse haineuse de Jaromil ; il la repoussa presque brutalement ; elle en profita pour tomber à genoux et elle pressa sa tête contre le ventre de son ami ; un moment il hésita, puis il la releva et la pria froidement de ne pas le toucher.

La haine qui lui montait à la tête comme un alcool était belle et le fascinait ; elle le fascinait d'autant plus qu'elle lui revenait, répercutée par la jeune fille, et qu'elle le blessait à son tour ; c'était une colère autodestructrice, car il savait bien qu'en repoussant la jeune fille rousse il repoussait la seule femme qu'il eût au monde ; il sentait bien que sa colère était injustifiée et qu'il était injuste avec la petite ; mais c'était sans doute de le savoir qui le rendait plus cruel encore, car ce qui l'attirait, c'était l'abîme ; l'abîme de l'esseulement, l'abîme de l'autocondamnation ; il savait qu'il ne serait pas heureux sans son amie (il serait seul) et qu'il ne serait pas content de lui non plus (il aurait conscience d'avoir été injuste), mais ce savoir ne pouvait rien contre la splendide griserie de la colère. Il annonça à son amie que ce qu'il venait de dire ne valait pas seulement pour cet instant, mais pour toujours : il ne voulait plus jamais être touché par sa main.

Ce n'était pas la première fois que la jeune fille affrontait la colère et la jalousie de Jaromil ; mais cette fois-ci, elle percevait dans sa voix une obstination presque frénétique ; elle sentait que Jaromil était capable de faire n'importe quoi pour rassasier son incompréhensible fureur. Aussi, presque au dernier moment, presque au bord de l'abîme, elle dit : « Je t'en supplie, ne te mets pas en colère. Ne te mets pas en colère, je t'ai menti. Je n'étais pas chez une copine. »

Il en fut déconcerté : « Où étais-tu alors ?

— Tu vas être furieux, tu ne l'aimes pas, je n'y peux rien, mais il fallait que j'aille le voir.

— Alors, chez qui étais-tu ?

— Chez mon frère. Celui qui a logé chez moi. »

Il était révolté : « Qu'as-tu toujours besoin d'être fourrée avec lui ?

— Ne te fâche pas, il n'est rien pour moi, auprès de toi il ne compte pas du tout pour moi, mais comprends-moi, c'est quand même mon frère, nous avons grandi ensemble pendant quinze ans. Il part. Pour longtemps. Il fallait bien que je lui dise adieu. »

Ces adieux sentimentaux avec le frère lui déplaisaient : « Où est-ce que va ton frère, pour que tu éprouves le besoin de lui dire adieu si longuement que tu oublies tout le reste ? Il part en mission pour une semaine ? Ou il va passer le dimanche à la campagne ? »

Non, il n'allait ni à la campagne ni en mission ; c'était quelque chose de beaucoup plus grave et elle ne pouvait pas le dire à Jaromil parce qu'elle savait qu'il serait furieux.

« Et c'est ça que tu appelles m'aimer ? Me cacher quelque chose que je n'approuve pas ? Avoir des secrets que tu me caches ? »

Oui, la jeune fille savait fort bien que s'aimer c'est tout se dire ; mais Jaromil devait la comprendre : elle avait peur, elle avait simplement peur...

« Qu'est-ce que ça peut être, pour que tu aies peur ? Où va ton frère pour que tu aies peur de le dire ? »

Est-ce que Jaromil ne s'en doutait vraiment pas ? Il ne pouvait vraiment pas deviner de quoi il s'agissait ?

Non, Jaromil ne pouvait pas deviner ; (et en ce moment sa colère boitait derrière sa curiosité).

La jeune fille finit par avouer : son frère avait décidé de passer la frontière, clandestinement, en fraude, illégalement ; demain il serait déjà à l'étranger.

Comment ? Son frère voulait abandonner notre jeune république socialiste ? Son frère voulait trahir la révolution ? Son frère voulait devenir un émigré ? Elle ne savait donc pas ce que cela voulait dire, un émigré ? Elle ne savait donc pas que tout émigré devient automatiquement un agent des services d'espionnage étrangers qui veulent anéantir notre pays ?

La petite acquiesçait et approuvait. Son instinct lui disait que Jaromil lui pardonnerait beaucoup plus facilement la trahison de son frère qu'un quart d'heure d'attente. C'est pourquoi elle acquiesçait et disait qu'elle approuvait tout ce que disait Jaromil.

« Qu'est-ce que ça veut dire que tu es d'accord avec moi ? Il fallait le dissuader ! Il fallait le retenir ! »

Oui, elle avait essayé de dissuader son frère ; elle avait fait tout ce qu'elle avait pu pour le dissuader ; maintenant, Jaromil comprenait sans doute pourquoi elle était arrivée en retard ; maintenant, Jaromil pouvait sans doute lui pardonner.

Jaromil lui dit qu'il lui pardonnait son retard ; mais il ne pouvait pas lui pardonner son frère qui s'apprêtait à partir pour l'étranger : « Ton frère est de l'autre côté de la barricade. C'est mon ennemi personnel. Si la guerre éclate, ton frère me tirera dessus et moi sur lui. T'en rends-tu compte ?

— Oui, je m'en rends compte, disait la petite rousse et elle l'assurait qu'elle serait toujours du même côté que lui ; de son côté et jamais avec personne d'autre.

— Comment peux-tu dire que tu es de mon côté ? Si tu étais vraiment de mon côté, tu n'aurais jamais laissé partir ton frère !

— Qu'est-ce que je pouvais faire ? Comme si j'avais la force de le retenir ?

— Il fallait venir me trouver immédiatement et moi j'aurais su quoi faire. Mais au lieu de ça, tu as menti ! Tu as prétendu que tu étais chez une copine ! Tu voulais m'induire en erreur ! Et tu prétends que tu es de mon côté. »

Elle lui jura qu'elle était vraiment de son côté et qu'elle le resterait quoi qu'il advienne.

« Si c'était vrai ce que tu dis, tu aurais appelé la police ! »

La police, comment ? Elle ne pouvait quand même pas dénoncer son propre frère à la police ! C'était quand même impossible !

Jaromil ne supportait pas la contradiction : « Comment ça, impossible ? Si ce n'est pas toi qui appelles la police, je l'appellerai moi-même ! »

La jeune fille affirma de nouveau qu'un frère est un frère et qu'il était inconcevable qu'elle le dénonce à la police.

« Donc, tu tiens plus à ton frère qu'à moi ? »

Certainement pas ! mais ce n'était pas une raison pour aller dénoncer son frère.

« L'amour signifie tout ou rien. L'amour est total ou n'est pas. Moi, je suis de ce côté-ci et il est de l'autre côté. Toi, tu dois être avec moi et pas quelque part au milieu, entre nous. Et si tu es avec moi, tu dois faire ce que moi je fais, vouloir ce que moi je veux. Pour moi, le sort de la révolution est mon destin personnel. Si quelqu'un agit contre la révolution, il agit contre moi. Si mes ennemis ne sont pas tes ennemis, alors tu es mon ennemie. »

Non, non, elle n'était pas son ennemie ; elle voulait être avec lui, en toute chose et en tout ; elle savait bien, elle aussi, que l'amour signifie tout ou rien.

« Oui, l'amour signifie tout ou rien. Auprès du véritable amour, tout pâlit, tout le reste n'est rien. »

Oui, elle était absolument d'accord, oui, c'était exactement ce qu'elle ressentait.

« Le véritable amour est absolument sourd à ce que peut dire le reste du monde, c'est justement à cela qu'on le reconnaît. Seulement toi, tu es toujours prête à écouter ce que te disent les gens, tu es toujours pleine d'égards pour les autres, tellement pleine d'égards que moi, tu me piétines. »

Mais non, certainement pas, elle ne voulait pas le piétiner, mais elle craignait de faire du mal, beaucoup de mal à son frère qui ensuite le paierait très cher.

« Et après ? S'il le paie cher, ce sera justice. Tu as peur de lui, peut-être ? As-tu peur de rompre avec lui ? As-tu peur de rompre avec ta famille ? Veux-tu rester toute ta vie collée à ta famille ? Si tu savais comme je déteste ton affreuse lâcheté, ton atroce incapacité d'aimer ! »

Non, il n'était pas vrai qu'elle fût incapable d'aimer ; elle l'aimait de toutes ses forces.

« Oui, tu m'aimes de toutes tes forces, reprit-il avec amertume, mais tu n'as pas la force d'aimer ! Tu en es absolument incapable ! »

De nouveau, elle jura que ce n'était pas vrai.

« Tu pourrais vivre sans moi ? »

Elle jura qu'elle ne le pourrait pas.

« Tu pourrais vivre, si je mourais ? »

Non, non, non.

« Tu pourrais vivre, si je t'abandonnais ? »

Non, non, non. Elle hochait la tête.

Que pouvait-il exiger de plus ? Sa colère retomba et ne laissa derrière elle qu'un grand trouble ; soudain leur mort était avec eux ; une douce, très douce mort qu'ils se promettaient mutuellement, si l'un se retrouvait un jour abandonné de l'autre. D'une voix brisée par l'émotion, il dit : « Moi non plus, je ne pourrais pas vivre sans toi. » Et elle répétait qu'elle ne pourrait pas vivre et ne vivrait pas sans lui, et ils se répétaient tous deux cette phrase et ils la répétèrent si longuement qu'ils finirent par succomber à une grande fascination brumeuse ; ils avaient arraché leurs vêtements et ils s'aimaient ; tout à coup, il sentit sous sa main l'humidité des larmes qui coulaient sur le visage de la rousse ; c'était merveilleux, c'était une chose qui ne lui était encore jamais arrivée, qu'une femme pleure d'amour pour lui ; les larmes étaient pour lui cette substance en laquelle l'homme se dissout quand il ne veut pas se contenter d'être un homme et qu'il désire s'affranchir des limites de sa nature ; il lui semblait que l'homme, par le truchement d'une larme, échappe à sa nature matérielle, à ses limites, qu'il se confond avec les lointains et devient immensité. Il était formidablement ému par l'humidité des larmes, et il sentit soudain qu'il pleurait aussi ; ils s'aimaient et ils étaient trempés sur tout le corps et sur tout le visage, ils s'aimaient et à vrai dire ils se dissolvaient, leurs humeurs se mêlaient et confluaient comme les eaux de deux rivières, ils pleuraient et ils s'aimaient et ils étaient à cet instant en dehors du monde, ils étaient comme un lac qui s'est détaché de la terre et s'élève vers le ciel.

Puis ils restèrent paisiblement étendus côte à côte et se caressèrent encore longuement et tendrement le visage ; la petite avait ses cheveux roux agglutinés en filaments grotesques et le visage rougi ; elle était laide, et Jaromil se souvint de son poème, où il avait écrit qu'il voulait tout boire de ce qu'il y avait en elle : et ses anciennes amours, et sa laideur, et ses cheveux roux collés, et la crasse de ses taches de son ; il lui répétait qu'il l'aimait et elle lui répétait la même chose.

Et comme il ne voulait pas renoncer à cet instant d'assouvissement absolu, qui le fascinait par la promesse mutuelle de la mort, il dit encore une fois : « C'est vrai, je ne pourrais pas vivre sans toi, je ne pourrais pas vivre sans toi.

— Moi aussi je serais terriblement triste, si je ne t'avais pas. Terriblement. »

Il fut aussitôt sur ses gardes : « Donc tu peux quand même imaginer que tu parviendrais à vivre sans moi ? »

La petite ne devinait pas le piège tendu derrière ces paroles. « Je serais affreusement triste.

— Mais tu pourrais vivre.

— Qu'est-ce que je pourrais faire, si tu me quittais ? Mais je serais affreusement triste. »

Jaromil comprit qu'il était victime d'un malentendu. La rousse ne lui promettait pas sa mort ; et quand elle disait qu'elle ne pourrait pas vivre sans lui, ce n'était qu'une supercherie amoureuse, qu'une ornementation verbale, qu'une métaphore. La pauvre sotte, elle ne saisit pas du tout de quoi il retourne ; elle lui promet sa tristesse, à lui qui ne connaît que des critères absolus, tout ou rien, la vie ou la mort. Plein d'une ironie amère, il lui demanda : « Pendant combien de temps serais-tu triste ? Pendant une journée ? Ou même pendant une semaine ?

— Une semaine ? dit-elle avec aigreur. Voyons, mon Xavichou, une semaine... Bien plus longtemps que ça, voyons ! » Elle se pressait contre lui pour lui indiquer, par le contact de son corps, que ce n'était pas en semaines que se mesurerait sa tristesse.

Et Jaromil réfléchissait : Que valait au juste son amour ? Quelques semaines de tristesse ? Bon. Et qu'est-ce que c'était que la tristesse ? Un peu de cafard, un peu de langueur. Et qu'est-ce que c'était qu'une semaine de tristesse ? On n'était jamais triste sans interruption. Elle serait triste pendant quelques minutes dans la journée, pendant quelques minutes dans la soirée ; combien cela faisait-il de minutes en tout ? Combien de minutes de tristesse pesait son amour ? A combien de minutes de tristesse était-il estimé ?

Jaromil se représentait sa mort et il se représentait la vie de la rousse, une vie indifférente, inchangée, qui se dressait froidement et gaiement, au-dessus de son non-être.

Il n'avait plus envie de reprendre le dialogue exacerbé de la jalousie ; il entendait sa voix qui lui demandait pourquoi il était triste, et il ne répondait pas : la tendresse de cette voix était un baume inutile.

Il se leva et s'habilla ; il n'était même plus méchant avec elle ; elle continuait de lui demander pourquoi il était triste et, en guise de réponse, il lui caressait mélancoliquement le visage. Puis il dit en la regardant attentivement dans les yeux : « Iras-tu toi-même à la police ? »

Elle pensait que leurs merveilleuses caresses avaient définitivement apaisé le courroux de Jaromil contre son frère ; la question de Jaromil la prit au dépourvu et elle ne sut que répondre.

De nouveau (tristement et calmement) il demanda : « Iras-tu toi-même à la police ? »

Elle bredouilla quelque chose ; elle voulait le convaincre de renoncer à son dessein, mais elle craignait de le dire clairement. Pourtant, le sens évasif de son bredouillage était évident, de sorte que Jaromil dit : « Je te comprends de ne pas avoir envie d'y aller. Eh bien ! Je m'en occuperai moi-même » et de nouveau (d'un geste, compatissant, triste, désappointé), il lui caressa le visage.

Elle était déconcertée et ne savait que dire. Ils s'embrassèrent et il partit.

Le lendemain matin, quand il se réveilla, sa mère était déjà sortie. De bonne heure, pendant qu'il dormait encore, elle avait posé sur sa chaise une chemise, une cravate, un pantalon, une veste, et aussi, bien entendu, un caleçon. Il était impossible de rompre cette habitude qui durait depuis vingt ans et Jaromil l'acceptait toujours passivement. Mais ce jour-là, en voyant le caleçon beige clair plié sur la chaise, avec ces longues jambes pendantes, avec cette grande ouverture sur le ventre, qui était une invitation pompeuse à uriner, il fut saisi d'une rage solennelle.

Oui, ce matin-là, il se leva comme on se lève pour une grande journée décisive. Il tenait le caleçon et l'examinait entre ses mains tendues ; il l'examinait avec une haine presque amoureuse ; puis il prit l'extrémité d'une jambe dans sa bouche et la serra avec les dents ; il saisit la même jambe dans sa main droite et la tira violemment ; il entendit le bruit du tissu qui craquait ; puis il jeta par terre le caleçon déchiré. Il souhaitait qu'il y reste, et que maman le voie.

Puis il enfila une culotte de gymnastique jaune, mit la chemise, la cravate, le pantalon et la veste préparés pour lui et sortit de la villa.

11

Il remit sa carte d'identité à la conciergerie (comme doit nécessairement le faire quiconque veut entrer dans un immeuble aussi important que le siège de la Sûreté nationale) et il monta l'escalier. Regardez comme il marche, comme il mesure chacun de ses pas ! Il marche comme s'il portait sur les épaules tout son destin ; il monte non pas pour accéder à l'étage supérieur d'un immeuble, mais à l'étage supérieur de sa propre vie d'où il va voir ce qu'il n'a pas encore vu.

Tout lui était favorable ; quand il entra dans le bureau, il aperçut le visage de son ancien camarade de classe et c'était le visage d'un ami ; ce visage, agréablement surpris, l'accueillait avec un sourire heureux.

Le fils du concierge déclara qu'il se réjouissait beaucoup de la visite de Jaromil, et l'âme de Jaromil connut la félicité. Il s'assit sur la chaise offerte et il sentait pour la première fois qu'il était en face de son ami comme un homme en face d'un homme ; comme un égal en face d'un égal ; comme un dur en face d'un dur.

Ils bavardèrent pendant quelques instants, de tout et de rien, comme bavardent des copains, mais ce n'était pour Jaromil qu'une savoureuse ouverture, pendant laquelle il attendait avec impatience le lever de rideau. « Je veux te faire part d'une chose extrêmement importante, dit-il d'une voix grave. Je connais un type qui s'apprête à passer clandestinement à l'Ouest dans les toutes prochaines heures. Il faut faire quelque chose. »

Le fils du concierge fut aussitôt en éveil et posa plusieurs questions à Jaromil. Celui-ci y répondit rapidement et avec précision.

« C'est une affaire très sérieuse, dit ensuite le fils du concierge. Je ne peux pas prendre une décision moi-même. »

Il conduisit ensuite Jaromil, par un long couloir, dans un autre bureau où il le présenta à un homme d'âge mûr habillé en civil ; il le présenta comme son ami, ce qui fait que l'homme en civil sourit amicalement à Jaromil ; ils appelèrent une secrétaire et rédigèrent un procès-verbal ; Jaromil dut tout indiquer avec précision : le nom de son amie ; où elle travaillait ; son âge ; d'où il la connaissait ; de quelle famille elle était originaire ; où travaillaient son père, ses frères, ses sœurs ; quand elle lui avait fait part de l'intention de son frère de passer à l'Ouest ; quelle sorte d'homme était son frère ; ce que Jaromil savait à son sujet.

Jaromil en savait pas mal, son amie lui parlait souvent de lui ; c'était précisément pour cette raison qu'il avait jugé que toute l'affaire était extrêmement grave et qu'il n'avait pas perdu de temps, afin d'informer ses camarades, ses camarades de combat, ses amis, avant qu'il ne fût trop tard. Car le frère de son amie haïssait notre régime ; comme c'était triste ! le frère de son amie était issu d'une famille très pauvre, très modeste, mais comme il avait travaillé pendant quelque temps comme chauffeur chez un politicien bourgeois, il était corps et âme du côté des gens qui tramaient des complots contre notre régime ; oui, il pouvait l'affirmer en toute certitude, car son amie lui avait très exactement décrit les opinions de son frère ; ce type-là serait prêt à tirer sur les communistes ; Jaromil pouvait aisément imaginer ce qu'il ferait quand il aurait rejoint les rangs de l'émigration ; Jaromil savait que sa seule passion était d'anéantir le socialisme.

Avec une mâle concision, les trois hommes achevèrent de dicter le procès-verbal à la secrétaire, et le plus âgé dit au fils du concierge de prendre sans tarder les dispositions nécessaires. Quand ils se retrouvèrent seuls dans le bureau, il remercia Jaromil de son concours. Il lui dit que si tout le peuple était aussi vigilant que lui, notre patrie socialiste serait invincible. Et il dit aussi qu'il serait heureux que leur rencontre ne fût pas la dernière. Jaromil n'ignorait sans doute pas que notre régime avait partout des ennemis ; Jaromil fréquentait le milieu étudiant à la faculté et il connaissait peut-être aussi des gens dans les milieux littéraires. Oui, nous savons que la plupart d'entre eux sont des gens honnêtes, mais il y a peut-être aussi pas mal d'éléments subversifs parmi eux.

Jaromil regardait avec enthousiasme le visage du policier ; ce visage lui semblait beau ; il était creusé de rides profondes et portait témoignage d'une vie rude et mâle. Oui, Jaromil aussi serait très heureux que leur rencontre ne fût pas la dernière. Il ne souhaitait rien d'autre ; il savait où était sa place.

Ils se serrèrent la main et échangèrent un sourire.

Avec ce sourire dans l'âme (splendide sourire ridé d'homme), Jaromil sortit de l'immeuble de la police. Il descendait les larges marches du perron et il voyait le soleil glacial du matin s'élever au-dessus des toits de la ville. Il aspira l'air froid et se sentit débordant d'une virilité qui lui sortait par tous les pores de la peau et qui voulait se mettre à chanter.

D'abord, il pensa rentrer tout de suite chez lui, s'asseoir à sa table et écrire des poèmes. Mais après quelques pas, il fit demi-tour ; il n'avait pas envie d'être seul. Il lui semblait qu'en l'espace d'une heure ses traits avaient durci, que son pas s'était affermi, que sa voix s'était faite plus grave, et il voulait être vu dans cette métamorphose. Il se rendit à la faculté et il engagea la conversation avec tout le monde. Certes, personne ne lui dit qu'il était différent, mais le soleil continuait de briller, et par-dessus les cheminées de la ville flottait un poème pas encore écrit. Il rentra chez lui et s'enferma dans sa petite chambre. Il noircit plusieurs feuilles, mais il n'était pas très satisfait.

Il posa donc la plume et préféra réfléchir un instant ; il songeait au seuil mystérieux que l'adolescent doit franchir pour devenir un homme ; et il croyait connaître le nom de ce seuil ; ce nom, ce n'était pas le nom de l'amour, ce seuil s'appelait « devoir ». Et il est difficile d'écrire des poèmes sur le devoir. Quelle imagination ce mot sévère peut-il enflammer ? Mais Jaromil savait que c'était, précisément, l'imagination éveillée par ce mot qui serait neuve, inouïe, surprenante ; car il n'avait pas en vue le devoir au sens ancien du mot, le devoir assigné et imposé de l'extérieur, mais le devoir que l'homme se crée lui-même et qu'il choisit librement, le devoir qui est volontaire et qui est l'audace et la gloire de l'homme.

Cette méditation emplit Jaromil de fierté, car il

esquissait ainsi son propre portrait, tout à fait nouveau. Il eut encore une fois envie d'être vu dans cette surprenante métamorphose, et il courut chez sa petite rousse. Il était déjà près de six heures, et elle devait être de retour depuis longtemps. Mais la logeuse lui annonça qu'elle n'était pas encore rentrée du magasin. Que deux messieurs étaient déjà venus la demander il y avait à peu près une demi-heure, et qu'elle avait dû leur répondre que sa sous-locataire n'était pas encore de retour.

Jaromil avait tout son temps et il fit les cent pas dans la rue de la petite rousse. Au bout d'un instant, il remarqua deux messieurs qui faisaient aussi les cent pas ; Jaromil se dit que c'étaient sans doute ceux dont avait parlé la logeuse ; ensuite il vit la petite rousse qui venait de l'autre côté. Il ne voulait pas qu'elle le vît, il se dissimula dans la porte cochère d'un immeuble et regarda son amie s'avancer d'un pas rapide vers son immeuble et y disparaître. Puis il vit les deux messieurs y pénétrer à leur tour. Il éprouva des doutes et n'osa pas bouger de son poste d'observation. Au bout d'une minute environ, ils sortirent tous les trois de l'immeuble ; à ce moment-là seulement, il remarqua une voiture qui était stationnée à quelques pas de l'immeuble. Les deux messieurs et la jeune fille y montèrent et la voiture démarra.

Jaromil comprit que c'étaient très probablement des policiers ; mais à la frayeur qui le glaça se mêla aussitôt un sentiment d'exaltante stupeur, à l'idée que ce qu'il avait accompli ce matin-là était un acte réel, sur l'injonction duquel les choses s'étaient mises en mouvement.

Le lendemain, il accourut chez son amie pour la surprendre dès son retour du travail. Mais la logeuse lui dit que la rousse n'était pas rentrée depuis que les deux messieurs l'avaient emmenée.

Il en fut très ému. Le lendemain matin, il alla tout de suite à la police. Comme l'autre fois, le fils du concierge le traita très amicalement. Il lui serra la main, l'inonda d'un sourire jovial, et quand Jaromil lui demanda ce qui était arrivé à son amie qui n'était pas encore rentrée chez elle, il lui dit de ne pas se faire de souci. « Tu nous as mis sur une piste très importante. On va les cuisiner comme il faut. » Son sourire était éloquent.

De nouveau, Jaromil sortit de l'immeuble de la police dans la matinée glaciale et ensoleillée, de nouveau il aspirait l'air glacé, et il se sentit fort et rempli de son destin. Mais ce n'était pas la même chose qu'avant-hier. Car cette fois-ci, il songea pour la première fois que son acte l'avait *fait entrer dans la tragédie*.

Oui, c'est ce qu'il se disait, mot à mot, en descendant les larges marches du perron : j'entre dans la tragédie. Il entendait sans cesse cet alerte et menaçant *on va les cuisiner comme il faut*, et ces mots attisaient son imagination ; il comprit que son amie était maintenant entre les mains d'hommes inconnus, qu'elle était à leur merci, qu'elle était en danger, et qu'un interrogatoire de plusieurs jours n'est assurément pas une bagatelle ; il se rappela ce que son ancien camarade d'école lui avait dit au sujet du Juif brun et de l'âpre travail des policiers. Toutes ces idées et toutes ces images l'emplissaient d'une sorte de matière douce, parfumée, noble, et il avait l'impression de grandir, d'aller à travers les rues comme un monument itinérant de tristesse.

Puis il se dit qu'il comprenait à présent pour quelle raison les vers qu'il avait écrits deux jours plus tôt ne valaient rien. Car à ce moment-là, il ne savait pas encore ce qu'il venait d'accomplir. C'était seulement maintenant qu'il comprenait sa propre action, qu'il se comprenait lui-même, et sa destinée. Voici deux jours encore, il voulait écrire des vers sur le devoir ; mais maintenant il en savait davantage : la gloire du devoir naît de la tête tranchée de l'amour.

Jaromil allait à travers les rues, fasciné par son propre destin. En rentrant chez lui, il y trouva une lettre. Je serais très heureuse, si vous pouviez venir la semaine prochaine, tel jour à telle heure, à une petite soirée où vous rencontrerez des gens qui vous intéresseront. La lettre était signée de la cinéaste.

Bien que cette invitation ne promît rien de certain, elle procura pourtant un immense plaisir à Jaromil car il y voyait la preuve que la cinéaste n'était pas une occasion perdue, que leur aventure n'était pas terminée, que le jeu continuerait. L'idée vague mais singulière s'insinua dans son esprit qu'il était profondément symbolique que cette lettre lui fût parvenue précisément le jour où il avait compris le tragique de sa situation ; il éprouvait le sentiment confus mais exaltant que tout ce qu'il venait de vivre pendant les deux derniers jours le qualifiait enfin pour affronter la beauté radieuse de la brune cinéaste et pour se rendre à sa soirée mondaine, avec assurance, sans crainte et comme un homme.

Il se sentait heureux comme jamais. Il se sentait plein de poèmes et s'assit à sa table. Non, il n'est pas juste d'opposer l'amour et le devoir, songeait-il, c'est justement ça l'ancienne conception du problème. L'amour ou le devoir, la femme aimée ou la révolution, non, non, ce n'est pas ça du tout. S'il avait mis la rousse en danger, cela ne signifiait pas que l'amour ne comptait pas pour lui ; car, ce que voulait Jaromil, c'était précisément que le monde à venir fût un monde où l'homme et la femme pourraient s'aimer plus fort que jamais. Oui, c'était ainsi : Jaromil avait mis sa propre amie en danger, pour cette raison précisément qu'il l'aimait plus que les autres hommes n'aiment leur femme ; pour cette raison précisément qu'il savait ce qu'est l'amour et le monde futur de l'amour. Il était certes terrible de sacrifier une femme concrète (rousse, gentille, menue, bavarde) pour le monde futur, mais c'était sans doute la seule tragédie de notre temps qui fût digne de beaux vers, digne d'un grand poème !

Donc, il s'asseyait à sa table et il écrivait, puis il se levait et faisait les cent pas dans sa chambre, et il se disait que ce qu'il écrivait était la plus grande chose qu'il eût jamais écrite.

C'était une soirée grisante, plus grisante que toutes les soirées amoureuses qu'il pût imaginer, c'était une soirée grisante bien qu'il la passât seul dans sa chambre d'enfant ; sa mère était dans la pièce voisine et Jaromil avait tout à fait oublié qu'il la détestait quelques jours plus tôt ; quand elle frappa à la porte pour lui demander ce qu'il faisait, il lui dit même, avec tendresse, *maman,* et il la pria de l'aider à trouver le calme et la concentration, parce que, dit-il, « j'écris aujourd'hui le plus grand poème de ma vie ». Maman sourit (d'un sourire maternel, attentionné, compréhensif) et lui accorda la tranquillité.

Puis il se mit au lit et il se dit qu'au même moment sa petite rousse était entourée d'hommes : de policiers, d'enquêteurs, de gardiens ; qu'ils pouvaient faire d'elle ce qu'ils voulaient ; que le gardien l'observait par le judas de la porte pendant qu'elle s'asseyait sur le seau et qu'elle urinait.

Il ne croyait guère à ces possibilités extrêmes (on allait sans doute l'interroger et la relâcher bientôt), mais l'imagination ne se laisse pas brider : inlassablement, il l'imaginait dans sa cellule, elle était assise sur le seau, un inconnu l'observait, les enquêteurs lui arrachaient ses vêtements ; mais une chose le stupéfiait : malgré toutes ces images, il n'éprouvait aucune jalousie !

Tu dois être mienne et mourir sur la roue, si je le veux ! Le cri de John Keats traverse l'espace des siècles. Pourquoi Jaromil serait-il jaloux ? La rousse est à lui maintenant, elle lui appartient plus que jamais : son destin est sa création ; c'est son œil qui l'observe pendant qu'elle urine dans le seau ; ce sont ses paumes qui la touchent dans les mains des gardiens ; elle est sa victime, elle est son œuvre, elle est à lui, à lui, à lui.

Jaromil n'est pas jaloux ; il s'est endormi du mâle sommeil des hommes.

SIXIÈME PARTIE

ou

LE QUADRAGÉNAIRE

1

La première partie de notre récit englobe environ quinze ans de la vie de Jaromil, mais la cinquième partie, qui est pourtant plus longue, à peine une année. Donc, dans ce livre, le temps s'écoule à un rythme inverse du rythme de la vie réelle ; il ralentit.

La raison en est que nous regardons Jaromil à partir d'un observatoire que nous avons érigé là où, dans le courant du temps, se situe sa mort. Son enfance se trouve pour nous dans les lointains où se confondent les mois et les années ; nous l'avons vu s'avancer avec sa mère, depuis ces lointains brumeux, jusqu'à l'observatoire à proximité duquel tout est visible comme au premier plan d'un tableau ancien, où l'œil distingue chaque feuille des arbres et, sur chaque feuille, le tracé délicat des nervures.

De même que votre vie est déterminée par la profession et le mariage que vous avez choisis, de même, ce roman est délimité par la perspective qui s'offre à nous depuis notre poste d'observation, d'où l'on ne voit que Jaromil et sa mère, tandis que nous n'apercevons les autres personnages que s'ils apparaissent en présence des deux protagonistes. Nous avons choisi notre observatoire comme vous avez choisi votre destinée, et notre choix est pareillement irrémédiable.

Mais chacun regrette de ne pouvoir vivre d'autres vies que sa seule et unique existence ; vous voudriez, vous aussi, vivre toutes vos virtualités irréalisées, toutes vos vies possibles (ah ! l'inaccessible Xavier !). Notre roman est comme vous. Lui aussi il voudrait être d'autres romans, ceux qu'il aurait pu être et qu'il n'a pas été.

C'est pourquoi nous rêvons constamment d'autres observatoires possibles et non construits. Supposez que nous placions notre poste d'observation, par exemple, dans la vie du peintre, dans la vie du fils du concierge, ou dans la vie de la petite rousse. En effet, que savons-nous d'eux ? Guère plus que ce sot de Jaromil qui, en réalité, n'a jamais rien su de personne ! Comment aurait été le roman, s'il avait suivi la carrière de cet opprimé, le fils du concierge, où son ancien camarade d'école, le poète, ne serait intervenu qu'une ou deux fois, comme un personnage épisodique ! Ou bien si nous avions suivi l'histoire du peintre et si nous avions pu enfin savoir ce qu'il pensait exactement de sa maîtresse, dont il ornait le ventre de dessins à l'encre de Chine !

Si l'homme ne peut nullement sortir de sa vie, le roman est beaucoup plus libre. Supposez que nous démontions, promptement et clandestinement, notre observatoire, et que nous le transportions ailleurs, même pour peu de temps ! Par exemple, bien au-delà de la mort de Jaromil ! Par exemple, jusqu'à aujourd'hui où plus personne, mais personne (sa mère aussi est morte, il y a quelques années) ne se souvient du nom de Jaromil...

2

Ah, mon Dieu, si nous transportions jusqu'ici notre observatoire ! Et si nous allions rendre visite aux dix poètes qui étaient assis à la tribune avec Jaromil pendant la soirée chez les flics ! Où sont les poèmes qu'ils ont récités ce soir-là ? Personne, mais personne ne s'en souvient ; et les poètes eux-mêmes refuseraient de s'en souvenir ; parce qu'ils en ont honte, ils en ont tous honte à présent...

Au fond, qu'est-il resté de ce temps lointain ? Aujourd'hui ce sont pour tout le monde les années des procès politiques, des persécutions, des livres à l'index et des assassinats judiciaires. Mais nous qui nous souvenons, nous devons apporter notre témoignage : ce n'était pas seulement le temps de l'horreur, c'était aussi le temps du lyrisme ! Le poète régnait avec le bourreau.

Le mur, derrière lequel des hommes et des femmes étaient emprisonnés, était entièrement tapissé de vers et, devant ce mur, on dansait. Ah non, pas une danse macabre. Ici l'innocence dansait ! L'innocence avec son sourire sanglant.

C'était le temps de la mauvaise poésie ? Pas tout à fait ! Le romancier qui écrivait sur ce temps avec les yeux aveugles du conformisme composait des œuvres mort-nées. Mais le poète lyrique, qui exaltait ce temps de façon tout aussi aveugle, a souvent laissé derrière lui de la belle poésie. Parce que, répétons-le, dans le champ magique de la poésie, toute affirmation devient vérité pour peu qu'il y ait derrière elle la force du sentiment vécu. Et les poètes vivaient leurs sentiments avec une telle ferveur que l'espace s'irisait d'un arc-en-ciel, d'un miraculeux arc-en-ciel au-dessus des prisons...

Mais non, nous n'allons pas transporter notre observatoire dans le présent, parce qu'il nous importe peu de peindre ce temps-là et de lui offrir encore de nouveaux miroirs. Si nous avons choisi ces années, ce n'est pas parce que nous voulions en tracer le portrait, mais seulement parce qu'elles nous semblaient être un piège incomparable tendu à Rimbaud et à Lermontov, un piège incomparable tendu à la poésie et à la jeunesse. Et le roman est-il autre chose qu'un piège tendu au héros ? Au diable la peinture de l'époque ! Celui qui nous intéresse, c'est le jeune homme qui écrit des poèmes !

C'est pourquoi ce jeune homme, auquel nous avons donné le nom de Jaromil, nous ne devons jamais le perdre de vue tout à fait. Oui, laissons un instant notre roman, transportons notre observatoire au-delà de la vie de Jaromil et plaçons-le dans la pensée d'un personnage tout différent, pétri d'une tout autre pâte. Mais ne l'éloignons pas de plus de deux ou trois ans au-delà de la mort de Jaromil pour rester dans le temps où notre poète n'est pas encore oublié par tous. Construisons un chapitre qui soit par rapport au reste du récit ce qu'est le pavillon du parc par rapport au manoir :

Le pavillon est éloigné de quelques dizaines de

mètres, c'est une construction indépendante, dont le manoir peut se passer. Mais la fenêtre du pavillon est ouverte, de sorte que les voix des habitants du manoir se laissent toujours faiblement entendre.

3

Ce pavillon, imaginons-le comme un studio : une entrée avec une armoire incorporée au mur, qu'on a négligemment laissée grande ouverte, une salle de bains à la baignoire soigneusement astiquée, une petite cuisine avec de la vaisselle pas rangée, et une chambre ; dans la chambre un très large divan en face duquel il y a un grand miroir, tout autour une bibliothèque, peut-être deux gravures sous verre (des reproductions de peintures et de statues antiques), une longue table avec deux fauteuils, et une fenêtre sur cour, qui donne sur les cheminées et les toits.

On est en fin d'après-midi et le propriétaire du studio vient de rentrer ; il ouvre une serviette et il en sort des bleus de travail froissés qu'il accroche dans l'armoire ; il entre dans la chambre et il ouvre grande la fenêtre ; il fait une journée de printemps ensoleillée, une brise fraîche pénètre dans la chambre, et il va dans la salle de bains, il fait couler de l'eau brûlante dans la baignoire et se déshabille ; il examine son corps et il en est satisfait ; c'est un homme dans la quarantaine, mais depuis qu'il travaille de ses mains il se sent en excellente forme ; il a le cerveau plus léger et les bras plus forts.

A présent, il est étendu dans la baignoire sur les bords de laquelle il a posé une planche, ce qui fait que la baignoire sert en même temps de table ; des livres sont étalés devant lui (cette étrange prédilection pour les auteurs antiques !), et il se réchauffe dans l'eau brûlante, et il lit.

Puis il entend la sonnette. Un coup bref, puis deux coups prolongés, et après une pause, encore un coup bref. Il n'aimait pas être dérangé par des visites inopinées, de sorte qu'il était convenu, avec ses maîtresses et ses amis, de signaux auxquels il reconnaissait les visiteurs. Mais qui ce signal-là pouvait-il annoncer ?

Il se dit qu'il vieillissait et qu'il avait mauvaise mémoire.

« Un instant ! » cria-t-il. Il sortit de la baignoire, se sécha, enfila sans hâte le peignoir de bain, et il alla ouvrir.

4

Une jeune fille en manteau d'hiver attendait devant la porte.

Il la reconnut immédiatement et fut tellement surpris qu'il ne trouva rien à dire.

« Ils m'ont relâchée, dit-elle.

— Quand ?

— Ce matin. J'ai attendu que tu rentres du travail. »

Il l'aida à se débarrasser de son manteau ; c'était un manteau marron, lourd et usé. Il le suspendit à un cintre et il accrocha le cintre au portemanteau. La jeune fille portait une robe que le quadragénaire connaissait bien ; il se souvint qu'elle portait cette robe-là la dernière fois qu'elle était venue le voir, oui, cette robe-là et ce manteau-là. Une journée d'hiver vieille de trois ans faisait tout à coup irruption dans cet après-midi printanier.

La jeune fille aussi s'étonnait que la chambre fût toujours la même, alors que tant de choses avaient changé dans sa vie depuis ce jour-là. « Tout est comme avant, ici, dit-elle.

— Oui, tout est comme avant. » Le quadragénaire acquiesça et il la fit asseoir dans le fauteuil où elle s'asseyait toujours ; puis il se mit à l'interroger avec précipitation : tu as faim ? c'est vrai, tu as mangé ? quand as-tu mangé ? où vas-tu aller en sortant d'ici ? vas-tu aller chez tes parents ?

Elle lui dit qu'elle devrait aller chez ses parents, qu'elle avait été à la gare tout à l'heure, mais qu'elle avait hésité et qu'elle était venue chez lui.

« Attends, je vais m'habiller », dit-il. Il venait de s'apercevoir qu'il était en peignoir de bain ; il passa dans l'entrée et referma la porte ; avant de commencer à s'habiller, il souleva le combiné du téléphone ; il composa un numéro et, quand une voix de femme répondit, il s'excusa, disant qu'aujourd'hui il n'aurait pas le temps.

Il n'avait aucun engagement à l'égard de la jeune fille qui attendait dans la chambre ; pourtant, il ne voulait pas qu'elle entendît sa conversation et il parlait d'une voix étouffée. Et tout en parlant, il regardait le lourd manteau marron qui était accroché à la patère et qui emplissait l'entrée d'une touchante musique.

5

Il y avait environ trois ans qu'il l'avait vue pour la dernière fois, et environ cinq ans qu'il la connaissait. Il avait des amies beaucoup plus jolies, mais cette petite-là avait de précieuses qualités : elle avait dix-sept ans à peine quand il l'avait rencontrée ; elle était d'une amusante spontanéité, érotiquement douée et malléable : elle faisait exactement ce qu'elle lisait dans ses yeux ; elle avait compris au bout d'un quart d'heure qu'il ne fallait pas parler de sentiments devant lui, et sans qu'il eût besoin de rien lui expliquer, elle venait docilement et uniquement les jours (c'était à peine une fois par mois) où il l'invitait chez lui.

Le quadragénaire ne cachait pas son penchant pour les femmes lesbiennes ; un jour, dans l'enivrement de l'amour physique, la petite lui chuchota à l'oreille qu'elle avait surpris une inconnue dans une cabine, à la piscine, et qu'elle avait fait l'amour avec elle ; l'histoire plut beaucoup au quadragénaire et, quand il comprit ensuite son invraisemblance, il fut encore plus touché de l'application que la jeune fille mettait à lui plaire. La petite ne s'en tenait d'ailleurs pas à des inventions ; elle présentait volontiers le quadragénaire à ses amies et elle devint l'inspiratrice et l'organisatrice de bien des divertissements érotiques.

Elle avait compris que non seulement le quadragénaire n'exigeait pas la fidélité, mais qu'il se sentait plus en sécurité lorsque ses amies avaient des liaisons sérieuses. Elle l'entretenait donc avec une innocente indiscrétion de ses petits amis passés et présents, ce qui intéressait et divertissait le quadragénaire.

A présent, elle était assise en face de lui dans un fauteuil (le quadragénaire avait passé un pantalon léger et un chandail) et elle disait : « En sortant de la prison, j'ai vu des chevaux. »

6

« Des chevaux ? Quels chevaux ? »

Quand elle avait franchi la porte de la prison, au petit matin, elle avait croisé des cavaliers d'un club hippique. Ils se dressaient sur la selle, droits et fermes, comme s'ils adhéraient à l'animal et ne formaient avec lui qu'un grand corps inhumain. La jeune fille, à leurs pieds, se sentait à ras de terre, petite et insignifiante. De loin, d'au-dessus d'elle, lui parvenaient le souffle des chevaux et des rires ; elle s'était tapie contre le mur.

« Et où es-tu allée après ? »

Elle était allée au terminus de la ligne de tramway. Il était encore tôt mais le soleil était déjà brûlant ; elle portait un lourd manteau et les regards des passants l'intimidaient. Elle avait peur qu'il y ait du monde à l'arrêt du tram et que les gens la dévisagent. Mais sur le refuge, il n'y avait heureusement qu'une vieille femme. C'était bien ; c'était réconfortant, qu'il n'y eût qu'une vieille femme.

« Et tu as tout de suite su que tu viendrais d'abord chez moi ? »

Son devoir était d'aller chez elle, chez ses parents. Elle était allée à la gare, elle avait fait la queue au guichet, mais quand son tour était venu de prendre son billet, elle s'était ravisée. Elle tremblait à l'idée de sa famille. Ensuite, elle avait senti la faim, et elle s'était acheté un morceau de saucisson. Elle s'était assise dans un square et elle avait attendu que quatre heures arrivent et que le quadragénaire soit rentré de son travail.

« Je suis content que tu sois venue chez moi d'abord, c'est gentil d'être venue chez moi d'abord, dit-il.

« Et tu te souviens? ajouta-t-il au bout d'un instant. Tu avais affirmé que tu ne viendrais plus jamais chez moi.

— Ce n'est pas vrai », dit la petite.

Il sourit :

« C'est vrai, dit-il.

— Non. »

7

C'était évidemment vrai. Ce jour-là, quand elle était venue le voir, le quadragénaire avait ouvert aussitôt la petite armoire du bar ; comme il s'apprêtait à verser deux verres de cognac, la petite avait hoché la tête : « Non, je ne veux rien prendre. Je ne boirai plus jamais avec toi. »

Le quadragénaire s'étonnait, et la petite avait poursuivi : « Je ne viendrai plus jamais chez toi, et si je suis venue aujourd'hui, c'est uniquement pour te le dire. »

Comme le quadragénaire ne cessait pas de s'étonner, elle lui avait dit qu'elle aimait sincèrement le jeune homme dont le quadragénaire connaissait bien l'existence, et qu'elle ne voulait plus le tromper ; elle était venue pour demander au quadragénaire de la comprendre et de ne pas lui en vouloir.

Bien que sa vie amoureuse fût extrêmement variée, le quadragénaire était au fond un idyllique et il veillait sur la tranquillité et sur l'ordre de ses aventures. Certes, la petite gravitait dans le ciel constellé de ses amours comme une humble étoile intermittente, mais même une seule petite étoile, quand elle est brusquement arrachée de sa place, peut rompre désagréablement l'harmonie d'un univers.

Et aussi, il était froissé de son incompréhension : car il avait toujours été heureux que la jeune fille eût un ami qui l'aimait ; il l'incitait à lui en parler et il lui donnait des conseils sur la façon dont elle devait se comporter avec lui. Le jeune homme l'amusait beaucoup, au point qu'il rangeait dans un tiroir les poèmes que la petite recevait de son ami ; ces poèmes lui étaient antipathiques, mais ils l'intéressaient en même temps, comme l'intéressait et lui était antipathique le monde qui prenait corps autour de lui et qu'il observait depuis l'eau brûlante de sa baignoire.

Il était disposé à veiller sur les deux amants avec une cynique bienveillance, et la décision soudaine de la jeune fille lui faisait l'effet d'une ingratitude. Il n'avait pu se maîtriser suffisamment pour n'en rien laisser transparaître, et la petite, voyant son air maussade, parlait avec volubilité pour justifier sa décision ; elle jurait qu'elle aimait son jeune ami et qu'elle voulait être honnête envers lui.

Et maintenant elle était assise en face du quadragénaire (dans le même fauteuil, vêtue de la même robe) et elle prétendait n'avoir jamais rien dit de semblable.

8

Elle ne mentait pas. Elle faisait partie de ces âmes exceptionnelles qui ne distinguent pas entre ce qui est et ce qui doit être et qui identifient leur désir moral et la vérité. Elle se souvenait évidemment de ce qu'elle avait dit au quadragénaire ; pourtant elle savait aussi qu'elle n'aurait pas dû le dire et elle refusait donc maintenant au souvenir le droit à une existence réelle.

Mais, à coup sûr, elle s'en souvenait bien ! Ce jour-là, elle s'était attardée chez le quadragénaire plus longtemps qu'elle n'en avait l'intention, et elle était arrivée en retard à son rendez-vous. Son jeune ami était fâché à mort et elle avait senti qu'elle ne pourrait le faire revenir à de meilleurs sentiments qu'en invoquant une excuse à la mesure de sa colère. Elle avait donc inventé que son frère s'apprêtait à passer clandestinement à l'Ouest et qu'elle était restée longuement avec lui. Elle ne se doutait pas que son jeune ami la contraindrait à dénoncer son frère.

Aussi, dès le lendemain, à la sortie de son travail, était-elle accourue chez le quadragénaire pour lui demander conseil ; le quadragénaire s'était montré compréhensif et amical ; il lui avait conseillé de persister dans son mensonge et de persuader son ami qu'après une scène dramatique son frère lui avait juré qu'il renonçait à passer à l'Ouest. Il lui avait indiqué exactement comment elle devait dépeindre la scène au cours de laquelle elle avait dissuadé son frère de passer clandestinement à l'Ouest et ce qu'elle devait dire pour suggérer à son ami qu'il était devenu indirectement le sauveur de sa famille, car sans son influence et son intervention, son frère se serait peut-être déjà fait arrêter à la frontière ou, qui sait ? il serait peut-être déjà mort, abattu par un garde-frontière.

« Comment s'est terminée ta conversation avec ton ami, ce jour-là ? lui demandait-il à présent.

— Je ne lui ai pas parlé. Ils m'ont arrêtée au moment où je rentrais de chez toi. Ils m'attendaient devant la maison.

— Alors, tu ne lui as jamais reparlé depuis ?

— Non.

— Mais on t'a certainement dit ce qui lui est arrivé ?

— Non.

— Vraiment, tu ne sais pas ? s'étonna le quadragénaire.

— Je ne sais rien. »

La petite haussa les épaules sans curiosité, comme si elle ne voulait rien savoir.

« Il est mort, dit le quadragénaire. Il est mort peu après ton arrestation. »

9

Ça, elle l'ignorait ; de très loin lui parvenaient les paroles pathétiques du jeune homme qui mesurait volontiers l'amour à l'aune de la mort.

« Il s'est tué ? » demanda-t-elle d'une voix douce, qui était soudain prête à pardonner.

Le quadragénaire sourit. « Mais non. Il est tout banalement tombé malade et il est mort. Sa mère a déménagé. Tu ne trouverais plus trace d'eux dans la villa. Rien qu'un grand monument noir au cimetière. On dirait la tombe d'un grand écrivain. Sa mère y a fait graver une inscription : *Ici repose le poète*... et au-dessous de son nom, il y a l'épitaphe que tu m'as apportée dans le temps : celle où il dit qu'il voudrait mourir dans les flammes. »

Ils se turent ; la jeune fille pensait que son ami n'avait pas mis fin à ses jours, mais qu'il était mort tout banalement ; sa mort était encore une façon de lui tourner le dos. A sa sortie de prison, elle était fermement résolue à ne jamais le revoir, mais elle n'avait pas pensé qu'il ne serait plus. S'il n'était plus de ce monde, la raison de ses trois années de prison n'existait pas non plus, et tout cela n'était qu'un mauvais rêve, un non-sens, quelque chose d'irréel.

« Écoute, lui dit-il. Nous allons préparer le dîner. Viens m'aider. »

10

Ils étaient tous les deux dans la cuisine et coupaient du pain ; ils posèrent des tranches de jambon et de saucisson sur du beurre ; ils ouvrirent une boîte de sardines avec un ouvre-boîte ; ils trouvèrent une bouteille de vin ; ils sortirent deux verres du buffet.

C'était leur habitude quand elle venait chez le quadragénaire. Il était réconfortant de constater que ce fragment de vie stéréotypé l'attendait toujours, inchangé, immuable, et qu'elle pouvait aujourd'hui y entrer sans peine ; elle pensa que c'était la plus belle part de vie qu'elle eût jamais connue.

La plus belle ? Pourquoi ?

C'était une part de sa vie où elle était en sécurité. Cet homme était bon avec elle et n'exigeait jamais rien d'elle ; elle n'était coupable et responsable de rien envers lui ; elle était toujours en sécurité auprès de lui ; comme nous sommes en sécurité quand nous nous trouvons un instant hors de portée de notre propre destin ; comme le personnage du drame se trouve en sécurité quand le rideau tombe après le premier tableau et que l'entracte commence ; les autres personnages enlèvent à leur tour leurs masques et conversent avec insouciance.

Le quadragénaire avait depuis longtemps le sentiment de vivre en dehors du drame de sa vie : au début de la guerre, il avait rejoint clandestinement l'Angleterre avec sa femme, il avait fait la guerre dans l'aviation britannique et il avait perdu sa femme dans un bombardement de Londres ; puis il était rentré à Prague, il était resté dans l'armée, et à peu près à l'époque où Jaromil avait décidé de s'inscrire à l'école des hautes études politiques, ses supérieurs avaient estimé qu'il avait noué pendant la guerre des contacts trop étroits avec l'Angleterre capitaliste et qu'il n'était pas assez sûr pour une armée socialiste. De sorte qu'il s'était retrouvé dans un atelier d'usine, le dos tourné à l'Histoire et à ses représentations dramatiques, le dos tourné à son propre destin, tout occupé de soi-même, de ses divertissements privés et de ses livres.

Trois ans plus tôt la petite est venue lui dire adieu, parce qu'il ne lui offrait qu'une pause, tandis que son jeune ami lui promettait la vie. Et à présent, elle est assise devant lui, elle mâche du pain avec du jambon, elle boit du vin et elle est infiniment heureuse que le quadragénaire lui accorde un entracte dont elle sent s'épanouir en elle, lentement, le silence délicieux.

Elle se sentit soudain plus à l'aise et sa langue se délia.

11

Il ne restait plus sur la table que des assiettes vides avec des miettes et une bouteille à moitié vide et elle parlait (librement et sans emphase) de la prison, de ses codétenues et des gardiens, et elle s'attardait, comme elle le faisait toujours, sur des détails qu'elle trouvait intéressants et qu'elle associait l'un à l'autre dans le flot illogique mais charmant de son babillage.

Et pourtant, il y avait du nouveau dans son bavardage d'aujourd'hui ; d'ordinaire, ses phrases s'acheminaient naïvement vers l'essentiel, alors qu'aujourd'hui, elles semblaient n'être qu'un prétexte pour éviter le fond de la chose.

Mais de quelle chose ? Puis le quadragénaire crut le deviner, et il demanda : « Qu'est-il arrivé à ton frère ?

— Je ne sais pas..., dit la jeune fille.

— Ils l'ont relâché ?

— Non. »

Le quadragénaire comprit enfin pourquoi la petite s'était enfuie du guichet de la gare et pourquoi elle avait si peur de rentrer chez elle ; car elle n'était pas seulement une victime innocente, elle était aussi la coupable qui avait causé le malheur de son frère et de toute sa famille ; il pouvait aisément imaginer comment ils s'y étaient pris pour la faire avouer pendant les interrogatoires et comment, croyant se dérober, elle s'était enlisée dans de nouveaux mensonges de plus en plus suspects. Comment pouvait-elle expliquer à ses parents que ce n'était pas elle qui avait dénoncé son frère en l'accusant d'un crime imaginaire, mais un petit ami dont personne n'avait entendu parler et qui n'était même plus de ce monde ?

La petite se taisait, et le quadragénaire sentait grandir en lui un courant de compassion qui finit par le submerger : « Ne va pas chez tes parents aujourd'hui. Tu as le temps. Il faut d'abord que tu réfléchisses. Si tu veux, tu peux rester ici. »

Ensuite, il se pencha sur elle et lui posa la main sur le visage ; il ne la caressait pas, il gardait seulement la main tendrement et longuement pressée contre sa peau.

Ce geste exprimait tant de bonté que des larmes se mirent à couler sur les joues de la jeune fille.

12

Depuis la mort de sa femme, qu'il aimait, il détestait les larmes féminines; elles l'effrayaient, comme l'effrayait l'idée que les femmes pourraient faire de lui un acteur dans les drames de leurs vies; il voyait dans les larmes des tentacules qui voulaient l'étreindre pour l'arracher à l'idylle de son non-destin; les larmes lui répugnaient.

Il fut donc surpris de sentir sur sa main leur odieuse humidité. Mais ensuite, il fut encore plus fortement surpris de constater qu'il ne pouvait pas, cette fois-ci, résister à leur pouvoir d'émotion; il savait en effet que ce n'étaient pas des larmes d'amour, qu'elles ne lui étaient pas destinées, qu'elles n'étaient ni une ruse, ni un moyen de chantage, ni une scène; il savait qu'elles se contentaient d'être, simplement et pour elles-mêmes, et qu'elles coulaient des yeux de la jeune fille comme s'échappe invisiblement de l'homme la tristesse ou la joie. Contre leur innocence, il n'avait aucun bouclier; il en était ému jusqu'au tréfonds de l'âme.

Il se dit que depuis tout le temps qu'ils se connaissaient, lui et la jeune fille, ils ne s'étaient jamais fait de mal; qu'ils étaient toujours allés l'un au-devant de l'autre; qu'ils s'étaient toujours fait don d'un bref instant de bien-être et qu'ils ne voulaient rien de plus; qu'ils n'avaient rien à se reprocher. Et il éprouvait une satisfaction particulière à l'idée qu'après l'arrestation de la jeune fille il avait fait tout ce qu'il pouvait pour la sauver.

Il s'approcha de la jeune fille et la souleva du fauteuil. Il essuya les larmes de son visage avec ses doigts et la prit tendrement dans ses bras.

13

Au-delà des fenêtres de cet instant, quelque part au loin, trois années en arrière, la mort piaffe d'impatience dans le récit que nous avons abandonné ; sa silhouette osseuse est déjà entrée sur la scène éclairée et projette si loin son ombre que le studio où la jeune fille et le quadragénaire sont maintenant debout face à face est envahi par le clair-obscur.

Il enlace le corps de la jeune fille avec tendresse, et elle se blottit, immobile et inchangée, dans ses bras.

Qu'est-ce que cela veut dire, qu'elle se blottit ?

Cela signifie qu'elle s'abandonne à lui ; elle s'est posée dans ses bras et elle veut rester ainsi.

Mais cet abandon n'est pas une ouverture ! Elle s'est posée dans ses bras, close, inaccessible ; ses épaules voûtées protègent ses seins, sa tête ne se tourne pas vers le visage du quadragénaire, mais reste penchée sur sa poitrine ; elle regarde dans l'obscurité de son chandail. Elle s'est posée dans ses bras, fermée sur soi-même, scellée, pour qu'il la cache dans son étreinte comme dans un coffre d'acier.

14

Il leva vers le sien son visage mouillé et se mit à l'embrasser. Il y était poussé par la sympathie compatissante, non pas par le désir sensuel, mais les situations possèdent leur propre automatisme, auquel on ne peut échapper : tout en l'embrassant, il tentait d'ouvrir ses lèvres avec sa langue ; en vain ; les lèvres de la jeune fille étaient fermées et refusaient de répondre à ses lèvres.

Mais, chose étrange, moins il réussissait à l'embrasser, plus il sentait croître en lui le flot de la compassion, car il comprenait que la jeune fille qu'il tenait entre ses bras était envoûtée, qu'on lui avait arraché l'âme, et qu'après cette amputation il ne lui restait qu'une blessure sanglante.

Il sentait dans ses bras le corps exsangue, osseux, pitoyable, mais la vague humide de la sympathie, soutenue par la nuit qui commençait à tomber, effaçait les contours et les volumes, les privant de leur précision et de leur matérialité. Et juste à ce moment, il la désirait physiquement !

C'était tout à fait inattendu : il était sensuel sans sensualité, il désirait sans désir ! C'était peut-être la pure bonté qui, par une mystérieuse transsubstantiation, se changeait en désir physique !

Mais, peut-être précisément parce qu'il était inattendu et incompréhensible, ce désir le transporta. Il commença à caresser son corps avidement et à défaire les boutons de sa robe.

Elle se défendit :

« Non, non ! S'il te plaît, non ! Non ! »

15

Comme les mots n'avaient pas le pouvoir de l'arrêter, elle s'échappa et courut se réfugier dans un coin de la pièce.

« Qu'est-ce que tu as ? Qu'est-ce qui se passe ? » demanda-t-il.

Elle se pressait contre le mur et se taisait.

Il s'approcha et lui caressa le visage : « N'aie pas peur de moi, il ne faut pas avoir peur de moi. Et dis-moi ce que tu as ? Qu'est-ce qui t'est arrivé ? Qu'est-ce qui se passe ? »

Elle était immobile, se taisait et ne trouvait pas ses mots. Et devant ses yeux surgirent les chevaux qu'elle avait vus passer devant la porte de la prison, de grandes bêtes robustes qui formaient avec leurs cavaliers d'arrogantes créatures au corps double. Elle était si petite auprès d'eux, sans commune mesure avec leur perfection bestiale, qu'elle avait envie de se confondre avec les choses qui étaient à sa portée, par exemple un tronc d'arbre ou un mur, pour disparaître dans leur matière inerte.

Il continuait d'insister : « Qu'est-ce que tu as ?

— Dommage que tu ne sois pas une vieille femme ou un vieillard », dit-elle enfin.

Puis elle ajouta : « Je n'aurais pas dû venir ici, parce que tu n'es ni une vieille femme ni un vieillard. »

16

Il lui caressa longuement le visage, sans mot dire, puis (il faisait déjà noir dans la chambre), il la pria de l'aider à faire le lit ; ils étaient allongés côte à côte sur le très large divan, et il lui parlait d'une voix douce et réconfortante, comme il n'avait parlé à personne depuis des années.

Le désir physique avait disparu, mais la sympathie, profonde et infatigable, était toujours là et avait besoin de la lumière ; le quadragénaire alluma la petite lampe de chevet et regarda la jeune fille.

Elle était étendue, crispée, et contemplait le plafond. Que lui avait-on fait là-bas ? L'avait-on battue ? Menacée ? Torturée ?

Il ne savait pas. La petite se taisait, et il lui caressait les cheveux, le front, le visage.

Il la caressa jusqu'à ce qu'il sentît la terreur disparaître de ses yeux.

Il la caressa jusqu'à ce que les yeux de la petite se ferment.

17

La fenêtre du studio est ouverte et laisse entrer dans la pièce la brise de la nuit printanière ; la lampe de chevet est éteinte et le quadragénaire est allongé, immobile, à côté de la jeune fille, il écoute sa respiration nerveuse, guette son assoupissement, et quand il est certain qu'elle s'est endormie, il lui caresse à nouveau la main, tout doucement, heureux d'avoir pu lui donner son premier sommeil dans l'ère nouvelle de sa triste liberté.

La fenêtre du pavillon auquel nous avons comparé ce chapitre est aussi toujours ouverte et laisse pénétrer jusqu'ici les parfums et les bruits du roman que nous avons abandonné peu avant son paroxysme. Entendez-vous la mort qui piaffe d'impatience au loin ? Qu'elle attende, nous sommes encore ici, dans le studio de cet inconnu, cachés dans un autre roman, dans une autre aventure.

Dans une autre aventure ? Non. Dans la vie du quadragénaire et de la jeune fille, leur rencontre est plutôt un entracte au milieu de leurs aventures qu'une aventure. Cette rencontre n'engendrera aucune suite d'événements. Elle n'est qu'un bref moment de répit que le quadragénaire accorde à la jeune fille avant la longue curée que sera sa vie.

Dans notre roman aussi, ce chapitre n'est qu'une pause tranquille, où un homme inconnu a allumé soudain la lampe de la bonté. Gardons-la pendant quelques instants encore devant les yeux, cette lampe paisible, cette lumière charitable, avant que le pavillon qu'est ce chapitre ne se cache à notre regard.

SEPTIÈME PARTIE

ou

LE POÈTE MEURT

1

Seul le vrai poète sait comme il fait triste dans la maison de miroirs de la poésie. Derrière la vitre, c'est le crépitement lointain de la fusillade, et le cœur brûle de partir. Lermontov boutonne son uniforme militaire ; Byron pose un pistolet dans le tiroir de sa table de nuit ; Wolker défile dans ses vers avec la foule ; Halas rime ses insultes ; Maïakovski piétine la gorge de sa chanson. Une magnifique bataille fait rage dans les miroirs.

Mais attention ! Dès que les poètes franchissent par erreur les limites de la maison de miroirs, ils trouvent la mort, car ils ne savent pas tirer, et s'ils tirent ils n'atteignent que leur propre tête.

Hélas, les entendez-vous ? Un cheval s'avance sur les chemins sinueux du Caucase ; le cavalier, c'est Lermontov et il est armé d'un pistolet. Mais voici qu'on entend le choc d'autres sabots et qu'une voiture s'avance en grinçant ! Cette fois c'est Pouchkine, et il est aussi armé d'un pistolet et il va aussi se battre en duel !

Et qu'entendons-nous maintenant ? Un tram ; un tram pragois, poussif et bruyant ; dans ce tram il y a Jaromil, qui va d'une banlieue à une autre ; il fait froid : il porte un costume sombre, une cravate, un pardessus, un chapeau.

2

Quel est le poète qui n'a rêvé sa mort ? Quel est le poète qui ne l'a imaginée ? *Ah ! s'il faut mourir, que ce soit avec toi, mon amour, et seulement dans les flammes, mué en clarté et en chaleur*... Pensez-vous que ce n'était qu'un jeu fortuit de l'imagination, qui incitait Jaromil à se représenter sa mort dans les flammes ? Nullement ; car la mort est un message ; la mort parle ; l'acte de mort possède sa propre sémantique, et il n'est pas indifférent de savoir de quelle façon un homme a trouvé la mort, et dans quel élément.

Jan Masaryk expira en 1948, jeté d'une fenêtre dans la cour d'un palais de Prague. Son destin se brisa sur la coque dure de l'Histoire. Trois ans plus tard, le poète Konstantin Biebl, effrayé par le visage du monde qu'il avait aidé à construire, se précipite du haut d'un cinquième étage sur les pavés de la même ville (la ville des défenestrations), pour périr, comme Icare, par l'élément terrestre et, par sa mort, offrir l'image de la discorde tragique entre l'air et la pesanteur, entre le rêve et le réveil.

Maître Jean Hus et Giordano Bruno ne pouvaient mourir ni par la corde ni par le glaive ; ils ne pouvaient mourir que sur le bûcher. Leur vie est ainsi devenue l'incandescence d'un signal, la lumière d'un phare, une torche qui brille au loin dans l'espace des temps. Car le corps est éphémère et la pensée est éternelle et l'être frémissant de la flamme est l'image de la pensée. Jan

Palach qui, vingt ans après la mort de Jaromil, s'est arrosé d'essence sur une place de Prague et a mis le feu à son corps, aurait pu difficilement faire retentir de son cri la conscience de la nation s'il avait choisi de périr noyé.

En revanche, Ophélie est inconcevable dans les flammes et ne pouvait finir ses jours ailleurs que dans les eaux, car la profondeur des eaux se confond avec la profondeur de l'âme humaine ; l'eau est l'élément exterminateur de ceux qui se sont égarés en eux-mêmes, dans leur amour, dans leurs sentiments, dans leur démence, dans leurs miroirs et dans leurs tourbillons ; c'est dans l'eau que se noient les jeunes filles des chansons populaires dont le fiancé n'est pas revenu de la guerre ; c'est dans l'eau que s'est jetée Harriet Shelley ; c'est dans la Seine que s'est noyé Paul Celan.

3

Il est descendu du tram et se dirige vers la villa enneigée d'où il s'est enfui précipitamment, l'autre nuit, laissant seule la belle fille brune.

Il pense à Xavier :

Au commencement, il n'y avait que lui, Jaromil.

Ensuite Jaromil a créé Xavier, son double, et avec lui son autre vie, rêveuse et aventureuse.

Et voici venu le moment où la contradiction est abolie entre l'état de rêve et l'état de veille, entre la poésie et la vie, entre l'acte et la pensée. Du même coup, la contradiction entre Xavier et Jaromil a elle aussi disparu. Tous deux ont fini par se confondre et ne sont qu'une seule créature. L'homme de la rêverie est devenu l'homme de l'action, l'aventure du rêve est devenue l'aventure de la vie.

Il s'approchait de la villa et sentait renaître son ancienne timidité, encore accrue par des démangeaisons dans la gorge (sa mère ne voulait pas le laisser sortir pour aller à la soirée, il aurait mieux fait, à l'en croire, de rester au lit).

Il hésitait devant la porte et il devait évoquer toutes les grandes journées qu'il avait vécues récemment, pour se donner du courage. Il pensait à la rousse, il pensait aux interrogatoires qu'elle subissait, il pensait aux policiers et à la marche des événements qu'il avait mis en branle par sa propre force et sa propre volonté...

« Je suis Xavier, je suis Xavier... », se dit-il, et il sonna.

4

La société réunie à l'occasion de la soirée se composait de jeunes acteurs et actrices, de jeunes peintres et d'étudiants des beaux-arts ; le propriétaire participait personnellement à la fête et il avait prêté toutes les pièces de la villa. La cinéaste présenta Jaromil à quelques personnes, lui mit un verre dans la main, le priant de se servir lui-même aux nombreuses bouteilles de vin, et elle l'abandonna.

Jaromil se trouvait ridiculement empesé, dans son costume de soirée, avec sa chemise blanche et sa cravate ; autour de lui, tout le monde était habillé sans recherche et avec naturel, plusieurs personnes étaient en chandail. Il gigotait sur sa chaise, et il finit par se décider ; il retira sa veste, la posa sur le dossier de la chaise, ouvrit le col de sa chemise et baissa sa cravate ; ensuite il se sentit un peu plus à l'aise.

Chacun se surpassait pour attirer l'attention. Les jeunes acteurs se conduisaient comme sur une scène, parlant d'une voix forte et sans naturel, chacun s'efforçait de mettre en valeur son esprit ou l'originalité de ses opinions. Jaromil lui aussi, qui avait déjà vidé plusieurs verres de vin, s'efforçait de tendre la tête au-dessus de la surface de la conversation ; à plusieurs reprises, il parvint à prononcer une phrase qu'il trouvait insolemment spirituelle et qui attirait pendant quelques secondes l'attention des autres.

5

A travers la cloison, elle entend la bruyante musique de danse d'une radio ; la mairie a attribué depuis peu la troisième chambre de l'étage à la famille du locataire ; les deux pièces, où la veuve habite avec son fils, sont une coquille de silence de toutes parts assiégée par le bruit.

Maman entend la musique. Elle est seule et elle pense à la cinéaste. Déjà quand elle l'a vue pour la première fois, elle a pressenti de loin le danger d'un amour entre elle et Jaromil. Elle a tenté de se lier d'amitié avec elle, à seule fin d'occuper d'avance une position avantageuse à partir de laquelle elle pourrait lutter pour garder son fils. Et maintenant, elle comprend avec humiliation que ses efforts n'ont servi à rien. La cinéaste n'a même pas songé à l'inviter à sa soirée. Ils l'ont rejetée à l'écart.

Un jour, la cinéaste lui a confié qu'elle travaillait au club d'entreprise de la Sûreté nationale parce qu'elle était issue d'une famille riche et qu'elle avait besoin d'une protection politique pour pouvoir faire des études. Et maintenant, il vient à l'esprit de maman que cette fille sans scrupules sait tout exploiter dans son intérêt ; maman n'était pour elle qu'un marchepied où elle était montée pour se rapprocher de Jaromil.

6

Et la compétition se poursuivait : chacun voulait être au centre de l'attention. Quelqu'un s'était mis au piano, des couples dansaient, les groupes voisins riaient et parlaient fort ; on rivalisait d'ironie, chacun voulait surpasser les autres pour être le point de mire.

Martynov aussi était là ; grand, beau, d'une élégance presque d'opérette avec son grand poignard, entouré de femmes. Oh, comme il agace Lermontov... ! Le bon Dieu est injuste d'avoir donné un si beau visage à cet imbécile et des jambes courtes à Lermontov. Mais si le poète n'a pas les jambes longues, il possède un esprit sarcastique qui le tire vers le haut.

Il s'était approché du groupe de Martynov et il guettait l'occasion. Ensuite, il dit une impertinence et il observa ses voisins stupéfaits.

7

Enfin (après une longue absence) elle reparut dans la pièce. Elle s'approcha de lui et fixa sur lui le regard de ses grands yeux bruns. « Vous vous amusez bien ? »

Jaromil se dit qu'il allait revivre le beau moment qu'ils avaient connu ensemble dans la chambre de la cinéaste, assis l'un en face de l'autre et rivés l'un à l'autre par le regard.

« Non, répondit-il, et il la regardait dans les yeux.

— Vous vous ennuyez ?

— Je suis venu ici pour vous et vous êtes toujours partie. Pourquoi m'avez-vous invité, si je ne peux pas être avec vous ?

— Mais il y a un tas de gens intéressants, ici.

— Sans doute. Mais ils ne sont pour moi qu'un prétexte pour pouvoir être près de vous. Ils ne sont pour moi que des marches que je voudrais monter pour vous rejoindre. »

Il se sentait audacieux et il était satisfait de son éloquence.

Elle rit :

« Il y en a ici beaucoup, ce soir, de ces marches !

— Au lieu de ces marches, vous pourriez peut-être me montrer un escalier dérobé qui me conduira plus vite auprès de vous. »

La cinéaste sourit : « Nous allons essayer », dit-elle. Elle le prit par la main et l'entraîna. Elle le conduisit par l'escalier qui menait à la porte de sa chambre et le cœur de Jaromil se mit à battre plus fort.

En vain. Dans la chambre qu'il connaissait, il y avait encore d'autres invités.

8

Dans la pièce voisine ils ont depuis longtemps éteint la radio, il fait nuit noire, la mère attend son fils et elle pense à sa défaite. Mais ensuite elle se dit que, même si elle a perdu cette bataille, elle continuera de lutter. Oui, c'est exactement ce qu'elle ressent : elle luttera, elle ne permettra pas qu'on le lui prenne, elle ne se laissera pas séparer de lui, elle l'accompagnera toujours, elle le suivra toujours. Elle est assise dans un fauteuil, mais elle a le sentiment de s'être mise en marche ; de s'être mise en marche à travers une longue nuit pour le rejoindre, pour le reprendre.

9

La chambre de la cinéaste est pleine de discours et de fumée, à travers lesquels l'un des hommes (il peut avoir dans la trentaine) regarde attentivement Jaromil depuis un long moment : « J'ai l'impression d'avoir entendu parler de toi, lui dit-il enfin.

— De moi ? » fit Jaromil avec satisfaction.

L'homme demanda à Jaromil si ce n'était pas lui, le jeune garçon qui allait chez le peintre depuis l'enfance.

Jaromil était heureux de pouvoir, par le truchement d'une relation commune, se lier plus solidement à cette société de gens inconnus, et il s'empressa d'acquiescer.

« Mais tu n'es pas allé le voir depuis longtemps, dit l'homme.

— Oui, depuis longtemps.

— Et pourquoi ? »

Jaromil ne savait que répondre, et il haussa les épaules.

« Je sais pourquoi, moi. Ça risquerait de gêner ta carrière. »

Jaromil essaya de rire : « Ma carrière ?

— Tu publies des vers, tu récites dans les meetings, la maîtresse de maison fait un film sur toi pour soigner sa réputation politique. Tandis que le peintre n'a pas le droit d'exposer. Tu sais qu'il a été traité d'ennemi du peuple dans la presse ? »

Jaromil se taisait.

« Tu le sais, oui ou non ?

— Oui, je l'ai entendu dire.

— Il paraît que ses peintures sont des abjections bourgeoises. »

Jaromil se taisait.

« Sais-tu ce que fait le peintre ? »

Jaromil haussa les épaules.

« On l'a flanqué à la porte du lycée, et il travaille comme manœuvre sur un chantier. Parce qu'il ne veut pas renoncer à ses idées. Il ne peut peindre que le soir à la lumière artificielle. Mais il peint de belles toiles, tandis que toi tu écris de belles merdes ! »

10

Et encore une impertinence, puis une autre impertinence, tant et si bien que le beau Martynov finit par s'offenser. Il morigène Lermontov devant toute la compagnie.

Quoi ? Lermontov devrait renoncer à ses mots d'esprit ? Il devrait présenter des excuses ? Jamais !

Ses amis le mettent en garde. Il est insensé de risquer un duel pour une sottise. Il vaut mieux tout arranger. Ta vie est plus précieuse, Lermontov, que le dérisoire feu follet de l'honneur !

Quoi ? Y a-t-il une chose plus précieuse que l'honneur ?

Oui, Lermontov, ta vie, ton œuvre.

Non, rien n'est plus précieux que l'honneur !

L'honneur n'est que la faim de ta vanité, Lermontov. L'honneur est une illusion de miroirs, l'honneur n'est qu'un spectacle pour ce public insignifiant qui ne sera plus ici demain !

Mais Lermontov est jeune et les secondes dans lesquelles il vit sont vastes comme l'éternité, et ces quelques dames et messieurs qui le regardent sont l'amphithéâtre du monde ! Ou il traversera ce monde d'un pas viril et ferme, ou il ne sera pas digne de vivre !

11

Il sentait couler sur sa joue la boue de l'humiliation et il savait qu'il ne pouvait pas rester une minute de plus parmi eux avec ce visage souillé. Ils tentaient en vain de l'apaiser, de le consoler.

« Il est inutile de chercher à nous réconcilier, dit-il. Il y a des cas où la conciliation est impossible. » Puis il se leva et se tourna nerveusement vers son interlocuteur : « Personnellement, je regrette que le peintre soit manœuvre et qu'il peigne à la lumière artificielle. Mais, à considérer les choses objectivement, il est parfaitement indifférent qu'il peigne à la bougie ou qu'il ne peigne pas du tout. Ça n'y change rien. Tout l'univers de ses tableaux est mort depuis longtemps. La vie réelle est ailleurs ! Tout à fait ailleurs ! Et c'est pour cette raison-là que j'ai cessé d'aller chez le peintre. Ça ne m'intéresse pas de discuter avec lui de problèmes qui n'existent pas. Qu'il se porte le mieux possible ! Je n'ai rien contre les morts ! Que la terre leur soit légère. Et je le dis aussi pour toi, ajouta-t-il, l'index pointé sur son interlocuteur, que la terre te soit légère. Tu es mort et tu ne le sais même pas. »

L'homme se leva à son tour et dit : « Il serait peut-être curieux de voir ce que donnerait un combat entre un cadavre et un poète. »

Jaromil sentit le sang lui monter à la tête : « On peut essayer », dit-il, et il brandit le poing pour frapper son interlocuteur, mais celui-ci lui saisit le bras, le lui tordit violemment et le fit pivoter sur lui-même, puis il le prit d'une main par le col et de l'autre par le fond de son pantalon, et le souleva. « Où dois-je porter monsieur le poète ? » demanda-t-il.

Les jeunes femmes et les jeunes hommes présents, qui s'efforçaient, quelques instants plus tôt, de réconcilier les deux adversaires, ne purent s'empêcher de rire. L'homme traversait la pièce, maintenant fermement en l'air Jaromil qui se débattait comme un poisson tendre et désespéré. Il le transporta ainsi jusqu'à la porte du balcon. Il ouvrit la porte-fenêtre, déposa le poète sur le balcon et botta.

12

Un coup de feu claqua, Lermontov porta la main à son cœur et Jaromil tomba sur le béton glacial du balcon.

Ô ma Bohême, tu transformes si facilement la gloire des coups de feu en bouffonnerie des coups de pied !

Pourtant, faut-il que nous nous moquions de Jaromil parce qu'il n'est qu'une parodie de Lermontov ? Faut-il que nous nous moquions du peintre parce qu'il imitait André Breton avec son manteau de cuir et son chien-loup ? Est-ce qu'André Breton aussi n'était pas une imitation de quelque chose de noble, à quoi il voulait ressembler ? La parodie n'est-elle pas le destin éternel de l'homme ?

D'ailleurs, il n'est rien de plus facile que de renverser la situation :

13

Un coup de feu claqua, Jaromil porta la main à son cœur et Lermontov tomba sur le béton glacial du balcon.

Il est sanglé dans le grand uniforme des officiers du tsar et se soulève de terre. Il est épouvantablement abandonné. Il manque ici l'historiographie littéraire avec ses baumes, qui pourraient donner une signification solennelle à sa chute. Il manque ici le pistolet dont la détonation effacerait sa puérile humiliation. Il n'y a ici que le rire qui lui parvient à travers la vitre et le déshonore à jamais.

Il s'approche de la balustrade et regarde en bas. Mais hélas ! le balcon n'est pas assez haut pour qu'il ait la certitude de se tuer, s'il plonge. Il fait froid, ses oreilles sont gelées, ses pieds sont gelés, il sautille d'un pied sur l'autre et ne sait que faire. Il a peur que ne s'ouvre la porte du balcon, peur que n'y paraissent des visages goguenards. Il est pris au piège. Il est dans le piège de la farce.

Lermontov ne craint pas la mort, mais il craint le ridicule. Il voudrait sauter, mais il ne saute pas, car il sait qu'un suicide est tragique, mais qu'un suicide manqué est risible.

(Mais comment, comment ? Quelle phrase étrange ! Qu'un suicide réussisse ou échoue, c'est toujours un seul et même acte, auquel nous sommes conduits par les mêmes raisons et par le même courage ! Alors, en quoi consiste ici la différence entre le tragique et le ridicule ? Seulement le hasard de la réussite ? Qu'est-ce qui distingue la petitesse de la grandeur ? Dis-le, Lermontov ! Seulement des accessoires ? Un pistolet ou un coup de pied ? Seulement des décors que l'Histoire impose à l'aventure humaine ?)

Il suffit ! C'est Jaromil qui est sur le balcon, il est en chemise blanche, avec son nœud de cravate baissé, et il tremble de froid.

14

Tous les révolutionnaires aiment les flammes. Percy Shelley aussi rêvait de la mort par le feu. Les amants de son grand poème périssent ensemble sur le bûcher.

Shelley projeta en eux l'image de lui-même et de sa femme et pourtant il périt noyé. Mais ses amis, comme s'ils voulaient réparer cette erreur sémantique de la mort, dressèrent sur le rivage de la mer un grand bûcher pour incinérer son corps grignoté par les poissons.

Mais Jaromil aussi, la mort veut-elle se moquer de lui, en lâchant sur lui le gel en guise de flammes ?

Car Jaromil veut mourir ; l'idée du suicide l'attire comme la voix du rossignol. Il sait qu'il est grippé, il sait qu'il va tomber malade, mais il ne retourne pas dans la pièce, il ne peut plus supporter l'humiliation. Il sait que seule l'étreinte de la mort peut l'apaiser, cette étreinte qu'il emplira de tout son corps et de toute son âme et où il trouvera enfin la grandeur ; il sait que seule la mort peut le venger et accuser de meurtre ceux qui ricanent.

Il se dit qu'il va s'allonger devant la porte-fenêtre et laisser le froid le rôtir par en dessous pour faciliter à la mort son travail. Il s'assied sur le sol ; le béton est tellement glacial qu'au bout de quelques minutes il ne sent plus son derrière ; il veut s'allonger, mais il manque de courage pour appuyer son dos contre le sol glacé, et il se relève.

Le gel l'étreignait tout entier : il était à l'intérieur de ses chaussures légères, il était sous son pantalon et sous sa culotte de gymnastique, il glissait la main sous sa chemise. Jaromil claquait des dents, il avait mal à la gorge, il ne pouvait pas avaler, il éternuait et il avait envie de pisser. Il déboutonna sa braguette de ses doigts transis ; puis il urina par terre devant lui et il vit que sa main, qui tenait son membre, tremblait de froid.

15

Il se tordait de douleur sur le sol de béton, mais pour rien au monde il n'aurait consenti à ouvrir la porte-fenêtre pour rejoindre ceux qui avaient ricané. Mais que faisaient-ils ? Pourquoi ne venaient-ils pas le chercher ? Étaient-ils si méchants ? Ou si soûls ? Et depuis combien de temps était-il ici, à grelotter dans le froid glacial ?

Soudain le lustre s'éteignit dans la pièce et il ne resta plus qu'une lumière tamisée.

Jaromil s'approcha de la fenêtre et il vit le divan qu'éclairait une petite lampe à abat-jour rose ; il regarda longuement, puis il vit deux corps nus qui s'étreignaient.

Il claquait des dents, il tremblait et il regardait ; le rideau à demi tiré l'empêchait de distinguer avec certitude si le corps de la femme recouvert par le corps de l'homme appartenait à la cinéaste, mais tout paraissait indiquer qu'il en était bien ainsi : les cheveux de cette femme étaient noirs et longs.

Mais qui est cet homme ? Mon Dieu ! Jaromil le sait bien ! Car il a déjà vu cette scène-là ! Le froid, la neige, le chalet dans la montagne et, contre une fenêtre illuminée, Xavier avec une femme ! A partir d'aujourd'hui, pourtant, Xavier et Jaromil devaient être une seule et même personne ! Comment se peut-il que Xavier le trahisse ? Mon Dieu, comment se peut-il qu'il fasse l'amour sous ses yeux avec son amie ?

16

Maintenant il faisait noir dans la chambre. Il n'y avait plus rien à entendre ni à voir. Et dans son esprit aussi, il n'y avait plus rien : ni colère, ni regret, ni humiliation ; dans son esprit, il n'y avait plus qu'un froid terrible.

Il ne pouvait pas supporter de rester ici plus longtemps ; il ouvrit la porte vitrée et il entra ; il ne voulait rien voir, il ne regardait ni à gauche ni à droite, et il traversa la chambre d'un pas rapide.

Il y avait de la lumière dans le couloir. Il descendit l'escalier et il ouvrit la porte de la pièce où il avait laissé sa veste ; il y faisait noir, seule une faible lueur qui pénétrait jusqu'ici depuis l'entrée éclairait vaguement quelques dormeurs à la respiration bruyante. Il tremblait toujours de froid. Il cherchait à tâtons sa veste sur les chaises, mais il ne pouvait pas la trouver. Il éternua ; un dormeur s'éveilla et le rappela à l'ordre.

Il sortit dans l'entrée. Son pardessus était accroché au portemanteau. Il le mit directement sur sa chemise, prit son chapeau et sortit en courant de la villa.

17

Le cortège s'est mis en marche. En tête, le cheval tire le corbillard. Derrière le corbillard s'avance Mme Wolker, et elle s'aperçoit qu'un coin de l'oreiller blanc dépasse du couvercle noir ; ce bout de tissu coincé est comme un reproche, le lit où son petit garçon (ah ! il n'a que vingt-quatre ans !) dort de son dernier sommeil est mal fait ; elle éprouve un désir insurmontable d'arranger cet oreiller sous la tête du petit.

Puis, on dépose dans l'église le cercueil entouré de couronnes de fleurs. La grand-mère vient d'avoir une attaque et, pour voir, elle doit soulever du doigt sa paupière. Elle examine le cercueil, elle examine les couronnes ; l'une d'elles porte un ruban au nom de Martynov. « Jetez ça », commande-t-elle. Son œil sénile, au-dessus duquel le doigt maintient la paupière paralysée, veille fidèlement sur le dernier voyage de Lermontov, qui n'a que vingt-six ans.

18

Jaromil (ah ! il n'a pas encore vingt ans) est dans sa chambre et il a une forte fièvre. Le médecin a diagnostiqué une pneumonie.

A travers la cloison, on entend les locataires qui se disputent bruyamment, et les deux pièces où habitent la veuve et le fils sont une petite île de silence, île assiégée. Mais maman n'entend pas le vacarme de la pièce voisine. Elle ne pense qu'aux médicaments, qu'aux tisanes brûlantes et qu'aux enveloppements humides. Déjà quand il était petit, elle a passé plusieurs jours de suite auprès de lui, pour le ramener, rouge et brûlant, du royaume des morts. Cette fois encore, elle veillera sur lui, tout aussi passionnément, longuement et fidèlement.

Jaromil dort, délire, se réveille et recommence à délirer ; les flammes de la fièvre lèchent son corps.

Alors, quand même les flammes ? Sera-t-il changé, malgré tout, en clarté et en chaleur ?

19

Devant la mère il y a un inconnu et il veut parler à Jaromil. La mère refuse. L'homme lui rappelle le nom de la jeune fille rousse. « Votre fils a dénoncé son frère. Maintenant ils sont tous les deux arrêtés. Il faut que je lui parle. »

Ils sont debout face à face, dans la chambre de la mère, mais pour la mère, à présent, cette chambre n'est que l'entrée de la chambre de son fils ; elle y monte la garde comme un ange en armes défendant la porte du paradis. La voix du visiteur est insolente et éveille en elle la colère. Elle ouvre la porte de la chambre de son fils : « Eh bien, parlez-lui ! »

L'inconnu aperçut le visage écarlate du jeune homme délirant de fièvre, et la mère lui dit d'une voix basse et ferme : « J'ignore de quoi vous voulez parler, mais je vous assure que mon fils savait ce qu'il faisait. Tout ce qu'il fait est dans l'intérêt de la classe ouvrière. »

En prononçant ces mots, qu'elle avait souvent entendus de la bouche de son fils, mais qui lui étaient jusqu'alors étrangers, elle éprouvait une sensation de puissance infinie ; maintenant, elle était unie à son fils plus fortement que jamais ; elle ne formait avec lui qu'une seule âme, qu'une seule intelligence ; elle ne formait avec lui qu'un seul univers, taillé dans une matière unique.

20

Xavier tenait à la main son cartable où il avait un cahier de tchèque et un manuel de sciences naturelles.

« Où veux-tu aller ? »

Xavier sourit et désigna la fenêtre. La fenêtre était ouverte, le soleil y brillait et de loin parvenaient jusqu'ici les voix de la ville emplie d'aventures.

« Tu m'as promis de m'emmener avec toi...

— Il y a longtemps de cela, dit Xavier.

— Tu veux me trahir ?

— Oui. Je vais te trahir. »

Jaromil ne pouvait pas reprendre son souffle. Il ne sentait qu'une chose, qu'il détestait infiniment Xavier. Il pensait, récemment encore, que lui et Xavier n'étaient qu'un seul être sous une double apparence, mais maintenant il comprend que Xavier est quelqu'un de tout à fait différent et qu'il est l'ennemi juré de Jaromil.

Xavier se pencha sur lui et lui caressa le visage : « Tu es belle, tu es si belle...

— Pourquoi me parles-tu comme à une femme ? Es-tu fou ? » s'écria Jaromil.

Mais Xavier ne se laissait pas interrompre : « Tu es très belle, mais il faut que je te trahisse. »

Puis il tourna les talons et se dirigea vers la fenêtre ouverte.

« Je ne suis pas une femme ! Tu sais bien que je ne suis pas une femme ! » criait derrière lui Jaromil.

21

La fièvre a provisoirement diminué et Jaromil regarde autour de lui ; les murs sont vides ; la photographie encadrée de l'homme en uniforme d'officier a disparu.

« Où est papa ?

— Papa n'est plus ici, dit la mère d'une voix tendre.

— Comment ? Qui l'a enlevé ?

— Moi, mon chéri. Je ne veux pas qu'il nous regarde. Je ne veux pas que quelqu'un s'interpose entre nous. A présent, il est inutile que je te mente. Il faut que tu saches. Ton père n'a jamais voulu que tu voies le jour. Il n'a jamais voulu que tu vives. Il voulait m'obliger à ne pas te mettre au monde. »

Jaromil était épuisé par la fièvre et n'avait plus la force de poser des questions ou de discuter.

« Mon beau petit garçon », lui dit la mère, et sa voix se brise.

Jaromil comprend que la femme qui lui parle l'a toujours aimé, qu'elle ne lui a jamais échappé, qu'il n'a jamais eu à redouter de la perdre et qu'elle ne l'a jamais rendu jaloux.

« Je ne suis pas beau, maman. Toi, tu es belle. Tu as l'air si jeune. »

Elle entend ce que dit son fils et elle a envie de pleurer de bonheur. « Tu crois que je suis belle ? Et toi, tu me ressembles. Tu n'as jamais voulu admettre que tu me ressembles. Mais tu me ressembles et j'en suis heureuse. » Et elle caressait ses cheveux, qui étaient jaunes et fins comme du duvet et elle les couvrait de baisers : « Tu as des cheveux d'ange, mon chéri. »

Jaromil sent à quel point il est fatigué. Il n'aurait plus la force d'aller chercher une autre femme, elles sont toutes si loin et la route qui mène jusqu'à elles est infiniment longue. « En réalité, aucune femme ne m'a jamais plu, dit-il, seulement toi, maman. Tu es la plus belle de toutes. »

Maman pleure et l'embrasse : « Te souviens-tu de nos vacances dans la ville d'eaux ?

— Oui, maman, c'est toi que j'ai le plus aimée. »

Maman voit le monde à travers une grosse larme de bonheur ; autour d'elle tout se brouille dans l'humidité ; les choses, libérées des entraves de la forme, se réjouissent et dansent : « C'est vrai, mon chéri ?

— Oui », dit Jaromil, qui tient la main de maman dans sa paume brûlante et il est las, infiniment las.

22

Déjà la terre s'amoncelle sur le cercueil de Wolker. Déjà Mme Wolker revient du cimetière. Déjà la pierre est à sa place au-dessus du cercueil de Rimbaud, mais sa mère, à ce qu'on rapporte, fit rouvrir le caveau familial de Charleville. Vous la voyez, cette dame austère en robe noire ? Elle examine le trou sombre et humide et elle s'assure que le cercueil est à sa place et qu'il est fermé. Oui, tout est en ordre. Arthur repose et ne va pas s'échapper. Arthur ne s'enfuira plus jamais. Tout est en ordre.

23

Alors, tout de même, l'eau, rien que l'eau ? Pas de flammes ?

Il ouvrit les yeux et vit, penché sur lui, un visage au menton tendrement rentré et aux fins cheveux jaunes. Ce visage est si proche qu'il croit être étendu au-dessus d'un puits qui lui renvoie sa propre image.

Non, pas la moindre flamme. Il va se noyer dans l'eau.

Il regardait son visage sur la surface de l'eau. Puis, sur ce visage, il vit soudain une grande frayeur. Et ce fut la dernière chose qu'il vit.

LE POINT DE VUE DE SATAN

Sous des dehors innocents, l'œuvre de Milan Kundera est l'une des plus exigeantes *qu'il nous soit donné de lire aujourd'hui, et j'emploie ce mot dans son sens le plus radical, pour signifier que cette œuvre présente à l'esprit et au cœur un* défi *extrêmement difficile à relever, qui nous met en question de manière irrévocable. S'y livrer, y consentir vraiment, c'est risquer d'être entraîné beaucoup plus loin qu'on ne l'aurait d'abord cru, jusqu'à une sorte de limite de la conscience, jusqu'à ce « monde dévasté » où se découvre à la fin de son récit le héros de* La Plaisanterie. *La lecture est ici, véritablement, une dévastation.*

C'est pourquoi les critiques ne croient pas si bien dire quand ils emploient, à propos des romans de Kundera, le mot de « subversion ». Mais ils disent rarement à quel point cette subversion est totale, définitive, sans retour possible. Ils le disent rarement pour deux raisons bien simples. La première, c'est que l'œuvre de Kundera, à la différence par exemple de celles d'autres « subversifs » clairement identifiés (Artaud, Bataille, Duvert, etc.), ne se déclare pas *telle, ne propose pas de théorie ni de morale de la subversion et ne jette jamais de hauts cris. Subversive, elle l'*est *simplement, doucement, insidieusement pourrait-on dire, mais à fond et sans rémission.*

Extérieurement, les romans et nouvelles de Kundera sont relativement inoffensifs : la forme est le plus souvent d'apparence assez traditionnelle, avec décor repérable, personnages bien identifiés, temporalité et intrigue « vraisemblables », et surtout une écriture simple, un peu dix-

huitième siècle par son dépouillement et sa rigueur, très loin en tout cas des « déflagrations textuelles » (souvent purement textuelles d'ailleurs) auxquelles nous a habitués *le nouvel académisme romanesque des quinze ou vingt dernières années. Il serait donc théoriquement possible de lire* La Plaisanterie, La vie est ailleurs, La Valse aux adieux *ou les nouvelles de* Risibles amours *simplement comme de bonnes histoires, bien menées, captivantes, intéressantes, amusantes, sans plus. Mais cette lecture « superficielle » ne serait possible que si ne nous venait pas, en lisant, le sentiment, précisément, de cette « superficialité », que si nous quittait, pendant que nous lisons, la conscience de nous trouver en présence d'un récit* grinçant, *illusoire, truqué. Or à cette conscience, à cette perplexité, le lecteur ne peut échapper. Très tôt, son innocence devient intenable et il doit se mettre à lire autrement, à lire vraiment, c'est-à-dire avec suspicion et dans une profonde incertitude. Ce qu'il a « sous les yeux », ce n'est bientôt plus une histoire, mais bien le simulacre d'une histoire ; les personnages ne sont plus des personnages mais des ombres de personnages ; la ville d'eaux n'est plus une ville d'eaux mais une sorte de décor en carton-pâte éclairé par une lune en papier et traversé par des figurants costumés qui ne savent plus très bien dans quelle pièce ils sont en train de jouer ; et finalement même moi, lecteur, je ne suis plus un homme lisant, mais un homme* faisant semblant *de lire, car le soupçon est entré jusque dans ma propre identité et me mine de fond en comble. Les masques ne tombent pas : simplement, ils se laissent voir en tant que masques, ce qui est peut-être pire, comme s'en rend compte le Jaroslav de* La Plaisanterie *lorsqu'il se met à* voir *non le visage du Roi mais bien le voile qui le dérobe à sa vue.*

Or cette subversion « en mineur », dirait-on, est beau-

coup plus efficace que les dénonciations les plus tonitruantes. Kundera ne détruit pas le monde avec fracas : il le défait pièce par pièce, méthodiquement et sans bruit, comme un agent secret. À la fin, rien ne s'écroule, aucune ruine ne jonche le sol, aucune déflagration ne se fait entendre, et les choses ne semblent nullement changées : vidées plutôt, factices, fragiles et frappées d'une irréalité définitive. Mais cette subtilité et cette légèreté, si elles augmentent en fait l'efficacité de la subversion, sont aussi ce qui, au lecteur pressé, peut parfois la rendre imperceptible, bien que malgré lui il ne puisse pas ne pas en être secrètement ébranlé.

Mais plus encore que son apparence anodine, ce qui caractérise l'esprit subversif de Kundera et le rend si exigeant, tout en expliquant aussi le fait qu'on l'ait si souvent mal compris, c'est son radicalisme, *la négativité sur laquelle il repose et vers laquelle il entraîne le lecteur étant, dans une certaine mesure, presque intenable. Si bien que la récupération se donne ici libre cours, la récupération qui n'est rien d'autre, en définitive, que le refus de suivre vraiment et jusqu'au bout l'appel d'une œuvre.*

C'est ce qui se passe, par exemple, dans la récupération de type politique. L'Occident, dans sa bonne conscience, s'est donné depuis peu une catégorie commode dans laquelle il range un certain nombre d'écrivains des pays socialistes : la dissidence, *dont les manifestations sont maintenant bien connues : la persécution politique, l'incapacité de publier (sauf en « samizdat »), l'exil, mais surtout, surtout, le fait pour l'écrivain de soutenir d'autres positions politiques que celles du régime en place dans son pays. Or la plupart de ces traits s'appliquent à Kundera. Donc, on l'a rangé lui aussi dans la catégorie des dissidents, c'est-à-dire des écrivains qui dénoncent la terreur soviétique et prennent la défense de leur peuple contre l'invasion militaire et idéologique de la Tchécoslovaquie. Évidemment, cela est vrai. Mais à un certain niveau seulement, niveau auquel s'en tiennent malheureusement ceux qui ne font des romans de Kundera qu'une lecture historico-idéologico-politique simple, que j'appelle justement* récupération. *Je m'explique.*

On a raison de voir, comme on le fait communément, non seulement dans La Plaisanterie *mais aussi dans* La vie est ailleurs, La Valse aux adieux *et même certains récits de* Risibles amours, *un tableau complet et saisissant — d'autant plus saisissant qu'il est présenté sur le mode de ce que j'appellerais l'épopée privée — de l'histoire politique tchèque entre les années trente et celles qui ont immédiatement suivi le Printemps de Prague. La « chute » de Ludvik Jahn figure bel et bien, en un sens, la désillusion de toute une génération, de tout un peuple qui, ayant cru au « coup de Prague » de 1948, mettra ensuite vingt ans à pouvoir en rire un bref instant avant de devoir aussitôt se taire de nouveau. Et par là, il est tout à fait vrai que l'œuvre de Kundera constitue l'une des dénonciations les plus virulentes du stalinisme, dont elle démonte impitoyablement les mécanismes et met au jour l'immense supercherie.*

Mais pourquoi s'arrêter là ? Il faut poursuivre, il faut oser aller encore plus loin et voir que si Kundera, en fait, peut poser sur l'histoire et la politique de son pays le regard pénétrant qu'il pose, c'est, bien entendu, parce qu'il a connu tout cela de près et y a été lui-même impliqué comme victime et comme opposant, mais aussi, et peut-être encore plus, parce qu'à partir d'un certain moment (ou d'un certain point de pensée), il s'en est radicalement détourné, détaché de manière absolue, un peu à l'instar de Ludvik, le héros de La Plaisanterie, *qui ne connaît véritablement sa* propre vie qu'à partir de l'instant où il cesse littéralement d'y croire. Or on fait souvent de Kundera un écrivain politique (c'est le sort commun des « dissidents »), on lit ses romans comme des manifestes pro-Dubcek, antisoviétiques, anti-P.C.T., alors qu'il s'agit de tout autre chose. Car c'est toute politique (et non seulement les régimes de droite ou de gauche), c'est la réalité politique elle-même que cette œuvre récuse. La « subversion politique », ici, est globale, elle ne s'attaque pas seulement à telle ou telle réalisation mais bien à l'idée même, à l'idole (dirait Valéry, à qui Kundera ressemble par plus d'un côté) de la politique. Le regard que Kundera jette sur l'histoire et la politique n'est ce qu'il est, au fond, que parce qu'il ne traite pas l'histoire et la politique avec sérieux, mais plutôt avec recul, un recul qui n'a rien à voir avec l' « objectivité » scientifique ou historienne ni avec l'analyse d'un militant d'opposition (reculs purement tactiques), car c'est un recul absolu, inconditionnel, le recul de l'incroyance dont — à la différence des autres — on ne revient pas. « Et si l'histoire plaisantait ? » se demande Ludvik. Cette question, que ni l'historien ni le politicien (même d'opposition) ne peuvent poser (vu qu'elle les annulerait), contient en elle-même sa propre réponse. C'est par cette question, qui l'inspire et qui fonde sa lucidité, que l'œuvre de Kundera est bien à cet égard l'équivalent — et le prolongement — de celle qu'un Jaroslav Hasek (ce grand méconnu pour nous) avait écrite quarante ans plus tôt et qui, comme celle de Kundera pour l'époque contemporaine, est le tableau le plus véridique de la Tchécoslovaquie austro-hongroise, une démystification radicale, un immense éclat de rire comme seule la littérature peut en adresser à la politique et à l'histoire pour les mettre impitoyablement à nu, c'est-à-dire les ramener à rien, ce qui n'est nullement une manière de s'en échapper mais au contraire un moyen de les pénétrer, de les désamorcer en profondeur et de dénoncer leurs horreurs, d'autant plus scandaleuses qu'elles n'ont plus alors pour elles aucune autre justification que le discours aberrant dont elles se revêtent. En d'autres mots, si les romans de Kundera sont à ce point le portrait fidèle de l'histoire politique contemporaine, c'est qu'ils ne tiennent cette histoire, toute histoire, pour rien d'autre que ce qu'elle est : une fiction inconsciente, une tragi-comédie monumentale et dérisoire, un ballon que seule la littérature, peut-être, sait dégonfler.

Ne pas aller jusque-là, tenir les romans de Kundera pour des ouvrages de polémique politique, c'est donc, à proprement parler, les récupérer. Tout comme — pour changer de domaine sans en changer vraiment — c'est récupérer un roman tel que *La vie est ailleurs* que de n'y voir qu'une satire de la « mauvaise » poésie. Encore là, c'est une façon de s'arrêter en chemin, de ne pas suivre le propos du roman jusqu'au bout, peut-être parce que ce bout, comme je disais, a quelque chose de trop exigeant, de presque insupportable. Car l'objet de la critique (de la « subversion »), ici, n'est pas la « mauvaise » poésie, mais bel et bien — il faut se le dire — toute poésie, toute forme de lyrisme quelle qu'elle soit.

Mais le lecteur ne parvient pas sans peine à cette conclusion, c'est-à-dire sans avoir surmonté les résistances extrêmement tenaces qui, au fond de lui-même, le retiennent d'y parvenir. Dans un premier temps, tout va bien et le roman donne à rire de bon cœur. Jaromil m'apparaît d'emblée ridicule, je vois en lui, dans cet enfant couvé puis dans cet adolescent boutonneux, une figure caricaturale du poète, sans plus, et je suis sensible à la seule déformation, à la seule perversion en lui de la poésie. Je ris de ce mauvais poète qui se croit un génie, je ris sereinement, parce que je *peux me dire que Jaromil n'est pas moi, que je ne suis pas lui, que la « vraie » poésie lui échappe, et donc que ma* confiance *est sauve. Mais voilà que très vite, si je continue à lire (à lire* vraiment*), mon rire commence à tourner au jaune, et Jaromil à me ressembler dangereusement, surtout par sa foi sincère en Rimbaud, Lermontov, Lautréamont, Maïakovski, Rilke, en qui moi aussi, comme dit l'Autre, j'ai mis toute ma complaisance et de qui, par conséquent, il ne m'est plus possible de rire de la même manière ni avec la même sérénité. Le bouffon, qui tout à l'heure se tenait sur scène, devant moi, descend dans l'auditoire, à côté de moi, en moi, si bien que Jaromil, je ne peux bientôt plus le tenir à distance et que mon rire, si je veux (peux) le continuer, c'est contre moi-même, peu à peu, que je dois le tourner. De l'angélisme de Jaromil, me voici entraîné vers le mien, vers mon propre lyrisme, vers ce qui en moi se repaît de poésie, c'est-à-dire, essentiellement, vers ma propre innocence. La caricature est devenue miroir.*

Alors je m'accroche à un dernier recours : au moins, me dis-je, la poésie de Jaromil est pompier, et se croyant poète il se trompe « objectivement ». Mais est-ce bien le cas ? Que l'on relise « honnêtement » (ou en les détachant du roman) les poèmes de Jaromil. Est-ce vraiment de la mauvaise poésie ? N'est-ce pas moi qui me trompe, qui me cramponne à la mauvaise qualité supposée de ces vers pour me protéger — et protéger ma conscience — contre l'ironie dont ils sont l'objet ? En fait, la poésie de Jaromil a autant de valeur *qu'une autre, son talent est* authentique *— et si je lui dénie cette authenticité, si je refuse de reconnaître à sa poésie la valeur qu'elle possède, n'est-ce pas en réalité pour innocenter et pour conserver intacte ma propre foi en l'« authenticité » et en la « valeur » de la poésie ? N'est-ce pas seulement parce que je me refuse à admettre ce (terrible* *et pourtant simple) constat : la poésie, toute poésie, toute pensée poétique est supercherie. Ou plutôt : un* piège, *et l'un des plus redoutables qui soit.*

Admettons-le. Il est extrêmement difficile de suivre jusque-là (jusqu'à ce scandale) *les voies de ce roman, et de nombreux refuges, en cours de route, peuvent me faire dévier, me* prémunir. *Mais si je consens, si je ne me laisse pas prendre aux refuges, la « subversion » à laquelle je suis conduit est l'une des plus radicales, puisqu'elle me force à mettre en cause ce par quoi, justement, je croyais pouvoir me libérer de la comédie politique et de la plaisanterie du monde, ce en quoi, une fois avérée l'irréalité de tout le reste, une fois révélés tous les masques, me paraissait résider le seul visage nu de la réalité. Or voilà que ce plancher lui-même se dérobe et que je suis de nouveau, irrémédiablement, renvoyé à la ronde indéfaisable des masques.*

Ainsi, avec Don Quichotte *et* Madame Bovary, La vie est ailleurs *est peut-être l'ouvrage le plus dur à avoir jamais été écrit contre la poésie. La poésie en tant que territoire privilégié de l'affirmation, de l'ivresse et de l' « authenticité ». La poésie en tant que dernier repaire de Dieu. Qu'on lise ce roman comme une satire contre les mauvais vers si l'on veut, c'est là une excellente façon de se défendre contre ce qui, en fait, est une entreprise beaucoup plus radicale : la destruction des ultimes remparts de l'innocence.*

Mais qu'y a-t-il au-delà de l'innocence ? Qu'y a-t-il au-delà de la poésie ? Rien. Ou plutôt, cet au-delà n'est rien d'autre que l'en deçà. Au-delà de la poésie, comme en deçà de la poésie, règne la prose, *c'est-à-dire : incertitude, approximations, disparité, jeu, parodie, désaccord de l'âme et du corps comme des mots et des choses, mascarade, erreur, en un mot : Satan, le double de Dieu, mais (comme dans un miroir) un double inversé, dégradé, faux, ironique, absurde, un double qui tente de se faire passer pour son modèle, qui y réussit le plus souvent, et qui ne cesse pour cela de se gausser. Dès lors, il ne reste plus qu'une seule façon de ne pas me faire avoir : me gausser aussi.*

Lire Kundera, c'est donc adopter ce point de vue de Satan, sur la politique et l'histoire, sur la poésie, sur l'amour et, de façon générale, sur toute connaissance. Et c'est justement par là que cette œuvre est non seulement pure subversion, mais aussi pure littérature. Car elle n'offre aucune connaissance, si ce n'est celle de la relativité, je dirais presque de la théâtralité de toute connaissance (même poétique, même onirique) ; elle n'affirme rien, si ce n'est l'insuffisance et donc l'impertinence de toute affirmation ; elle ne démontre rien, si ce n'est l'empire éternel et dérisoire du hasard et de l'erreur ; bref, elle me ramène à ma conscience première, *qu'aucune idéologie ni aucune science ne peut tolérer ni non plus recouvrir, c'est-à-dire la conscience qu'à toute réalité se mêle autant d'irréalité, que dans tout ordre subsiste un désordre encore plus profond, et que moi-même je suis autre et moins que moi-même, ce qui, en définitive, ne mérite pas mieux qu'un éclat de rire, mais le mérite pleinement.*

Tous les héros de Kundera, qu'ils se nomment Ludvik, Jaroslav (La Plaisanterie), *Jakub* (La Valse aux adieux), *le « quadragénaire »* (La vie est ailleurs), *l'assistant* (Personne ne va rire) *ou Edouard* (Edouard et Dieu), *tous n'ont vécu, milité, souffert, aimé et vieilli que pour en arriver inévitablement à cette conclusion que, vivant, militant, souffrant, aimant, ils n'ont fait toujours, en vérité (en vérité ?), que se prendre pour d'autres qu'ils ne sont, et surtout prendre le monde pour ce qu'il aurait peut-être dû être mais qu'il n'est pas, c'est-à-dire pour la création de Dieu. Dans toute sa simplicité, cette conclusion est l'ultime subversion, celle qui, chez le lecteur, rencontre le plus de résistance, car c'est cette résistance même qui le fait ce qu'il est : bourreau déguisé en victime, objet travesti en sujet, ombre qui se croit douée de réalité. Mais « c'est le naturel des hommes, comme dit Chvéik : tant qu'on vit on se trompe ».*

Or il faut bien vivre...

François Ricard
1978

ŒUVRES DE MILAN KUNDERA

Aux Éditions Gallimard

LA PLAISANTERIE.

RISIBLES AMOURS.

LA VIE EST AILLEURS.

LA VALSE AUX ADIEUX.

LE LIVRE DU RIRE ET DE L'OUBLI.

L'INSOUTENABLE LÉGÈRETÉ DE L'ÊTRE.

Entre 1985 et 1987 les traductions des ouvrages ci-dessus ont été entièrement revues par l'auteur et, dès lors, ont la même valeur d'authenticité que le texte tchèque.

L'IMMORTALITÉ.

La traduction, entièrement revue par l'auteur, a la même valeur d'authenticité que le texte tchèque.

JACQUES ET SON MAÎTRE, HOMMAGE À DENIS DIDEROT, *théâtre.*

L'ART DU ROMAN, *essai.*

SUR L'ŒUVRE DE MILAN KUNDERA

Maria Nemcova Banerjee : PARADOXES TERMINAUX, *Éditions Gallimard.*